让鲁迅重新回到民族的现实生存中去

—— "鲁迅与20世纪中国研究丛书"代序

谭桂林

鲁迅学在中国学界是一门显学，鲁迅与20世纪中国之关系的研究在国内外的中国现当代文学研究中，也都是一个持续热门的话题。成果汗牛充栋，意见纷纭杂陈，尤其是近20年来，国内外鲁迅研究趋势发生了一些重要的变化，归纳起来大致有三种现象比较明显。一是大众娱乐化现象。一些文化明星以鲁迅作商品，在各种大众传媒的平台上宣讲着各种似是而非的有关鲁迅的言论，消费鲁迅，利用鲁迅，其目的并不是宣传鲁迅，而是以鲁迅的牌号来包装自己，使自己的利益最大化；一些江郎才尽的作家则以开涮鲁迅甚至谩骂鲁迅来哗众取宠，迎合后现代文化思潮下社会公众对权威的消解狂欢；一些娱乐媒介甚至把鲁迅与朱安的婚姻、鲁迅兄弟的失和等私人生活事件加以种种的猜测、窥探和渲染，以此娱乐大众。二是价值相对化现象。国内思想文化界有一些学者利用重评20世纪文化论争的平台，或者抬高学术，贬抑启蒙，或者标举胡适，批判鲁迅；不少学者或文化人认为鲁迅的价值和意义在时空上是相对的，鲁迅的意义在于启蒙，在于对旧文化的批判和毁坏，这种批判和毁坏的力量在鲁迅的时代里是必须的，而当下的时代主题是建设，需要的是平和的理性精神，所以鲁迅是过时了的文化英雄，是功能退化乃至错位的文化符号。三是学术的边缘化现象。许多严肃的学者坚守在鲁迅研究领域，但是为了抗衡近20年来鲁迅研究中的浮躁状况，这些严肃的研究越来越学院化、边缘化、琐细化。研究的内容和研究成果的突出成就大多集中在研究史的总结、文本技术的解析、资料的整理考据，等等。这三种现象尽管对鲁迅研究的态度、对鲁迅精神的认知截然不同，但它们有一个倾向却是共同的，这就是从不同的方向把鲁迅这一民族精神的象征同当下民族的生存现实和文化建构疏离开来。正是针对鲁迅研究中的这三种现象，我们撰写了这一套丛书，目的就在于将鲁迅研究与20世纪中国社会的革命现实和民族命运重新联系起来。

我们认为，中国的20世纪是一个改革的世纪，政治制度的更迭变换是改革的外在形式，而整个世纪中有关改革的思想则总是围绕着若干基本问题而展开。鲁迅作为一个文学型的思想家与社会文化批评家，他与20世纪中国社会改革的关系当然是十分密切而深刻的。所以，本丛书以现代中国思想文化的发展为线索，提出了八个20世纪中国社会改革过程中的、鲁迅曾经深度介入的基本问题，从思想史的角度来清点、整理、发掘和重新解读鲁迅这一民族精神象征和文化符号与20世纪中国的联系。丛书不仅全面切实地梳理鲁迅研究界在这些基本问题上所取得的研究成果，深入地解读阐述鲁迅面对和思考这些基本问题时的思路、资源和观点，而且着重分析了鲁迅这一精神象征在20世纪中国历史中建构与形成的内在机制与外在因缘，深度阐释鲁迅这一文化符号在20世纪中国社会改革进程中的能指、所指和功能结构，突出一种从民族精神象征与文化符号的意义上对鲁迅与20世纪中国关系进行综合思考的问题意识和方法观念。我们希望通过这一思想史角度的采用和综合思考的方法观念，使本丛书既容纳又超越过去从文学史角度或者学术史角度进行鲁迅研究总结的局限性，在新世纪的鲁迅研究中，从理论上进一步深化思想、文化与现实融会贯通，多种学科交叉融合的鲁迅研究新思维。

在20世纪的中国，不少先进知识分子向西方寻求真理来解决中国的问题，结果形成了激进主义的文化思潮；也有不少刚正的知识分子固守民族的文化血脉，主张以儒家文化融汇新知来渐进改良，结果形成了保守主义的文化思潮。我们认为，在"五四"一代中国的知识分子中间，也许只有鲁迅的思想真正超越了激进与保守的思维模式，根基的是本民族的经验和当下的个体生命感受。鲁迅的伟大就在于他用熔铸着民族本土经验和个体生命感受的思想为20世纪中国的社会改革与文化发展提供了一种无可取代的精神资源。改革开放初期，针对"左"倾思潮影响下鲁迅研究的机械政治化倾向，鲁迅研究界曾经发出鲁迅研究要"回到鲁迅那里去"的口号。现在30年时间已经过去，针对近年来鲁迅研究的学院化和娱乐化的倾向，我们认为，应该理直气壮地提出"让鲁迅重新回到民族的现实生存中去"的口号。所以，本丛书将通过对鲁迅思想的民族化和个体性特点的发掘与阐述，在民族精神象征和文化符号的基石上，重新建立起鲁迅与20世纪中国社会的密切联系，让鲁迅精神和鲁迅研究重新深度介入中国当下社会改革的民族生存现实中去。

基于这样的立场，在本丛书的写作中，我们强调了三个方面的方法理念。

一是突出问题意识。本丛书在研究思路上，以思想史为线索，以问题意识为切入口，来清点、整理、发掘和解读鲁迅这一象征和符号在中国民族复兴运动中的伟大意义、价值及其局限性。这种问题意识的突出，也许能对目前鲁迅研究界纯粹学术研究的学院传统有所突破。本丛书选择的八个问题经过精心选择，其中国民信仰的重建、政治文化的变迁、民族国家话语的建构等都是我国20世纪精神文化建设中举足轻重的问题，而鲁迅与中国的都市化进程，与20世纪中国的文学教育以及鲁迅在20世纪中外文化交流历史上的符号功能与象征意义等，则是本丛书提出的具有创新性的问题。譬如鲁迅与20世纪中外文化交流的子课题，我们的研究对象不仅是国外对鲁迅的学术性研究，也不仅是鲁迅对外国文学的译介活动，我们的重心是鲁迅在20世纪中国对外文化输出方面所起到的历史和现实作用及所达到的积极效果。其中包括收集整理和分析西方主流媒体的鲁迅报道、西方主流教育中的鲁迅课程开设情况以及西方主流大学中文系与文学系对鲁迅的学习介绍情况，尤其是要运用比较的方法来探讨西方主流教育鲁迅课程开设的特点，为国内鲁迅教育以及国外孔子学院的鲁迅推广提供参考。正是因为本丛书设计的重心不是单纯研究鲁迅在社会文化领域内诸多方面的成就和贡献，而是紧紧扣住20世纪中国社会文化发展的若干基本问题，着重研究鲁迅这一符号和象征在20世纪中国社会文化发展中所起到的作用、所具有的价值和意义，所以这一设计方向可能使本丛书的研究另辟蹊径，可以从鲁迅研究浩如烟海而且程度高深、体系庞大的已有成果中突围出来，建构起自己的原创性。

二是强调民族经验。我们认为，鲁迅作为20世纪中国伟大的文学家、思想家和社会文化批评家，他的伟大之处就在于他对中国现代社会问题的思考具有鲜明的独特性。他同无数现代先进知识分子一样，为了改变民族命运而积极介入中国社会问题的思考。而他与很多现代知识分子不一样的地方在于，他是在中国这块文化土壤里诞生出来的一个思想独行者，他从来就是立足在中国的土地上、立足在"当下"这一时间维度上，以自己对于中国民族生存现实的极其个性化的生命体验为基础，来考量、思索和辨析中国社会存在的问题。所以，鲁迅对于20世纪中国文化史的贡献乃是他提供了一种极其鲜明的、具有民族本土性和生命个体化的关于中国问题的思想。本丛书在设计上一个突出的特点就是在整个课题的论证过程中强调鲁迅思想的民族性，从民族本土经验与个体生命体验相熔铸的观点来阐释鲁迅思想在现代中国思想界不可取代的独特性。这一观念在鲁迅资源与20世纪中国社会改革之关系的研究中具有支撑性的创新意义，同时也能对于国内外近来比较流行的认为中国现代民族国家的历史是想象的历史，民族国家只是存在于知识分子的各种文字记叙中的学术观点给予理论上的回应。

三是解读批判精神。我们认为，鲁迅是20世纪中国伟大的文化巨人，而他的伟大性在于他是一个思想批判型的文化战士，他的特征是民众的立场、人本的理念、积极介入现实的公共情怀、独立思考的精神原则、不惮于做少数派的英雄气度以及信仰的纯粹意义。这种批判不是只问破坏与摧毁式的批判，而是康德的批判哲学中所倡导的在反思中求证、在扬弃中螺旋上升式的主体自由精神。社会建设需要鲁迅这样的具有纯粹信仰的批判型文化战士来承担社会文化批判的任务，来体现知识分子作为社会良知在社会文化发展中的中坚作用，使民族的发展、社会的建设始终保持一种人本的取向、清醒的精神和理性的态度。这一观点，我们认为对鲁迅资源在当代中国社会改革与文化建设的伟大价值的阐释方面，具有十分重要的意义。

在具体的研究方法上，本丛书的写作力图突出两个方面的特色。一是将历史述评与现实透视结合起来。这一研究方法包括两个层面的要求，第一是要求每一个子课题都必须有研究史梳理的论证环节，将研究历史的梳理评述与当下研究现状的透视分析结合起来；第二是要求每一个子课题都必须十分重视鲁迅生前与20世纪中国社会革命，与20世纪中国民族发展的命运的紧密关系的研究，也即重视鲁迅的生命史与中国现代革命史之间的紧密的关联，这是整个丛书研究的历史基础，没有这个基础，也就无法说清楚鲁迅的符号意义与精神象征在当代中国社会发展与民族文明建设上的资源价值所在。二是将社会调查与学理思辨结合：本丛书同时具有基础研究和应用研究这两方面的特质，是一种综合性的研究项目。因而，本丛书在研究方法上坚持学理思辨与社会调查相结合的论证途径。在具体研究中，尤其重视社会调查的环节，合理地设计调查内容，精确地统计与分析调查数据和资料，对鲁迅在公众心目中的形象定位、鲁迅资源在某个现实问题中的社会效应、鲁迅形象在国内外媒体传播中的实际状况、鲁迅资源在国内外文学教育中的功能呈现等等问题进行广泛的社会调查。由上海同济大学承担的国家社科基金特别委托项目"鲁迅社会影响调查报告"在这方面开启了一个先端，但这一项目目前成果侧重在学术与社会物质文化的层面，我们希望本丛书以社会文化问题为中心，将鲁迅的社会影响调查推进到国民精神与心灵现象的层面，从国内影响推进到国际影响的层面，实现在鲁迅社会影响研究方面的进一步补充与深化。

需要说明的是，本丛书是在国家社科基金重大项目"鲁迅与20世纪中国研究"结项成果的基础上编选出版的。2011年底，重大项目"鲁迅与20世纪中国研究"获得全国社科规划立项，这对我们既是一种巨大的鼓励，也是一份沉甸甸的责任。5年来，仰仗课题组各位同人的大力支持与辛勤劳作，这一重大项目取得了显著成就，各个子课题组成员总共发表出版阶段性研究成果120余项，其中著作6部，论文110余篇，论文集2部。不少论文发表在《中国社会科学》《文学评论》《鲁迅研究月刊》《中国现代文学研究丛刊》等国内重要的学术刊物上。最让我们难以忘怀的是课题组分别在2013年和2015年召开了"鲁迅与20世纪中国研究"国际学术研讨会和"从南京走向世界——鲁迅与20世纪中国研究青年学术论坛",这两次会议得到国内外鲁迅研究专家的热情支持,在鲁迅学界产生了热烈的反响。项目于2017年上半年顺利结项,作为项目的首席专家,我要特别感谢朱晓进、杨洪承、郑家建、汪卫东、何言宏、刘克敌、林敏洁、李玮等子课题的负责人,感谢参与此项目研究的各位作者,是你们的通力合作和智慧付出,才保证了此项目的圆满完成,也保证了本丛书的顺利出版。在2017年11月绍兴召开的中国鲁迅研究会年会上,新任会长孙郁在感言中说,研究鲁迅是自己一生的坚持。这句话,朴实而掷地有声,可以说代表了我们每个鲁迅爱好者的心声。能够坚持一生,不仅因为我们热爱鲁迅的作品,而且也是因为鲁迅研究是一个高水准的学术共同体。在这个共同体中,我们不仅能够始终仰望着一个伟岸的、给我们以指引和慰安的身影,而且能够经常性地与一些这个时代的优秀的、高境界的心灵进行对话。在这个共同体中,经常能够爆发出给人以思想震撼力的研究成果,这也是鲁迅研究一代代学人值得骄傲的事情。当然,这套丛书肯定存在许多缺点,我们不敢期待它能有多么杰出的成就,但如果能够为鲁迅研究这一学术共同体提供一点新的具有参考价值的观点与材料,为鲁迅这一民族精神象征重新回到民族现实生存中去起到一点促进的作用,于愿已足。

最后,要诚挚感谢国家出版基金对这套丛书的慷慨资助,感谢百花洲文艺出版社毛军英等领导和编辑们对此丛书出版给予的大力支持和付出的辛勤劳动。

目 录

绪　论

一

　　在中国学院制度、学科制度的建设走向稳固，学科分化愈加精细的同时，对学院制度和学科制度的反思也迈开了脚步。引入文化研究和后马克思主义的理论资源，恢复理论和实践之间的密切关系，将社会关怀置于研究的首要位置，成为新一代人文研究者的研究趋向。鲁迅研究，因为这一能指场域勾连丰富的社会政治概念、关系和问题，所以在突破制度限制、指向现实问题方面，呈现出先锋的姿态。反思研究的"碎片化"倾向，重建宏观视野，重启鲁迅研究的政治性，成为鲁迅研究发展的重要方向。

　　对于鲁迅研究政治性的重新关注，带来了鲁迅研究学术场域的整体变动。政治性的引入，带来鲁迅研究价值的整体重新审视，促使各个鲁迅研究的观点和方法不得不应对方法论批判，审视自身的立场性前提。无论是鲁迅研究论文的商榷文风，还是鲁迅研究会议上的唇枪舌剑，鲁迅研究中研究结论和价值立场的激烈碰撞，正表明该研究领域开始摆脱单篇论文或论著的自律性或自治性逻辑，改变作为特定范式话语衍生的研究方式，从而走向研究范式、价值前提之间的对话。具体来说，鲁迅研究就"启蒙鲁迅"和"革命鲁迅"、民族主义鲁迅和世界主义鲁迅、殖民鲁迅还是后殖民鲁迅、政治鲁迅还是文学鲁迅等问题展开论争，这些分歧的背后潜藏着"一致性"的问题，这个问题就来自对中国发展道路的关切。即使是"启蒙鲁迅""文学鲁迅"，表面上看这些研究服从于学科分化、知识和实践、政治和文学相分离的逻辑，但除了一些纯粹满足于知识衍生的研究，许多文章和论著对于"启蒙鲁迅"和"文学鲁迅"的坚守，也在表达对民族和社会秩序的关注和立场。

不过值得注意的是，重启鲁迅研究的政治性，并非是走向政治立场的直接交锋。相反，扩大所谓"政治"的内涵，丰富对政治、文化和学术之间关系的理解，成为重新审视鲁迅研究政治功能的前提。今天，开阔的理论资源和革命、改革经验的累积，已经提供了学术参与政治的新的可能性。只要稍稍借鉴话语分析、文化研究的思路，就可以指认学术制度、信仰以及主体身份的构造特质、权力关系以及政治性影响。解构主义和知识考古学的研究方式，则对所有文化和知识表述方式的霸权性和边缘性进行区分。马克思主义被运用到审美领域，审美风格和趣味的社会学特质也相应地被揭示出来。这些思路带来对于中国学术实践和政治关系的重新审视，"纯学术""纯文学"的意识形态特质不能再被充分掩盖起来。由此，新的学术活动将具有这样一种自觉性，即学术研究的"万事万物"（包括研究对象、方法、逻辑、结论）都不可避免地具有政治动机和倾向（尽管这可能是"无意识"的）。"政治"不再被局限于政权斗争，它的所指在语言层面、文化层面得到扩大，从而联结着对于"事实"和"现实"的认定，联结着对于"时间"和"空间"的建构。就鲁迅研究来说，重启鲁迅研究的政治性，意味着不再局限于鲁迅学这一学科体制之内，而是带着对学科体制政治功能的审视和批判（并非是否定）进行鲁迅研究，在研究过程中，论题的确立、逻辑的编织亦不能回避与研究者所拟定的"现实语境"之间的关系，明确研究及结论得出的前提是在于针对"现实语境"的"问题"，而非研究假定的"历史事实"。

重启鲁迅研究的政治性，也并非完全否定鲁迅研究界以科学理性和经验性论证为主导的研究方式。该研究方式假定研究对象的"客观性"，强调研究者对研究对象的客观化"还原"，或是对客观规律的发现和揭示。虽然20世纪诸多历史哲学对将科学理性运用于历史研究领域的"错位"加以分析，但它们不足以将科学理性完全排除在历史构建方式之外。借助作为具有普泛影响的科

鲁迅与20世纪中国研究丛书

学世界观，结合经验实证的逻辑，打造具有"目的性"的历史叙事编织，从而推陈不容置疑的"客观"规律。这种历史研究具有强大的社会实践功能，即将"叙事"确定为"事实"，以"客观性""介入"社会现实。今天，认可科学理性历史叙事的价值，并非认可其"客观性"，这恰恰是解构主义语境下科学理性最受质疑的方面。科学理性历史叙事的价值恰恰在于它的社会历史功能，即通过对"客观性"的构建影响社会现实。不完全否定科学理性叙事的价值，而是对科学理性叙事价值的重新认定，意味着历史研究价值标准的结构性转换，即从追求"事实真理"走向"理性真理"。如果说"事实真理"建立在主客二分的假定性基础上，将经验性感知直接作为客观性的"事实"的话，那么"理性真理"则强调感知产生的认知框架和功能。"理性真理"标准下的历史研究，首先检验的是叙述历史时的问题假定、概念界定以及关系功能。在这一标准审视下，历史叙述所呈现的将不再是一幅清晰的事实图景回放，而是在"讲述"中浮现的历史对象、主体和依存的制度的权力关系，"历史事实"和"客观性"成为在这些关系中"漂浮的能指"。后者虽然具有暧昧不清的"不确定性"，但因其通过对"历史"的"再历史化"，重新恢复了历史叙述和现实政治的张力，开启"政治"的理性化批判的空间和功能，因而具有超越科学理性的"真实性"。重启鲁迅研究政治性的价值，也并不是在"事实真理"层面，而是在"理性真理"层面。强调鲁迅研究的前提、概念以及对象选择、叙事方式的政治功能和现实指向，并不是说鲁迅"本来"或是"普遍"具有政治介入功能，而是呈现对鲁迅与现实政治之间的关系的赋予和构建，在关系语境的考虑中探讨各个"鲁迅"的价值。

重启鲁迅研究的政治性强调研究的实践功能，但避免走向意识形态化。现实关怀和当下意识，是推动鲁迅研究政治化的强大动力。它带来对于理论和实践关系的重新审视，通过将知识表述视作"话语实践"，凸显学术的社会学意义和功能。其中，马克思的意识形态理论重新被重视，思想的"物质性"、理论的"社会性"、表述的"实践性"得到伸张。但重新审视理论和实践的关系，并非恢复理论指导实践的庸俗化理解，也并非走向特定政治立场的意识形态化。重视"话语实践"的价值，其中重要的内容是重视"话语实践"

中所具有的理性批判的功能，在"去中心化"的意义上使用理性批判，而不是走向"普遍化"和"权力化"。意识形态批判要避免走向"普遍化"和"本质化"的意识形态，要坚持自我批判，从而避免走向制度化。所以，重启鲁迅研究的政治性最终目的，是在"复数"的政治关系表达中，营造政治对话的空间，它将从"本质真理"走向"关系真理"，即在相互关系中呈现各自的功能和边界，在"虚假"的对照中实现"真实"，在对"客观"不确定性的呈现中实现"客观性"。相反，如果对所谓现实关怀和当下意识本身不加理性审视和批判，"政治性"的追求是以"普遍化"和"权力化"为特征并且付诸制度建设，那么，它将陷入另一种"本质真理"的幻觉中，它的教训对于经历过20世纪的每一人都不陌生。所以，重启鲁迅研究的政治性以开启鲁迅研究的政治对话空间为应有之义。

二

鲁迅对于20世纪以来中国发展具有重要影响。这种影响不仅在于鲁迅对中国现代文学和文化发展做出的贡献，而且在于鲁迅的文学、文化活动与中国政治、社会变动紧密相连。他的文学创作和文化活动时刻反映和表现他所面向的中国社会政治现实，同时，他的文学创作和文化活动，以及围绕这些文学创作和文化活动进行的阐释、言说、研究和引用，已经被"编织"在20世纪中国，乃至之后社会政治变动的过程中，成为推动、影响中国发展的重要组成部分。因此通过研究鲁迅的文学创作和文化活动，以及对于鲁迅身后符号化"鲁迅"的研究，能够塑造面向中国社会政治变动的精神资源。

鲁迅所经历的社会改革进程不能回避政治的影响作用，对此，学术界并无异议。但问题是，鲁迅到底怎样受着政治变革的影响，鲁迅与政治变革的关系到底怎样，鲁迅的文学因此具有怎样的价值？关于这一问题，学界曾出现截然对立的理解。概括来说，一种是从1940年代到1980年代初，为凸显鲁迅的"政治性"，认为鲁迅的文学创作是无产阶级文化的"代言人"。另一种是1980年代以降，对于鲁迅文学创作"自主性"加以强调。在简单地判断孰是孰非之间，我们首先应该寻找对立观点的"一致性"，即造成对立的根本性命题。

从1940年代到1970年代末，鲁迅的学术研究的兴盛与中国无产阶级政党政治有密切关系。党的领袖毛泽东对鲁迅精神、价值的概括和评价对鲁迅身后数十年代的阐释和研究具有决定性的影响作用，这在建国后至1970年代末期间表现得最为直接。无产阶级革命和阶级斗争理论和概念，被用来"解读"鲁迅。鲁迅的思想被定位于"政治的远见""斗争精神""牺牲精神"等。对中国革命的诸多问题如"农民问题""小资产阶级问题"以及阶级压迫和斗争的有关内容构成了鲁迅创作的阐释体系。至于研究的具体视角，则为"唯物史观"，鲁迅阐释的逻辑始终未曾偏离将鲁迅视作体现无产阶级文化发展壮大"必然性"的"典型"。由此，艺术手法也侧重于文学反映论指导下的"现实主义"。当然，概念和侧重点也随着领袖思想的发展发生具体而微的变化。这在"文革"时期最为显著。可以看出，这一时期的鲁迅研究从属于中国无产阶级政党为建立和巩固生产关系而进行的意识形态构建过程。无论是对"鲁迅"作为无产阶级意识形态标杆的"塑造"，还是研究者本身致力于为无产阶级文化建设服务的研究动机和研究方式，都根本上受到当时的体制和思想层面的政治文化的影响。

1980年代以来新的研究范式的引入，推进了鲁迅研究。首先，鲁迅思想和创作中"非政治"的成分格外受到关注。1980年代前期，对鲁迅思想的研究由"反资产阶级"向"反封建"转移（与此相联系的知识衍生是，鲁迅与一系列和"启蒙"有关的范畴的联系考察，诸如与"立人"、民俗思想、教育思想、国民性思想等等）。而1980年代后期，研究者的注意力则从"宏大历史决定论"转移到"个体精神"上来，特别关注鲁迅思想中具有"反抗""批判"主流意识形态的成分。诸如区别于无产阶级意识形态中社会进化论的"中间物"思想、"孤独"、"绝望"、"荒诞感"或是"反抗绝望"的思想得以重视，并贯彻到对其文学创作的解读之中。于是，"另一部分"作品成为鲁迅研究的重点，比如在五六十年代被"忽略"的《野草》《故事新编》，以及《彷徨》集中有关知识分子题材的作品等。与此相对应的是，鲁迅文学创作所使用的艺术形式的重要性也随之发生向"现实主义"之外的倾斜,"象征主义""复调"等成为鲁迅研究论述的重点。其次,在研究角度上,摒弃了"历史决定论"的"线性"思维模式,崇尚"回到鲁迅本体"的"文本细读",注重"审美现代性"与鲁迅创作的关系。于是,在"文本研究""诗学研究"等研究视角下,鲁迅的"比较研究"也重在发现鲁迅与具有"审美现代性"的同构性,而非强调鲁迅与其"异构"。

是"依附性"还是"独立性",是"政治的留声机"还是"非功利的审美现代性",鲁迅的研究在对这些问题的辩驳中发生巨大转变。而需要注意的是:鲁迅阐释方式的转变并非仅仅是"回到鲁迅自身"的研究动机使然。我们应该看到该种研究动机背后的"历史之手"。鲁迅研究方式的转型根本取决于文学标准的转变。与五六十年代将"政治标准"作为"文学标准"的情况正好相反,1980年代的文学标准将"非政治"与"文学性"建立紧密关联。这种文学标准也正是特定"政治文化转向"的产物。将与"政治"的对抗表述为"文学"概念中的"应有之义",正反映出"文学"并非如此"独立",它依然置身在"文学/政治"的二元结构中。只不过,此时政治文化正推动文学应和于1980年代政治对"极左思潮"的反抗,并服从于加剧"专业化"的文化体制。也就是说,1980年代鲁迅研究范式根本受制于1980年代由政治体制决定的政治文化,造成1980年代对鲁迅政治性认识和1980年代之前鲁迅研究对立的恰恰就是不同的政治诉求。

本研究所针对的问题是1980年代之后"去政治化"思潮带来的学术和思想问题。在"文化超越政治"思路的推动下,文化和文学和政治的距离被拉开,在失去该思路原有的社会变动推动力后,1990年代后的文化、文学活动呈现"去政治化"[①]的特点。在"去政治化"语境下,鲁迅研究淡化鲁迅及鲁迅阐释的社会历史功能的问题,认为忽视鲁迅与外部社会历史变动之间密切关系的观点,或者是认为鲁迅的价值在于对政治历史的审美超越的观点,有一定的局

① 参见汪晖:《去政治化的政治——短20世纪的终结与90年代》,生活·读书·新知三联书店2008年版。

鲁迅与20世纪中国研究丛书

限性。"去政治化"的鲁迅观建立在特定的哲学观和审美观基础上，着重文学的"本体性"和"审美自主性"。这在学理逻辑上自然能够自圆其说，但我们也不能忽视它的"历史性"。"去政治化"鲁迅研究的盛行承袭1980年代"文化超越政治"的话语发展脉络，与中国在社会经济领域引入市场经济制度，在对外政策上认同和适应欧美经济体制和秩序，在文化制度上弱化文化的政治参与功能，在意识形态上为超历史的私有化和个体性立言等当下中国的政治文化环境和制度有关。但随着历史情势的发展，1980年代建立的"文化超越政治"的历史功能式微，有意"区隔"政治的文化和文学，成为它所参与塑造的社会政治的"衍生物"，从而丧失继续影响和创造社会实践的活力。

三

重塑鲁迅文学和文化活动的政治性，需要借助政治文化等研究思路。"政治文化"（political culture）一词是美国政治家阿尔蒙德（Gabriel A. Almomd）于1956年在《政治季刊》上发表《比较政治体系》一文时首先创用的。按照阿尔蒙德的理解，政治文化不同于明确的政治理念，而是指"由政治心理、政治意识、政治态度、政治价值观等层面所组成的观念形态体系"。在《公民文化》一书中，阿尔蒙德对"政治文化的一种研究方法"进行了说明，认为"如果要确定政治态度、非政治态度和发展模式之间的关系，我们必须区别前者和后者，哪怕二者之间的界线并不如我们所使用术语表示的那样分明"[1]，所以他使用了"政治文化"这个概念。不过他指出人类学家使用"文化"一词时意义含糊，而他强调："我们使用文化这个概念时，只是指它的多种意义的一种：即对社会客体的心理取向。在谈到一个社会的政治文化的时候，我们指的是被内化（internalized）于该社会成员的认知、情感和评价之中的政治体

① ［美］加布里埃尔·A. 阿尔蒙德，西德尼·维巴：《公民文化——五个国家的政治态度和民主制度》，张明澍译，商务印书馆、人民出版社2014年版，第13页。

系。"①

1990年代朱晓进首先引入该概念研究20世纪30年代文学。政治文化概念的提出是基于："在文艺与政治的关系问题上，研究界出现过两种倾向，或是过分强调艺术对于政治的隶属关系，以至于常常出现以政治情绪化评判取代客观的文学研究的情况；或是有意无意忽略文学史上客观存在的政治因素对文学的影响，从而也难以对一些重要的文学现象做出客观的历史评判。要避免上述走极端的研究倾向，就必须真实客观地来看政治与文学的关系问题。在以往学术界阐述文艺与政治的关系时，最大的失误是并未真正弄清二者之间的关系方式……政治与文艺之间的关系的历史深度仿佛在一块二维屏幕上被压扁了，一切都满足于在朦胧状态中被描述、被概括。这样所导致的后果是，要不就是在主观的想象中强化政治的作用；要不就是在盲目的臆测中否认政治对于文学事实上所起的作用，二极对立观点的构成其实都源于一种朦胧。事实上，文学与政治之关系，只能是历史地、具体地、阶段性地呈现出不同的结构形态，文学史的研究正应该去历史地、具体地加以探究，以便揭开这种关系之上的朦胧面纱。在这里，我们将'政治文化'这一概念引入文学史的研究之中，其目的无非是尝试着在政治与文学之间找到一条关系方式的桥梁。"② "政治文化"概念的引入，针对1980年代在政治之外确立文化、文学价值带来的问题，为对政治和文化、文学关系的理解提供了新的思路。

自1990年代开始，特别是新世纪以来，对政治和文化、文学关系的理解进一步深入。汪晖在《文化与政治的变奏——战争、革命与1910年代的"思想战"》中指出："二十世纪的'文化'命运始终在外在于国家政治与内在于国家政治之间摆荡，前者的范例是'五四'文化运动，而后者的范例是政党与国家内部的持续不断的'文化革命'。无论是'外在'还是'内在'，一种通过文化与政治的区分而介入、激发政治的方式构成了二十世纪中国的独特现

---

①　[美]加布里埃尔·A.阿尔蒙德，西德尼·维巴：《公民文化——五个国家的政治态度和民主制度》，张明澍译，商务印书馆、人民出版社2014年版，第13页。

②　朱晓进：《政治文化与中国二十世纪三十年代文学》，人民出版社2006年版，第5—7页。

鲁迅与20世纪中国研究丛书

象。"①这一论断也在试图以"历史"沟通文化活动和政治之间的关系。在方法论层面，汪晖经常运用"文化政治"的概念，强调文化活动的政治功能性。该"文化政治"受到了西方马克思主义的影响，运用意识形态理论沟通文化和实践的关系。

近些年来，"政治哲学"理论，以及后现代主义认识论所指向的"政治性"，也受到学界的关注。因此，对政治和文化关系的理解，亦可由此推向深入。相较于阿尔蒙德的"政治文化"更多地从经验层面思考文化心理和政治建设之间的关系，以及西方马克思主义从意识形态的角度将文化作为政治上层建筑的一部分，突出文化的实践功能，由是实现对旧的生产关系和压迫的反抗，"政治哲学"则从文化的相对独立性中思考其"政治可能性"，即在认识论层面批判性和谱系性的研究，如何反抗思想层面的"本质真实"的话语暴力和体制层面的集权可能，由对"可交流性"的"真"的重建实现"主体间性"的"政治"。②

借鉴政治文化等研究思路，重新思考政治和文化、文学之间的关系，就可以重塑鲁迅及其身后符号化的"鲁迅"与各时期社会政治实践之间的关系，不仅讨论鲁迅对政治事件参与的方式和立场，而且揭示鲁迅特定的文化立场和文化态度背后的政治性考量和政治功能。其最终目的是为了使"去政治化"鲁迅研究所"遮蔽"和"忽略"的"历史"浮出地表，从而照亮"去政治化"鲁迅研究的"历史性"。

总体来说，本书研究抓住鲁迅生前文化和文学活动以及身后阐释"鲁迅"的几个重要问题：第一章研究政治文化与鲁迅的人生道路之间的关系。第一节对辛亥革命前期政治与文化之间的关系和面貌进行了整体的梳理和分析，在此背景下揭示出鲁迅"从文道路"中体现的辛亥革命前后"新政治""新文化"和"新文学"之间的紧密联系。发现否定性的政治心理引领着鲁迅的"从文"

① 汪晖：《文化与政治的变奏——战争、革命与1910年代的"思想战"》，《中国社会科学》2009年第4期。

② 参见［美］汉娜·阿伦特：《康德政治哲学讲稿》，曹明、苏婉儿译，上海人民出版社2013年版。

之路，促成他由对"民族主义"的反思出发，纠正辛亥革命文化偏颇，以"新文化"促发"新政治"的思想源头，由此鲁迅对于文学的认识和追求也区别于晚清以来以梁启超为代表的文学观，其具有开放性主体机构的文学观成为新文学建设的重要线索，并决定着此后鲁迅的文学道路。由对辛亥革命前期政治文化影响下鲁迅文化思想和文学思想形成的研究，推进对于辛亥革命前社会政治变动过程中文化转型、生长、分化的过程，以及新文学发生的源流问题的理解和认识。第二节抓住北伐期间及之后鲁迅逐渐离开教育界这一问题，通过弄清北伐期间政治变动和文化分化之间的关系，从鲁迅在北伐期间的教职变动谈起，在鲁迅与其他知识分子观点的碰撞中，以窥见北伐期间新文化知识界的分化，及其与政治态度之间的密切关系，从而进一步解释北伐后鲁迅放弃教职背后的政治文化立场。

第二章研究政治文化与鲁迅的文化立场之间的关系。研究鲁迅面对辛亥革命前后的民族危机和共和危机，如何以"新文化"的方式来开启新的政治革命之路。第一节从辛亥革命前期鲁迅翻译的两篇小说谈起，分析鲁迅对"尚武精神"的态度的变化，来探讨鲁迅对"民族主义"思想的思考，以及这变化与鲁迅文学观的确立之间的联系，从中揭示鲁迅文学追求与政治之间的复杂关系。第二节试图说明：对于鲁迅来说，"大学"是实现"新政治"目的的"文化载体"，这决定了鲁迅对于"大学""革命精神"内涵的独特期待。这种期待决定着，鲁迅对"大学"发展问题十分关注。他对"大学"发展问题的发言，对"学潮"的参与和推动，以及对大学本质的思考，都涉及有关"文化"和"政治"的关系问题的思考。第三节研究中国现代"学术"的兴起，因其特殊的发生背景和历史任务，而具有其独特的分化逻辑和发展道路。诸多学术问题的讨论和解决，都不是单纯的学术内部的"学理"问题，而与特定的政治立场和追求相关。研究以此为背景分析了鲁迅在"文化传统""整理国故""文学史"等学术问题方面的态度，彰显他与"学衡"、胡适等在"学理"态度上的分歧，揭示鲁迅所坚持的"另一种学理"包含政治批判功能的张力。在研究历次的学术论争中，鲁迅直接或间接地参与其中，并就学术问题发言。他重视整体的学术指向，着力维持学术和政治的张力关系。从而揭示出鲁迅在学术问题上经常表现出的"非学术化"立场，而这种"非学术化"实际上是对学术分化后远离政治的抵触，是对"学术标准"中"政治张力"的维护。

第三章研究政治文化与鲁迅代际想象之间的关系。第一节研究分析了"青年问题"与政治文化之间的逻辑关系，并揭示出鲁迅有关"青年""不读中国书"等言论背后的政治文化指向，并对鲁迅有关"青年"审美形象塑造、鲁迅对于"青年"态度的转变等问题进行新的解释。第二节分析民族政治与鲁迅儿童观之间的关系。展现鲁迅一方面反对"把儿童当作缩小的成人"，借"童心"实现他对传统社会的挑战和否定，以对儿童的叙述表达他对现实政治的不满，另一方面常常以"成人"的观念、思想，甚至形象要求儿童，强调"环境""成人"对儿童的影响以表达对社会改革方向的焦虑，我们只能说，鲁迅并没有改变将儿童当作缩小的成人的时代。鲁迅只是把"儿童"当作联结民族政治新旧转换、东西沟通的"联结"，"解放儿童"是民族革命的"能指"。他"发现"或者说"发明"的"儿童"是一个所指的游移和分裂的能指符号，被用来实现他转换新旧政治的目的，他在儿童叙述上的种种矛盾都可借此加以解释。

第四章研究鲁迅将文学机制理解政治权力场的特质。第一节从对1920年代文坛包括（文学政策、制度、出版等）的整体状况和政治权力资本之间关系的分析入手，展现鲁迅对"文学制度"所代表的政治权力特殊的敏感性，以及参与"文坛"权力分化的斗争的态度和方式。第二节分析鲁迅在1930年代文学出版的情况以及他对1930年代文学出版问题的态度，分析1930年代政治文化语境对文学出版的挤压与鲁迅焦虑文坛问题背后的政治原因。

第五章研究政治文化与鲁迅的文学观之间的关系。第一节从展现1920年代"新文学"产生的"思想的标准"与政治革命的关系入手，彰显鲁迅等有关"文学内容""文体理论"等"文学问题"发言背后的政治指向，分析鲁迅"为人生"的文学态度所包含的历史张力，以及他参与文学论争特殊的角度和立场。第二节抓住1930年代鲁迅杂文数量和质量显著提高的现象，分析他在杂文风格方面的探索怎样受制于1930年代的政治文化语境，由此生成他在1930年代中后期杂文独特的审美风格。

第六章研究鲁迅逝世前后对鲁迅的阐释与政治文化之间的关系。第一节探讨1936年作为"纪念"文章的《关于鲁迅》《关于鲁迅之二》以及周作人有关纪念鲁迅的发言,揭示它们通过"记住"和"忘记",通过另一种历史时间的编织,塑造"另一个鲁迅",从而展现"鲁迅"的矛盾性,表达对中国民族建构的"另一种"理解,对"新文学"的"另一种"理解,对"人"的"另一种"理解。第二节关注1936—1942年,毛泽东对鲁迅由"漠视"到"关注"的复杂过程。对1936—1942年毛泽东为何、如何"引用"鲁迅进行话语分析,探讨其动机、方式和功能,揭示毛泽东在政治语境的促发下,逐步"选择""引用""鲁迅"的"民族精神""革命精神""新文化的方向",以建构中国新民主主义革命话语。在此过程中,引用者毛泽东和被引用者"鲁迅"之间的"历史互文"体现着参与20世纪中国现代进程的历史力量的"合谋",但也潜藏着"分裂"的线索。

通过以上研究,我们可以发现无论是人生道路的选择,还是对于文化问题的观感和表态,无论是参与社会历史的现实肉身鲁迅,还是其身后参与对符号化的"鲁迅"的言说者和阐释者,他们的话语实践均直接面向一时一地的政治变动,着重其言说实践的社会政治功能,试图推动或阻止特定政治意识形态的传播或特定政治力量的增长。由于"政治文化"摆脱了将"政治"简单地理解为政策纲领的局限,本研究能够超越五六十年代"政治代文学"的话语范式以及80年代以来"自主的本体""审美"的范畴的局限,从而能够呈现出政治和文学之间复杂的纠葛。

由于对于鲁迅与20世纪中国政治文化的研究采用以点带面的方式,抓住鲁迅文化、文学活动的几个侧面展现一个面向政治,以"新文化""新政治"的鲁迅,研究未能覆盖鲁迅整体文化、文学活动,也未能纵向贯穿整个20世纪。它只能作为思考鲁迅与政治关系的一个开始。特别是,研究在展现鲁迅生前文化活动和文化态度与政治文化关系方面较为详细,而在研究鲁迅身后有关鲁迅的阐释与政治文化的关系方面较为薄弱。今后,将进一步研究政治文化与鲁迅研究之间的关系。

鲁迅与20世纪中国研究丛书

第一章　政治文化与鲁迅的人生道路

第一节　政治文化与辛亥革命前期鲁迅的"从文"道路

关于辛亥革命前期鲁迅的"从文"道路，相关史料研究和阐释已经十分详尽，但对其与当时政治文化环境之间关系的探究还较鲜见。如果不把鲁迅的"从文"道路仅仅看作是一个个体的职业选择，而是看作社会变动过程中"新文学家"产生方式的一个典型个案，将鲁迅寻找身份认同的过程看成是不断赋予"文学家"新的意义的过程，可以发现，鲁迅走向文学的"心理历程"典型地呈现了当时社会变动过程中政治心理集结、分化的过程，它联结着辛亥革命前期社会变动和"新文学"最初的建构方式。由此通过对政治文化和鲁迅"从文"道路之间密切关系的分析，就能够展现"新文学"产生时与政治、社会、文化变动的复杂关系，揭示出社会变动过程中"新文学"的"位置"，回答其怎样被赋予特定的功能和价值的问题。

一、边缘政治人与走异路

谈及鲁迅的"从文"道路，"幻灯片事件"会被首先强调。"弃医从文"体现着医学和精神之间的选择，鲁迅"改变人的精神"的诉求由此得到强调。在这样的叙述中，许寿裳关于鲁迅关注"人性"的回忆也往往被引用，并与"弃医从文"的选择，以及鲁迅回国后"批判国民性"的创作主题相联系，由此描画出一条鲁迅由"人"及"文"的生命轨迹。这种理解强化了鲁迅成长为一个卓越的"启蒙文学家"的必然。但问题是：过于"自足"和"平滑"的解释，往往是阻隔其他"真相"的"屏障"。我们似乎应该注意到鲁迅道路的"不确定性"。在民元前的中国，并没有一个稳定的"新文学之路"可供鲁迅选择。鲁迅"弃医"回到东京后，其着手的事情并非完全是今日所言之"文学"。他参加光复会、编辑《新生》、参加集会、师从章太炎听《说文》等等，活动范围并不止文学一域。而他所写的论文《人之历史》《科学史教篇》《文化偏至论》《摩罗诗力说》《破恶声论》等，内容遍及哲学、历史、教育、文学等诸多领域。这只是一例，但足以说明：鲁迅在人生的每一个历史时刻的选择，并不见得如后人所见的那条历史轨迹那样"稳定"。与其说鲁迅一开始就有着明晰的择业目标，不如说鲁迅是在身份认同的找寻中，逐渐"确定"出一个"文学身份"。在这一过程中，鲁迅的选择不是没有彷徨和游移，而"文学家"身份的确定也充满着矛盾和张力。对于鲁迅"光滑"的人生线索的建构反射着当下文化心理，1980年代以来重构"启蒙""人的文学"概念的历史需要，左右着鲁迅传记的生成方式。而重现鲁迅"从文道路"的"不确定性"和"不稳定性"，不是将鲁迅置于"历史的偶然"，而是希望通过还原鲁迅"从文"选择的"不稳定性"，展现辛亥革命前社会变动的大背景下，"文学场"分化过程中的历史张力。

不以"新文学"现有的概念理解鲁迅对"文"的选择，我们就可以发现鲁迅对"文"的态度和理解几经变动，而历次变动都与社会政治结构变动过程中政治心理的分化相关。第一次重要变动当属少年鲁迅对传统意义上"文人"身份的背弃。鲁迅曾指出一般的读书人走的道路，首要的一条便是读书做官的道路，也即"读书取仕"，是"正途"。此"正途"一方面是青年晋级社会阶层的正道，也是青年获得"文人"（传统意义上的"文学家"）身份的方式。周作人也曾说："这是知识阶级，那时候称作士人和读书人的，出身唯一的正路。"①但当少年鲁迅面对人生的岔路口时，他放弃了这条"正途"。鲁

---

① 周作人：《知堂回想录》上册，河北教育出版社2002年版，第57页。

鲁迅与20世纪中国研究丛书

迅放弃"读书取仕",并非因为他不善于做"八股文"。相反,鲁迅首次参加县试,就在"三图"之内,"着实考的不坏"。当时是非常有希望晋级"秀才",但鲁迅却放弃了继续晋级的考试。现实的困难是显而易见的原因。当时的科举考试历程漫长,仅进取"秀才"就要历经初试复试等四次"县试"、一次"府试"、一次"院试",历时两年之久。并且名额有限,竞争激烈。这样漫长而艰难的"取士"道路是鲁迅不堪承受的。周作人说:"可是他不能坐等考试,父亲于光绪丙申(一九八六)年去世,家境穷困,没法坐守下去。"①

具体而微的现实困难只是社会共性在鲁迅个体身上的折射。晚清时期,青年参与社会阶层变动的方式,发生了重大变化。科举制度的影响作用式微,通过旧式教育通往"权力阶级"之路变得"艰难"。这和当时集权的腐败有很大关系,当集权严重时,社会阶层的流动性减弱。严复在与家人的书信中曾谈及科举的黑暗,指出要想做官,一要靠山,二要金钱,三要同党。②孙中山也把对科考之路巨额花销的详细叙述,作为清政府贪污腐败的重要证据,他说:"就是这些通过勤修苦练,虽然似乎无用却是诚实钻研的科考,狭窄而比较还算干净的做官的道路的这部分人尚且如此,那么,那些通过其他不正当的门路而求得官职的人,所要花的费用多得就更不用说了。"③

鲁迅明白此条"正途"并非是像他这样"读书没落人家子弟"所能企及的,并且深谙固守科举之路可能带来的后果。县考淘汰下来的人,如果不谋求别的出路,便会"落到孔乙己的地位"④。并且值得注意的是,对个体前途得失的现实考量之外,少年鲁迅的选择还与一种特异的心理倾向密切相关。周作人就曾讲述少年鲁迅在处理社会关系和人际交往中特定的心理感受。种种事件使他"感到压迫","造成他的反抗的感情"⑤。我们也许不能简单地把

---

① 周作人:《知堂回想录》上册,河北教育出版社2002年版,第49页。
② 严复:《严复集》第三册,中华书局1986年版,第731页。
③ 孙中山:《中国的现在和未来》,《孙中山全集》第一卷,中华书局1981年版,第99页。
④ 周作人:《知堂回想录》上册,河北教育出版社2002年版,第59页。
⑤ 周作人:《知堂回想录》上册,河北教育出版社2002年版,第13页。

这种情感理解为个人恩怨，因为这种情感在晚清时期，是少年群体普遍弥漫的情感。"感到压迫"，"反抗的感情"，是源于对等级差别的敏感所产生的愤懑、报复的心理。这种"青年的怨愤"正是反抗性的政治人格，对应的是否定性的政治心理。[①]

在这种心理倾向驱动下，鲁迅背弃了"传统的""从文"之路，从而"走异地，逃异路"。所谓"异路"，其实就是"歪路"，也就是不属于既有社会政治结构为青年所准备的阶层晋级范畴的"路"。选择"歪路"的动因来自一个特定阶层子弟特定的政治文化心理感受——"没落读书人家子弟""走投无路"的感受。"走投无路"既是有着现实生存层面的意义，亦有着心理层面"不见容"和"无所归依"的含义。而"异地"和"异路"意味着新的生存空间和生活方式的找寻，更意味着新的人际关系、社会网络和心理认同的找寻。他说："总得寻别一类人们去，去寻为S城人所诟病的人们，无论其为畜生或魔鬼。"[②]

联系鲁迅离家时期的社会大背景，其离家的历史意味就更值得注意。鲁迅离家的1898年，正是戊戌变法之年，新旧两派政治势力的斗争殊为激烈。鲁迅的"歪路"即为去"新学堂""留学"，接受"新知识"。"新知识"与新的政治倾向相联系。自1898年戊戌变法，到1901年清政府实施"新政"，"兴学堂""赴外国游学"正是教育改革的一部分。而鲁迅从离开家乡、入学堂，到赴日留学，正在1898年到1902年期间。入"新学堂"，"官费留洋"的学生以鲁迅这样"没落子弟"居多，可以说，这正是政治倾向性趋于激进的群落。他们将人生的命运投掷于政治"动荡"的一面。他们把对前途的期待与对新秩序的期待联系在一起。而正是他们对于自我人生道路的找寻，迈出了中国政治、社会、文化，以至文学变动的步伐。

---

① 石之瑜：《政治文化与政治人格》，台北扬智文化事业股份有限公司2003年版，第86页。

② 鲁迅：《琐记》，《鲁迅全集》第二卷，人民文学出版社2005年版，第303页。

鲁迅与20世纪中国研究丛书

二、日本的政治文化圈与鲁迅新文化的选择

"日本是同中国两样的"，在日本东京，鲁迅结识了"别一类人们"。新的人际关系的拓展，使鲁迅真正参与到"新秩序"和"新文化"的建设中，鲁迅的"从文"之路自此开始。这一过程中，首先是相同倾向的政治文化心理起到了凝聚"别一类人们"的作用。

鲁迅曾说："凡留学生一到日本，急于寻求的大抵是新知识。除学习日文，准备进专门的学校之外，就赴会馆，跑书店，往集会，听讲演。"①鲁迅的描述刻画了新文化场集结的最初形态。在1898年到1902年期间，选择留学日本的学生，大多有着不见容于国内社会从而"逃异地"的背景。如1902年留日的人群中就有邹容、黄兴、廖仲恺、陶成章、胡汉民等等。而日本东京本来就在地域上具有"政治避难所"的意味，"不论维新党也好，革命党也好，一旦失败则逃亡日本，这似成为当时的公式"②。同在1902年，章太炎避地东京，和中山先生会见，同谋革命，并发起"中夏王国二百四十二年纪念会"。日本留学生与这些"亡命客"有着密切的交往，并且将自己的"留学"身份与"救亡""革新"的政治身份联系起来。日本留学生对同乡学子发出的留学号召，带有浓厚的政治气息。在日本湖南同乡会《游学译编》第6期上有"游学外国者，为今日救吾国唯一之方针"的口号。《江苏》第6期发表《共爱会同仁劝留学启》，也把"留学"与"政治改革者"的身份并举。

"会馆""书店""集会""演讲"等"同仁"之间的交往等表面上看是个体的行为，但却形成了一个"别样的空间"。他不仅强化了鲁迅"走异路"的身份认同，而且把这种心理期待转化为实在的生活本身。"会馆""学院""集会""演讲"中师友之间的交往起到了聚结社会力量、成就"同仁"的作用。1903年10月，在许寿裳等人的邀请下，作为浙江人的鲁迅，参加了"浙学会"。这本是一个同乡会，但在地缘乡情之外，反满的政治文化心理的联结作

---

① 鲁迅：《因太炎先生而想起的二三事》，《鲁迅全集》第六卷，人民文学出版社2005年版，第578页。

② ［日］实藤惠秀：《中国人留学日本史》，生活·读书·新知三联书店1983年版，第342页。

用更为明显。该组织聚集在《浙江潮》编辑的寓所里开会，陶成章等人时常参加，因而该聚会后来被当作"光复会"的前身。"听演讲"的作用也是如此。鲁迅受到章太炎号召的影响，在"中夏王国二百四十二年纪念会"后不久，就剪掉发辫。剪发辫这一举动得到了同学们的认可，鲁迅将剪发照赠送友人并在背面赋诗"寄意寒星荃不察，我以我血荐轩辕"等等。知识和情感的交流和认同，让鲁迅感到了现实归属感，强化了鲁迅作为社会改革者的身份认同。

"跑书店"也体现着"新知识"在塑造留日学生身份方面的作用。许寿裳回忆："鲁迅在弘文学院时，已经购有不少的日本文书籍，藏在书桌抽屉里……"[1]鲁迅也说："留学的时候，除了听讲教科书，及抄写和教科书同种的讲义之外，也自有些乐趣，其一是看看神田区一带的旧书坊。"[2]"跑书店"经常使经济并不宽裕的鲁迅"穷落"，但鲁迅仍乐此不疲。其原因正在于日本书店经营的书籍，能够满足鲁迅精神和情感的需要。这些在国内接触不到的"新书籍"完善着以政治变革心理为核心的心理结构——世界观、历史观、价值观以及相应的知识储备，在精神层面上"塑造"着社会改革者的身份认同。鲁迅曾说："清的末年"，"别有一部分人，则专意搜集明末遗民的著作，满人残暴的记录，钻在东京或其他的图书馆里，抄写出来，印了，输入中国，希望使忘却的旧恨复活，助革命成功。于是《扬州十日记》，《嘉定屠城记略》，《朱舜水集》，《张苍水集》都翻印了……"[3]。而有关这些明末遗民著作的搜集、传播和阅读也影响着鲁迅的历史观，使他对明末遗民格外尊重。他在仙台回东京途中，专门在水户下车，为的是去瞻仰朱舜水墓。而知识结构的建立，不仅完善个体的"信仰"，也为"新文化"形成自足体系奠定基础。

如果说，在东京留学之前，鲁迅还只是在愤懑中找寻一种新的生活可能，那么，东京留学后，这种生活可能性则由他在与留日学生知识、情感、行为的

---

① 许寿裳：《鲁迅传》，东方出版社2009年版，第7页。

② 鲁迅：《小约翰·引言》，《鲁迅全集》第十卷，人民文学出版社2005年版，第281页。

③ 鲁迅：《杂忆》，《鲁迅全集》第一卷，人民文学出版社2005年版，第234页。

鲁迅与20世纪中国研究丛书

联系和交往中变为现实。当弘文学院开展祭孔的活动时，鲁迅对这种保守的文化倾向感到反感："正因为绝望于孔子及其他的之徒，所以才到日本来的，然而又是拜么？一时觉得奇怪。"①这次鲁迅并不孤独，"发生这样感觉的，绝不止我一个人"②。于是1903年，弘文学院学生大举离校、罢课，名义上是抗议食宿，实际上是抗议弘文书院的教育方式。而鲁迅的名字就在罢课学生的名单中。将对食宿条件的争取和对弘文书院的教育理念的反抗联系起来，正是这群社会变革者另一种生存方式的缩影——以"反抗"为"事业"。

可以说，"会馆""书店""集会""讲演"等，联结着具有共同的政治追求的留日学生，塑造着他们的"身份"，成就他们的行为方式和志业方向。它们起到了社会学意义上"场域"的作用。并且，该"场域"的一个显在特征就是以"新政治"的价值标准筛选、传播、生产"知识"，可以说是最初的"新文化场"，中国"新文化"的萌芽也就此产生。因此该种"新文化"产生之初，政治文化的影响是最鲜明的特征。首先是文理不分，专业边缘模糊。留日的留学生并不纠结于专业化的问题，无论人文还是理工，哲学还是具体技术，各种新"知识""文化"都得以引进、宣传和倡导。但目的是统一的，那就是为社会变革张目。正如严复所说："是以今之要政，统于三端：一曰鼓民力，二曰开民智，三曰新民德"，"谓有能淘洗改革，求合于当前之世变"。③"启民智""新民德"都是为了适应"当前之世变"的需要，文章论题讨论的视角多围绕中国的政体改革来阐发。各省同学会所创办的杂志代表着当时文化生产的状况。从其栏目设置来看，专业杂糅的情况十分突出。比如《浙江潮》的主要栏目有：《社说》《论说》《学术》《教育》《哲理》《历史》《科学》《记事》《图画》等。而办刊的宗旨是传播革命文化，刊名即象征汹涌的革命潮。"发刊词"更是明确地表明这一立场："仁将冷眼，睹亡国

① 鲁迅：《在现代中国的孔夫子》，《鲁迅全集》第六卷，人民文学出版社2005年版，第326页。

② 鲁迅：《在现代中国的孔夫子》，《鲁迅全集》第六卷，人民文学出版社2005年版，第326页。

③ 严复：《严复集》第一册，中华书局1986年版，第27页。

于生前，剩有雄魂，发大声于海上。"①所以，在《浙江潮》上刊发的文章，无论是学术讨论，还是时事评论，无论是普及科学知识，还是讨论人文问题，文章无一不围绕政治变革的需要展开。

在这种背景下，鲁迅于《浙江潮》上发表的论文和译作，也是"新文化"生产的一部分。无论是立意，还是文风，都典型地体现着当时政治文化心理的影响。鲁迅在此时也撰写了诸多论文，有的阐发科学知识，有的讲述历史故事，也并不作文理的分别，但每篇文章的立意都与政治变动相关。《说铂》是一篇科普论文。化学知识并非鲁迅所擅长，"那时的化学和历史的程度并没有这样高"。《说铂》的产生与其说是鲁迅的自觉的"创作"，不如说是"文化场"的"生产"。鲁迅回忆说："我那时初学日文，文法并未了然，就急于看书，看书并不很懂，就急于翻译……"②而普及化学知识只是"道路"，目的则在"由是而思想界大革命之风潮，得日益磅薄，未可知也！"③。再如《中国地质略论》与其说是矿业论文，不如说是一篇政治时评。所针对的是1903年10月1日《朝日新闻》上所刊载的"俄复索我金州复州海龙盖平诸矿地"一事。论文政论之多，以致作者自己都认为"空谈几溢于本论"。论文的旨归在于唤起中国"工业繁兴，机械为用，文明之影，日印于脑"④等等。

三、政治文化心理的分化与弃医从文

可以说，在仙台学医前，鲁迅就已经踏上追求"新文化"的"从文"之路。至于文学史经常叙述的戏剧性片段——"幻灯片事件"后的"弃医从文"则是其延续，是政治心理分化后鲁迅对自身社会位置的进一步找寻。

鲁迅"弃医"回到东京后，其着手的事情并非完全是今日所言之"文学"。首先，他活动范围并不止文学一域；其次，他重点着手编辑的《新生》

---

① 《浙江潮》第一期，1903年2月17日。
② 鲁迅：《集外集·序言》，《鲁迅全集》第七卷，人民文学出版社2005年版，第4页。
③ 鲁迅：《说铂》，《鲁迅全集》第七卷，人民文学出版社2005年版，第21页。
④ 鲁迅：《中国地质略论》，《鲁迅全集》第八卷，人民文学出版社2005年版，第6—20页。

杂志，也并不是今天意义上的"纯文学"杂志。这从鲁迅准备发表于《新生》的文章可见一斑。如周作人所描述的，鲁迅"想在《新生》上说的话，都在《河南》上说了"①。鲁迅于《河南》杂志上发表了《人之历史》《科学史教篇》《文化偏至论》《摩罗诗力说》《破恶声论》等，除《摩罗诗力说》是论文学问题，其他诸篇的内容遍及人文科学的各个领域。所以，"幻灯片事件"后，鲁迅所从事的"文"并不专属"文学"，而是遍及一般意义上人文科学各个领域。这表明，鲁迅以"文学"为业的道路并不像后人所见的那样清晰。在当时，并没有现成的"新文学场"可供鲁迅参与，"文学"的价值也有待"说明"（而不是像民国后那样有着公认的"改变精神首推文艺"的价值标准）。与其说"文学"成为鲁迅的事业选择，不如说是鲁迅为"文学"确立了事业的价值。而要弄清这一过程，我们仍要对"仙台学医"前后鲁迅政治心理的变化进行分析。

首先值得注意的区别在于，仙台学医后鲁迅的"文化生产"系列中并不包含自然科学领域专业化的论文。如上所述，在"新文化"的建构过程中，政治文化心理促使下的对于西学的学习和倡导，呈现文理不分的现象。医学也好，文学也好，都并置于开启民智、救亡图存的大旗之下。鲁迅选择"学医"，是在这一背景下发生的。他说：

> 我的梦很美满，预备卒业回来，救治像我父亲似的被误的病人的疾苦，战争时候便去当军医，一面又促进了国人对于维新的信仰。②

可见其目的有二：一是具体的实业——"治病救人"；其二却是精神层面，"维新的信仰"。童年的创伤记忆（"父亲的病"）固然是内因，而青年鲁迅的"心理"也不可忽视。《呐喊·自序》中记载了青年鲁迅对于"日本维新是大半发端于西方医学的事实"的关注，它表明鲁迅认识到"学医"是"新

---

① 周作人：《鲁迅的青年时代》，河北教育出版社2002年版，第57页。

② 鲁迅：《呐喊·自序》，《鲁迅全集》第一卷，人民文学出版社2005年版，第438页。

文化"建设的一部分，可以参与秩序变革。通过"医学"来促进与政治变动相关的"信仰"的建立，这并非鲁迅一个人的想法。清末时人关注"西学"，并不限于"师夷长技"的愿望。如上所述，在否定性的政治文化心理下，引进和传播科学知识，并不是着眼于提高民众的科学技能，而是要启发"民智"，增进"信仰"。

但问题是通过对现有政权的"否定性情感"取得最初的统一性后，分歧就会产生，表现为文化场结构的调整和分化。这种分化和调整首先在具体的文化倾向上表现出来。韦伯曾论述当下专业分工体系中"学术人"和"政治人"的区别①，在晚清，分野并不是一蹴而就。在政治变革的需要所引发的文化革新大潮中，以政治改革为业的人无一不带有"知识阶级"的特点，鲜有纯粹的政客。最初的分野却是在"政治化的学术"还是"为学术而学术"之间，或者说是"意识形态宣传者"和"科学技术工作者"之间，分野的外在表现是知识内部的辨析，内因则要归结为政治心理的分化。

在政治心理分化的推动下，"新文化""文理不分"的统一性被打破，就事论事的"治学"和致力政治变动的"治事"之间的分歧和冲突被彰显出来。严复就曾著文《论治学治事宜分二途》指出，"国愈开化，则分工愈密"，而严复将其分为"农工商"的"治学"和"从政"的"治事"，也就是实业派和政治派。严复强调"农工商""治事"的重要性，他说："农工商之学人，多于入仕之学人，则国治。"②这种分野随着政治变革进程的推进而明显。鲁迅也察觉到这一点。他在《科学史教篇》也指出"社会之事繁，分业之要起，人自不得不有所专，相互为援，于以两进"③。鲁迅认识到在政治变革的过程中，有着科学和人文的分工。而与在《说鈤》等文章中强调科学推动意识形态变革不同的是，《科学史教篇》中指出"人间教育诸科，每不即于中道，甲张则乙驰，乙胜则甲衰"④，由此彰显知识和道德，科学和美艺之间的矛盾。对

① ［德］韦伯：《学术与政治》，生活·读书·新知三联书店1998年版。
② 严复：《论治学治事宜分二途》，《严复集》第一册，中华书局1986年版，第89页。
③ 鲁迅：《科学史教篇》，《鲁迅全集》第一卷，人民文学出版社2005年版，第33页。
④ 鲁迅：《科学史教篇》，《鲁迅全集》第一卷，人民文学出版社2005年版，第28页。

专业之间矛盾冲突的强调说明在鲁迅心中，科学和人文已经具有了价值差别。

其实分歧在新文化传播伊始就已见端倪。就文化影响力来说，严复所译《天演论》的作用十分显著。严复所传播的"优胜劣汰，适者生存"的观点，成为社会改革者最为基本的理论基石。并且他为包括鲁迅在内的社会青年找寻新的时空提供了世界观的支撑。对于《天演论》的"进化"观点，人们并无异议。但是，对于"进化理论"之于政治变革价值的评价，却在《天演论》翻译之初就存在分歧。对于严复将生物学领域运用到社会学领域，特别是用以指导人生观，章太炎就表示反对。他指出"进化之实不可非，进化之用不可取"①，认为纯粹生物界之"进化"乃"善恶苦乐并进"，它并不能增益人生的道德和幸福。由此章太炎强调积极的道德干预，诸如运用佛教信仰的力量等。章太炎的反驳并不是要借佛教阐发唯道德论，泯灭进取之心。这从它对蓝公武的驳斥就可见一斑，他说"一切世间善恶，悉由我见而起"，由此肯定"智识之进化"的重要性。②章太炎反驳严复不过是强调政治变革过程中"信仰"的重要性，代表着意识形态领域更为激进的变革态度。这与严复在意识形态领域的保守性形成反差。而鲁迅对此也有所表态，他在《太炎先生二三事》中就曾肯定章太炎以"信仰"补充进化论的观点。此类争论还有很多，不一一列举，这些争论表面上看只是知识辨析，但根本的分歧是在于对政治革命的态度上。严复倾向于"问题的改良"，而章太炎等倾向于意识形态入手的政体颠覆。在政治心理分化的推动下，"新文化""文理不分"的统一性被打破，就事论事的"治学"和致力政治变动的"治事"之间的分歧和冲突被彰显出来。

涉及学术问题，也便有了"政治化的学术"和"为学术而学术"的分别。严复曾指出人文与科学实业的不同。他说："若夫词章一道，本与经济殊科，词章不妨方达……""然而西学格致，则其道与是适相反。"③"词章放达"

---

① 章太炎：《俱分进化论》，《章太炎全集》第四册，上海人民出版社1985年版，第387页。

② 章太炎：《与人书》，《民报》第10号，1906年12月22日。

③ 严复：《救亡决论》，《严复集》第一册，中华书局1986年版，第45页。

在当时并不仅仅是修辞特色，它还涉及一种心理态度。上文已述，"激昂慷慨"的文风源自政治激情弥漫的风气。鲁迅谈及邹容《革命军》的"浅近直截"[①]，喜欢章太炎论战的文章"所向披靡，令人神往"，皆反映出鲁迅的政治激情和政治态度。在"政治化的学术"和"为学术而学术"之间，鲁迅的种种言论表明他偏向于前者。强烈的政治情绪推动鲁迅不止步于"实业"范畴，而是进一步向"政治革命"中心迈进，而在这一中心，鲁迅参与构建意识形态领域的新体系，今天意义上的"新文化"才由此诞生。

仙台和东京之间"一去一回"的空间变动是鲁迅心理历程的外在表现，它标志着鲁迅对社会身份进一步的明确，同时也呈现了世纪之交文化变革过程中，专业场域的进一步明晰和分化。在有关"离开东京"的回忆中，另一种叙述，使得"治病"等"志业"叙述显得不是那么可靠。

> 东京也无非是这样。上野的樱花烂熳的时节，望去确也像绯红的轻云，但花下也缺不了成群结队的"清国留学生"的速成班，头顶上盘着大辫子，顶得学生制帽的顶上高高耸起，形成一座富士山。也有解散辫子，盘得平的，除下帽来，油光可鉴，宛如小姑娘的发髻一般，还要将脖子扭几扭。实在标致极了。[②]

鲁迅对"辫子"特殊的敏感来自政治化的思维。他曾说："对我最初提醒了满、汉的界限的不是书，是辫子。""留辫子"不仅关系到生活的便利，而且是某种政治追求和政治身份的标志。鲁迅将"离开东京"的理由归结为"辫子问题"也正表明，他的离去与东京某种政治动向的变动有关。1904年间，政治倾向性的意愿发展成为具体的行动。于是，"同仁"各自寻找自己的位置。同学们陆续各自转入专门学校。邹容被遣回国，陶成章、章太炎回国。而孙中山也少在东京停驻。"同仁"流散，使得"在东京"作为"身份标识"的意义

---

① 鲁迅：《杂忆》，《鲁迅全集》第一卷，人民文学出版社2005年版，第234页。

② 鲁迅：《藤野先生》，《鲁迅全集》第二卷，人民文学出版社2005年版，第313页。

鲁迅与20世纪中国研究丛书

减弱。

于是便有了"到别的地方去看看，如何呢？"①。

仙台学医，有着现实层面"从业"的考虑，但步入更为"切实"的"革命"行动，将一种既定的心理愿景转化为现实身份，也是奔赴仙台的重要心理动因。所以，对于鲁迅来说，"学医"绝不是"师夷长技"，而是参与新秩序的一种位置和方式。本来，在"新文化"的大旗下，"医学""军事""兵器"都是革命行动的一部分。但随着政治变动的深入，政治文化生产场的结构也随之分化，"治学"和"治事"之间分工开始明晰。这在民国建立之后，分野更为明显。一方面是职能型"公务员"，另一方面是引领政权和意识形态话语的"政治领袖"和"文化领袖"。"是否学医"的问题根本在于是否止步于"农工商"的"治学"范畴，做一个"实业人"。于是，"回东京"意味着鲁迅进一步明确了在这场政治变动中的身份选择。

在鲁迅离开东京一年后，革命活动发生新的变动，"东京"再次"热闹"起来。孙中山1905年到东京，发表《在东京中国留学生欢迎大会的演说》，成立中国同盟会。同年《民报》创刊。《民报》不同于之前各省同学会所办的杂志，之前《浙江潮》等杂志所联结参与者的还在于单纯的"否定性情感"，而《民报》则体现着明确的政治党派性。《民报》"本社简章"中明确指出办刊宗旨在于"颠覆现今之恶劣政府""建立共和政体"。②孙中山的《民报》"发刊词"更是起到集结政治先驱的作用：

> 惟夫一群之中，有少数最良之心理能策其群而进之，使最宜之治法适应于吾群，吾群之进步适应于世界，此先知先觉之天职，而吾《民报》所为作也。抑非常革新之学说，其理想输灌于人心而化为常识，则其去实行也近。③

———————————

① 鲁迅：《藤野先生》，《鲁迅全集》第二卷，人民文学出版社2005年版，第313页。

② 《民报》第1号，1905年10月28日。

③ 《民报》第1号，1905年10月28日。

章太炎也来到东京，并感受到东京革命氛围发生的变化："再到此地，留学生中助我张目的人较从前增加百倍，才晓得人心进化是实有的。以前排满复汉的心肠，也是人人都有，不过潜在肠中，到今日才得发现。"①此时东京作为政治革命的中心，对于鲁迅来说，"去东京"对应着一种身份认同的选择。到东京"从文"也许是现实的某种打算，但对政治变动的参与热情和跻身政治中心的向往，是鲁迅弃医从文的心理前提。因此鲁迅等不到医科专门学校毕业，就肄业返还东京。并且在东京，鲁迅作为"政治人"的形象更为突出起来。

鲁迅的"交际"更为明确，更加趋近于"政治团体"的中心人物，如章太炎、秋瑾、徐锡麟等等。并且交往密切到发展为"同党"。许广平曾记录鲁迅的回忆，"认识了许多同盟会的人，而与徐锡麟等同组光复会的陶焕卿（成章），也因徐刺恩铭案亡命来东京，因为同乡的关系，常到先生的寓所或民报社谈天"②。由此，鲁迅成为政治组织"光复会"的会员也便不足为奇。

此时鲁迅的政治热情也更为高涨。《范爱农》记载了鲁迅在东京客店里的政治生活：

> 在东京的客店里，我们大抵一起来就看报。学生所看的多是《朝日新闻》和《读卖新闻》，专爱打听社会上琐事的就看《二六新闻》。一天早晨，辟头就看见一条从中国来的电报，大概是：
> "安徽巡抚恩铭被 Jo Shiki Rin 刺杀，刺客就擒。"
> 大家一怔之后，便容光焕发地互相告语，并且研究这刺客是谁，汉字是怎样三个字。但只要是绍兴人，又不专看教科书的，却早已明白了。这是徐锡麟，他留学回国之后，在做安徽候补道，办着巡警事务，正合于刺杀巡抚的地位。

① 章太炎：《东京留学生欢迎会演说辞》，《章太炎讲演集》，河北人民出版社2004年版，第2页。

② 景宋：《民元前的鲁迅先生》，王冶秋编：《民元前的鲁迅先生》，峨嵋出版社1947年版，第108页。

鲁迅与20世纪中国研究丛书

大家接着就预测他将被极刑，家族将被连累。不久，秋瑾姑娘在绍兴被杀的消息也传来了，徐锡麟是被挖了心，给恩铭的亲兵炒食净尽。人心很愤怒。有几个人便秘密地开一个会，筹集川资；这时用得着日本浪人了，撕乌贼鱼下酒，慷慨一通之后，他便登程去接徐伯荪的家属去。

照例还有一个同乡会，吊烈士，骂满洲；此后便有人主张打电报到北京，痛斥满政府的无人道。①

在政治激情的作用下，鲁迅一反冷静审慎的常态，坚决主张打电报痛斥清政府无道。对持不同意见的范爱农，鲁迅表现出了政治人对于政敌的一贯态度——"愤怒"，并欲"除去"。

正是以此种身份，鲁迅延伸着他的"从文"之路，而"文"的重点却发生了变化，政治意识形态革新的旨归更为明确。鲁迅曾说在仙台学医前的文章"受着严又陵的影响"，而学医后的文章"又受了章太炎现实的影响"。从严又陵到章太炎，其实不仅是指文风的变化，也是文章文化指向的变化。如果说学医前鲁迅的文章还似止步于"实业"的"维新"，而学医后文章作为"意识形态宣传"的面目日益清晰。《科学史教篇》一改通过宣传普及具体的科学知识的做法，对科学和人文学科分工关系进行总体论述，在肯定科学之于社会变革贡献的同时，提醒人文的重要性，"防社会入于偏，日趋而之一极，精神渐失，则破灭亦随之"。对人文的强调，正顺应着当时革命前夕倚重于意识形态宣传的需要。翻开《民报》的目录，我们也可发现，《浙江潮》中盛行的科普性的论文减少了，而政论、时评、小说成为《民报》的主体。

四、区别于行动的政治——以文学为业

然而鲁迅终究没有成为一个"政治人"，在鲁迅的行动和创作中，虽然表现出"政治革命先觉者"的特性，但他的种种表现仍然使他与政治家们区别开来，从而以"文学"为"业"。而探究鲁迅在"文艺"和"政治"的歧途之间

---

① 鲁迅：《范爱农》，《鲁迅全集》第二卷，人民文学出版社2005年版，第321页。

的选择，以及"文学"如何成为一种"事业"的过程，政治文化心理是必要的途径。

谈及鲁迅在辛亥革命前期的文学观，许寿裳的回忆经常被引用，用以标识鲁迅对于文学审美独立性的认识：

> 章先生问及文学的定义如何，鲁迅答道："文学和学说不同，学说所以启人思，文学所以增人感。"先生听了说：这样分发虽较胜于前人，然仍有不当。郭璞的《江赋》，木华的《海赋》，何尝能动人哀乐呢。鲁迅默然不服，退而和我说：先生诠释文学，范围过于宽泛，把有句读和无句读的悉数归入文学。其实文字与文学固当有分别的，《江赋》、《海赋》之类，辞虽奥博，而其文学价值就很难说。①

表现上看，鲁迅继承的是中国传统文论中"诗赋欲丽"②的观点，但其对应文学修辞政治功能的强调却与传统文论二致。在《摩罗诗力说》中鲁迅就提到诗的"无用之用"，提出诗歌具有其他专业所不具有的影响人心的作用，而影响人心的最终目的是在于推动政治变革。这与1902年梁启超在《小说与群治的关系》一文的观点形成呼应。梁文也强调了小说"熏""染"的功能，及其运用到政治宣传上的必要性。而鲁迅对于"摩罗诗人"的呼唤，和梁启超对"诗界之哥伦布"的期盼，在这一层面上，似也并无二致。从"宣传效力"和"方式"上去理解鲁迅的文学观并非没有实证。鲁迅在弘文书院翻译《月界旅行》时，就曾这样论述"科学小说"的作用："盖胪陈科学，常人厌之，阅不终篇，辄欲睡去……惟假小说之能力，被优孟之衣冠，则虽析理谭玄，亦能浸淫脑筋，不生厌倦……必能于不知不觉间，获一斑之智识，破遗传之迷信，改良思想，补助文明。"③

---

① 许寿裳：《鲁迅传》，东方出版社2009年版，第24页。

② 曹丕：《典论·论文》，《典论》，中华书局1985年版，第1页。

③ 鲁迅：《〈月界旅行〉辨言》，《鲁迅全集》第十卷，人民文学出版社2005年版，第164页。

鲁迅与20世纪中国研究丛书

但我们应该注意到鲁迅在仙台学医后所翻译的文学面貌与之前《月界旅行》等不同。这种不同显然在于"思想内容"方面。仅仅将辞章方面的"放达"或是"感人",作为"文学"和"文章"区分的标准,很难让人信服。至少,晚清时期的许多政论文章,大多"热情洋溢""辞章放达"。这就很难归类。"文学"从一般意义上的"文化论文"中分离需要有"质"的分别。这种分别不仅是文字辞章上的差异,而且是本体价值观的分歧。由此,我们仍要探究鲁迅"从文"背后的心理动向。谈到鲁迅在"政治家"和"文学家"之间的选择,鲁迅的这段言论值得分析:

> 革命者叫你去做,你只得遵命,不许问的,我却要问,要估量这事的价值,所以我不能做革命者。①

跟从革命者,一方面是信仰的同一性,另一方面是政治组织上的统一性。在革命行动开始之前,信仰的同一性起到决定性作用,而当激情澎湃的革命筹谋转化为现实层面的行动时,后者的力量则更为重要。此时"信仰的英雄,尤其是信仰本身,都会消逝,或者沦为(这更彻底)政治上的庸俗人物和政治技术家习用咒语的一个部分。这种发展,在和信仰有关的斗争中,完成得特别快,因为这种斗争,通常是由真正的领袖——革命的先知——所带领或发动的。之所以会如此,是因为在这种情况里,一如在其他所有的领袖型机构(Führe rapparat)中一样,成功的条件之一,便是让一切空洞化、僵固化、为了'纪律'而让心灵和思想无产阶级化。信仰之斗士的这班跟从者,一旦取得了支配的地位,会特别容易堕落成彻头彻尾常见的俸禄阶层"②。显然,鲁迅不愿意做丧失思想独立性的"跟从者"。在他的上级命令他参加暗杀行动时,鲁迅虽然同情于徐锡麟、秋瑾等革命志士,但终以"家有老母"为理由拒绝了。无论这种原因是否"实情",此举标志着鲁迅对于政治组织性的叛离。这

———————————

① 景宋:《民元前的鲁迅先生》,王冶秋编:《民元前的鲁迅先生》,峨嵋出版社1947年版,第108页。

② [德]韦伯:《学术与政治》,广西师范大学出版社2004年版,第269页。

也使他疏离于政治行动，至此之后，鲁迅只字不提自己的"革命者"身份。

值得注意的是：鲁迅不参加政治行动并不意味着鲁迅消灭了政治热情，也并不是要脱离于政治之外。由此，也许我们不能把鲁迅对思想独立性的重视单纯地视为鲁迅一己"思想先觉者"的"觉悟"，而不关注其发生的政治文化背景。其实，在革命推进的过程中，政治思想的分化已经潜在地决定了歧路的发生。

孙中山《在东京中国留学生欢迎大会的演说》发出号召时说："百姓无所知，要在志士的提倡；志士的思想高，则百姓的程度高。""盖一变则全国人心动摇，动摇则进化自速，不过十数年后，这'独立'两字自然印入国民脑中。"[①]这段讲话有意思的地方就在于，孙中山一方面重视"志士的思想"，另一方面又强调政治行动的重要性，认为"一变则全国人心动摇"。

孙中山的讲话透露出，政治变动过程中，文化改革和政治行动之间具有辩证的矛盾。诚然，它们之间有相辅相成的一面。孰先孰后很难抉择，似乎也并没有抉择的必要。但思想文化变动和政治行动之间也有冲突和牵绊。诸如在文化改革中异常强调的"民主""独立"与革命行动就有冲突。孙中山就曾说："革命之志在获民权，而革命之际必重兵权，二者常相抵触者也。"作为政治行动家，孙中山的逻辑是"用兵时贵有专权，而民权诸事草创，资格未粹，使不相侵"[②]也就是说，孙中山认为革命首要任务在于军事暴动，而军事暴动要想成功，必须先把"民主"放在一边，实行"专权"，待军事暴动成功后再考虑民主事宜。再如在民主共和问题上，对于"中国人民的程度，此时还不能共和"的担忧，孙中山不予考虑，而是笃定"我们人民的程度比各国还要高些"[③]。这并不是孙中山盲目乐观，而是他认为政体变革是第一位的，民智开化、民德新变尚在其次。而同样的论题，章太炎就有不同观点，他认为革

① 孙中山：《在东京中国留学生欢迎大会的演说》，《孙中山全集》第一卷，中华书局1981年版，第281页。

② 孙中山：《与汪精卫的谈话》，《孙中山全集》第一卷，中华书局1981年版，第289—290页。

③ 孙中山：《在东京中国留学生欢迎大会的演说》，《孙中山全集》第一卷，中华书局1981年版，第280页。

命"第一要在感情"，要高于"一切政治、法律、战术"，高于"百千万亿拿破仑、华盛顿"，所以他竭力提倡"用宗教发起信心，增进国民的道德"①等等。

这样一来，文化改革和政治行动之间，便有了孰先孰后、孰轻孰重的问题。孙中山所关注的是"暴力革命"这一实实在在的变革政体行为。这在他和章太炎关于《民报》经费的分歧中可见一二。孙中山与章太炎对于《民报》经费比例不同的期待，代表着他们对于革命行动侧重点的不同考量。

鲁迅悼念章太炎时曾哀叹："先生则排满之志虽伸，但视为最紧要的'第一是用宗教发起信心，增进国民的道德；第二是用国粹激动种性，增进爱国的热肠'（见《民报》第六本），却仅止于高妙的幻想。"②从这里我们可以看出鲁迅的倾向。与孙中山认为"一变则全国人心动摇"不同，鲁迅认为中国救亡图存的首要任务是"人立而后凡事举"③。

鲁迅认为社会变动的根本要务在于"人心"的变动，他谓之"撄人"。只有"撄人"，才能改换政体，促进民众进取之心。他说："有人撄人，或有人得撄者，为帝之大禁，其意在保位"，同时"有人撄我，或有能撄人者，为民大禁，其意在安生，宁蜷伏堕落而恶进取"，由此要促进政变，必要有"撄人心者"。他认为"诗人"便是此"撄人心者"。④

于是，鲁迅对文学"情感性""审美性"的强调，便不止"潜移默化"的工具意义，而有了另一种本质的意义，即区别于政治理性的又一套自足的价值体系。它以政治变革为大前提，但将"思想文化改革"置于政治暴动之上，于是这种价值体系对政治理性形成对照和批判的作用。在鲁迅眼中，"审美"使得文学成为面向政治，又区别于政治的"自足本体"。《摩罗诗力说》将对

---

① 章太炎：《东京留学生欢迎会演说辞》，《章太炎讲演集》，河北人民出版社2004年版，第2页。

② 鲁迅：《关于太炎先生二三事》，《鲁迅全集》第六卷，人民文学出版社2005年版，第566页。

③ 鲁迅：《文化偏至论》，《鲁迅全集》第一卷，人民文学出版社2005年版，第58页。

④ 鲁迅：《摩罗诗力说》，《鲁迅全集》第一卷，人民文学出版社2005年版，第70页。

"诗人"的呼唤称为发起"第二维新之声"。①"摩罗诗人",可谓"新文学家"的代表,他作为民主政治实现的另外一翼而存在,其目的始终不脱离政治改革,但在思想文化领域"估量它的价值",从而起到批判和补充的作用。

正因如此,鲁迅从书写《斯巴达之魂》推崇"尚武精神",转变为翻译《四日》,对战争暴力的"反人性"进行反思。上文论述过,政治的决定性手段是暴力。无论是维护民族国家主权还是实现政体变革,都必然要诉诸军事暴力手段。因此,对军人地位的提升,对武力的颂扬,在反满救亡的风潮中十分盛行。然而,这种手段却与思想文化领域对"民德"的提倡相冲突。暴力就是暴力,其中就免不了"强权""压迫""杀戮"的存在。为了给革命张目,提倡"佛教",强调"道德"的章太炎,也不得不写一篇《革命道德论》,以"为多数人,杀一人,为菩萨心"来缓和革命和道德之间的紧张关系。章太炎的立论在于以"目的"的正当性来使"手段"合法化。而鲁迅在《破恶声论》中完全站在反思和批判的立场,针砭革命风潮下崇尚暴力之弊病,指出"其所谓爱国,大都不以艺文思理,足为人类荣华者是尚,惟援甲兵剑戟之精锐,获地杀人之众多,喋喋为宗国晖光"②。从而,他将"恶兵如蛇蝎"的"托尔斯泰"誉为矫正时弊的"豫言者"。从政治思想分化的角度,我们便可以理解鲁迅立场的转变。

由此"文学"从政治变革中文化革新的汹涌大潮中"独立"出来,并成为鲁迅"志业"的方向。于是,鲁迅开始办杂志,出版书籍。鲁迅说:"做这事业,一要学问,二要同志,三要工夫,四要资本,五要读者。"③办杂志,出版书籍,在社会学意义上说,就是以特定的文化追求和价值标准为象征资本,以经济资本和时间资本为支撑,以同仁和追随者为主体,形成一个独立自足的社会场域。这最初的事业追求成就着新文学场的雏形。鲁迅的回忆记载了起步的艰难:"在冷淡的空气中,也幸而寻到几个同志了,此外又邀集了必须的几

① 鲁迅:《摩罗诗力说》,《鲁迅全集》第一卷,人民文学出版社2005年版,第103页。

② 鲁迅:《破恶声论》,《鲁迅全集》第八卷,人民文学出版社2005年版,第33页。

③ 鲁迅:《域外小说集·序》,《鲁迅全集》第十卷,人民文学出版社2005年版,第176页。

个人，商量之后，第一步当然是出杂志，名目是取'新的生命'的意思，因为我们那时大抵带些复古的倾向，所以只谓之《新生》。""《新生》的出版之期接近了，但最先就隐去了若干担当文字的人，接着又逃走了资本，结果只剩下不名一钱的三个人。创始时候既已背时，失败时候当然无可告语，而其后却连这三个人也都为各自的运命所驱策，不能在一处纵谈将来的好梦了，这就是我们的并未产生的《新生》的结局。"①《新生》未曾面世就失败了，而《域外小说集》得以面世，却读者寥寥。显然，由于"资本""读者"的缺乏，鲁迅以之为"事业"的"新文学场"，在当时并不能立足，根本不能够成为经济上、精神上安身立命的"事业"。但它却是民国建立后鲁迅参与"新文学"方式的最初线索。

从上文的分析我们可以看到，政治心理始终引领着鲁迅的"从文"之路。在"旧文化"和"新文化"之间，在"实业"和"意识形态"之间，在"政治"和"文艺"之间，鲁迅的每一次人生选择都与他的政治思想、心理、情感密切相关。鲁迅的"从文"之路是清末民初政治变动背景下"新文学家"产生方式的典型个案。它以一个青年命运抉择的心理历程折射着社会政治变动过程中文化转型、生长、分化的过程，体现着政治、社会、文化、文学之间复杂的关系。由"走异路"到以"文学"为业，这一过程展现出"新文学"从政治变动中出生，在政治心理分化的推动下，在与文化、政治的矛盾和张力中确立自身位置和功能的历史面貌。这说明，以"新文学""为业"，这一"从文之路"的合法性是在政治变动的前提下建立起来的。而所谓"新文学"自诞生之日起，就具有一种特性：它只有在"新的政治秩序""新文化"中才能找到自身的位置，它与"政治"和"文化"始终保持着紧张的张力，否则就有"价值"被消解的危机。

① 鲁迅：《呐喊·自序》，《鲁迅全集》第一卷，人民文学出版社2005年版，第439页。

第二节　政治文化与北伐后鲁迅放弃教职

北伐期间及之后，鲁迅先后辗转几个高校，并最后放弃大学教职，有关这一变化的过程，学界已有充分的展现。但背后的原因还有待进一步研究。特别是在这一过程中，曾一度被鲁迅认为"反民党"的顾颉刚为何与国民党建立起亲密关系，而鲁迅与国民党的亲和关系却不复存在。鲁迅为何与本是同道的朱家骅、傅斯年分道扬镳？促使鲁迅放弃教职的根本原因是什么？这些问题，不是简单地从政治变动，或是文化追求本身出发就可以解决的，而要弄清北伐期间政治变动和文化分化之间的关系。本节从鲁迅在北伐期间的教职变动谈起，在鲁迅与其他知识分子观点的碰撞中，展现北伐期间新文化知识界的分化，及其与政治态度之间的密切关系。

一、由厦大到中大的政治文化动因

1926年，鲁迅离开北京，到厦门大学任教。对于此举，学界已有多种解释。其一是认为，因为许广平女师大毕业后赴广东女子师范学院任教，鲁迅为了爱情，约定南下厦大，两年后团聚。其二是认为鲁迅被章士钊开除教育部佥事一职，北京高校欠薪严重，而此时鲁迅收到在厦大任文科主任的好友林语堂发来的聘书，并薪金和路费500元，厦大薪金丰厚，从而南下。①

此两种解释，均是鲁迅南下的重要原因。不过它们均偏于从鲁迅的个体因素去解释鲁迅南下的现象。其实，联系1926年前后中国政治文化局势，可以发现当时学者离京南下是一个普遍现象。1926年《大公报》有《国立九校教授纷纷出京》的报道："各校教员最近又纷纷离京，如北大哲学教授张颐，已应厦大之聘。法大教务长潘大道，已应上海法科大学之聘，均于昨日离京。师大代理校长汪懋祖，已应东南大学之聘，不日离京。其余纷纷南下者尚多，大约以上海、广东、南京、厦门四处为归宿。而成都大学所聘亦复不少，成大教务长吴永权，在北京所聘原任国立九校教授如李璜、曹四勿等计十余人，已经陆续

---

① 开除教育部职务一事，已随着同年章士钊下台，易培基上任而化解。鲁迅不仅恢复了教育部的职务，随着女师大复校，鲁迅的教职也得以恢复。

鲁迅与20世纪中国研究丛书

出京。"①

随着善后会议失败，南北和谈的希望不复存在。自1925年起，北京政坛的相对稳定性被打破。军阀混战的战火殃及北京。1926"这一年，北洋军阀的统治已经处于崩溃的前夕，军阀混战的次数最多，动员人数最大，涉及的地域也最大，而大小军阀之间相互火并，离合拥拒的形势也发展到最微妙的程度"②。具体来说，1926年的北京发生"三·一八惨案"后，段祺瑞下台，冯玉祥退出北京，张作霖主导的奉系掌权等事件，致使北京社会动荡不安。"最近七八个月，北京这个都会一种恐怖状态，最初是空中炸弹的恐怖，接着是军队入城出城的恐怖，接着是无数军官或军事机关任意拿人任意杀人的恐怖。"③所谓军事机关任意拿人任意杀人，尤指张作霖屠杀文化界人士。相较段祺瑞、冯玉祥等人，张作霖更少文化追求，与国共两党的联系最少。他掌权后，大肆批捕杀戮反对者，其中不乏文化界人士，包括暗杀了《京报》编辑邵飘萍、绞杀北大教授李大钊等。同年，北伐枪声打响，军阀政府无暇顾及文化教育，致使高校欠薪情况更加严重，许多知识分子面临经济危机。1926年暑假，北京大学因经费短缺不得不推迟开学。

在这种情况下，连正常的教学和学术活动都无法开展，更别谈进步文化活动了。于是，北京的文化事业几近停滞。知识阶级不仅不再具有话语权，连生活都陷入窘困的境地。周作人在1926年发表文章认为这是"北京政府对于知识阶级以及人民的反攻的开始"④。就北大来说，北洋政府对待文化教育的蛮横态度使得"北大教授星散，多数南行，只剩若干肯冒点险的留在北京"⑤。

鲁迅的南下，在很大程度上，是当时知识界整体动荡的一个缩影。特别是对于在"女师大事件""三·一八惨案"中反抗政府，从而与国共两党有诸多

① 《国立九校教授纷纷出京》，《大公报》1926年9月16日。

② 中国人民政治协商会议全国委员会文史资料委员会编：《文史资料选辑》第51辑，中国文史出版社1986年版，第215页。

③ 文：《北京解严》，《现代评论》第4卷第101期，1926年11月13日。

④ 陈平原、夏晓虹编：《北大旧事》，上海三联书店1998年版，第406页。

⑤ 陈平原、夏晓虹编：《北大旧事》，上海三联书店1998年版，第406页。

联系的学者，"南下"，以接近北伐中心，不仅是为了寻求人身安全和经济自足的保障，也是寄托着实现文化理想的希望。许广平就曾说："那时，厦门大学既非官方统治，总算接近一步革命了，所以欣然南下。"①

与此同时，顾颉刚等人也相继到厦门大学也不足为奇。段祺瑞下台后，"现代评论派"得不到当局的支持，恶劣的教学和学术环境也使得他们不得不另寻出路。鲁迅就曾以讽刺的语气描述这一过程：

> 段执政有卫兵，"孤桐先生"秉政，开枪打败了请愿的学生，胜矣。于是东吉祥胡同的"正人君子"们的"公理"也蓬蓬勃勃。慨自执政退隐，"孤桐先生""下野"之后，——呜呼，公理亦从而零落矣，那里去了呢？枪炮战胜了投壶，阿！有了，在南边了。于是乎南下，南下，南下……
>
> 于是乎"正人君子"们又和久违的"公理"相见了。②

而顾颉刚等人所面临的生活困难是实际存在的。北洋政府拖欠高校教育经费严重，北京高校教授欠薪的情况十分普遍。这对于有些经济积累的中年教师来说，也许尚能忍耐，而对于工作不久的顾颉刚来说，欠薪直接导致生活不济。在他的日记里，记载着1926年"在两个多月之中，只领到一个月的一成五厘"，于是不得已向沈兼士和胡适借钱。

政局动荡引起文化界的变动，这在1920年代后期以知识分子整体性地域流动的方式表现出来。在这一过程中，随着政治态势的变化，文化权力也开始重新分配。围绕文化权力的分配，持有不同文化理想的知识分子的"争斗"也由此开始。值得注意的是，虽然境遇、对象有所不同，1920年代末知识界的争端与"五四"时期却有着一脉相承的线索。这线索便是关于文化和政治关系的分歧。

① 许广平：《回忆鲁迅在广州的时候》，《鲁迅回忆录》第一辑，上海文艺出版社1978年版，第277页。

② 鲁迅：《"公理"之所在》，《鲁迅全集》第三卷，人民文学出版社2005年版，第514—515页。

众所周知，鲁迅在厦门大学只待了四个月左右便离开。说起离开的原因，鲁迅多次表示是因为"现代评论派"的原因。比如他说："我在厦门时，很受几个'现代'派人物的排挤，我离开的原因，一半也在此。"再如说："顾颉刚之流已在国学院大占势力，周览（鲠生）又要到这里来做法律系主任了，从此现代评论色彩，将弥漫厦大。在北京是国文系对抗着的，而这里的国学院却弄了一大批胡适之陈源之流，我觉得毫无希望。"①

顾颉刚对此说法也并未表示太大异议，他以更委婉的语气表达了1920年代北大的派别纠纷在厦大延续的事实，而他自己因和"现代评论派"的密切关系，遭到鲁迅等人的"对立"："此次到厦门，挟北大派性以俱往，代表德法日的派者，沈兼士、鲁迅、孙伏园、章廷谦（川岛）也。代表英美派者，我也。我本非留学生，且一人亦不能成一派，徒以接近现代评论社之故，遂自成一对立面。"②

《现代评论》杂志编辑和撰稿人员背景芜杂，而鲁迅所说的"现代评论派"是特指，在北京1925—1926年前后，女师大学潮、"三·一八惨案"发生过程中，以学者态度发言，维护北洋政府利益的学者。鲁迅与现代评论派的矛盾冲突，表面看来集中在两点：一是"女师大风潮"中，陈西滢等发表偏袒女师大校长的言论；二是陈西滢发文认为鲁迅的《中国小说史略》是剽窃。③

而此二事，顾颉刚或多或少都有参与。在"女师大事件"中，顾颉刚虽没有直接站在校方阵营里攻击学生，但由于妻子谭慕愚在"救国会"的缘故，也曾发表学生运动妨害民族运动的言论。在"剽窃事件"中，已有学者考证顾颉

---

① 鲁迅：《261016　致许广平》，《鲁迅全集》第十一卷，人民文学出版社2005年版，第575页。

② 顾颉刚：《顾颉刚日记》第一卷，台北联经出版事业股份有限公司2007年版，第716页。

③ 十一月二十一日，陈西滢在《现代评论》第二卷五十期发表《闲话》，指出《中国小说史略》是"整大本的剽窃"。次年又进而"是根据日本人盐谷温的《支那文学概括讲话》里面的'小说，一部分'。鲁迅辩解为："盐谷氏的书，确是我的参考书之一，我的《小说史略》二十八篇的第二篇，是根据它的，还有论《红楼梦》的几点和一张《贾氏图系》，也是根据它的，但不过是大意，次序和意见就很不同。其他二十六篇，我都有我独立的准备，证据是和他所说还时常相反。"

刚在其中的确起到了"以讹传讹"的作用。所以，从个人情感的角度看，鲁迅在厦门大学对顾颉刚的反感也算事出有因。

但鲁迅对顾颉刚的反感当然也不能仅拘囿于个人恩怨的角度，我们可以注意鲁迅将顾颉刚斥为"研究系"的做法。顾颉刚曾为鲁迅将其视为"研究系"表示委屈："及开课，鲁迅公开向学生斥我为'研究系'，以其时正值国民革命，国共合作北伐，以研究系梁启超等为打倒之对象也。"而事实上，鲁迅的确也曾把顾颉刚的行为视为"研究系势力"的"膨胀"，"此地研究系的势力，我看要膨胀起来，当局者的性质，也与此辈相合"①。

研究系，产生于1916年，领袖人物是梁启超、汤化龙，政治主张上倾向于依附当权者进行改良，其阵地是《晨报》。 邱焕星认为在1920年代中后期："顾颉刚只是参与了《晨报》社的一些活动，和真正的研究系政治行动是不同的，而且作为政党的研究系早已不复存在。"②然而，也许我们应该做些更细致的分析。"现代评论"虽然有国民党背景，但在文化活动中确实和"研究系"的成员多有交集。主要在于徐志摩和梁启超、林长民的关系。研究系作为一个具体的政治团体虽已不复存在，但其成员及其政治文化倾向性却仍在发挥影响。在有关学风、学术等问题的争论中，研究系所代表的保守的政治态度，及其决定的文化倾向一直存在。甚至于，《晨报》孙伏园的离职、徐志摩的接编，也毋宁说有文化权力斗争的成分，被认为是研究系"夺权"。乃至于凡在《晨报副刊》发表文章的人，均被认为有研究系的嫌疑。鲁迅在《语丝》上发表《略谈香港》一文，说起对他的攻击，有一条即为"说我原是《晨报副刊》'特约撰述员'"，"是研究系的好友"，鲁迅的确为《晨报副刊》撰写大量文章，但那是在孙伏园做副刊编辑的时候。

并且在"女师大事件"中，"现代评论"等人确实有意无意地成为研究系的"同谋"。章士钊、杨荫榆具有研究系背景。陈西滢对杨荫榆的袒护，虽说有同乡之谊的成分，但他在与章、杨的确也反映出他致力于维护当权政府权

---

① 鲁迅：《261020 致许广平》，《鲁迅全集》第十一卷，人民文学出版社2005年版，第580页。

② 邱焕星：《鲁迅与顾颉刚关系重探》，《文学评论》2012年第3期。

威，消减革命动员型文化的态度。"现代评论派"和"研究系"之所以被鲁迅等量齐观，还是他们"文化观"具有"政治保守性"。

特别是在北伐的大背景下，国共两党和北洋政府的矛盾已演进为军事冲突。新文化分化过程产生的"革命文化"与相对保守的文化之间的冲突更加激烈。可以说，在国民革命期间，文化分歧在现实权力方面的斗争更为显明。虽然顾颉刚没加入过研究系，但鲁迅认为其逢迎当局者的姿态与研究系相似，因此将其斥为"研究系"。并且鲁迅把他和"当局者"校长林长庆、理科主任刘树杞的文化倾向联系起来，认为厦大在政治倾向和文化追求上是逆北伐革命而行的，行为类似"研究系"，从而希望改革厦大。

鲁迅到厦大后发表演讲题为《少读中国书　做好事之徒》，演讲中说："我来本校是搞国学院研究工作的，是担任中国文学史讲课的，论理应当劝大家埋头古籍，多读中国的书。但我在北京，就看到有人在主张读经，提倡复古。来这里后，又看到有些人老抱着《古文观止》不放。这使我想到，与其多读中国书，不如少读中国书好。但是，他们可曾用《论语》感化过制造'五卅'惨案的日本兵，可曾用《易经》咒沉了'三一八'惨案前夕炮轰大沽口的八国联军的战舰？"[1]鲁迅此意十分明显，就是希望他在1920年代的文化理想能够影响厦大青年，并且鲁迅认为这种文化倾向和校长林文庆的文化态度是大相径庭的，所以鲁迅在信中讥讽林文庆"忽儿大以为然，说陈嘉庚也正是'好事之徒'，所以肯兴学，而不悟和他的尊孔冲突"[2]。

表面上，鲁迅是纠结于与顾颉刚和现代评论的历史恩怨，实际上，鲁迅在厦门大学与顾颉刚等人的冲突有着新的历史情势下争夺文化权力的意味。邱焕星在《国民革命大潮中的"火老鸦"——鲁迅于厦大学潮重探》一文就曾指出，无论是鲁迅在厦门大学时，有意培植具有革命倾向的青年，发表"煽动"青年参与社会运动的演讲，还是鲁迅离开厦大有意笼络学生，制造声势，鼓动学潮，都表

---

① 鲁迅：《少读中国书　做好事之徒》，《鲁迅大全集》第十卷，长江文艺出版社2011年版，第320页。

② 鲁迅：《261016　致许广平》，《鲁迅全集》第十一卷，人民文学出版社2005年版，第577页。

示，鲁迅在着意引领对保守厦大的改革。也就是说，历史恩怨为表，为革命文化集结力量是鲁迅在厦大与顾颉刚、刘树杞、林长庆冲突的实质。

正是由于文化分歧关系到政治立场，鲁迅经常把"学潮"与北伐联系起来，以北伐的节节胜利作为鼓动学生运动的理由。而鲁迅决定离开"厦大"，到"中山大学"，也有寻找政治组织的意味。1926年5月，广东省教育大会通过了《党化教育决议案》，规定全省高等学校及中小学都开设"三民主义""政治教育"和"社会科学"课程。1926年8月，广东大学合并改名为中山大学。10月14日，中山大学改制，戴季陶任校长，朱家骅、顾孟余等任委员。许广平说："以中大与厦大比较，中大较易发展，有希望，因交通便利，民气发扬，而且政府也一气，又为各省所注意的新校。"①而更重要的原因，许广平认为是有政府支撑，处置"反动学术"易如反掌。新的政府需要与其价值观相近的文化人才，许广平将来广州定位为夺取文化阵地，她焦急地写道："我希望你们来，否则郭沫若做官去了，你们又不来，这里急不暇择，文科真不知道会请些什么人物。"②

朱家骅致信鲁迅邀他去中山大学，鲁迅答应下来，后来他对许广平说："小半自然也有私心，但大部分却是为公，我以为中山大学既然需要我们商议，应该帮点忙。"③也就是说，鲁迅离开厦大去中山大学，与许广平团聚固然是一个原因，但更重要的原因是去参与又一轮"新文化"建设。对此，鲁迅也有更细致的说明："其实我也有一点野心，也想到广州后，对于研究系加以打击，至多无非我不能到北京去，并不在意；第二是同创造社连络，造一条战线，更向旧社会进攻。"④

---

① 许广平：《两地书》，《鲁迅全集》第十一卷，人民文学出版社2005年版，第185页。

② 许广平：《两地书》，《鲁迅全集》第十一卷，人民文学出版社2005年版，第184页。

③ 鲁迅：《261016 致许广平》，《鲁迅全集》第十一卷，人民文学出版社2005年版，第578页。

④ 鲁迅：《261107 致许广平》，《鲁迅全集》第十一卷，人民文学出版社2005年版，第606页。

二、对中大的失望中的政治文化因素

鲁迅满怀期待来到中山大学，但只待了几个月便辞职离开。关于鲁迅离开中山大学的原因，研究界认为：就个人原因方面，是"鼻来我走"，即因中山大学同时聘请了顾颉刚，从而引起鲁迅的不满。就政治原因来说，是因为国民党清党，鲁迅向学校当局呼吁营救学生未果，愤而离校。将鲁迅的选择和当时政治变动过程中文化分化联系起来看，可以看出鲁迅对中大的失望，在很大程度上，来自自己以"革命精神"为核心的文化理想的失败。

早在北京的时候，鲁迅就和当时反对北洋政府的国共两党有一定的共谋关系。在动员青年参加革命，在鼓励批判社会型的知识和争取文化场域权力等方面，鲁迅都和国共两党站在同一战线。在北伐开始的1926年版，革命动员文化兴盛的广州，鲁迅以革命文人的身份受到欢迎。在《欢迎鲁迅先生来广州》一文写到："我相信欢迎他先生的许多青年当中，叭儿狗一定是没有的……""我们欢迎他之来，或许正是以他最有对待叭儿狗的本领吧！"①

在中山大学任职期间，鲁迅又每每重申他以革命作为文化或文学核心灵魂的思想。"我每每觉到文艺和政治时时在冲突之中，文艺和革命原不是相反的，两者之间，倒有不安于现状的同一……"②他也进一步强调，革命并不一定指现时的革命斗争，而是一种除旧革新的革命意识。"即使主题不谈革命，而有从革命所发生的新事物藏在里面的意识一贯着者是；否则，即使以革命为主题，也不是革命艺术。"③在这里，鲁迅显然把自己的文化理想寄托于新政党和新政权。

在这一时期鲁迅的书信里，经常看到鲁迅为自己出名、被追捧而感到苦恼的文字。"我在这里，而此地还有人勒令我写中堂，写名片，做'名人'做得苦起来了。"④然而，另一方面，鲁迅也十分看重名利获得的价值。他曾"以

---

① 张迂庐：《欢迎鲁迅先生来广州》，《民国日报》副刊，106期，1926年12月7日。

② 鲁迅：《文艺和政治的歧途》，《鲁迅全集》第七卷，人民文学出版社2005年版，第115页。

③ 鲁迅：《中山先生逝世后一周年》，《国闻新报》1926年3月10日。

④ 鲁迅：《致章廷谦》，《鲁迅书信集》，人民文学出版社1976年版，第147页。

几点钟之讲话而出风头，使鼻辈又睡不着几夜，这是我的大获利生意"①。"这里的报纸又开始在将我排入'名人'之列了，这名目是鼻所求之不得的，所以我倒也还要做几天玩玩。"②鼻辈，是指鲁迅所认为的"现代评论派"。鲁迅认为自己受到肯定和追捧，是与"现代评论派"文化权力斗争胜利的一种表示。

在鲁迅心中其实时时暗藏文化权力斗争的思想，并对文化场域人事的更迭有着政治化敏感。他屡屡关注"陈西滢张奚若也来此地活动……"，"吧儿狗也终于'择主而事'了"，"见新月社书目，春台及学昭姑娘俱列名，我以为不值得。其书目内容及形式，一副徐志摩式也。吧儿辈方携眷南下，而情状又变，近当又皇皇然若丧家，可怜也夫"③。

所以，对于中大聘请顾颉刚，鲁迅高度敏感。他将此事上升到中大文化倾向的高度。聘请顾颉刚，是傅斯年的主意。傅斯年任中山大学文学院院长、历史系主任，受聘于朱家骅。1926年中山大学改制，戴季陶任校长，朱家骅主持工作。朱家骅是同盟会成员，曾任北大教授，是新文化运动阵营中人，参加过五四运动。在1920年代中后期学生青年和北洋政府的冲突中，组织学生反抗政府，"到了民国十五年三月'三一八惨案'前夕，骝先先是和顾孟余等发动学生为反对日本要求国民军撤出大沽口的时间，……除了'三一八惨案'骝先先生未曾参与以外，其余各次都是先生与顾孟余，王世杰等教授联合领导北京八校师生及群众进行的……"④。朱家骅主持中山大学工作，是鲁迅和许广平对中山大学寄予希望的重要原因。而朱家骅聘请傅斯年，是"为了充实文学院，要找一位对新文学有创造力，并对治新史学负有时誉的学者，来主持国文系和史学系"⑤。

而在新文化运动中，傅斯年是《新潮》杂志的主要编辑，倡导新文化和新

---

① 鲁迅：《致章廷谦》，《鲁迅书信集》，人民文学出版社1976年版，第150页。
② 鲁迅：《致章廷谦》，《鲁迅书信集》，人民文学出版社1976年版，第150页。
③ 鲁迅：《致章廷谦》，《鲁迅书信集》，人民文学出版社1976年版，第153页。
④ 杨仲揆：《中国现代化先驱——朱家骅传》，台北近代中国出版社1984年版，第36页。
⑤ 杨仲揆：《中国现代化先驱——朱家骅传》，台北近代中国出版社1984年版，第36页。

文学。在五四运动后，选择出国留学，虽然所学专业不一，但他始终响应胡适以新眼光治史学的号召。在"对新文学有创造力""对治新史学负有时誉"方面，傅斯年的确是不二人选。早在1920年代初，傅斯年创办《新潮》杂志时，鲁迅就有所接触，并且对于《新潮》在当时所具有的开新风气、反抗旧思想的贡献表示了肯定。所以，当傅斯年被聘为文学院院长时，鲁迅并无异议。

而傅斯年选择顾颉刚，以充实史学系人才，也有顺理成章的道理。胡适发表"整理国故"的号召后，虽多人附和，但研究实绩鲜见。顾颉刚自北大国学研究所任职起，就开始撰写论文，研究思路正是胡适所倡导的以新眼光整理中国历史。论文集成《古史辨》于1925年在朴社付印。胡适就曾赞之"替中国史学界开了一个新纪元"①。

但联系1920年代新文化分化，鲁迅的焦虑也不能认为是偏激之见。早在1920年代五四运动后，新文化界就有是继续批判，还是"固本培元"、进行新文化积累和建设的争论。在这一争论中，鲁迅和胡适的分歧是具有代表性的。鲁迅认为，文化应始终具有针对现时政治的革命性，因此过早地强调学科分化，强调学术和学风，会使文化趋向保守，从而具有服务于当权者的性质。而胡适则更注重新文化的积累和建设本身，倡导以新眼光"整理国故"。虽然胡适本意重在巩固新文化，但其文化保守的姿态，确实使他与依附于北洋政权的研究系有了颇多沟通之处。

值得注意的是，这两种关于新文化发展方向的态度，关键的差别在于对文化与政治关系的认识上，即文化是否应该对一时一地的社会政治具有革新的力量。至于当权政治是北洋政府还是其他，是并不重要的。鲁迅寄予中山大学特定的文化理想，但中山大学则开始聘请顾颉刚。这让鲁迅很难接受。历史恩怨固然是一方面，对中山大学发展方向的忧虑亦是鲁迅紧张的重要原因。

与此同时，鲁迅发觉曾经的同道中人也开始转变。朱家骅曾在1920年代的"三·一八惨案"中，和鲁迅一起反抗北洋政府。而此时，朱家骅已由"文化

① 胡适：《介绍几部新出版的史学书（续）》，《现代评论》第4卷第92期，1926年9月11日。

人"转变为"政治人"，显在的变化是他身兼国民党数个要职。"骝先先生年仅三十四岁，以中山大学整理委员及副校长，而兼国民政府委员会广州政治分会委员兼秘书长，又兼广东省民政厅长，已经是跨界忙人。"①朱家骅至中山大学任职，是国民党党化教育实施的一部分。所谓"党化"，在北伐期间，固然有反抗北洋政府的成分，但也有巩固国民党政权的应有之义。这要求知识分子一方面与北洋政府脱离干系，另一方面停止批判。

朱家骅，作为国民党文化政策的代表，同意聘请鲁迅是着眼于鲁迅在国民党与北洋政府的斗争中，始终站在革命的国民党这一边。在鲁迅的欢迎会上，朱家骅称鲁迅为革命者、思想先驱。但他更愿意把鲁迅作为"革命"的偶像来证明国民党北伐的合法性，而不希望鲁迅对国民党仍保持"革命"的态度。鲁迅对此就曾表示不满，他说广州的革命已经失去革命的本意，"'命'自然还是要革的，然而又不宜太革，太革便近于过激，过激便近于共产党，变了'反革命'了。所以现在的'革命文学'，是在顽固这一种反革命和共产党这一种反革命之间"②。

于是在鲁迅和傅斯年之间，朱家骅显然更中意傅斯年。傅斯年虽曾参加五四运动，但在五四前后有关青年出路的分歧中，傅斯年选择的出国留学，以精益学术，而非继续参加社会运动，已经表明傅斯年的文化立场。他更认同于胡适关于青年"学术救国"的观点，而不是如鲁迅期待的那样，去做社会政治的叛徒。虽然不能说朱家骅所代表的"党化教育"，在教育方针和学术路向上，完全追随胡适"进研究室"的主张，但至少可以说，鲁迅关于大学成为新政治力量的集结地，青年学生成为新政治主体的主张已不为国民党官员所欢迎。这种态度在中山大学校长戴季陶身上体现得更为明显。他对鲁迅的态度十分暧昧，但对胡适却赞赏和欢迎。在给胡适的信中，戴季陶这样写道：

去冬在沪得联席论事，至今犹以为快，过去数年间，国人迷于社会

① 杨仲揆：《中国现代化先驱——朱家骅传》，台北近代中国出版社1984年版，第51页。
② 鲁迅：《扣丝杂感》，《鲁迅全集》第三卷，人民文学出版社2005年版，第507页。

鲁迅与20世纪中国研究丛书

革命之煽动，几至于无可救药，今虽稍稍冷静，而又有离狂乱而入沉衰之惧。鄙意以为惟有先进之士，奋勇迈进，于政治上则求以整饬行政者造建设之基，于教育上则以奖励求学者树纯洁之风……十年之后渐渐内心充实，乃有真正革命之可言。是以弟等切望先生惠临斯土而作之师，以数月之短时间，一面教育中大学生，一面指导两粤社会。①

邀请信用意很明确，戴季陶对煽动社会革命的做法已殊为不满，于是期待教育上"求学者树纯洁之风"，以配合政治上的"整饬"。傅斯年也说："此间政府中人，尤其盼望先生一来，以荣光之。"②

然而，因胡适在北伐前夕与北洋政府关系甚密，特别是参加段祺瑞组织的善后会议，使其在革命青年中的威望受到影响。1926年间，胡适为庚子赔款一事辗转欧洲，虽对国共两党北伐大有赞同之辞，但也受到革命青年的奚落。不止是革命青年，国民党内部人员也有许多对胡适在1920年代和北洋政府的亲密关系介怀。胡适因而进退失据，既不敢回北大也无法南下，"因为党部有人攻击我，我不愿连累北大做反革命的逋逃薮……俟将来局面稍稍安定，我大概总还是回来的"③。

相反，倒是在1920年代较少声名，在政治文化活动中作用不甚明显的顾颉刚，与国民党相处得宜。顾颉刚曾这样表明自己对"治学"和"政治"的看法："我在《古史辨自序》里曾说：我既不愿做政治工作，也不愿做社会活动，我只望终老在研究室里。这个志愿，在二十余年中没有变过。"④这种态度使他在国民党控制的文化界如鱼得水。他甚至开始以劝导者的姿态，致信胡适："有一件事我敢请求先生，先生归国以后似以不作政治活动为宜。如果要

① 《戴传贤致胡适》，中国社会科学院近代史研究所中华民国史研究室编：《胡适来往书信选》上册，中华书局1979年版，第473页。

② 《傅斯年致胡适》，中国社会科学院近代史研究所中华民国史研究室编：《胡适来往书信选》上册，中华书局1979年版，第475页。

③ 《胡适致周作人》，中国社会科学院近代史研究所中华民国史研究室编：《胡适来往书信选》上册，中华书局1979年版，第542页。

④ 刘俐娜编：《顾颉刚自述》，河南人民出版社2005年版，第9页。

作，最好加入国民党。自从北伐军到了福建，使我认识了几位军官，看见了许多印刷品，加入了几次宴会，我深感到国民党是一个有主义，有组织的政党，而国民党的主义是切中于救中国的。又感到这一次的革命确比辛亥革命不同，辛亥革命是上级社会的革命，这一次是民众革命。我对于他们深表同情。如果学问的嗜好不使我却绝他种事务，我真要加入国民党了……现在国民党中谈及先生，皆致惋惜，并以好政府主义之失败，丁在君先生之为孙传芳僚属，加以讥评。""如果北伐军节节胜利，而先生归国之后继续发表政治主张，恐必有以'反革命'一名加罪于现实者。""以前在北大时，我已受兼士先生的疑忌，为的是和先生亲近了。"[①]他由此劝说胡适"从此与梁任公、丁在君、汤尔和一班人断绝了罢"[②]。

从"不愿做政治活动"，到"真要加入国民党"，到劝胡适"从此与梁任公、丁在君、汤尔和一班人断绝了罢"，顾颉刚从政治淡漠到政治敏感之间有一脉相承的线索可寻。如果说胡适"进研究室"的主张还有"学术救国"的政治追求，那么对于顾颉刚来说，"进研究室"就是"职业"本身。认同于专业分工，服从职业逻辑，本身就体现出政治上的保守性。政权是否合理，社会是否公平等问题，对于顾颉刚来说，是职业分外的事。顾颉刚所看中的，是该政权能否保证一张平静的书桌。对于学术发展，顾颉刚更在乎的是史料证据和学理逻辑，而对于学术与政治、社会的整体关系，他无暇考量。

所以，顾颉刚认为他和鲁迅之间的分歧，是"工作派"和"不工作派"的分歧。"广州气象极好，各机关中的职员认真办事，非常可爱。使厦门大学国学院亦能如此，我便不至如此负谤。现在竭力骂我的几个人都是最不工作的，所以与其说是胡适之派与鲁迅派的倾轧（这是见诸报纸的），不如说是工作派和不工作派的倾轧。"[③]顾颉刚口中的"工作派"和"不工作派"是指是否专

① 《顾颉刚致胡适》，中国社会科学院近代史研究所中华民国史研究室编：《胡适来往书信选》上册，中华书局1979年版，第426—427页。

② 《顾颉刚致胡适》，中国社会科学院近代史研究所中华民国史研究室编：《胡适来往书信选》上册，中华书局1979年版，第427页。

③ 《顾颉刚致胡适》，中国社会科学院近代史研究所中华民国史研究室编：《胡适来往书信选》上册，中华书局1979年版，第429—430页。

鲁迅与20世纪中国研究丛书

心致力学术。但从另一方面说，"不工作"是不服从于专业分工，将反抗社会现状作为自己的"工作"。说到底，"工作派"和"不工作派"的分歧也是1920年代的"点滴改造"与"整体变革"，"学术救国""实业救国"等"专业救国"与"运动救国"争论的继续和衍生。

鲁迅在1920年代就对胡适"进研究室"的主张表示反感，认为此举会使文化倾向保守，青年的性格消沉，不利于社会的更新。他在广州也重申："念书固可以念得革命，使他有清晰的，二十世纪的新见解。但，也可以念成不革命，念成反革命，因为所念的多属于这一类的东西，尤其是在中国念古书的特别多。"①

与顾颉刚热衷于结交官员相反，对于国民党官员，鲁迅常常闭门不见，他与当时更为激进的共产党多有接触。据徐彬如回忆鲁迅与共产党人的交往情况："鲁迅于一九二七年一月来到广州后，区委除指定毕磊和他联系外，又加派了一个陈辅国，记得是我提出的。陈很不错，年轻，聪明，后来在'四一五'大屠杀时牺牲了，死时才二十二、三岁。他们两人是以学生领袖的身份同鲁迅接触的。""后来鲁迅和陈延年就作了一次秘密会见。"②在鲁迅的日记中，经常可见与毕磊等接触的记载。鲁迅的交往态度与其文化理想是相契合的。鲁迅的文化态度始终保持着对"政治"的批判性，而北伐期间，共产党除了反抗北洋政府外，对国民党为主的政体也持"革命"的态度。因此鲁迅和共产党的亲和就有了依据。

在这种情况下，中山大学聘请顾颉刚，虽不能说是有意针对鲁迅，但着意打压批判性文化、扶植保守学风的用意是确凿的。除此之外，对其他文化活动，国民党也着意消减"革命"的诉求。保守的"现代评论派"，开始受到国民党管控下的文化机构的欢迎。鲁迅于是看到"近日有钟敬文要在此开北新分

---

① 鲁迅《读书与革命》原是林霖记录、未经鲁迅校阅的演说词记录稿，题为《本校教务主任周树人（鲁迅）演讲稿》，原载1927年3月出版的《国立中山大学开学纪念册》，后经鲁迅修订，载于1927年4月1日《广东青年》第3期，沿用钟敬文所起标题《读书与革命》。

② 徐彬如：《回忆鲁迅一九二七年在广州的情况》，《中山大学学报》1976年第6期。

局……钟之背后有鼻"①。"一群正人君子，连拜服'孤桐先生'的陈源教授即西滢，都舍弃了公理正义的栈房的东吉祥胡同，到青天白日旗下来'服务'了。"②

"现代评论派"在广州受到国民党的接纳和欢迎，体现国民党当政后意欲推行保守而非革命的文化。"革命党"成为政权执政党，而"革命"被认为是过时的意识形态被摒弃，甚至对"革命文化"的监督和约束成为新政权建设的当务之急。鲁迅说："'革命尚未成功'，是这里常见的标语。但由我看来，这仿佛已经成了一句谦虚话。在后方的一大部分的人们的心里，是'革命已经成功'或'将近成功'了。既然已经成功或将近成功，自己又是革命家，也就是中国的主人翁，则对于一切，当然有管理的权利和义务。刊物虽小事，自然也在看管之列。"③

随着政治分化愈加显明，知识界的分化也更加明显。1927年，国民党开始"清党"，中山大学的青年学生大量被捕。对于这种打压"革命冲动"的行为，鲁迅表示愤怒："这里现亦大讨其赤，中大学生被捕者有四十余人，别处我不知道，报上亦不大记载。其实这里本来一点不赤。"④当鲁迅请求朱家骅保护学生时，朱家骅很明确地拒绝了他，理由是"这是党校"。《朱家骅传》里也开始记录朱家骅将此次清党当作自己积累政治资本的开始，"民国十五年，骅先生整顿中山大学，是他一生从事学术工作教育工作的正式开始。同时，也是他从事政治工作的开始……显露了他拨乱反正的政治才华"⑤。

除了投身政界的知识分子，留在文化界的知识分子也持保守的政治立场，并开始注意权谋。在顾颉刚的事件上，傅斯年站在保守文化的一面，这与他在五四时期的激进和反抗性形成鲜明对比。鲁迅对此也十分失望，说："傅斯年

---

① 鲁迅：《致章廷谦》，《鲁迅书信集》，人民文学出版社1976年版，第148页。
② 鲁迅：《通信》，《鲁迅全集》第三卷，人民文学出版社2005年版，第469页。
③ 鲁迅：《扣丝杂感》，《鲁迅全集》第三卷，人民文学出版社2005年版，第510页。
④ 鲁迅：《致李霁野》，《鲁迅书信集》，人民文学出版社1976年版，第137页。
⑤ 杨仲揆：《中国现代化先驱——朱家骅传》，台北近代中国出版社1984年版，第49页。

我初见，先前竟想不到是这样人。"①鲁迅对傅斯年的失望，是他对五四知识群体在北伐成功后保守化倾向的代表性态度，也体现着他对执政后国民党文化倾向的疑惧。1927年4月辞职，离开中山大学。

三、对1930年代教育界政治保守性的发现与远离教育界

鲁迅受聘于蔡元培任大学院通信研究员，但鲁迅亦料到此次受聘并不意味着他的文化理想得到蔡元培的认可。国民政府建立后，蔡元培组建大学院，以代替教育部，任大学院院长。他的文化态度，具有体制上的权威性。而鲁迅和蔡元培的分歧，在1920年代已有端倪，此时更是显明。鲁迅对蔡元培的失望，首先也是借顾颉刚的事由表达出来的。"鼻又赴沪，此人盖以'学者'而兼'钻者'矣，吾卜其必蒙赏于'孑公'。"②蔡元培做了中央研究院院长后，就委任顾颉刚为历史语言研究所的筹备人。在1930年代，顾颉刚在给胡适的信中，就表达要引导青年专注学术，远离革命运动的想法，而对此，蔡元培也深以为然。顾颉刚"告诉蔡孑民先生说：近来的青年都被CP弄到只有占有冲动而没有创造冲动，是现在最大的危机，蔡先生也很以为然。同时CP却说'打倒知识阶级'……"③。

在蔡元培的文章中，也确实有"占有欲"和"创造欲"的区别。他将物质层面的冲动理解为"占有欲"，将精神层面的冲动归类为"创造欲"。在蔡元培看来，精神层面的冲动应该具有独立性。在国民党政权建立后，蔡元培提议设立大学院，以学术性的机构代替政府性机构，实施教育管理职能。他在提议中陈述："以为近来官僚化之教育部，实有改革之必要。欲改官僚化为学术，莫若改教育部为大学院。"④此种提议，表现了蔡元培着意将教育与政治分离

① 鲁迅：《致章廷谦》，《鲁迅书信集》，人民文学出版社1976年版，第138页。

② 鲁迅：《致章廷谦》，《鲁迅书信集》，人民文学出版社1976年版，第139页。

③ 《胡汉民致胡适》，中国社会科学院近代史研究所中华民国史研究室编：《胡适来往书信选》上册，中华书局1979年版，第438页。

④ 蔡元培：《提议设立大学院案》，《蔡元培全集》第五卷，浙江教育出版社1997年版，第138页。

的愿望。这和他1920年代改革北京大学的做法有一脉相承的地方。所不同的是，1920年代改革北大时，蔡提倡文化建设的主张中包含着以"新文化"开启"新政治"的诉求，而北伐实现后，蔡元培认为教育在政治上的使命已不复存在。他说："从前国内政治不好，教员不能安心做事，学生不能一心求学。现在军阀的势力已经去掉，到了训政时期，大家可以抱定宗旨，将精神收敛在学校以内，以做国家建设的人材。"①

蔡在全国教育会议开会致辞时指出各个教育机关"根本要图还在学术"，并且呼吁对于革命年间学生运动妨害学习的情况"应如何换回积习，导入正轨，此为全国教育家所不能不特别注意者"②。

在北京大学周年纪念会上，蔡元培重申北大"要以学术为惟一之目的，而不要想包办一切"，他特别强调北大不再担负"服务社会"的功能，因为"今则政府均属同志，勉为其难；宣传党义，运动民众等事，又已有党部负了专责"③。

从大学院设立教育宗旨，到重申北京大学的功能界限，蔡元培从体制层面完成了他对教育、学术"远离政治"的设定。虽然蔡元培的教育理想与国民党"党化教育"的方针有所差别，但推动教育"远离政治"，是为国民党当权所能容纳的。

这样的文化方针自然使得原本就具有保守性的"英美派"有了容身之处。虽然"英美派"在1920年代曾反对国共两党开展学生运动，看似与国民党政权有"旧仇"，但国民党执政后，文化保守倾向的"英美派"也容易被新政权接纳。由此，"现代评论派"诸人被委任教职便是可以理解的了。

鲁迅离开广州后，也曾有回北京的念头。究其原因，应该是北京高校林立，可以继续任教职。他曾说："想起北京来，觉得也并不坏"，"而且去

---

① 蔡元培：《中国新教育之趋势——在暨南大学演说辞》，《蔡元培全集》第五卷，浙江教育出版社1997年版，第173页。

② 蔡元培：《蔡元培全集》第五卷，浙江教育出版社1997年版，第229页。

③ 蔡元培：《〈北京大学卅一周年纪念刊〉序》，《蔡元培全集》第五卷，浙江教育出版社1997年版，第358页。

鲁迅与20世纪中国研究丛书

年想捉我的'正人君子'们，现在大抵南下革命了，大约回去也无妨"。①但他观望了北京教育界后，感叹："北京教育界将来的局面，恐怕是不太会好的。"②

鲁迅所谓"不太会好"，意指北京教育界不复有革命精神。他曾评论1930年代北京大学，"古之北大，不如是也……后之北平学界，殆亦不复如革命以前"③。鲁迅所指"革命"，应该是五四运动至北伐期间。这一时期的北京大学不仅是"新文化"的中心，也是反抗北洋的革命力量的重要源泉。而国民党执政后，蒋梦麟后来回忆1930年代出任北大校长期间，"一度曾是革命活动和学生运动漩涡的北大，已经逐渐转变为学术中心了"。显然，鲁迅对北京大学"远离政治"感到失望。

北京大学的发展动向是国民党执政后大学文化保守化的代表。北师大校长徐炳昶在聘任教员时也明确表达以学术为重、远离政治活动的态度，"常因聘教员的问题告诉学生说：现在要问的是他是求知识的或是宣传的。如果是前者，左派也好，右派也好；如果是后者，左派也不行，右派尤不可"④。徐炳昶曾在1925年和鲁迅通信，在对国人思想的见解方面颇有共鸣。徐曾说："人类思想里面，本来有一种惰性的东西，我们中国人的惰性更深。惰性表现的形式不一，而最普通的，第一就是听天任命，第二就是中庸。听天任命和中庸的空气打不破，我国人的思想，永远没有进步的希望。"⑤打破"听天任命"，打破"中庸"，是一种革命的态度。而此时徐炳昶却认为以"求知识"为准则，对"宣传的"意识形态不以为然。对于徐的变化，鲁迅也心下了然。

五四时期，阵营分明的"英美派"和"法日派"，或是"现代评论派"和"语丝派"，已有合流的趋势。蔡元培邀请杨振声任青岛大学文科主任，对此鲁迅感叹："青岛大学已开。文科主任杨振声，此君近来似已联络周启明之流

---

① 鲁迅：《致翟永坤》，《鲁迅书信集》，人民文学出版社1976年版，第158页。

② 鲁迅：《致章廷谦》，《鲁迅书信集》，人民文学出版社1976年版，第191页。

③ 鲁迅：《致章廷谦》，《鲁迅书信集》，人民文学出版社1976年版，第200页。

④ 《教育与其他》，《独立评论》第54期，1933年6月。

⑤ 鲁迅：《通讯》，《鲁迅全集》第三卷，人民文学出版社2005年版，第23页。

矣。此后各派分合，当颇改观。语丝派当消灭也。陈源亦已往青岛大学，还有赵景深沈从文易家铖之流云。"①"我看北平学界，似乎已经和现代评论派联合一气了。"②所谓和"现代评论派"联合一气，不仅指人事上已开始合作，而且指文化态度上已如1920年代的"现代评论派"一样，趋向保守。当时就有学生评论说："我们把北平各大学教授分析一下，对于新的社会思想有没有把握，能跟住时代而有相当态度的有几个？"③

　　1932年，鲁迅在北平做演讲时仍强调学生要关注"社会上的实际问题"④，并认为"远离政治"的北京文人，实际上是为政权服务的"官的帮闲"。当时的学生这样回忆鲁迅的演讲："在文艺战线上，针对着当时北京的'京派文人'死气沉沉的亡国倾向，揭露他们口口声声'不问政治'，'为艺术而艺术'的本质，实际在'帮忙'、'帮闲'，为帝国主义和国民党反动统治服务。"⑤这段话固然有强烈的政治色彩，不无偏激，但也从政治的角度，道出鲁迅的文化理想与北京文化教育界整体倾向的分歧。于是，鲁迅"远离"北平教育界成为必然，他说："我颇欲北归，但一想到彼地'学者'，辄又却步。"⑥

　　更具讽刺意味的是，相较于"远离政治"的"英美派"，昔日共同"革命"的"法日派"在执政主事后，其文化态度尤其专制，在压制革命文化、维护政权方面更甚于"英美派"。"鲁迅到劳动大学讲课，确实被易培基两次三番到寓所请的。"⑦鲁迅和易培基的确有同壕战友的交情。1925年，女师大学潮，时任教育总长的章士钊解散女师大。原女师大的师生便组织教育维持会对

① 鲁迅：《致章廷谦》，《鲁迅书信集》，人民文学出版社1976年版，第228页。

② 鲁迅：《致李霁野》，《鲁迅书信集》，人民文学出版社1976年版，第229页。

③ 《大学教育与教授》，《新晨报》1930年7月10号。

④ 鲁迅：《今春的两种感想——十一月二十二日在北平辅仁大学演讲》，《鲁迅全集》第七卷，人民文学出版社2005年版，第410页。

⑤ 许广平：《追忆鲁迅先生"北平五讲"》，《鲁迅回忆录》第一辑，上海文艺出版社1978年版，第47页。

⑥ 鲁迅：《致李秉中》，《鲁迅书信集》，人民文学出版社1976年版，第272页。

⑦ 许广平：《读〈永不磨灭的印象〉》，《鲁迅回忆录》一辑，上海文艺出版社1978年版，第48页。

鲁迅与20世纪中国研究丛书

抗。易培基当时任法国退还庚子赔款用途研究委员会委员，出任维持会主席。1926年，章士钊被撤，女师大复校，易培基又兼任女师大校长。在欢迎易培基出任校长的欢迎会上，鲁迅致辞，称赞"易先生的学问、道德，尤其是主持公道，同恶势力奋斗的勇气，是本会同人素来所钦佩的"。1927年10月，鲁迅和许广平来到上海后，易培基就邀请鲁迅到国立劳动大学讲课。在劳动大学，鲁迅发表《关于知识阶级》的演讲，开篇也说："因为我去年亲见易先生在北京和军阀官僚怎样奋斗，而且我也参与其间，所以他要我来，我是不得不来的。"[①]

在该篇演讲中，鲁迅重申了他的文化理想，认为知识阶级"不过他们对于社会永不会满意的，所感受的永远是痛苦，所看到的永远是缺点，他们预备着将来的牺牲，社会也因为有了他们而热闹，不过他的本身——心身方面总是苦痛的"[②]。他号召劳动大学的学生"与这老社会奋斗"，"在劳动大学一方读书，一方做工，这是新的境遇；或许可以造成新的局面，但是环境是老样子，着着逼人堕落，倘不与这老社会奋斗，还是要回到老路上去的"[③]。

显然，一开始，鲁迅对于易培基主事的劳动大学仍有"革命化"的期待。然而事实是"上午约八点多钟，易培基在大礼堂召开全校师生大会报告学校发生的事件，会后把张楚鹃、乔其押送到江湾国民党军团部，把我开除学籍，立即驱逐出校"。"鲁迅毅然决然说：'我不再去了。我到上海来并不想再教书的。易培基硬要我去讲课，我当时想这样也好吧！但他们标榜着无政府主义，大讲其人道主义，也竟然作了这等事！我不再到那里讲课就是了！'"[④]

① 鲁迅：《关于知识阶级》，《鲁迅全集》第八卷，人民文学出版社2005年版，第223页。

② 鲁迅：《关于知识阶级》，《鲁迅全集》第八卷，人民文学出版社2005年版，第226—227页。

③ 鲁迅：《关于知识阶级》，《鲁迅全集》第八卷，人民文学出版社2005年版，第227页。

④ 杜力夫：《永不磨灭的印象》，《鲁迅回忆录》第一辑，上海文艺出版社1978年版，第44—45页。

虽然鲁迅离开劳动大学的原因并不完全因为逮捕学生之事[①]，但此事加深了鲁迅对国民党执政后"法日派"知识分子变化的看法。而实际上，此时昔日"法日派"同仁正热衷于谋取权职，在文化教育上推行"党化"。甚至在北伐过程中姿态相对保守的胡适也开始指责"法日派"趋附政党的教育方针，他说："然今日之劳动大学果成为无政府党的中心，以政府而提倡无政府，用政府的经费来造无政府党，天下事的矛盾与滑稽，还有更甚于此的吗？""如所谓'党化教育'，我自问决不能附和。"[②]这恐怕也是鲁迅不再和易培基等人交往的深层原因。

面对1930年代初政治文化的变迁和知识分子的分化，鲁迅看到教育界愈加政党化，因此他感叹"教界这东西，我实在有点怕了，并不比政界干净"[③]。教育机构，掌握着知识权力和文化话语权，本来就是权力的集中地。北伐推进过程中，国民党统治权在文化领域的获得，首先是从对教育机构的控制开始的。当高校受到政党的严密控制，知识分子的分化也日益显著。对"政治"和"文化"关系的态度，在此时起到决定性的作用。在教育界打压"革命冲动"，推进"文化""远离政治"的过程中，鲁迅坚持推进"革命"的文化理想，不放弃文化的政治批判性，因此在教育界屡屡遭遇冲突和打击，他对教育界的失望由是成为必然。于是，在1930年代，鲁迅不再担任教职，而是重新返回边缘文化场所，以自由撰稿谋生。

---

① 据许广平回忆因劳动大学远离鲁迅住处，原定由易培基每周派车来接鲁迅上课，谁知第一周来接，第二周便迟到，第三周便干脆不来。鲁迅由此不去上课，易培基对此也无任何解释。

② 《胡适致蔡元培》，中国社会科学院近代史研究所中华民国史研究室编：《胡适来往书信选》上册，中华书局1979年版，第447页。

③ 鲁迅：《致章廷谦》，《鲁迅书信集》，人民文学出版社1976年版，第138页。

第二章　政治文化与鲁迅的文化立场

第一节　政治文化与鲁迅对"尚武精神"的态度
—— 从辛亥革命前期《斯巴达之魂》到《四日》的转变谈起

　　本节从辛亥革命前期鲁迅翻译的两篇小说谈起，分析鲁迅对"尚武精神"的态度的变化，来探讨鲁迅对"民族主义"思想的思考，以及这变化与鲁迅文学观的确立之间的联系，从中揭示鲁迅文学追求与政治之间的复杂关系。

　　《斯巴达之魂》是仙台学医前的翻译改作。[①]《四日》是鲁迅"立志""从文"后，翻译的"纯文学"作品。鲁迅对二者的主题都曾做过说明。《斯巴达之魂》的"创作"意在标举"尚武精神"。而《四日》则"深恶战争"。两篇作品的主题表现出对"尚武精神"反转的态度。比较这两篇文章主题的"反转"，并非是要强调时间为轴线性的"转变"，而是"变"与"不变"之间，所体现的鲁迅文学追求的位置和功能。由此来看鲁迅，作为新文学建构的主要作家，他对"民族主义"思潮的参与和反思，体现出他对"政治"与"文化"关系的思考。

---

　　① 日本学者樽本照雄在《关于鲁迅的〈斯巴达之魂〉》（岳新译，《鲁迅研究月刊》2001年第6期）中认为鲁迅的《斯巴达之魂》是翻译改作的。杜光霞在《〈斯巴达之魂〉：通往鲁迅思想的重要驿站》（《现代中国文化与文学》第10辑）中则认为也有许多创作成分。本文不作辨析，因为无论是翻译还是改作，都能代表鲁迅一段时期内的思想和文学观。

一、《斯巴达之魂》和《四日》民族战争叙事比较

鲁迅说："《四日》者，俄与突厥之战，迦尔洵在军，负伤而返，此即记当时情状者也。氏深恶战争而不能救，则以身赴之。"①而细读鲁迅的《斯巴达之魂》与《四日》，也可以很轻易地发现对"战争""武力"的态度的区别。从"尚武精神"到"深恶战争"是显在的主题差别，围绕这一主题的表现，两篇小说展现了两个不同的"风景"。

对于"战死"的态度，两篇"小说"的"主人公"都是战士，但二者对战死沙场的态度截然相反。《斯巴达之魂》中的"勇士"，"彼等曾临敌而笑，结怒欲冲冠之长发，以示一瞑不视之决志"。②作品中重点描写了一位战士主动放弃当邮差，请缨上战场，他对国王的好意表示拒绝："王欲生我乎？臣以执盾至，不作寄书邮。"而《四日》中无论是"我"还是对手"土耳其士兵"，都对死亡感到恐惧和反感。甚至于强调上战场不过是"被迫"的，无非"有人令之，则如青鱼入筌，以汽船送之君士坦丁堡"。③

当《斯巴达之魂》执着于"敌我双方"的"二元对立"的敌我分别时，《四日》则从"死亡"的角度，将敌我双方"统一"在"人"的位置上。"咄，为敌为友，在今兹不皆同耶"。这种分别同样体现在对"家庭"形象的描写上。《斯巴达之魂》之中的妻子宁愿丈夫战死沙场，"默祝愿生刚强毅之丈夫子，为国民有所尽耳"。她对于丈夫的个体感情服从于"国民意识"。而《四日》中则是缺乏"国民意识"的母亲"彼殆亦——如我——有老母与？每当夕日西匿，翘首朔方，以望其爱子，其心血，其凭依与奉养者之来归也！"。

对战争不同的态度，影响着对"战场"的审美观照。《斯巴达之魂》是拉开视距，从战争宏观场景俯瞰，于是"流血事件"得以意象化，有了"审美"

① 鲁迅：《杂识》，《鲁迅全集》第十卷，人民文学出版社2005年版，第173页。

② 鲁迅：《斯巴达之魂》，《鲁迅全集》第七卷，人民文学出版社2005年版，第9—20页。节选同一文中不再标注。

③ 鲁迅译：《四日》，《域外小说集》，岳麓书社1986年版，第131—143页。节选同一文中不再标注。

上的升华，"呐喊格击，鲜血倒流，如鸣潮飞沫，奔腾喷薄于荒矶"；而《四日》则描述了战争场景的恐怖之处，近距离观察战死战士的尸体。

从国家利益的角度赞扬士兵"死亡"的价值，是《斯巴达之魂》文本构建的意义。在《斯巴达之魂》中，"纪念碑"，这个民族国家的象征符号，成为"死亡"的"荣耀"；而从"人"的生命的角度反思战场上的士兵是《四日》的灵魂。在《四日》中，"士兵"的价值被贬低，"兵一人，犹彼犬也"。于是，对相互厮杀道德问题的反思，使《四日》中的战争行为具有了荒谬性："见杀于我者，今横吾前，吾杀之何为者耶"，"杀斯人者我，然吾亦何罪乎"。

这两篇作品大体都可算作鲁迅的翻译，然而翻译哪部作品，却不是随机决定的。在晚清，引进西学、翻译创作，是应对民族危机、探索民族发展道路的重要方式。鲁迅的选择也体现着特定的思想诉求。在1903年到1909年，辛亥革命发生之前，鲁迅前后翻译了两部具有强烈反差的作品，这是否意味着鲁迅在辛亥革命前期思想的某种转变？我们知道，在辛亥革命前期，鲁迅所有的一个重要变化就是"弃医从文"。而另一个变化是：根据周作人的回忆，鲁迅在日本期间的文学观念有所转变，"梁任公的《论小说与群治之关系》当初读了的确很有影响，虽然对于小说的性质与种类，后来意见稍稍改变，大抵由科学或政治的小说渐转到更纯粹的文艺作品上去了。不过这只是不看重文学之直接的教训作用，本意还没有什么变更，即仍主张以文学来感化社会，振兴民族精神……"①。鲁迅为什么从"科学或政治的小说"转到"纯粹的文艺作品"，这一转变与鲁迅思想变动之间有着怎样的联系？

《斯巴达之魂》和《四日》分别或改作、或翻译于鲁迅"弃医从文"前后，前者明显地受到梁启超的影响，后者则不然。通过分析《斯巴达之魂》到《四日》的转变，也许我们就可以沟通起鲁迅"弃医从文"所标示的思想转变与他接受和"偏离"梁启超影响的文学观转变之间的联系。

晚清是中国应对危机、破旧立新的过渡时期，思想道路的分化也最为集中

① 周作人：《关于鲁迅之二》，《宇宙风》1936年第30期。

和显明。对这一时期鲁迅的转变的分析，可以更清楚地回答，鲁迅如何选择有关民族发展的道路，以及他的选择如何影响了他的文学观等问题。

二、《斯巴达之魂》的"尚武精神"与辛亥革命前期民族主义思潮

《斯巴达之魂》与《四日》展现了两种不同的"战争风景"，"风景"的差异来源于不同的思想理念。《斯巴达之魂》对于"战争"的讴歌体现了对军事、武力的崇拜，这与晚清"民族主义"思潮紧密相连。"斯巴达"的故事在晚清广受欢迎，原因之一便是"斯巴达"曾由弱小民族转变为希腊盟主，这一过程能够给中国带来启示。《斯巴达之教育》一文中就把"尚武"作为斯巴达成为全希腊盟主的主要原因。那么，怎样培养"尚武精神"呢，首先要靠"唤起国民的智识，振起国民的精神"。可以说，"民族主义"和"尚武"是一体两面，不分彼此。

19世纪，欧美的"民族主义"思想伴随着政治和经济的扩张影响到中国。中国知识分子把"民族主义"或"国魂"的建设，作为挽救中国的必要途径。"自中日战争以后，欧美列强莫不锐意扩张其政治上之势力与商业上之利益。庚子以后，经济的侵略政策定，而列国对我之网罗乃愈烈也。"①

中国知识分子对"民族主义"的态度是复杂的，一方面，"民族主义"是中国危机的源头，他们对民族主义充满"恐惧"。《民族主义论》这样形容"民族主义"，"十九世纪、二十世纪之交，有大怪物焉。一呼而全欧靡，而及于美而及于澳，而及于非，犹以为未足，乃乘风破涛以入亚"；另一方面，他们又觉得在那样的国际形势下，唯有接受和推广"民族主义"才能为中国的存继找到出路。《民族主义》一文这样描述"民族主义"："近顷以来，民族主义之声渐播于吾国人之口笔。提倡主持者，颇不乏其人，是其造吾国幸福之种子乎。"其实，相较于对"民族主义"带来"幸福"的期盼而言，鉴于"民族危机"的考虑对"民族主义""被迫"的接受更具有代表性，即使"民族主义"是个"大怪物"，但人们也知道"今日而再不以民族主义提倡于吾中国，

---

① 慧生：《二十世纪之太平洋》，《浙江潮》1903年第2期。

鲁迅与20世纪中国研究丛书

则中国乃真亡矣"①。

严复翻译的《天演论》中"优胜劣汰，适者生存"的思想，因其有效地解释了"民族竞争"，从而得到普遍传播。生物生存规律的残酷性与民族存亡的危机感之间建立起了等同关系。这种"民族竞争"情结，被扩展到"情感"层面，衍生为"复仇"心理。"民族"的"想象的共同体"的塑造，使"政治暴力"的动机得以合理化。对外，它唤起中国国民对"共同体"存在危机的感知，产生"国家"和"世界"辩证对立的概念，振作起"反帝"的精神；对内，它与中国封建政权针锋相对，凝聚着辛亥革命前期弥漫社会中的"否定性政治文化心理"，推动人们走向"政治革命"的道路。从而为政治经济制度的革新提供了文化、思维方式，乃至情感层面的"基础"。"民族主义"不仅指向中华民族在世界范围内的独立自强，也是"排满"的理论武器。孙中山的三民主义中"民族主义"是鼓动暴力革命的重要动力。由此，军事强国的理念深入人心。军人的价值得到伸张。章太炎著有《军人贵贱论》用以提高军人的地位，弱化家庭观念，强化"敌我"竞争的思想，等等。

当时，梁启超也持这样的民族主义态度。虽然梁启超在有关革命路径的主张上与孙中山、章太炎等有所差别，但在"民族主义"思想方面与他们具有一致性。他将"民族主义"视为世界文明发展的一个重要动力，认为"十八、十九两世纪之交，民族主义飞越之时代也……今日欧洲之世界，一草一石，何莫非食民族主义之赐。读十九世纪，而知发明此思想者功不在禹下也"②。由此，梁启超提出"国民"的概念，并认为"国民"应该培养起"尚武精神"。他的《新民说》的第十七节《论尚武》中就认为"尚武者国民之元气，国家所恃以成立，而文明所赖以维持者也"，并列举了斯巴达、德意志、俄罗斯等为因尚武而霸强的榜样，满怀艳羡地突出了当时日本"入队之旗，乞其战死，从军之什，祝勿生还，好武雄风，举国一致"的现状，最后"恫夫中国民族之不武也"。

---

① 余一：《民族主义》，《浙江潮》1903年第1期。

② 梁启超：《饮冰室文集之六　国家思想变迁异同论》，《饮冰室合集》第一册，中华书局1989年版，第20页。

《新民丛报》"历史"栏目连载了梁启超的《斯巴达小志》，对斯巴达城邦这一世界上最早的军国主义典型进行了更为详细的正面介绍，分析了其立国起源、立法、政体、民族之阶级、国民教育等情况，"而自今以往二十世纪之世界更将以此义磅礴充塞之，非取军国民主义者则其国必不足以立于天地"，认为"斯巴达为二十世纪之模范"[①]。

已有研究者揭示鲁迅的《斯巴达之魂》受到梁启超这篇《斯巴达小志》的直接影响。[②]不过，对这种影响我们还可以做更细致的考察。

《斯巴达之魂》所发表的杂志《浙江潮》，正是以"民族主义"情结集合的留学生群体所经营的杂志。在1902年—1905年的日本东京，聚集着以"逃离"和"反抗"为特征的青年群体。这是一群独特的青年群体，他们共同被排挤在社会制度之外，具有边缘性、反抗性的特点。与诸多直接反抗政权、遭到通缉的"亡命客"一起形成了一股"政治力量"，而"民族主义"正是"政治革命"的"意识形态"。

虽然在实际的联系方面，《浙江潮》集结的留学生和孙中山、章太炎等人的联系更为密切，而与梁启超则较为疏远。然而，"民族主义"思想则使《浙江潮》与梁启超有诸多呼应。《浙江潮》发刊时就宣称"乃以爱国之泪组织而为《浙江潮》"，发表以《民族主义》《民族主义论》《国魂》等为主题文章。呼唤"国民意识"亦是《浙江潮》的一个根本宗旨，在发刊词中，编者强调"本志立言务着眼国民全体之利益，于一人一事之是非不暇详述"。而在具体的文章中，"国民"和"国家"被作为两个对等的概念，对中国民众"国民意识"的淡薄，文章表示极度的焦虑和痛心："吾辈今日所处之地位不特为无国家的民族，而且为无民族的人民，庸昏骄蹇，麻木不仁。"[③]

《浙江潮》的"民族主义"立场也使它具有"尚武精神"。正如有学者指出的那样："提倡尚武精神是《浙江潮》同人的共识。除了飞生的《真军人》外，还有飞生的《国魂篇》，独头的《俄人要求立宪之铁血主义》，霖苍的

① 梁启超：《斯巴达小志》，《饮冰室合集 专集之十五》，中华书局1989年版。
② 陈漱渝：《〈斯巴达之魂〉与梁启超》，《鲁迅研究月刊》1993年第10期。
③ 余一：《民族主义》，《浙江潮》1903年第1期。

《铁血主义之教育》等文章。"①

除了理论文章外，对"民族主义"和"尚武精神"的提倡还体现在"小说"一栏中。除了鲁迅以自树为笔名写作的《斯巴达之魂》外，还有"无名氏的《少年军》、任克的《苦影响逸史》、蕊卿的《血痕花》、依更有情的《爱之花》、夸包尘翻译的《自由魂》、喋血花的《返魂香》等小说均大力提倡尚武主义"②。《浙江潮》的"小说"一栏秉承梁启超对小说政治功能的认识，指出"小说者国民之影而亦其母也"。"小说"被作为启发"国民意识"的重要途径，也可以说"小说"被作为政治宣传的工具。这一小说观，和梁启超主张之间的联系是显而易见的。《斯巴达之魂》有明确的现实宣传作用，义勇队函电各方，在致北洋大臣函中有这样的话："昔波斯王泽耳士以十万之众，图吞希腊，而留尼达士亲率丁壮数百，扼险据守，突阵死战，全军歼焉。至今德摩比勒之役，荣名震于列国，泰西三尺之童，无不知之。夫以区区半岛之希腊，犹有义不辱国之士，可以吾数百万万里之帝国而无之乎！"③

鲁迅在创作《斯巴达之魂》时，也同时在《浙江潮》上翻译《月界旅行》《地底旅行》等小说。科学小说也好，政治小说也好，在文学功能上是一致的。鲁迅在《〈月界旅行〉辨言》中曾这样议论小说的价值："假小说之能力，被优孟之衣冠，……使读者触目会心，不劳思索，则必能于不知不觉间，获一斑之智识，破遗传之迷信，改良思想，补助文明……""实以其尚武之精神，写此希望之进化者也。"④

也就是说，"尚武""国民"和文学的"工具论"，在晚清时是具有一致性的，它们都可以统一在"政治革命"和"民族主义"相辅相成的话语体系中。可以说，鲁迅翻译改作《斯巴达之魂》是受到梁启超的影响，但也不能忽

① 付建舟、田素云：《〈浙江潮〉与晚清民族主义思潮的兴起》，《中州学刊》2011年第4期。

② 付建舟、田素云：《〈浙江潮〉与晚清民族主义思潮的兴起》，《中州学刊》2011年第4期。

③ 鲁迅：《斯巴达之魂》，《鲁迅全集》第七卷，人民文学出版社2005年版，第17页。

④ 鲁迅：《〈月界旅行〉辨言》，《鲁迅全集》第十卷，人民文学出版社2005年版，第164、163页。

视，鲁迅与梁启超自然有着许多呼应之处，和他接受"政治革命"和"民族主义"相辅相成为中心的民族政治革命道路，置身由这一话语联结而成的现实空间中密切相连。

三、《四日》对"尚武"的反拨与鲁迅对民族政治的反思

《四日》对民族战争的"丑化"，与对"国民""尚武"的消解相伴。这种消解在"个体"与"民族国家"的关系之间展开。"民族主义"话语中，民族国家意识被作为个体情感的重要组成部分，并与个体生存价值建立起联系。《斯巴达之魂》中的"人"有着"民族主义"的自觉意识，这种自觉意识是通过"民族主义"对于"人生观"的"植入"获得的。在《斯巴达之魂》中，无论男女老少皆重为国赴难，而以苟且偷生为羞耻。叙述者对这种情感方式的解释是：

> 读者得勿疑非人情乎？然斯巴达固尔尔也。激战告终，例行国葬，烈士之毅魄，化无量微尘分子，随军歌激越间，而磅礴载刺于国民脑筋里……"若夫为国民死，名誉何若！荣光何若！"①

培养"国民"的"荣誉感"，并将其转化为能够超越生死的"价值"，是建立"国民"人生观的重要方式。在晚清，梁启超曾写作"永恒论"，号召以民族国家的"无限性"来俘获个人的"有限性"。而在《四日》中，这样的"国民"被认为是"愚物"。"一则曰爱国，再则曰英雄，而此口乃亦能作如是语乎！""在彼辈目中，吾非英雄与爱国者又何物？虽然，此固而，而吾则——愚物也。"对于"民族主义"话语的嘲弄和讽刺。通过个体生命的不可替代性指出"爱国""英雄"词语背后的虚无和空洞。认为为"英雄"的名声献出生命是愚蠢的。

---

① 鲁迅：《斯巴达之魂》，《鲁迅全集》第七卷，人民文学出版社2005年版，第13—14页。

鲁迅与20世纪中国研究丛书

《斯巴达之魂》与《四日》的不同，是否仅仅意味着鲁迅对"民族主义"的衍生物"尚武"的反感呢？

许多研究者都注意到，《四日》的翻译与托尔斯泰影响之间的关系。《四日》的作者迦尔洵本人就深受托尔斯泰影响。鲁迅就曾指出："迦尔洵与托尔斯泰同里，甚为感化。"[①]我们也能够注意到鲁迅在同一时期对于托尔斯泰"恶战"思想的介绍。在《破恶声论》中，鲁迅针砭革命风潮下崇尚暴力之弊病，指出"其所谓爱国，大都不以艺文思理，足为人类荣华者是尚，惟援甲兵剑戟之精锐，获地杀人之众多，喋喋为宗国晖光"。从而，他将"恶兵如蛇蝎"的"托尔斯泰"誉为矫正时弊的"豫言者"。[②]

正如鲁迅所引："其言谓人生之至可贵者，莫如自食力而生活，侵掠攻夺，足为大禁，下民无不乐平和，而在上者乃爱喋血，驱之出战，丧人民元，于是家室不完，无庇者遍全国，民失其所，政家之罪也。何以药之？莫如不奉命。令出征而士不集，仍秉耒耜而耕，熙熙也；令捕治而吏不集，亦仍秉耒耜而耕，熙熙也，独夫孤立于上，而臣仆不听命于下，则天下治矣。"[③]托尔斯泰认为在政治国家中，民众亦受"权力"所逼，被迫参加战争，造成诸多不幸，怎样解决这个问题呢？最好是民众不听官吏的命令，不参加战争，自食其力，这样天下就能太平了。

《四日》中对战争疾苦的描写，对士兵恼恨和悲苦的描写，正像是托尔斯泰思想的感性注释。但这并不意味着，鲁迅就认同于"托尔斯泰"的思想。他看到，在世界范围内民族主义盛行的情势下，一味放弃"武力"，后果是遭受他国武力侵犯，无还手之力，所以鲁迅认为托尔斯泰的观点：

　　　　然平议以为非是，载使全俄朝如是，故军则可以夕至，民朝弃戈矛于足次，迨夕则失其土田，流离散亡，烈于前此。故其所言，为理想诚善，

---

① 鲁迅：《域外小说集·著者事略》，《鲁迅全集》第十卷，人民文学出版社2005年版，第174页。

② 鲁迅：《破恶声论》，《鲁迅全集》第八卷，人民文学出版社2005年版，第33页。

③ 鲁迅：《破恶声论》，《鲁迅全集》第八卷，人民文学出版社2005年版，第33—34页。

而见诸事实，乃佛戾初志远矣。第此犹曰仅摈之利害之言也，察人类之不齐，亦当悟斯言之非至。①

"人类之不齐"，当严复翻译了《天演论》后，"民族"之间"优胜劣汰""适者生存"深入人心。但鲁迅虽不认同"善亦进化，恶亦进化"，却对"民族主义"带来的"暴力"思想表示疑惧：

> 虽然，察我中国，则世之论者，殆皆非也，云爱国者有人，崇武士者有人，而其志特甚犷野，托体文化，口则作肉攫之鸣，假使傅以爪牙，若余勇犹可以蹂躏大地，此其为性，狞暴甚矣，顾亦不可谥之兽性。②

所以，若按民族生存竞争理论，只是简单地遵循"自然法则"，会戕害"人性"。虽然动机是为了"爱国"，但实际行动却是"暴力"，这是对人类文明发展的反动。所以，鲁迅认为"民族"问题不能简单地用"武力"问题解决。但简单地否定"武力"，崇尚所谓"世界主义"又是不现实的。那么，面对各民族国家发展的不平衡，以及目前"优胜劣汰"的现象，应该怎样解决问题呢？

> 不尚侵略者何？曰反诸己也，兽性者之敌也。至于波兰印度，乃华土同病之邦矣，波兰虽素不相往来，顾其民多情愫，爱自繇，凡人之有情愫宝自繇者，胥爱其国为二事征象，盖人不乐为皂隶，则孰能不眷慕悲悼之。③

鲁迅认为"反诸己"既可以解决"民族竞争"带来的"暴力崇尚"问题，又可以解决"反对暴力"带来的民族存亡危机问题。从"尚武"到"反诸

---

① 鲁迅：《破恶声论》，《鲁迅全集》第八卷，人民文学出版社2005年版，第34页。
② 鲁迅：《破恶声论》，《鲁迅全集》第八卷，人民文学出版社2005年版，第34页。
③ 鲁迅：《破恶声论》，《鲁迅全集》第八卷，人民文学出版社2005年版，第35页。

鲁迅与20世纪中国研究丛书

己"，它们之间到底有着怎样的关系呢？

"反诸己"之所以会出现，根本上还是在于对"己"与"国家""民族"等之间的关系进行重新思考。"民族主义"范畴将"国"与"人"相联系，而鲁迅认为以"国家"考量"个人"，"人"的个体属性被忽略，取而代之的是"国家属性"。这样的"人"较少重视人类共性。然而，鲁迅也不主张消除"人"的"国家属性"，认为那样的"人"过于抽象，在民族竞争的具体语境中会带来另外的问题。他指出："聚今人之所张主，理而察之，假名之曰类，则其为类之大较二：一曰汝其为国民，一曰汝其为世界人。"①

"前者慑以不如是则亡中国，后者慑以不如是则畔文明。"②如果简单地否定"国民"属性，则易导致国家主权沦丧，但我们也不能任由"民族主义"思想统治个体的思想。所以，要解决"民族主义"的问题，不能拘囿于"民族主义"/"世界主义"的话语范畴内，而是应该跳出这一知识框架，寻找其他解决途径。从而，鲁迅指出无论是"民族主义"还是"世界主义"，它们都忽略了这样一个问题：

> 寻其立意，虽都无条贯主的，而皆灭人之自我，使之混然不敢自别异，泯于大群，如掩诸色以晦黑，假不随驸，乃即以大群为鞭�&，攻击迫拶，俾之靡骋。③

也就是说，这一话语范畴的局限性，在于只注重"国家"，或者说"群我"，而忽视了构成国家实体的乃是具体的"自我"。"国家"乃是冷冰冰的"政治机器"，只能服从于"优胜劣汰"的"自然法则"；而"个人"有理性，有情感，这种"主体性"能够超越"自然法则"的规约。因此，鲁迅认为，重新从"人之自我"出发，可以解决"民族主义"的问题。

在晚清，对于民族国家想象的重新构建是"新政治"意识形态的重要组

---

① 鲁迅：《破恶声论》，《鲁迅全集》第八卷，人民文学出版社2005年版，第28页。
② 鲁迅：《破恶声论》，《鲁迅全集》第八卷，人民文学出版社2005年版，第28页。
③ 鲁迅：《破恶声论》，《鲁迅全集》第八卷，人民文学出版社2005年版，第28页。

成部分。要建构民族国家想象，"国民意识"的推广是关键一环。而鲁迅认为，正是这种"国民意识"的宣传和推广，阻碍了"民族国家问题"的解决。并且，鲁迅对"国民意识"的"反思"是和他对"民族道路"的整体"反思"联系在一起的。他认为"个体情感"的完善的重要阻碍就是："志士"的"宣传"。这"宣传"包括"军事兴国""经济兴国"和"政治兴国"等内容。而这些道路都不是正确的道路，在《文化偏至论》中，他质问：

　　今敢问号称志士者曰，将以富有为文明欤，则犹太遗黎，性长居积，欧人之善贾者，莫与比伦，然其民之遭遇何如矣？将以路矿为文明欤，则五十年来非澳二洲，莫不兴铁路矿事，顾此二洲土著之文化何如矣？将以众治为文明欤，则西班牙波陀牙二国，立宪且久，顾其国之情状又何如矣？若曰惟物质为文化之基也，则列机括，陈粮食，遂足以雄长天下欤？曰惟多数得是非之正也，则以一人与众禺处，其亦将木居而芋食欤？此虽妇竖，必否之矣。①

他认为民族兴起的关键并不在于"富有""科技发达""军事强盛"，认为这些都是"枝叶"，如果仅着眼这些问题，会带来诸多弊端。民族的根本在于"人"，所以鲁迅说：

　　然欧美之强，莫不以是炫天下者，则根柢在人，而此特现象之末，本原深而难见，荣华昭而易识也。是故将生存两间，角逐列国是务，其首在立人，人立而后凡事举；若其道术，乃必尊个性而张精神。假不如是，槁丧且不俟夫一世。②

　　关于鲁迅的"立人"思想，已有多种阐述。鲁迅接受施蒂纳、尼采、叔

———

① 鲁迅：《文化偏至论》，《鲁迅全集》第一卷，人民文学出版社2005年版，第57—58页。

② 鲁迅：《文化偏至论》，《鲁迅全集》第一卷，人民文学出版社2005年版，第58页。

本华等人思想，对"人"的精神价值予以肯定，并指出现代文明对于"人的个性""精神"的压抑。于是，就有研究者指出"他的'个人'是反'众数'，反'物质'的，与英法启蒙主义的社会化、制度化的'个人权利'无涉，因而不是政治的或经济的个人主义的原子化的'个人'，而是'内在化'的个人"[①]。这一"个人"具有自足的"主体性"，它的建构，采用"另一套逻辑"，能够通过对"政治的人""经济的人"的纠偏和反抗，实现对"政治革命"的纠偏和反抗。

由此，鲁迅构建起以"立人"为中心的"文化革命"框架，与以"军事""经济""政体"等为内容的"政治革命"相抗衡。而以"立人"为中心的"文化革命"与《浙江潮》为代表的"文化革命"的区别就在于：前者的标准和"政治革命"所拥护的标准有根本的差异，而后者则趋同。也就是说，鲁迅开始建立与"政治革命""疏离"的"文化标准"。鲁迅开始以"文明"和"野蛮"的二元视角来关照辛亥革命前期的思想和文化潮流，而"文明"的标准即为"人"的"灵敏"和"丰富"。他将辛亥革命诸多思想和行为视作"野蛮"，而将发扬"人的个性"视作"文明"。将军事上的侵略、经济上的崛起和政治上的民主归结为"十九世纪"欧洲的成就，指出这些成就的弊端已渐渐浮现，均不能成就民族的兴起。首先是"军事"与"文明"的分野。鲁迅认为"暴力革命"是野蛮的标志。他说："后有学于殊域者，近不知中国之情，远复不察欧美之实，以所拾尘芥，罗列人前，谓钩爪锯牙，为国家首事，又引文明之语，用以自文，征印度波兰，作之前鉴。夫以力角盈绌者，于文野亦何关？"[②]从"人"的角度看，军事上的成功，和人的文明没有任何关系。

其次，"富强""民主"与"文明"的关系。鲁迅认为"民主"也不过是"文明"的表象，把文明发展归结为政治体制上的"民主化"会造成许多问题。他说："思鸠大群以抗御，而又飞扬其性，善能攘扰，见异己者兴，必

---

① 汪卫东：《从"自我"到"个人"——鲁迅接受德国个人主义的传统思维结构》，《北京科技大学学报（社会科学版）》2012年第3期。

② 鲁迅：《文化偏至论》，《鲁迅全集》第一卷，人民文学出版社2005年版，第45—46页。

借众以陵寡，托言众治，压制乃尤烈于暴君。此非独于理至悖也，即缘救国是图，不惜以个人为供献，而考索未用，思虑粗疏，茫未识其所以然，辄皈依于众志。"①从"人"的角度来看，"民主"的制度会造成对"少数人"的压制，这种压制同样具有弊端，使全民精神庸俗化，抹灭个性化的思考。

引入"人"的标准，鲁迅能够对"政治革命"出现的问题进行"纠偏"，对种种以"物质""制度"为重心的思想和行为进行"批判"，如此"暴力"的合法性被消解，"民族主义"带来的"崇尚暴力"的问题可以得到抑制。那么，第二个问题是："人"对"政治革命"的纠偏，怎样同时解决了殖民语境中"民族存亡"的问题呢？

四、"立人"与"新政治"

我们应该注意到在鲁迅的论述中："人""己"虽然对"物质""制度""军事"等现代文明具有"反抗"作用，但"人"一直与"邦国"相联系，甚至被作为"邦国兴起"的条件。

在《文化偏至论》中鲁迅指出："人既发扬踔厉矣，则邦国亦以兴起。奚事抱枝拾叶，徒金铁国会立宪之云乎？"②也就是说，"人"的"发扬"的另一面是"邦国"的"兴起"。这样的逻辑的确让人困惑，难道"邦国"不是"物质""制度"或是"暴力机器"吗？鲁迅显然不否认这一点，但他的逻辑又表明，"邦国"可以通过"人"的"丰富"而得到"丰富"。鲁迅对"人"的阐释，有着不同于施蒂纳、尼采、叔本华等人的重要特点。那就是，鲁迅在论述"个人"和"国民"的关系时，也时常充满辩证性。一方面，鲁迅反对泯灭个体的"国民"思想，"国家谓吾当与国民合其意志，亦一专制也"③。另一方面，鲁迅也并不认为，"个人"就是"否国家""否民族"。他急于澄清误解，"个人一语，入中国未三四年，号称识时之士，多引以为大诟，尚

①　鲁迅：《文化偏至论》，《鲁迅全集》第一卷，人民文学出版社2005年版，第46页。
②　鲁迅：《文化偏至论》，《鲁迅全集》第一卷，人民文学出版社2005年版，第47页。
③　鲁迅：《文化偏至论》，《鲁迅全集》第一卷，人民文学出版社2005年版，第52页。

被其谥，与民贼同"①。鲁迅的"个人"本身具有这样的结构，即"个人化的国民"，即一方面是尊重"个体"，另一方面重视对国家的参与，以及"纠正"。

也就是说，鲁迅的"立人"之中包含着"政治"的内容，只不过这种"政治"不同于现实层面的政权更迭、暴力革命，而是指精神层面对"民族国家"的关切，以及对"政治"保持"革新精神"的期待。鲁迅的"邦国"也由此包含着这样一个辩证的结构，即一方面是"军事""物质"和"制度"等"政治邦国"，另一方面是以"人"为核心的"文化邦国"。并且，由于"人"的建设中包含"政治文化"的因素，"文化邦国"因而能够促进、更新"政治邦国"。由是，鲁迅才能得出结论："个性张"，"沙聚之邦，由是转为人国。人国既建，乃始雄厉无前，屹然独见于天下"②。

具体到晚清的历史情境中，鲁迅是要在辛亥革命的"政治革命"外建立另一个框架，以"立人"为中心的"文化革命"，这个"文化革命"不是"政治革命"的"附属"或"宣传工具"，而以"人的个性"为核心建立自足的体系，这个体系不是要完全"否定"政治，而是通过与"政治"的"疏离"，起到更新、生长"政治"的功能。以"人"为"政治"的"主体"，以"文化"作为"政治"的领导。这是鲁迅"反诸己"的真义。

这其中具有显的矛盾性，即"个人"和"国民"之间，"人"和"邦国"之间，以及"文化"和"政治"之间如何相互独立又协调统一？这些具有矛盾性的命题，鲁迅在他之后的人生中一直面对。它们影响着鲁迅有时在命题正反两方左右摇摆，但同时也成为鲁迅特有的思维结构。最重要的是，鲁迅在晚清对"政治革命"的疏离，和对"文化革命"另一标准的建立，为辛亥革命之后参与"新文化运动"埋下了必然的线索。

在现实中，鲁迅"弃医从文"的行为也可理解为"反诸己"思想的空间化。《四日》既是鲁迅"反诸己"思想的体现，也是他"反诸己"的现实行为

① 鲁迅：《文化偏至论》，《鲁迅全集》第一卷，人民文学出版社2005年版，第51页。

② 鲁迅：《文化偏至论》，《鲁迅全集》第一卷，人民文学出版社2005年版，第57页。

的直接产物。1904年后，"民族主义"思想开始被付诸社会实践，东京同仁要么进入专业化的学习，要么走上更实际的"政治革命"的道路。然而，鲁迅却既放弃了专业化的学习，从仙台医学院肄业回东京，又与"政治革命"的暴力行为保持距离。1905年鲁迅回到东京，虽然和浙江籍的革命人士，如秋瑾、陶焕章等往来密切，但并没有接受革命任务，而是开始办杂志、译小说。

鲁迅办杂志和译小说，与革命行动的"疏离"是显而易见的，于是"寂寞"的命运也在所难免。鲁迅回忆《新生》的筹办时说："接着又逃走了资本，结果只剩下不名一钱的三个人。创始时候既已背时，失败时候当然无可告语，而其后却连这三个人也都为各自的运命所驱策，不能在一处纵谈将来的好梦了，这就是我们的并未产生的《新生》的结局。"[1]"背时"的感受，所透露的信息是，其主张和愿望与当时时代的主流话语不合拍。《新生》后来的许多理论文章发表于《河南》杂志，如《文化偏至论》《破恶声论》等。翻译创作则编为《域外小说集》，《四日》正是其中一篇。

《四日》中的战争"风景"，是鲁迅思想转变的外化。《域外小说集序》的序言中表达了这部小说集的主旨："按邦国时期，籀读其心声，以相度神思之所在。"

"心声"在《破恶声论》中也出现过，"神思"则是《摩罗诗力说》中的关键词。"心声""神思"都是指人的精神世界，鲁迅认为"反诸己"，对精神世界的审度可以解决"邦国时期"的问题。如上文所述，鲁迅发表在《河南》杂志上的文章正是《域外小说集》的思想背景。《四日》中对于"尚武精神"的反拨，其意义不在主题观点的扭转本身，而在于在思想层面鲁迅对辛亥革命前期"民族主义"思潮进行了"反思"，从而改变了对"文学"功能和方式的认识。

梁启超的政治小说，立足于"民族主义"，崇尚"政治革命"和"尚武精神"，致力"国民"的塑造而"小说"只是宣传和教化的工具；而鲁迅则从"立人"的角度重新阐释民族的发展，他并不回避民族主义，但是他认为"政

① 鲁迅：《呐喊·自序》，《鲁迅全集》第一卷，人民文学出版社2005年版，第439页。

治革命”是不完备的，“人”的精神完善，可以起到纠偏和补充的作用，而“文学”正是起到“籀读”“相度”“人”的“心声”和“神思”的作用。因此，鲁迅心目中的“文学”，和他的“人”“己”一样具有“主体性”和“自觉性”，它不是“政治革命”的附庸，而是对它的纠正和完善。它“非物质、张灵明”，但同时可以凝聚“邦国之力”。

就具体的文体表现说，鲁迅的文学思想能够促生新的“表现方式”。“表现方式”是“怎么看”，而“怎么看”关键取决于“要看到什么”的理念。由于并非要做“政治理念”“代言”，而是要审度人的精神，叙述者的声音发生改变，在《斯巴达之魂》中，作者、“叙述者”都是“代言者”，作者的声音、叙事者的声音和人物的声音具有一致性。而在《四日》中，叙述者是作为精神“审视者”而出现的，作者的声音、叙事者的声音、人物的声音有很大差异。在精神审视的意义上，“内视角”取代了故事，也造成了《斯巴达之魂》和《四日》之间的差异。当《斯巴达之魂》以外在视角审度战争场面时，《四日》则运用“内视角”，关注人的心理活动，将一个士兵面对死亡时的怀疑和恐惧展示出来，战争的不合理性由此得到揭示。由此，“心理时间”，代替了政治事件时间，成为《斯巴达之魂》和《四日》在小说节奏上的不同之处。

“看的方式”的不同由此带来了文中开头所述的，《斯巴达之魂》和《四日》中“战争风景”的巨大差异。这种差异与两篇小说产生的社会学场域的不同有很大关系。从《斯巴达之魂》到《四日》，两篇小说创作和面世方式的不同，显在的区别是社会学意义上“场域”的距离。而思考这“场域”分别的原因，可以发现，“疏离”的产生根本上在于思维结构的差异。正是由于不同的思想观念，使得鲁迅组织了一个和辛亥革命“疏离”的空间。鲁迅和其同时代人虽然身处一个时代，却发生了空间错位的距离。然而这一“错位”的存在正是《域外小说集》在晚清具有超前性和先锋性的真正原因。

第二节　政治文化与1920年代鲁迅的"大学观"

　　"大学"在现代中国的发生，是现代文化转型在社会结构层面的实现。作为新的文化体制的重要组成部分，"大学"对于文化、文学的发生和发展起着重要的作用。而在中国现代文化发展过程中，有关"大学"的争议也层出不穷，这种争议与"新文化"的分化直接相关。在1920年代，"学术独立""教育独立"内涵的注入，给予了中国"大学"发展新的生机。这种"独立"具有文化和政治的双重功能：一方面，转换知识范式，引入和建设西学，与传统人文体系宣告决裂；另一方面，通过与当时黑暗"政治"的"疏离"，起到非政治、新政治的作用。而随着政治环境的变化，这双重功能取得最初的统一性后便开始分化，有关"大学教育"的争议由此发生。"大学观"的分歧背后是特定的政治立场和态度的选择，以及有关文化与政治之间的关系的考量。

　　本节从1920年代"大学"发展过程中"学风"和"学潮"的争议入手，展开分析"大学"的发展问题所联结的不同思想观念和政治立场方面的差异。在此背景下，彰显鲁迅关于"大学"问题所持的独特的立场。对于鲁迅来说，"大学"是实现"新政治"目的的"文化载体"，这决定了鲁迅对于"大学""革命精神"内涵的独特期待。这种期待使鲁迅对"大学"发展问题十分关注。他对"大学"发展问题的发言，对"学潮"的参与和推动，以及对大学本质的思考，都是对1920年代"文化"和"政治"的关系问题的回应。

一、1920年中国大学的"学风"与"学潮"问题

　　众所周知，蔡元培入主北大对于中国现代大学的兴起起着重要的作用，与"新文化运动"的兴起关系密切。以独立的学术建设，引领中国社会的发展，这是蔡元培给大学发展定的基调。如果说清末出现的"大学堂"只是在学制形式和教学内容上区别于传统的私塾和科举的话，那么，1917年，蔡元培入主北大则使中国大学从性质和功能上根本区别于传统的教育。蔡元培出任北京大学校长后，对北大进行了自内而外的革新。他改变了北京大学作为"学而优则仕"的阶梯的身份，推动大学成为"学术中心"。蔡元培回忆自己出任北大校

长时的情形时说：

> 其时北京大学学生，颇为社会所菲薄。孑民推求其故，以为由学生之入大学，仍抱科举时代思想，以大学为取得官吏资格之机关……对于学理，毫无兴会。[①]

因此他提出"大学学生，当以研究学术为天责，不当以大学为升官发财之阶梯"[②]。对大学学术功能的强调，与蔡元培所接受的"学术独立"和"教育独立"的思想理念有很大关系。蔡元培以"学术"作为大学独立精神的核心价值，并特地阐发了"学术"和"教育"在"独立性"方面的一致性。

但值得注意的是，"学术独立"并不排斥"大学"的政治功能。1918年，蔡元培曾经就革新教育的努力和社会改造之间的关系进行阐发："我国近来所以士风日弊，民俗日偷，其原因固甚复杂，而学术消沉，实为其重要之一因。教育以沿袭塞责，而不求新知；学者以资格为的，而不重心得。在教育界正奄奄无气如此，又安望其影响及于一般社会乎！"[③]

"新学术"和"新政治"的确有相辅相成的一面。然而，这一追求从一开始也有着目标和手段之间的矛盾性。要保持学术的独立性，必然要标立学术自足的价值标准。而要实现对现实政治的干预功能，学术又会被要求放到社会背景中考量其一时一地的价值，由是，学术的"自足性"就会受到威胁。五四运动的爆发，集中体现了新文化运动过程中生成的"大学"的力量。大学生，这一被赋予新的文化素养的"新阶层"，成为催生政治运动的"新主体"。然而这场运动后，文化和政治分歧也由此显现。五四运动的胜利，鼓舞了学生直接参与社会变革运动的信心和兴趣。学生的主体性经由实践的肯定而高涨起来。无论是关于国家发展，还是关于学校建设，学生都成为一个具有话语权和行动

① 蔡元培：《传略（上）》，《蔡元培全集》第三卷，中华书局1984年版，第330页。

② 蔡元培：《传略（上）》，《蔡元培全集》第三卷，中华书局1984年版，第330页。

③ 蔡元培：《学术讲演会启事》（一九一八年二月二十日），《蔡元培全集》第三卷，中华书局1984年版，第139—140页。

力的阶层。"学潮"的爆发此起彼伏。然而，在具体的学校管理层面，频繁的"学潮"对正常的教学和学习秩序的破坏问题日益凸显。由五四运动始，中国大学的"学风"和"学潮"一直是1920年代争议不断的问题。

首先对"学潮"表述忧虑的就是蔡元培。蔡元培在谈到"五四"以来的回顾与今后的希望时，特地指出"从罢课的问题提出以后，学术上的损失，实已不可限量"①。他认为为政治运动而牺牲学术是得不偿失的事情。他反问学生："诸君之责任，何等重大。今乃为参加大多数国民政治运动之故，而绝对牺牲之乎？"针对日益高涨的"学潮"，蔡元培重新重视"学风"问题，强调学生"不能不以研究学问为第一责任也"②。1922年，北大发生"讲义费"风潮，蔡元培认为"此种越轨举动，出于全国最高学府之学生，殊可惋惜"③。在新文化运动中，学生的"越轨"是被鼓励和褒奖的，认为这正是对"低眉顺目""恭敬作揖"的"晚辈后生"身份的超越。蔡元培的担忧，并不是反对学生张扬主体性，而是出于对大学秩序的考量。

对于1920年代大学的发展问题，鲁迅也没有置身事外。从他关注五四运动④，到为"五卅运动"和"三·一八"中牺牲的学生哀悼和抗议，特别是在"女师大风潮"中，他积极策划和参与学生运动等等，鲁迅的这些行为，都表现出与蔡元培等人的分歧。虽然在大学教育问题上，鲁迅和蔡元培和胡适之间并没有针锋相对的论争，但就事论事的话语中间，还是能看出各偏一隅的立场。当蔡元培为五四运动学生运动影响"求学"担忧时，鲁迅将五四运动当作"中国的改革"的"开端"⑤。对于北大"讲义费"事件，鲁迅与蔡元培有截

① 蔡元培：《去年五月四日以来的回顾与今后的希望》，《蔡元培全集》第三卷，中华书局1984年版，第385页。

② 蔡元培：《告北大学生暨全国学生书》，《蔡元培全集》第三卷，中华书局1984年版，第313页。

③ 蔡元培：《为北大讲义费风潮辞职呈》，《蔡元培全集》第四卷，中华书局1984年版，第270页。

④ "鲁迅先生详细询问我天安门大会场的情形，还详细问我游行时大街上的情形。"孙伏园：《鲁迅先生二三事》，作家书屋1942年版，第61页。

⑤ 鲁迅：《〈出了象牙之塔〉后记》，《鲁迅全集》第十卷，人民文学出版社2005年版，第270页。

然不同的态度。他将学潮与革命，将学生被开除与革命者牺牲相提并论。《即小见大》讲述了他对这场风潮的感受和看法：

> 北京大学的反对讲义收费风潮，芒硝火焰似的起来，又芒硝火焰似的消灭了，其间就是开除了一个学生冯省三。
>
> 这事很奇特，一回风潮的起灭，竟只关于一个人。倘使诚然如此，则一个人的魄力何其太大，而许多人的魄力又何其太无呢。现在讲义费已经取消，学生是得胜了，然而并没有听得有谁为那做了这次的牺牲者祝福。①

接下来，鲁迅将冯省三与谋杀袁世凯的革命党人作比。这段议论，与鲁迅关于革命种种的议论大致相同。这当然不能理解为鲁迅对于讲义收费风潮的否定。正如鲁迅对革命的态度一样，他只是对学生运动过程中"牺牲"表示忧虑。至于大学秩序的问题，鲁迅似乎并不十分看重。

"学风"和"学潮"之间，其实在一开始并不存在非此即彼的冲突。如上所述，新文化运动的兴起，是以"新文化"来催生"新政治"。在其中，一方面是现代学术范式，以及文化体制的兴起，另一方面，是政治变革的目的和诉求。前者与大学"学风"建设相联系，后者则滋生"学潮"。二者具有相辅相成的一面。无论是致力"学风"建设，还是鼓励"学潮"，都体现了一种"新政治"的社会变革立场。然而，由于学生精力的限制，"求学"和"参加学生运动"许多时候会产生冲突。"学风"和"学潮"便成了有待比较和选择的问题。

二、"学术救国"与"运动救国"

首先值得注意的是，在1920年代，"学风"和"学潮"的冲突，并非简单地从属于"学术"和"政治"的分歧。在当时普遍的"新政治"的社会心理促

---

① 鲁迅：《即小见大》，《鲁迅全集》第一卷，人民文学出版社2005年版，第429页。

动下，"为学术而学术"也代表着一种革新中国的政治主张，所以说，是选择哪一种"新政治"的道路的思想观念决定着对于"学风"和"学潮"的价值评判。这一讨论的现实意义在于："大学"，作为重要的"文化"载体，作为"新主体"的引领者，应该在怎样的思想理念下进行建构，应该以何种方式参与社会变革的风潮中？

政治上的焦虑和"革命"的愿望弥漫1920年代整个中国知识阶层。有人指出："现在社会里面——尤其是在智识阶级里面，有一种流行名词'反革命'。"①也就是说，"新政治"是当时知识分子普遍的心理。然而在以何种方式"革命"上，知识界存在分歧。蔡元培认为："试问现在的一切政治社会的大问题，没有学问，怎样解决？有了学问，还恐怕解决不了吗？"②与蔡元培的观点类似，胡适也明确表示要推动"学术救国"。

正是出于对"学术救国"的期盼，在国内政治矛盾日益尖锐，政潮日益高涨的情况下，蔡元培反复强调大学要"为学问而学问"。他看到："现在政治上的失望与改革的热诚，激动人人的神经，又与二三十年前差不多了。学生在学校里面要试验革命的手段又有点开端了。"③为了纠正此种倾向，他开始要求学生"两耳不闻窗外事"，他说："盖学生究在'学'的时代，不宜多问外事。"④若说此举表示蔡元培政治倾向的保守性，显然是不公道的。在"爱国"与"读书"之间，蔡认为只有"读书"才能真正成就"爱国"的目的。于是他提出"爱国不忘读书"的著名口号，并且，对学生"学潮"进行严厉的批评："至若现在又一班学生，借着爱国的美名，今日罢课，明天游行，完全把

① 唐有壬：《什么是反革命》，《现代评论》第2卷第39期，1925年9月5日。

② 蔡元培：《去年五月四日以来的回顾与今后的希望》，《蔡元培全集》第三卷，中华书局1984年版，第385页。

③ 蔡元培：《北大十月二十五日演说词》，《蔡元培全集》第四卷，中华书局1984年版，第274—275页。

④ 蔡元培：《与〈国闻周报〉记者的谈话》，《蔡元培全集》第五卷，中华书局1988年版，第58页。

鲁迅与20世纪中国研究丛书

读书忘记了，象这样的爱国运动，是我们不敢赞同的。"①

与蔡元培相呼应的是，胡适也发表文章《爱国运动与求学》，认为"救国千万事，何一不当为"。他鼓励学生不要盲从学潮的风气，坚定从文化建设上振兴民族的道路。②当然，持此种观念的人，并不止蔡、胡，而是一大批知识分子的意见。曾为《新青年》杂志撰写文章的陶孟和也认为："中国现在限于极悲惨的地位固然有种种的原因，但是其中最主要的我们不能不说是政府与一般人民都缺乏相当的知识与能力。""我们希望每个学生都是救国者，但是我们钦佩救国的科学家，救国的文学家，救国的教育家"，"我们希望在最近的将来，于救国运动中，更发起基础的救国运动——求学"。③

由于秉持共同的思想理念，蔡元培与胡适，就治校方针问题上，取得共鸣。蔡元培致信胡适，表达"承示北大当确定方针，纯从研究学问方面进行，弟极端赞同"④。而对这种逻辑，鲁迅颇不以为然。在一篇文章中，鲁迅就蔡元培有关政治、教育等主张进行讽刺：

> 蔡孑民先生一到上海，《晨报》就据国闻社电报郑重地发表他的谈话，而且加以按语，以为"当为历年潜心研究与冷眼观察之结果，大足诏示国人，且为知识阶级所注意也"。我很疑心那是胡适之先生的谈话，国闻社的电码有些错误了。⑤

蔡元培本是浙籍，无论是和章太炎，还是和以浙江人为主体的革命团体光复会，都有密切联系。而鲁迅受聘教育部，和蔡元培也有莫大关系。在北京大学教员队伍中，章门弟子颇成气候，并彼此支持、呼应。特别是在北大的建设

———————————

① 蔡元培：《读书与救国——在杭州之江大学演说词》，《蔡元培全集》第五卷，中华书局1988年版，第123页。

② 胡适：《爱国运动与求学》，《现代评论》第2卷第39期。

③ 陶孟和：《救国与求学》，《现代评论》第2卷第37期。

④ 蔡元培：《复胡适函》，《蔡元培全集》第五卷，中华书局1988年版，第26页。

⑤ 鲁迅：《无花的蔷薇》，《鲁迅全集》第三卷，人民文学出版社2005年版，第272页。

过程中，蔡元培的引领，和章门弟子的参与，对北大成长为新文化中心起到重要作用。胡适虽然也在北大的教学队伍中，但其政治变革之外的留学背景，以及参与新文化运动过程中表现出来的保守气质，均与章门弟子有许多区别。由是，当蔡元培趋同于胡适的观点时，鲁迅难免心有戚戚。而在鲁迅看来，蔡的见解有迂腐幼稚之处。他首先认为，在一个政治昏暗的社会里，保持"学风"的纯正是不现实的。他说：

> 学风如何，我以为是和政治状态及社会情形相关的……但若政治昏暗，好的人也不能做办事人员，学生在学校中，只是少听到一些可厌的新闻，待到出了校门，和社会接触，仍然要苦痛，仍然要堕落，无非略有迟早之分。①

他批判蔡等对"学术独立""教育独立"的"幻想"。他认为社会是一个有机的存在，任何领域都受到整体社会政治状况的牵制，因而不可能存在所谓绝对的"独立"。在给许广平的信中，鲁迅曾指出："教育界的称为清高，本是粉饰之谈，其实和别的什么界都一样，人的气质不大容易改变，进几年大学是无甚效力的。况且有这样的环境，正如人身的血液一坏，体中的一部分决不能独保健康一样，教育界也不会在这样的民国里特别清高的。"②

鲁迅的立论很容易让人联想到"问题和主义"论争，焦点也在改革是先部分后整体，还是先整体后部分，或者说是文化变革和政治运动孰轻孰重的问题。在这些问题上，鲁迅与蔡、胡都有很大的不同。关于孙中山革命的功过，蔡元培认为："凡先生所昭示，至大如《建国方略》，至高如《三民主义》，无不以学术为基础，而予吾人以应出之途径。尤扼要者，谓革命之根本，在求学问之深且阔。"③胡适也认为"孙氏的失败还在这一个'知'字上"，败于

---

① 鲁迅：《250311 致许广平》，《鲁迅全集》第十一卷，人民文学出版社2005年版，第459页。

② 鲁迅：《两地书》，《鲁迅全集》第十一卷，人民文学出版社2005年版，第14页。

③ 蔡元培：《祭孙中山文》，《蔡元培全集》第五卷，中华书局1988年版，第7页。

"短见的速成手段"①。当蔡元培等人将孙中山革命的功过都归结到"学术"上时，鲁迅则认为："总要改革才好。但改进最快的还是火与剑，孙中山奔波一世，而中国还是如此者，最大的原因还在他没有党军，因此不能不迁就有武力的别人。"②

三、"整饬学风"与"反抗政府"

从学理层面看，"学风"和"学潮"皆倾向于以文化手段改革政治，均表现出"新政治"的倾向，无非是轻重缓急和方式方法问题。然而，值得注意的是，在现实层面，处理"学风"和"学潮"的问题就不是那么简单。当"学生自治"能够集结新一代主体的反叛性力量，使大学成为一个改革政治的发源地时，执政当局参与"整饬学风"，就不仅是追求"为学问而学问"，而是掌控教育，干涉"教育独立"。

正是基于这一层面的考虑，鲁迅对于"女师大"风潮的激烈反应，就不仅仅来自私人义愤的声援。如上所述，自"学生自治"以后，大学风潮一直此起彼伏，女师大也不例外。在杨荫榆主事之前，女师大就已发生过多次风潮。甚至在杨荫榆之前，聘任鲁迅为女师大教员的许寿裳，就在"迎杨驱许"的风潮中辞职。杨荫榆"整饬学风"之举再次激发"学潮"，并引起广泛的争论。而鲁迅则积极参与其中。在分析杨荫榆"整饬学风"是否正当之前，首先应弄清楚是由"谁"来"整饬学风"的问题。而这个问题在当时并没有被忽略。有人专门以《谁配整饬学风》为题，著文对政府"整饬学风"的行为表示质疑。他指出：

> 现今政府分内应做的要事不知道有若干，何以他们总不去做，而独对于教育界好似急要显显神通？……有人说学风是要整饬的，但现任教育当局章士钊氏不配整饬学风，我们敢说任谁来做教育当局也都不配做此事。

---

① 胡适：《这一周》，《胡适文集》第3卷，北京大学出版社1998年版，第408—409页。

② 鲁迅：《两地书》，《鲁迅全集》第十一卷，人民文学出版社2005年版，第40页。

鲁迅与20世纪中国政治文化

79

因为学风的矫正，毕竟是教育界本身的责任，而不是政府能做的事……①

该文进而认为如果政府确实要以行政的命令，或是军警的威慑来整饬学风，"恐怕教育界从此纠纷日多，学风反而要更坏"。蔡元培等人要求大学注意"学风"，根本目的是维护大学以"学术"为中心的自足体系，以此"疏离"现实政治，从而具有超越政治、纠正政治的作用。当权者对"学风"的关注，是为了借"整饬学风"打压"学潮"，将高等教育纳入现实政权的管理范畴，并通过要求学生专心治学，维持保守、稳定的社会风气。因此，是由"校方"还是由"政府"来"整饬学风"，性质和目的有很大的差别。前者是维护"教育独立"，后者是干预"教育独立"，前者旨在革新政治，后者意在巩固统治。

与温婉地批评蔡、胡不同，鲁迅与杨荫榆、章士钊、陈西滢的论争中表现出政敌般的愤激。当然，情感上的特征只是一个佐证，论题和角度才能够充分彰显鲁迅参与女师大论争的深沉动因。首先，鲁迅对杨荫榆的批判主要在治校方式上。杨荫榆阐发治校主张时说："须知学校犹家庭，为尊长者断无不爱家属之理，为幼稚者亦当体贴尊长之心。"②杨荫榆的这段话是想强调师生之间的亲密、团结和体谅。而鲁迅则读出杨荫榆以"尊长"自比，所暗含的师生间的等级意识。他讽刺杨荫榆文中所用"勃谿相向"的典故，指出杨将学生看作她的童养媳加以"管教"，丝毫没有以学生为"主体"的意识。

在鲁迅看来，大学存在的价值正在于其中具有"非官僚化"的思想理念，该种理念不仅对校外的政治具有批判作用，也能够促成校内管理的"民主"和"自由"。要维持这一理念的实施，校长、学校管理体制、教员都是重要因素。当鲁迅看到杨荫榆通过裁减专职教员，以将学校管理权集中到校长手中，听闻杨荫榆借军警维持学校秩序，采取开除等手段排除异己的学生等行为时，他对杨荫榆的反感绝不仅仅在私人情感方面（杨荫榆开除了许广平），而且是

① 文：《谁配整饬学风》，《现代评论》第2卷第39期，1925年9月5日。

② 杨荫榆：《致全体学生公启》，《晨报》1925年5月11日。

出于对于"五四"以来"大学"理念被践踏的义愤。他在给许广平的信中说道："听说学校当局有打电报给学生家属之类的举动，我以为这些手段太毒了。教员之类该有一番宣言，说明事件的真相，几个人也可以的。如果没有一个人肯负这一点责任（署名），那么，即使校长竟去，学籍也恢复了，也不如走罢。全校没有人了，还有什么可学？"[1]当学校的管理日趋专制的情况下，教员站出来为学生说话，是为了继续维护大学所具有的独立性质和新文化的功能。

其次，鲁迅反对杨荫榆与反对教育总长章士钊密切联系。杨荫榆和章士钊在大学教育方针上的一致性，在鲁迅等人看来，是有违大学独立性原则的。他敏感地发现，杨荫榆和章士钊的联合，除了乡谊和利益外，他们在教育观念上也有相通之处。在1925年8月25日，段祺瑞发布"整顿学风令"[2]中，鲁迅敏感地发现其中"父兄之教"与杨荫榆的"勃谿相向"有相似之处，都是将大学当作一个具有等级关系的管理机构。章士钊的教育观念的确根本有违新文化运动发生以来"教育独立"的发展方向。他用政令要求中小学读经，不管是"整饬学风"，还是强行解散学校，都是将学校置于政府的绝对控制之下，重新塑造安分守己的"顺民"。所以，鲁迅指出："去年，自从章士钊提了'整顿学风'的招牌，上了教育总长的大任之后，学界里就官气弥漫，顺我者'通'，逆我者'匪'，官腔官话的余气，至今还没有完。"[3]

"学界"是新文化运动通过推动"学术独立""教育独立"，从而产生的具有自足标准和机制的社会学场域和群体，可指"学术界"，或是"教育界"，大学是其中重要一域。它产生的重要功能就在于能够改变传统知识和教育的"官僚化"性质，能够独立批判当权政治。然而，当政府当局参与学界事务，并以利益干扰学界规则时，"学界"产生之初的功能便会丧失。鲁迅

---

[1] 鲁迅：《两地书》，《鲁迅全集》第十一卷，人民文学出版社2005年版，第76页。

[2] "迩来学风不靖。屡次变端。一部分不职之教职员。与旷课滋事之学生。交相结托。破坏学纪。……倘有故酿风潮。蔑视政令。……本执政敢先父兄之教。不博宽大之名。依法从事。决不姑贷。"

[3] 鲁迅：《学界的三魂》，《鲁迅全集》第三卷，人民文学出版社2005年版，第222页。

于是指出："所谓学界，是一种发生较新的阶级，本该可以有将旧魂灵略加涮洗之望了，但听到'学官'的官话，和'学匪'的新名，则似乎还走着旧道路。"[1]在鲁迅看来，"女师大风潮"的问题不仅是校长本身的保守性，而且在于它是政府插手大学、学界的代表。

鲁迅将反杨和反章联系起来，是在标立学校的独立性和反抗性。他所坚持的仍是新文化运动所具有的独立的政治批判的精神。他始终自居为新文化运动过程中的"北大派"，并将那时的北大校格概括为"改革"和"反抗"，并且认为这种"校格"在今天仍要保持。他说："今年忽而颇有些人指我为北大派。""我觉得北大也并不坏。如果真有所谓派，那么，被派进这派里去，也还是也就算了。理由在下面："既然是二十七周年，则本校的萌芽，自然是发于前清的，但我并民国初年的情形也不知道。惟据近七八年的事实看来，第一，北大是常为新的，改进的运动的先锋，要使中国向着好的，往上的道路走。……第二，北大是常与黑暗势力抗战的，即使只有自己。自从章士钊提了'整顿学风'的招牌来'作之师'，并且分送金款以来，北大却还是给他一个依照彭允彝的待遇。现在章士钊虽然还伏在暗地里做总长，本相却已显露了；而北大的校格也就愈明白。"[2]沿着这样的思路，"女师大风潮"最终转化为大学和政府关系的冲突就不难理解了。1925年8月，北京大学因章士钊"思想陈腐，行为卑鄙"，宣言反对他担任教育总长，与教育部脱离关系。而1925年9月5日，段祺瑞政府内阁会议决定，停放北大经费。

第三，"女师大风潮"中，鲁迅批判的重点还在于政府插手大学后，"学术"的权力化倾向。本来，"学术独立"是为了避免大学成为政治的附庸，发展自己不从属于统治者利益的独特性。然而，在"学术"范畴内也有"权力"的问题，比如"谁拥有界定什么是文化生产的合法形式的权力"。[3]政权渗透

---

① 鲁迅：《学界的三魂》，《鲁迅全集》第三卷，人民文学出版社2005年版，第222页。

② 鲁迅：《我观北大》，《鲁迅全集》第三卷，人民文学出版社2005年版，第167—168页。

③ ［美］戴维·斯沃茨：《文化与权力：布尔迪厄的社会学》，陶东风译，上海译文出版社2006年版，第257页。

鲁迅与20世纪中国研究丛书

大学的管理后，学术自足的体系已经打破，政府权力和学术权力开始以多种形式联手。鲁迅已察觉到，所谓"学者""教授"已成为控制话语权的权力代言人，而"公理""正义"等均会成为具有统治功能的话语符号。相较于现实的权力，这些"话语权力"，更具有隐蔽性和杀伤力。他说："当章氏势焰熏天时，我也曾环顾这首善之区，寻求所谓'公理''道义'之类而不得；而现在突起之所谓'教育界名流'者，那时则鸦雀无声"，而在杨荫榆在太平湖饭店对"教育界名流"的宴请中，便产生了"教育界公理维持会"。[①]特别是，当特定的"学术"与教育界对于学术权力委任联系起来时，"学术"更不可能脱离"政治"而"自由"。鲁迅尖锐地指出"女师大风潮"中，教育部怎样以"整饬学风"等为名，排挤激进的教授，委任亲信、培植党羽。而自己"佥事"之职被革，也无非是自己的"妄有主张"[②]，触动了章士钊等人的权力利益，而免职后便"颇有些人在钻谋补缺"[③]。"三·一八惨案"后，对李大钊等人的通缉和追捕，也使当局控制了北京各种学术机构，包括大学、报刊等等。[④]"教育独立"赖于依存的核心就在于"学术独立"。当"学术"已然权力化时，"教育独立"也将不复存在。

在政治权力斗争渗透学界的情况下，即使某种学术主张，开始并无政治诉求，其实际功能也具有了某种政治性。为了声援"女师大风潮"，北大宣言脱离教育部，而此时胡适、陈西滢、王世杰、燕树棠等十七人，联名反对。其理由即为大学"应该早日脱离一般的政潮与学潮，努力向学问的路上走"，并且"认学校为教学机关，不应该自己滚到政治漩涡里去，尤不应该自己滚到党派政争的漩涡里去"[⑤]。表面上看来这是张扬大学"学术独立"的核心价值。然而此举的实际效果却与愿违。章士钊称赞他们的举动是"表扬学术独立之威

① 鲁迅：《"公理"的把戏》，《鲁迅全集》第三卷，人民文学出版社2005年版，第175—176页。

② 鲁迅：《有趣的消息》，《鲁迅全集》第三卷，人民文学出版社2005年版，第200页。

③ 鲁迅：《碰壁之余》，《鲁迅全集》第三卷，人民文学出版社2005年版，第126页。

④ 鲁迅：《大衍发微》，《鲁迅全集》第三卷，人民文学出版社2005年版，第600页。

⑤ 王学珍等编：《为北大脱离教部关系事致本校同事的公函》，《北京大学史料》第二卷第三册，北京大学出版社2000年版，第2998页。

重"，称他们为"东吉祥派之正人君子"①，受到章士钊的称赞，这说明胡适等人的举动符合北洋政府利益。"学术独立"成为政府打压学生运动，培养保守化学风的"借口"。所以鲁迅认为，在这样的环境下提倡"学术独立"不是发扬了北京大学的精神传统，而是对北大独立精神的背叛。他说："女师大也决不因为中有北大教员，即精神上附属于北大，便是北大教授，正不乏有当学生反对杨荫榆的时候，即协力来奸灭她们的人。即如八月七日的《大同晚报》，就有'某当局……谓北大教授中，如东吉祥派之正人君子，亦主张解散'等语。"②

本来，在北大治校过程中，"学风"和"学潮"之间有相辅相成的地方，即使有冲突也是有关"学术""教育"和"救国之路"的思想冲突。可是在政治权力斗争异常激烈的环境下，"学术"之争也难免受到政治文化语境的影响，"学术"讨论不可能绝缘于政治，不可能在纯粹学理的层面上开展。于是，"学风"和"学潮"之争便具有不可避免的政治表态。正如鲁迅所说："即使真心人所大叫的公理，在现今的中国，也还不能救助好人，甚至于反而保护坏人。"③周作人也说："假装超然，实在的意见及行动还是暗地偏袒一方的"，"我希望人家老实地说李石曾或马裕藻应该推倒，正如我主张说章士钊应当推倒一样"。④鲁迅正是看到了这一点，他才对胡适等人要求大学脱离"政潮"的观点进行讽刺："使我较为感到有趣的倒是几个向来称为学者或教授的人们，居然也渐次吞吞吐吐地来说微温话了，什么'政潮'咧，'党'咧，仿佛他们都是上帝一样，超然象外，十分公平似的。谁知道人世上并没有这样一道矮墙，骑着而又两脚踏地，左右稳妥……"⑤

① 《甲寅》第一卷第七号，1925年8月29日。

② 鲁迅：《"公理"的把戏》，《鲁迅全集》第三卷，人民文学出版社2005年版，第177页。

③ 鲁迅：《论"费厄泼赖"应当缓行》，《鲁迅全集》第一卷，人民文学出版社2005年版，第291页。

④ 周作人：《〈国魂〉之学匪观》，《周作人文类编·中国气味》，湖南文艺出版社1998年版，第427—428页。

⑤ 鲁迅：《答KS君》，《鲁迅全集》第三卷，人民文学出版社2005年版，第119页。

鲁迅与20世纪中国研究丛书

第四，正是鲁迅看到政治权力斗争对于"学术独立"的"异化"作用，他将"反抗政府"的"革命精神"作为大学继续保持"教育独立"的关键。鲁迅对教育隶属于当权政治十分反感。他曾说："在曹锟政府下做国立学校的教员，和做官的没有大区别。"①反对官僚化和集权化，是鲁迅投身文化界的重要因素，当他看到北洋政府对教育机构的管控时，不由得对自己的"教员"身份产生厌恶之情。"我为什么要做教员，连自己也侮蔑自己起来"，"我吸了两支烟，幻出饭店里电灯的光彩，看见教育家在杯酒间谋害学生，看见杀人者于微笑后屠戮百姓，看见死尸在粪土中舞蹈，看见污秽洒满了风籁琴"。②

鲁迅参与"女师大风潮"，正是为了"反抗政府"，在这一点上，他很自然地与当时的国民党成为"同路人"。当陈西滢指责女师大的风潮"有在北京教育界占最大势力的某籍某系的人在暗中鼓动"时，鲁迅还颇感滑稽和意外，"我确有一个'籍'，也是各人各有一个的籍，不足为奇。但我是什么'系'呢？自己想想，既非'研究系'，也非'交通系'，真不知怎么一回事"③。但随着事态的发展，鲁迅也开始自知自己的参与已经不再单纯地具有文化意味，而是有着"反抗政府"的政党色彩。在"女师大风潮"后，鲁迅已经自觉地把自己划为李石曾、易培基等反抗北洋政府的一派。他称之为"易先生在北京和军阀官僚怎样奋斗，而且我也参与其间"④。易培基（易先生）和李石曾同是所谓北大"法日派"的代表。他们不仅声援和支持女师大学生自治会的抗议活动，而且策划北大脱离教育部，以反抗章士钊。而当女师大借革命风潮而复校后，易成为女师大新校长的第一人选。北大所谓"法日派"多是曾经留学法国日本的教员；与之相对应的是"英美派"。此两种派别的形成，表面上依据留学背景的相似性归类，实际上是依据文化和政治上的差别。特别是在政治

① 鲁迅：《不是信》，《鲁迅全集》第三卷，人民文学出版社2005年版，第248页。

② 鲁迅：《"碰壁"之后》，《鲁迅全集》第三卷，人民文学出版社2005年版，第72—74页。

③ 鲁迅：《我的"籍"和"系"》，《鲁迅全集》第三卷，人民文学出版社2005年版，第88页。

④ 鲁迅：《关于知识阶级》，《鲁迅全集》第八卷，人民文学出版社2005年版，第223页。

倾向性上，法日派中的李石曾、易培基等人有着国民党的背景。而英美派则持"好人政府"的政见，他们中的绝大多数与北洋政府保持着较好的交往关系。他们争夺大学话语权和领导权的斗争，不仅是在推行特定的教育理念和方针，而且是代表不同政治派别利益的政治运动。对于"女师大风潮"，许广平就认识到这不仅是教育事件，而且是有特别色彩的政治事件。李石曾从政治的高角度来认识"女师大风潮"："军警压迫女校，关系是很重大的，不单独是女师大一校的问题，且是章士钊前次长教，即干涉五七爱国运动，此次复职之第二日，又派军警解散女师四班，当然是受帝国主义之驱遣，我们国民党竭权力驱逐。"[①]他认为"女师大风潮"，是国民党反抗帝国主义，革命北洋政府的组成部分。[②]而鲁迅对此并不反对。

四、"制造机器"与"创造精神"

但这并不是说，鲁迅就认为"大学"应该跟着国民党走。只是在"革命"这一层面上，鲁迅才认同于1920年代的国民党。鲁迅始终十分注意"大学教育"与"革命行动"之间的矛盾张力的保持，即"大学"内涵中应将保持"革命精神"作为核心内涵。

在1920年代中后期革命风潮的席卷下，"大学"的内涵也发生分歧。蔡元培所构建的"为学问而学问"的大学受到质疑。为了使大学教育不脱离社会实践，劳动大学、耕读学校开始兴起。这些大学的创办多少具有国共的党派背景，其宗旨是推动有利于社会改革的教育。鲁迅也对"五四"以来大学教育造就"象牙之塔"进行了反思，认为这会造成知识阶级与社会的脱节，或是成为以"学问"为借口保全个人利害的"伪知识分子"。所以，对于劳动大学的办学方式，鲁迅并不反对。在上海劳动大学的讲演中，鲁迅认为"至于诸君，是与旧的不同，是二十世纪初叶的青年，如在劳动大学一方读书，一方做工，这是新的境遇；或许可以造成新的局面"。但他同时也警醒，如果不保持"革

---

① 《京女师大解散四班风潮扩大》，《申报》1925年8月3日。

② 许广平：《女师大风潮与三一八惨案》，《许广平文集》第二卷，人民文学出版社2005年版，第513页。

命"的精神内涵，即使耕读结合，也难免再次堕落为权力的工具，所谓"倘不与这老社会奋斗，还是很要回到老路上去的"。①

在同样具有国民党背景的中山大学的讲演中，鲁迅以中山先生的"书"来比喻大学的功能，指出"中山大学与革命的关系，大概就等于许多书。但不是死书：他须有奋发革命的精神，增加革命的才绪，坚固革命的魄力的力量"。也就是说，"大学"在鲁迅眼中，就是通过对于"政治"的疏离，而起到保持革命精神的作用。对于中山大学"以贯彻孙总理革命的精神"的校训，鲁迅殊为赞同。但他又不无担心，"那使命是很重大的，然而在后方"。"后方"的"平静"，会滋生新的享乐和头衔。所以鲁迅提醒中山大学仍然要在"学术的生活"中坚持"革命的精神"。②

可以看出，鲁迅的"大学观"，也来源于他一贯的以"新文化"促生"新政治"的观念。"大学"，是重要的文化载体，鲁迅在1920年代就"大学""学潮"问题发表的诸多意见，实际上都是与他对"大学""独立"、"革命"精神的期待和维护有关。然而，事与愿违的是，"大学"，不是一个"无形"的理念，而是一个社会机构。作为社会机构，"大学"必然要受到权力的管控和制约。鲁迅的大学理念，在现实中的落空也具有必然性。其实，对这一点，鲁迅并非没有察觉。他在对许广平的信中就曾说："现在的所谓教育，世界上无论那一国，其实都不过是制造许多适应环境的机器的方法罢了。……要彻底地毁坏这种大势的，就容易变成'个人的无政府主义者'。如《工人绥惠略夫》……"③这一洞察为鲁迅在1930年代退出"教育界"埋下了伏笔。

---

① 鲁迅：《关于知识阶级》，《鲁迅全集》第八卷，人民文学出版社2005年版，第227页。

② 鲁迅：《中山大学开学致语》，《鲁迅全集》第八卷，人民文学出版社2005年版，第194页。

③ 鲁迅：《两地书》，《鲁迅全集》第十一卷，人民文学出版社2005年版，第20页。

第三节　政治文化与鲁迅的"学术观"

20世纪中国"学术"的兴起与民族救亡语境下的政治革新的诉求密切相关。面对辛亥革命后的民主危机和民族危机，以"新文化"的方式来开启新的政治革命之路，成为"五四"一代知识分子的历史诉求。而建立起以西方文化为模板，具有独立性和自足性的学术体系，是知识分子构建疏离于"政治"的批判力和主体性的必然选择。中国现代"学术"的兴起，因其特殊的发生背景和历史任务，具有其独特的分化逻辑和发展道路。诸多学术问题的讨论和解决，都不是单纯的"学理"问题，而是与特定的政治立场和追求相关。在历次的学术论争中，鲁迅直接或间接地参与其中，就学术问题发言。他重视整体的学术指向，着力维持学术和政治的张力关系。这使得他经常表现出"非学术化"的立场，而这种"非学术化"实际上是对学术分化后远离政治的抵触，是对"学术标准"中"政治张力"的维护，它直接呼应着中国现代学术产生的政治文化语境。

一、中国现代学术的兴起及其历史张力

在1920年代，中国现代学术建设步伐的开启与当时国内政治状况有很大关系。袁世凯复辟、蒙古独立等事件再次刺激着中国知识分子，促使他们重新思考民族生存的问题。为什么封建王朝被推翻后，政治权力再次集结，民族问题频现？于是，"文化"得到重视，知识分子意识到，民族国家疆域上的完整，政治经济上的独立，是与"文化"面貌相辅相成的。以《新青年》创刊为标志，以"文化"的建设解决政治问题的"新文化运动"拉开帷幕。在这场运动中，"学术"转型的必要性受到重视。"学术"问题最先是在《新青年》与康有为有关"孔教"的论争中提出的。康有为在《新学伪经考》和《孔子改制考》等文章中对于"孔教"的倡导，表面上看是在维护岌岌可危的儒家学说，实际上与集权统治有密切关系。在1914年袁世凯复辟时期，就曾有过"尊孔祭孔"的风潮。而康有为等提倡"孔教"也着意于反对共和政体。1916年9月20日，康有为公开发表《致总理总统书》，再次要求"以孔教为大教，编入宪

法"。^①此举引发政界和知识界有关"孔教"问题的集体讨论。在这场与政治争锋密切相关的文化论争中，《新青年》对"孔教"的驳斥最为激烈。陈独秀明确指出"孔教"和国家政治前途之间的关系："孔教和共和乃绝对两不相容之物，存其一必废其一，此义愚屡言之。张、康亦知之，故其提倡孔教必排共和，亦犹愚之信仰共和必排孔教。"^②

在陈独秀从现代民主政治的角度批驳康有为的同时，他也在思考"孔教"产生的思想根源，从而认识到"孔教"学说根植于中国整体知识体系之中。在《再论孔教问题》中，他指出："吾国人学术思想不进步之重大原因乃在持论笼统与辨理不明。近来孔教问题之纷呶不决，亦职此故。"^③所谓"持论笼统"与"辨理不明"的批评所采纳的是西方理性主义的认识论标准。在文中，陈独秀对"信仰""孔教"等概念进行剖析，对宗教问题和孔子学说的实质和现状进行论述。虽然今天看来，陈独秀的论析还嫌粗疏、武断，但他的考论已经表明，"五四"知识分子已经开始尝试以西方学术推演的方法对中国思想问题进行重新思考。论文的结论是，要根本杜绝"孔教"思想的产生，必须从转变中国学术范式入手。由此，陈独秀提出"政教分离"，并主张"以科学代宗教，开拓吾人真实之信仰"。"以科学代宗教"，旨在以科学理性的思维方式代替中国笼统含混的思维方式，以促进整个中国思想学术体系的转换。

傅斯年也发表《中国学术思想之基本谬误》一文，在其中详细分析了中国学术缺乏"客观性"，只有"家学"，以论家论识作为分类，而不以概念和逻辑的学科单位；重视师门传承，而轻视逻辑推演；缺少历史眼光；不重学科分化；重经世致用，而实际上"一无所用"等问题。并认为这些问题共同造就了中国学术"笼统"的特征，将其作为中国学术的基本谬误：

> 此笼统旧脑筋者，若干基本误谬活动之结果；凡此基本误谬，造成中国思想界之所以为中国思想界者也，亦所以区别中国思想界与西洋思想界

---

① 康有为：《致总理总统书》，《时报》1916年9月20日。
② 陈独秀：《复辟与尊孔》，《新青年》第3卷第6号，1917年。
③ 陈独秀：《再论孔教问题》，《新青年》第2卷第5号，1917年。

者也。惟此基本误谬为中国思想界不良之特质，又为最有势力之特质，则欲澄清中国思想界：宜自去此基本误谬始。①

在西方的学术体系中，认识论的产生独立于"政治"和"经济"，具有自身逻辑演绎的独立规则，这种"独立性"是思想学术具有对社会理性反思能力的前提。"学术独立"的思想在"五四"时期也为中国知识分子所接受。陈独秀在1918年将"中国学术不发达之最大原因"，归结为"莫如学者自身不知学术独立之神圣"②。指出"文学""史学""音乐学"等都有其独立的价值和品格。呼应的文章有许多，其中"为什么而什么"的口号最为兴盛，它被认识为"科学艺术发达进步的重大条件"③。

也在1917年，蔡元培针对"孔教"言论，提出"以美育代宗教"，与陈独秀的"以科学代宗教"呈呼应之势。无论是"以科学代宗教"，还是"以美育代宗教"，都旨在以西方的认识论代替中国传统的思想体系。在蔡元培《以美育代宗教》的演讲中，德国哲学思想影响的特点十分显见。蔡元培将人的精神世界分为知、情、意三个部分，认为现代文明的发生使知识和意志均可脱离宗教之外，只有情感和宗教的关系最为密切，而无功利性的"美感"的熏陶就可以替代"宗教"的功能。蔡元培由是认为只要加强"美育"，就可以彻底破除"宗教论"。同年，蔡元培入主北大，致力于将"大学"培育成为"学术独立"的实体机构，提出"大学者，研究高深学问者也"，将"研究学术"作为大学师生的"天责"，并在此后推动了专门的学术研究机构"北大研究所"的成立以及北大"学术研究"风气的建立。蔡元培的种种努力，使"学术独立"在制度层面上得到落实和保障。

傅斯年发扬了陈独秀的观点，他对中国学术体系的批评也是以西方学术范式作为标准的。在西方的学术体系中，"认识论"具有自身逻辑演绎的独立规则，这种"独立性"是思想学术具有对社会理性反思能力的前提。"学术独

① 傅斯年：《中国学术思想之基本谬误》，《新青年》第4卷第4号，1918年。

② 陈独秀：《随感录十三》，《新青年》第5卷第1号。

③ 赤：《为什么而什么》，《每周评论》1919年7月12日。

立"的思想在"五四"时期也为中国知识分子所接受。

虽然在此之后，"学术独立"在1920年代几乎成为知识分子的共识，但我们仍要注意，中国现代学术的建立有其独特的政治文化语境。它使得中国现代"学术"有着与西方"学术"不同的历史性诉求。除了"认识论"的功能外，中国现代"学术"还具有民族政治的功能。对于学术的重要性，《研究学术的重要》一文是这样认识的："民族的优劣，是怎样分的，不是因智识的高低为标准的吗？……如欲奋发有为，那就不可不竭力研究学术，发展民族的智识。"[1]

该文以对于世界地图的描述开篇，首先展现了西方推进殖民化的图景，认为目前西方军事、政治、经济上取得统治地位的原因，就在于"学术"上的长足进步。文章的结论是"想在现今的世界上，协同生长，挣一地位，即须有相当的进步的智识，道德，品格，思想，才能够站得住脚"[2]。该文的论述，清晰地展现出1920年代"学术之觉悟"与民族救亡的政治目标之间的直接关系。也就是说，选择哪一种思维方式，在中国，并不是单纯的"认识论"问题，而关系到民族政治的革新进程。直到1920年代末，胡樸安在对辛亥革命1920年代来的学术与政治做总结时，还说："政治与学术相表里。政治表也，学术里也。自来政治之良否，无不由于学术，政治与学术，有息息相关之故。"[3]中国现代学术的这一特性，使得"学术"始终面临"纯粹与否"的矛盾。"为学术"和"为政治"在许多时候可以合而为一，但许多时候又是针锋相对。

二、"文化传统"与"民族政治"

在1920年代学术发展的过程中，首先面临的就是关于"文化传统"和"西方文化"的问题。这和中国现代学术的发生方式有很大关系。中国现代学术的兴起，并非有着一条连续的发展线索，而是受到西方民族殖民化的"刺激"，

---

① 训：《研究学术的重要》，《电友》1927年第3卷第11—12期。
② 训：《研究学术的重要》，《电友》1927年第3卷第11—12期。
③ 胡樸安：《二十年学术与政治之关系》，《东方杂志》第21卷第1期，1924年。

应运而生的。

对"西方文化"的接受本身，就潜在着对民族政治前途的考量。然而，既然是"学术"，"学术独立"的演进规律就需要得到尊重。正是以"学术独立"的理由，"学衡"提出了"国粹"与"新知"并存的论点，与《新青年》对峙，在《新青年》群体中，鲁迅对"学衡"的态度具有独特性。

梅光迪认为既谈"文化"，就不能唯西方文化是从，而应该融贯中西，取长补短，他说："二十世纪之文化，又乌足包括欧西文化之全乎。故改造固有文化，与吸取他人文化，皆须先有彻底研究，加以至明确之评判，副以至精当之手续，合千百融贯中西之通儒大师，宣导国人，蔚为风气，则四五十年后，成效必有可观也。"①在学衡派看来，以西方学术范式批判东方学术范式，这种强硬的逻辑违背"学术平等"和"学术自由"的精神。他们认为西方学术和中国学术皆代表着一种学术方法，不存在非此即彼的关系。梅光迪说："彼等固言学术思想之自由者也，故于周秦诸子及近世西洋学者皆知推重。"②沿着这一思路出发，"学衡"同人对东西文化进行宏观的审视，提出中西文化调和论，强调民族历史文化传承和弘扬。东西文化之争，关系到学术产生的基础，即学术发展的基本假设和学术范式。中国的"学术"建立在"天人合一"的世界观基础上，重主观感悟，而西方学术则以主客二分的认识论为基础，强调概念、分类的精确性，注重知识推演、逻辑演绎。二者在世界观和方法论上的差异决定着整个学术体系的根本差异。

"学衡"的论点从"学理"上说的确是具有合理性。东西文化的问题产生于世界"殖民化"的语境中，是相对落后的亚洲国家面临西方强势的政治、经济扩张的情形，而产生的文化困惑。一方面，政治上的被动地位使本国的文化传统的正当性变得可疑，而另一方面，对西方文化弊端的发现同时使知识分子对于背叛传统顾虑重重。泰戈尔就将西方文化的侵入比喻为机器的触角植根于印度的机体内。泰戈尔认为应该将"文明问题"和"政治问题"分开，吸收和

---

① 梅光迪：《评提倡新文化者》，《学衡》第1期。

② 梅光迪：《评今人提倡学术之方法》，《学衡》第2期。

鲁迅与20世纪中国研究丛书

利用西方文化，不能夹杂政治功利心。

而在欧美，学者对于"东方文化"的态度经历了"一战"前后的变化。在一战前，西方视东方文明，为落后、停滞的文明。一战后，部分知识分子对西方文化的反思，使他们认识到东方文化的优点。并且认识到西方文化对于东方文化的挤压，是另一种"殖民"。在警惕西方文化弊端的同时，人类文化发展多样性受到重视，西方学者一面对西方文化全球化的推进提出质疑，一面也开始注意东方文化的"疗救"功能。人文主义者白璧德就看到西方文化所遭遇的危机，并将希望寄托于中国的孔教运动：

> 十九世纪之大可悲者，即其未能造成一完美之国际联盟。科学固可为国际的，然误用于国势之扩张。近之人道主义，博爱主义，亦终为梦幻。然则若何能成一人文的君子的国际主义乎？初不必假宗教之尊严，但求以中和礼让之道联世界为一体。吾所希望者，此运动若能发轫于西方，则中国必有一新孔教运动。

在中国，除了学衡派秉持此类相同观点外，还有一批学者也先后阐发文化保守主义的论点。《东方杂志》的代表性人物杜亚泉在《战后东西文明之调和》中说："战后之人类生活，必大起变化，已无疑义，改革时代，实近在眉睫之前"，又说："此次大战，使西洋文明露显著之破绽"，"东西洋之现代生活，皆不能认为圆满的生活"。[①]梁启超游历欧洲后，也一反前论，指出西方文化"科学之梦"的破灭，造成的"国际上的隐患"以及各国政治经济上的危机等问题。由是在继续肯定西方文明对于中国发展的可取之处的同时，重新定位中国文明对于世界文明的贡献，他说："近来西洋学者，许多都想输入些东方文明，令他们得些调剂，我仔细想来，我们实在有这个资格。"对于"先秦诸哲，隋唐诸师"，以及中国传统"文化美术"等，梁启超认为可以学习它的"根本精神"，而舍弃"派生条件"，即吸取它"理想的高尚"一面，以弥

---

① 伧父（杜亚泉）：《战后东西文明之调和》，《东方杂志》第14卷第4期，1917年。

补西方"科学主义"带来的物欲膨胀、"唯物派席卷天下"等问题。

众所周知，《新青年》与文化保守主义者之间在有关"中西文化"问题上多有论争。《新青年》群体的立场大多是从民族救亡的角度立论，把学术内部的学理逻辑放在次要的位置。于是就有学者指出："陈独秀与文化保守主义者的诸多论争，从学理的角度理解，他的许多主张，很难说是点到了穴位或者触及到了对方的痛处。往往出现的情况是，陈与他们辩论时，不失武断，理解上也不能与对方处于同一层面。"[①]特别是，文化保守主义，在论述中西文化时，认为应该排除"民族政治"的"干扰"，坚持"学术独立"的原则。钱智修就曾将陈独秀等人的主张视为功利主义作用下的产物："功利主义最害学术者，则以应用为学术之目的，而不以学术为学术之目的也。"[②]而陈独秀在反驳时，根本不谈"学术"。于是，王元化就指出，陈独秀与钱智修就功利主义争论时，陈的反驳与钱智修的观点"针锋不接"[③]。

与陈独秀不同，鲁迅从"学术"本身的价值和存在方式的层面来反驳文化保守主义者的观点，即"学术"的"客观性"不能仅仅体现在"学术"一域里的"自圆其说"，而要放在民族政治和学术文化发展的关系中来审度。也就是说，不顾时空条件，将"学术独立"绝对化，也有违"学理性"。事实上，随着马克思"意识形态"理论发展以来，对于"学术""意识形态"属性的揭示，已经给予"学术发展"新的标准和价值，即"学术"是为特定的政治经济基础而服务，服从于特定历史条件下政治经济发展的需要。当然，这里不是说鲁迅对于"学术"的认识，已经接受有关"意识形态"的理论，但鲁迅讨论"学术问题"独特的方式和角度，至少能为他在1930年代接受意识形态理论提供可追溯的线索和依据。

在与"学衡"的诸多论争中，鲁迅有关"文化传统"言论的批判就能够体现他的这一学术态度。在《随感录三十八》一文中，鲁迅批判的观点之一就是

---

① 尤小立：《启蒙时代的隐性侧面——以陈独秀的思想为中心》，《现代中国》2003年第3辑。

② 钱智修：《功利主义与学术》，《东方杂志》第15卷第6期，1918年。

③ 王元化：《清园近思录》，中国社会科学出版社1998年版，第19页。

学衡派成员任鸿隽在给胡适的信中所指出"民族的遗传性"①。任鸿隽针对钱玄同"废除汉文"的主张而提出"文化传统"的重要性。他认为，对于民族语言方式和文化传统的丢弃，将取消"中国人"的民族特性：

> 此种昏乱种子，不但存在文字历史上，且存在现在及将来子孙的心脑中。所以我敢大胆宣言，若要中国好，除非中国人种先行灭绝！②

而鲁迅却认为"汉文终当废去，盖人存则文必废，文存则人当亡"③，和任鸿隽逻辑上恰好相反。那么二者逻辑的差异到底在哪里呢？鲁迅和任鸿隽所说的"人"，都非泛指"人类"，而是特指"中国人"。鲁迅从全球殖民语境中关照中国人的生存问题，他所谓的"中国人"，乃是指建立在独立的民族国家前提下的国民。而任鸿隽则从文化传承的角度思考，他所指的"中国人"是特定"文化的传承体"。

鲁迅曾专门著文讨论"中国人"的存亡问题，认为"'中国人'这个名目，决不会消灭；只要人种还在，总是中国人"，"譬如埃及犹太人，无论他们还有'国粹'没有，现在总叫他埃及犹太人，未尝改了称呼。可见保存名目，全不必劳力费心"。④也就是说，如果从历史传承的角度来界定"中国人"的话，种族血统论比文化传承论更靠得住。因为无论其文化特质是否流传，种族的生理特点尚不至于消灭。鲁迅所关心的是能否在民族生存竞争中，保持政治经济的独立。鲁迅认为，"文化传统"与"民族独立"之间具有矛盾性。"而'国粹'多的国民，尤为劳力费心，因为他的'粹'太多。粹太多，便太特别。太特别，便难与种种人协同生长，挣得地位"⑤。从民族独立的角

---

① 鲁迅（一说为周作人所作，但以鲁迅名字发表，亦可认作鲁迅认同的观点）：《随感录三十八》，《鲁迅全集》第一卷，人民文学出版社2005年版，第330页。

② 任鸿隽：《致胡适》，《新青年》第5卷第2号，1918年。

③ 鲁迅：《致许寿裳》，《鲁迅书信集》上卷，人民文学出版社1976年版，第20页。

④ 鲁迅：《随感录三十六》，《鲁迅全集》第一卷，人民文学出版社2005年版，第323页。

⑤ 鲁迅：《随感录三十六》，《鲁迅全集》第一卷，人民文学出版社2005年版，第323页。

度，鲁迅对"文化传统"持否定的态度。由此他认为"中国人"要在世界上立足，首先要转换语言文字，甚至废除汉字。

在上述论述的背景下，鲁迅对于学衡派的"学理"的批评就容易理解了。在《估〈学衡〉》中，鲁迅说："我在二月四日的《晨报副刊》上看见式芬先生的杂感，很诧异天下竟有这样拘迂的老先生，竟不知世故到这地步，还来同《学衡》诸公谈学理。"[①]鲁迅所说的式芬先生的杂感是指周作人的《〈评尝试集〉匡谬》。周作人在该文中针对胡先骕的四个论点，逐一加以批驳。[②]但鲁迅认为这样的驳斥方式是不得要领的。鲁迅认为《学衡》的论章并无"学理"，而不过是"假古董"。仅从鲁迅所指的《学衡》中的谬误来看，也并不能作为《学衡》完全缺乏"客观性"和"逻辑性"的充分论据。甚至于，鲁迅本人也表达对于新诗的忧虑。比如他认为白话代文言的语音变革发生后，新诗就交了"倒楣运"。[③]这些言论都表明从单纯的"学理"层面上，鲁迅并非完全否认胡先骕《评〈尝试集〉》中的观点。

所以，鲁迅口中的"学理"，显然不是指单纯的"学术"内部的"逻辑性"。虽然鲁迅对白话不利于"诗"的问题十分了然，但鲁迅仍然十分支持胡适的新诗"尝试"，他为胡适的《尝试集》"删诗"就可看作是积极的支持之举。并且，他自己也在《新青年》杂志上发表新诗，为新诗"敲边鼓"。这些举动，不是着眼于"诗"本身文体发展的考虑，而是对整体文化变动、文学革新的捍卫。

"捍卫"的"逻辑"体现出"另一种""学理性"，即将"学术"的合理性放到民族政治的语境中来观察。任何角度对于"传统"的辩护都有可能消减"新文化"开启"新政治"的历史功能。在鲁迅看来，不管以怎样的理由，来昌明国粹，都是对中国民族发展不负责任的。就当时政治和文化关系来说，保守的文化的确与保守的政治有密切联系。所以鲁迅才认为学衡派"学了外国本

---

① 鲁迅：《估学衡》，《鲁迅全集》第一卷，人民文学出版社2005年版，第397页。

② 周作人：《〈评尝试集〉匡谬》，《晨报副刊》1922年2月4日。

③ 鲁迅：《致窦隐夫信》，《鲁迅书信集》下卷，人民文学出版社1976年版，第655页。

领，保存中国旧习"①。

三、"进研究室"与"保守政治"

正是由于1920年代学术发展和政治指向之间复杂的关系，学术指向和政治追求之间的张力时常引发特定"学术"论争。在1920年代中期鲁迅的杂文中，我们也经常看到他对"进研究室""整理国故"的反感。"研究室"是对当时学术发展状况的概括。经由包括蔡元培在内的"五四"知识分子的提倡和努力，中国现代大学制度业已建立，为"学术"提供了机制和人员上的保障。特别是，北大研究所、清华大学研究院以及厦门大学研究院的建设，构建其名符其实的"为学术而学术"的社会学场域。而在具体的学术研究中，学科分类的初步完成，新的研究方法的引入，以及研究对象的转换和拓展等，都真正开启了中国现代学术的发展步伐。在这一背景下，"整理国故"，作为中国学术发展的生长点由胡适提出，并成为一代学者的学术追求。鲁迅在1920年代对"进研究室"和"整理国故"的批评，正折射出他对"学术"发展一种整体性的反思态度。

鲁迅对胡适虽没有正面的批评，但其杂文的字里行间却旁敲侧击夹杂着许多针对胡适言论的讽刺。其中较为集中的一段是："学者文人们正在一日千变地进步……什么事情都要干，干，干！那当然是名言，但是倘有傻子真去买了手枪，就必要深悔前非，更进而悟到救国必先求学。这当然也是名言，何用多说呢，就遵谕钻进研究室去。待到有一天，你发见了一颗新彗星，或者知道了刘歆并非刘向的儿子之后，跳出来救国时，先觉者可是'杳如黄鹤'了……"②

鲁迅这一段话很长，并且具有强烈的"互文性"——他所说的话要结合言说的语境和指称的对象，才能够得到准确的理解。"干，干，干"，最先见于胡适在《努力》周报中所写的《四烈士冢上的没字歌》。该诗纪念刺杀袁世凯

① 鲁迅：《随感录四十八》，《鲁迅全集》第一卷，人民文学出版社2005年版，第352页。

② 鲁迅：《碎话》，《鲁迅全集》第三卷，人民文学出版社2005年版，第170—171页。

的四个烈士，诗中洋溢着政治的激情：

他们的武器：炸弹！炸弹！炸弹！他们的精神：干！干！干！①

其中表达了要通过实际的社会行动实现政治变革的号召。在同一时期，这种"干！干！干！"也体现在胡适的文化观和学术观中。他在《欧游道中寄书》中，曾谈到这种精神对于更新社会精神面貌的功用："我们如果肯'干'，若果能'干'，什么制度都可以行，如其换汤不换药，如其不肯认真做去，议会制只足以养猪仔，总统制只足以拥戴冯国璋、曹锟，学校只可以造饭桶，政党只可以卖身。"②

胡适"干"的精神是对《新青年》群体开辟的以"新文化"革新"新政治"的历史诉求的继承。这种精神体现在"治学"上，就是在"学术"内部的"客观公允"作为"学术"的标准之上，渗透国家政治发展的愿景寄托。胡适在谈到俄国的社会改革时，认为你可以质疑社会主义实践"学理上有无充分的根据"，但"他们根本上就不承认你心里所谓'学理'"。胡适看到，俄国在西方理性主义文化观的"学理"标准之外，增加了有关"学术"的另一种标准，即政治的标准，"政治上的历史"，"不是东风压倒了西风，便是西风压了东风"。虽然缺乏必要资源的启发，胡适也已经触及苏联建国思想基础——"意识形态批判"的基本特征。

胡适所发现并赞同的"另一种学理"，正和鲁迅和"学衡"不谈"学理"的逻辑有相同之处。这并不能说鲁迅胡适此时已经具有"意识形态"的理论意识，只能说，在学术研究中渗透政治诉求的必要张力，这使得1920年代学术发展本身具有向"意识形态"理论迈进的潜在因子。而在1920年代的学术研究并没有"意识形态"的自觉，只不过，"学术"和"政治"两方面的倚重，启发不同的学术范式的发展，也带来1920年代学术特有的争论。然而，"学术手

① 胡适：《四烈士冢上的没字碑歌》，《胡适文集》第9卷，北京大学出版社1998年版，第173页。

② 胡适：《欧游道中寄书》，《胡适文集》第4卷，北京大学出版社1998年版，第49页。

鲁迅与20世纪中国研究丛书

段"和"政治目的"之间的矛盾性，在胡适身上此消彼长。在"新文化运动"提倡之初，胡适固然有"学术救国"的功利性考虑。但他同时也十分重视"学术"建设的"纯粹性"和"自足性"。同样是以"学术"为手段，以"政治"为目的，也有个孰轻孰重的问题。于是胡适强调"救国必先求学"，旨在呼吁以学术的精进，促进国民智识的提高，从而提高民族自强更新的能力。这种想法的合理之处是显然易见的。但问题确也蕴藏其中。"学术"超越"政治"而存在的"自主性"，依赖于"学术"自身独立的标准和发展逻辑。沿着这样的发展逻辑，"学术"的方向和"救国"的方向也许并不一致，甚至难有交叉。胡适对于"救国"和"求学"关系的陈述，固然没有否认"学术"的终极目的在于国家富强，但他对于"学术""自主性"的强调，必然使他的文化建设开始远离现实的政治运动。学术推进的诉求，使胡适构建了一个宏大的学术计划——"整理国故"。在《新思潮的意义》中，胡适提出"研究问题，输入学理，整理国故，再造文明"[1]。对于"青年学生"，胡适认为"求学"是学生的本分，"救国必先求学"，并鼓励学生"进研究室"。这便是鲁迅所说的，"（胡适，引者注）更进而悟到救国必先求学"的转变，以及青年"遵谕钻进研究室"的现象。

在1920年代中期，胡适曾就政治局势和学术发展的关系进行概括："今日之事只有三条路：一是猛烈的向前，二是反动的局面，三是学术思想上的大路（缓进），我们既不能加入急进派，也决不可自己拉入反动的政治里去。"[2]在胡适看来，"学术"研究，一方面与"反动的政治"背道而驰，另一方面也不同于激进的政治运动，所谓"猛烈的向前"。"学术"，对于胡适来说，是一种政治态度，但又区别于政治。沿着这样的认定出发，胡适着力于"学术自身"的建设，反对政治运动对学术事业的"干扰"。

学术推进的诉求，也在时时使胡适倾心于具体的实证研究。于是，在"文学史研究"中，胡适开始偏向"考据"。"考据"范式的提出，有"客观

---

① 胡适：《新思潮的意义》，《新青年》第7卷第1号，1919年。
② 沈卫威编：《胡适日记》，山西教育出版社1998年版，第205、206页。

性"的保障。也使得"文学研究"改变了既有的"印象""感悟"的特点。与"考证""索引"史观相联系的，是胡适一个宏大的学术建设计划："整理国故"。在《新思潮的意义》中，胡适提出"研究问题，输入学理，整理国故，再造文明"。此篇文章首先引发的是"问题和主义"的论争。此次论争被作为胡适与国共两党政治诉求之间的分歧。但近来也有学者指出，"问题与主义"论争双方的政治分歧并非那么严重。胡适"多研究问题"的主张实际上也在表达一种改革政治的诉求。它与"主义论"之间无非存在"先局部后整体"，还是"先整体后局部"的区别。胡适在《爱国与求学》一文中指出，"爱国千万事，何一不当为"，认为从具体的事业出发，就可以通达救国的大门。对于"青年学生"，"求学"是学生的本分，"救国必先求学"。这便是鲁迅所说的胡适"更进而悟到救国必先求学"的转变。

具体到学术研究上，胡适开始致力以新的学术方法对中国思想文化进行整理和研究。"整理国故"的提出也就成为理所当然的事情。较之1920年代初期有关"中西文化"论争浮泛空疏的现象，"整理国故"在系统性和精确性上的努力，的确能起到澄清困惑、精益学术发展的作用。胡适的观点得到蔡元培的支持。蔡元培在北京大学致力成立专门的学术研究机构——北大研究所，而研究所里最先起步且卓有成效的就是"国学门"。蔡元培1918年底在为《北京大学月刊》写《发刊词》时就指出大学是"共同研究学术之机关。研究也者，非徒输入欧化，而必于欧化之中为更进之发明；非徒保存国粹，而必以科学方法，揭国粹之真相"。"科学方法"昭示出"整理国故"的学术追求，不同于"复古派"和"国粹派"，而是"新文化运动"的推进。胡适也一再声明"反对盲从，反对调和"，而是"用科学的方法来做整理的工夫"。他指出"要知道什么是国粹，什么是国渣，先须要用评判的态度，科学的精神，去做一番整理国故的功夫"①。

对于"整理国故"之于"新文化运动"的意义，知识分子们看法不一。宗白华认为只有以《北京大学月刊》为代表的"整理国故"运动，才是在扎实

鲁迅与20世纪中国研究丛书

---

① 胡适：《新思潮的意义》，《新青年》第7卷第1号。

地增进青年智识，阐发"学理"，推进"新思潮"建设。他据此批评"现在一班著名的新杂志（除去《北京大学月刊》同《科学》杂志），都是满载文学的文字同批评的文字，真正发阐学理的文字极少，只能够轰动一班浅学少年的兴趣，作酒余茶后的消遣品，于青年的学识见解上毫不增益，还趾高气扬的自命提倡新思潮"①。

然而，另有一批知识分子认为固然能够理解"整理国故"对于"新文化运动"的价值和意义，但对于"整理国故"带来的负面作用也不无担心。"文学研究会"的茅盾在当时就曾说："我也知道'整理旧的'也是新文学运动题内应有之事，但是当白话文尚未在全社会成为一类信仰的时候，我们必须十分顽固，发誓不看古书。"②而"创造社"的成仿吾也在表达着相同的观点："国学，我们当然不能说它没有研究之价值，然而现在便高谈研究……未免为时过早"，"凡研究一件东西，我们常持批评的态度，才能得到真确的结果，若不能保持批评的态度，则必转为所惑"。③

"五四"知识分子对于"整理国故"负面效应的担忧并非杞人忧天。"整理国故"的风气在当时的确蔚然成风。不仅"线装书"的阅读成一时风尚，原来的文化保守主义者也开始兴办以传统文化研究为主要内容的"文化学院""曲阜大学"等。在这种情势下，"助新"与"守旧"的分野就不是那么明显的。吴稚晖就曾说，研究传统文化"在理都是可有，而且应有"，但此时提倡，恐怕"恰恰好像帮助万恶的旧习惯战胜新生命"。吴稚晖认为，在当时世界文化发展的整体语境下，中国传统文化只怕是"世界一种古董"。④

鲁迅也有类似的观点。"整理国故"带来的考据、考古的风潮，丰富了世界文化的认知，受到了国外学者的重视。但鲁迅认为中国的学术标准，不应

---

① 宗白华：《致〈少年中国〉编辑诸君书》，《少年中国》第1卷第3期，1919年9月15日。

② 茅盾：《进一步退两步》，《茅盾全集》第十八卷，人民文学出版社1989年版，第445页。

③ 成仿吾：《国学运动之我见》，《创造周报》第28号，1923年11月。

④ 吴稚晖：《箴洋八股化之理学》，《科学与人生观》，黄山书社2008年版，第308页。

与外国趋同。他说："他们（外国学者，引者注）活有余力，则以考古，但考古尚可，帮同保古就更可怕了。有些外人，很希望中国永是一个大古董以供他们赏鉴，这虽然可恶，却还不奇，因为他们究竟是外人。而中国竟也有自己还不够，并且要率领了少年，赤子，共成一个大古董以供他们的赏鉴者，则不知是生着怎样的心肠。"①鲁迅担心"考古"与"保古"之间的分别，外国的学术标准有其政治经济的社会依据，而中国迎合外国学术趣味，会妨害自身的发展。

在这种情势下，当有人向胡适提出："世界上的学术，比国故更有用的有许多，比国故更要紧的以有许多"时，胡适给自己辩护的理由是："我以为我们做学问不当先存这个狭义的功利观念"，应该"存一个'为真理而求真理'的态度""学问是平等的。发明一个字的古义，与发现一颗恒星，都是一大功绩"②。

胡适的辩护，与1920年代初期文化保守主义者如钱智修等人有关"学术自由"的论调如出一辙。实际上，胡适的确与梁启超等文化保守主义者有了颇多沟通之处。在对待"东西文化"问题上，胡适也一反先前激进的面貌，以"客观公允"的姿态，指出"东西文化的问题是一个很复杂的问题，绝不是'连根拔去'和'翻身变成世界文化'两条路所能完全包括"，"若明白了民族生活的时间和空间的区别，那么，一种文化不必须成为世界文化，而自有他存在的余地"。③文化多样性的考量，替代了民族政治革新的紧迫感，成为1920年代中期以后胡适对待"东西文化"的态度。而在"学者"身份的认定方面，胡适将陈独秀等新文化运动的激进分子排除在外，将梁启超等囊括为同道中人。他说："现今的中国学者界真凋敝零落极了。旧式学者只剩王国维、罗振玉、叶德辉、章炳麟四人；其次则半新半旧的过渡学者，也只有梁启超和我们几个

① 鲁迅：《忽然想到六》，《京报副刊》1925年4月22日。
② 胡适：《论国故学——答毛子水》，《新潮》第2卷第1号，1919年10月30日。
③ 胡适：《读梁漱溟先生的东西文化及其哲学》，《胡适文集》第3卷，北京大学出版社1998年版，第184、185页。

人……"①

对此，鲁迅说："你发见了一颗新彗星，或者知道了刘歆并非刘向的儿子，先觉者已经'杳如黄鹤'了……"②鲁迅所担心的是"整理国故"带来的文化保守主义倾向，特别是这种文化倾向具有为政治保守化服务的功能。本来，"研究什么"，是"学术"内部推进的问题，但在鲁迅看来，这也关系到"学术"的政治功能和价值。对"研究对象"的关注本身，其实就代表着一种学术立场，关系到对"学术"和"政治"关系的认定。鲁迅认为"学术研究"要时刻保持对当下社会政治的敏感性，而不能钻到故纸堆。他曾说："倘只看书，便变成书橱，即使自己觉得有趣，而那趣味其实是已在逐渐硬化，逐渐死去了。我先前反对青年躲进研究室，也就是这意思。"③

四、"史料"与"史识"之间的"政治诉求"

鲁迅学术态度的复杂性表现为，他虽然对胡适"整理国故"有诸多批评，但自己也表达过重新整理中国学术的主张。在给曹聚仁的信中，鲁迅曾指出："中国学问，待从新整理者甚多，即如历史，就该另编一部。古人告诉我们唐如何盛，明如何佳，其实唐室大有胡气，明则无赖儿郎，此种物件，都须褫其华衮，示人本相，庶青年不再乌烟瘴气，莫名其妙。其他如社会史，艺术史，赌博史，娼妓史，文祸史……都未有人著手。"④并且，鲁迅的《中国小说史略》《汉文学史纲要》等著作和论文，也在表明鲁迅实际上在亲身践行"整理国故"的主张。鲁迅并非反对学术建设，而在具体的研究的方法上，鲁迅却反对"考据学"的方法。

用新的方法和眼光，对中国既有文化资源的重新梳理和整合，是构建"新文化"话语体系的必要部分。这也是胡适一直辩解的，"整理国故"不同于守旧的"国粹学"的地方。具体到哪些研究方法上的不同，胡适认为新的国学

---

① 沈卫威编：《胡适日记》，山西教育出版社1998年版，185—186页。

② 鲁迅：《碎话》，《鲁迅全集》第三卷，人民文学出版社2005年版，第171页。

③ 鲁迅：《读书杂谈》，《鲁迅全集》第三卷，人民文学出版社2005年版，第462页。

④ 鲁迅：《致曹聚仁信》，《鲁迅书信集》上卷，人民文学出版社1976年版，第379页。

研究较之"古学"，具有"历史的眼光""系统的整理"和"比较的研究"三个方面的特征。这三点，都强调"史识"对于"史实"的整合作用。这种"史识"不仅来源于史料本身所呈现的规律性，而且来源于西方的社会历史观，以及适应于当下社会需要的价值标准。比如在胡适早期的"文学史"和"哲学史"研究中，"进化论"的历史观就被用于整合历史资源，用以为"白话文学"或是科学世界观"正名"。胡适所提出的"一时代有一时代之文学"的观点，成为"文学史"研究的元命题。

对于胡适这种带有强烈的目的论的史学研究，鲁迅持肯定态度。在他给胡适的信中，对《五十年来之中国文学》，"大稿已经读讫，警辟之致，大快人心！我很希望早日印成，因为这种历史的提示，胜于许多空理论"①。胡适著有《五十年来之中国文学》，胡适在1920年代前期所做的文学史研究，其"学理"上的疏漏常为今人所诟病。在当时，梅光迪也曾指出，依据文学语言和内容对"活文学""死文学"的判定，是"政客"。但这种看似"非学理"化的史论方式，却具有转换文学观念、革新学术范型的大的"学理性"。正如陈平原所说，胡适所著文学史，以描绘的"活文学"与"死文学"的两条线索，改变了文学史的研究范式，"自此以后，中国文学史再也不是'文章辨体'或'历代诗综'，而是具备某种内在动力且充满生机的'有机体'"②。胡适的"新文学"研究不拘泥于史实的考证，而以高度凝练的历史观，在宣传"新文化"，破除"旧文化"，开启社会革新征程方面，发挥着无可替代的作用。

在鲁迅的文学史研究中，我们也清晰地感受到这种"史识"对于历史材料的整合作用。除了结合时代特点，对文学现象进行解释和说明外，适应于中国社会发展需要的价值标准也被拿来衡量作家作品。有学者就曾指出："当我们翻开鲁迅的诸如《中国小说史略》、《中国小说的历史的变迁》、《汉文学史纲要》、《门外文谈》、《魏晋风度及文章与药及酒之关系》等一系列研究传统文学的著述时，我们会立即感觉到这种研究中饱蕴着的革命的批判精

---

① 沈卫威编：《胡适日记》，山西教育出版社1998年版，第184页。
② 陈平原：《中国现代学术之建立》，北京大学出版社2010年版，第194页。

神。"①

但随着"学术"建设的推进，学科分化在所难免。除了有人以"经济学家研究经济，文学家研究文学"的观点来要求对"整理国故"进行学科分类外，西方的"历史学"研究标准，也被用来推进"整理国故"的学术性。为了符合"学术"对于"客观性"的要求，"史料"的重要性日益彰显。在这方面，傅斯年的观点受到胡适等人的肯定："史的观念之进步，在于由主观的哲学及伦理价值论变做客观的史料学"，"史学的工作是整理史料"。②郑振铎创作《中国文学史》就与倡导有呼应之处。他曾说："我们须有切实的研究，无谓的空疏的言论，可以不说。""我们整理国故的新精神便是'无征不信'，以科学的方法，来研究前人未开发的文学园地。"③在郑振铎看来，"整理国故"也是推进"新文化运动"的必由之路，而"无征不信"的"史料"正是让"新文化运动"由初期的"议论"向切实的"科学研究"发展。

然而，鲁迅对史学的这一变化是有看法的。到了1930年代，他在评价郑振铎的《中国文学史》时曾说："郑君治学，盖用胡适之法，往往恃孤本秘笈，为惊人之具，此实足以炫耀人目，其为学子所珍赏，宜也。我法稍不同，凡所泛览，皆通行之本，易得之书，胡遂孑然于学林之外，《中国小说史略》而非断代，即尝见贬于人。"④史学"断代"与否，存在对史料掌握的精细程度的差异。当时以"断代"而傲然于文学史之林的是刘师培的《中古文学史》，鲁迅也并非排斥"断代史"，在他的《魏晋风度》一文中，也常见对于《中古文学史》的征引。但他却对学界重"考据"、寻"孤本"的风气表示反对，鲁迅的治学方法为"泛览""通行之本"，以"史识"取胜。鲁迅说："郑君所作《中国文学史》……我曾于《小说月报》上见其至于小说数章，诚哉滔滔不

① 朱晓进：《鲁迅艺术活动的文化目的及其与传统文化的关系》，《中国社会科学》1990年第2期。

② 傅斯年：《史料论略》，《傅斯年全集》第二卷，湖南教育出版社2003年版，第308页。

③ 郑振铎：《新文学之建设与国故之新研究》，《小说月报》第14卷第1号，1923年1月10日。

④ 鲁迅：《致台静农》，《鲁迅书信集》上卷，人民文学出版社1976年版，第319页。

已，然此乃文学史资料长篇，非'史'也。但倘有具史识者，资以为史，亦可用耳。"[1]他对郑振铎的评价虽发生在1930年代，但论题仍是1920年代胡适整理国故的内容，鲁迅的态度亦延续着1920年代的内容，即"史"的价值仍在于"史识"，没有"史识"仅有"史料"的研究只能作为"资料"。

"史识"的整合作用体现在"历史的眼光"上，对历史中存在的历史规律的发掘和对史料的整合，能够将历史活化成有机体，具有理解和指导现实社会的价值。但"史识"与学术"客观性"的要求的确有冲突之处。鲁迅对此也并非不了解。他的《中国小说史略》完成后，胡适和钱玄同对《中国小说史略》就有"论断太少"的批评，而鲁迅的解释是"自省太易流于感情之伦，所以力避此事，其实正是一个缺点"。[2]但就是鲁迅本人，有时宁愿为了学术精确性的追求，放弃易受情感感染的"史识"。在价值判断上，鲁迅还是认为在"史料"和"史识"之间，为了"客观性"牺牲整体的价值判断，是"一个缺点"。

而胡适的治学方式越来越和清代"考据学"有了诸多沟通之处。胡适评价清朝"考据派"的研究方法，是"科学的"："清朝的'汉学家'所以能有国故学的大发明者，正因为他们用的方法无形之中都暗合科学的方法。"[3]鲁迅则对"考据派"的价值和意义表示质疑，他说："清初学者，是纵论唐宋，搜讨前明遗闻的，文字狱后，乃专事研究错字，争论生日，变成了'邻猫生子'的学者，革命以后，本可开展一些了，而还是受着奴才家法，不过这于饭碗，是极有益处的。"[4]他认为，"考据"，表面上是一种学术方法，但实际上却与一种政治制度和经济地位相关。"考据"缺乏整体的历史观，因而论点琐碎，与现实无关痛痒。这种"治学"态度易于催生与现实政治完全隔绝的文化，造就对政治统治丝毫不构成威胁的文化倾向。

---

① 鲁迅：《致台静农》，《鲁迅书信集》上卷，人民文学出版社1976年版，第319页。

② 鲁迅：《231228 致胡适》，《鲁迅全集》第十一卷，人民文学出版社2005年版，第439页。

③ 胡适：《论国故学——答毛子水》，《新潮》第2卷第1号，1919年10月30日。

④ 鲁迅：《致姚克信》，《鲁迅书信集》上卷，人民文学出版社1976年版，第521页。

鲁迅与20世纪中国研究丛书

综上，无论是学术标准，还是研究对象、研究方法的选择，鲁迅都渗透着对于"学术"社会政治功能的考量，从而体现出"另一种学理性"。这种"学理性"更接近于"意识形态"的理论逻辑。鲁迅认同"学术独立"的重要性，但又认识到没有绝对的"纯粹"的"学术"，它时刻保持着和特定政治权力的联系。所以，针对中国现代学术兴起后，"学术独立"论调的兴盛，鲁迅始终对"学术独立"的政治功能保持警醒。

第三章　政治文化与鲁迅的代际想象

第一节　"新政治"的社会学载体：鲁迅的青年观

　　"青年"本是一个有关代际划分的名词，但是，当它在文化界被反复讨论，在文学创作中被加以类型化表现时，它便不再单纯地具有生理学意义，而是成为参与特定文化建构、传播的"文化符号"。它的"建构"联结着社会、文化和审美多领域的变化动向。"青年问题"在20世纪中国的提出，与一种新型"政治文化"的创造密不可分，从这个角度来观照文学作家对于"青年问题"的发言和对于"青年形象"的塑造，可以展现审美创造和政治之间沟通的具体方式。在鲁迅的创作中，"青年"是一个重要的"论题"和表现对象，本节从展现"青年"与政治文化动向之间的关系入手，分析特定的政治文化追求怎样决定着鲁迅有关"青年问题"的态度和发言，由此重新审视鲁迅的文学创作与20世纪中国政治变动之间的深层关系，并探究鲁迅在"青年"作为"文化符号"和"审美符号"的"建构"中所起的重要作用。

一、"青年问题"的发生

　　正如鲁迅所说，"近来通行说青年；开口青年，闭口也是青年"[①]，辛亥

[①]　鲁迅：《导师》，《鲁迅全集》第三卷，人民文学出版社2005年版，第58页。

革命发生后，"青年"一词伴随着有关"青年"的种种疑问和讨论广为流传。在这其中，鲁迅积极参与，针对"青年"的读书问题、成长方式以及性格特征等发表意见，并怀着极大的热情扶持青年作家。鲁迅对于"青年"的热情被认为是"进化论"影响的结果。而值得注意的是：任何一种"进化"的论述都与特定的价值标准有关。"青年""老人"之间如何划分，并不仅仅取决于"年龄"和"时间"。事实上，鲁迅关于"青年"言论从一开始就与特定的政治态度有关。只不过如果把"青年"当作不言自明的代际概念时，鲁迅就"青年问题"发言所针对的政治语境，他给予"青年"的"政治新主体"的希望，他自身的政治文化选择在"青年"身上的投射，包括由此带来的他对"青年"塑造和召唤过程中所存在的危机，这些问题就容易被忽视。

"青年问题"凸显的标志是1915年《青年杂志》（后来更名《新青年》）的创刊，而鲁迅的第一篇白话小说《狂人日记》以一位"青年"与社会的对峙为主题，就在该杂志上发表，并由此引起广泛关注。"狂人青年"形象以"吃人"来揭露传统文化的"野蛮"，并借助"白话"为手段，来阐发"文化批判"。这似乎都在给我们这样一个认识：鲁迅以"新青年"审美形象的创造回应以《新青年》为主体的"新文化运动"。在"新文化运动"中，对"青年"内涵的重新界定是重要的组成部分。最具代表性的文章当属陈独秀的《新青年》一文。在文中陈独秀对"青年"提出了"新"的要求："新旧之别安在？""自年龄言之，新旧青年固无以异，然生理上心理上新青年与旧青年固有绝对之鸿沟。"[1]无论是生理上要求强壮，还是心理上要求自强，实际上都是"人为"赋予的，而非"自然属性"本身。在"五四"时期，"什么是青年"不是一个生物学命题或是心理学命题，而是一个文化命题。值得注意的是，对"青年"的重新界定与特定的政治追求有关。有人阐发了"共和国家与青年之自觉"之间的关系：

　　　　近者讨论国体之声。震惊中外。……然国体之变更与否，乃形式上之

----

[1] 陈独秀：《新青年》，《新青年》第2卷第1号。

事，不佞所论，乃共和国民立国之精神。政府施政之效其影响不逾乎表面之制度。而政治实质之变更，在国民多数心理所趋不在政治之形式……可知立国精神，端在人民心理。人人本其独立自由之良心，以证公同，以造舆论。公同舆论之所归，即是真正国体之基础……吾辈青年责任，在发扬立国之精神，固当急起直追。①

"青年"之所以被要求"自觉"，乃在于在政治变革领域出现了由"政治之形式"到"精神"的转变，所谓"吾辈青年责任，在发扬立国之精神"。辛亥革命推翻了旧政权，然而"革命"的路向却变得模糊，不仅有关国体的建设、宪法的制定的观点莫衷一是，"革命"是否成功、彻底也受到质疑。而以《新青年》杂志为中心的知识分子则认为，政治革命问题要诉诸"精神"层面才能得以根本解决。他们认为政治革命是不彻底的，原因就在于"政治精神"的保守化，要推进革命必须发起"政治精神之革命"。所谓"新文化运动"也与这种"政治精神"的革新密切相关。如高一涵在《一九一七年预想之革命》中说："往岁之革命为形式，今岁之革命在精神。政治制度之革命，国人已明知而实行之矣，惟政治精神与教育主义之革命，国人犹未能实行。"②陈独秀也说："今欲革新政治，势不得不革新盘踞于运用此政治者精神界之文学。"③"精神"，在今天看来，是指一切独立于"政治"之外的思想心理和人文文化，但在"五四"时期，"精神"则与"政治"分不开干系，它联结着相应政治意识形态、政治态度以及政治心理等，于是被称为"政治精神"。在"五四"学人看来，精神文化和政治是彼此召唤，一脉相承的，认为"一国之政治状态，一国人民精神之摄影也"④。所谓"政治精神"的革新，一方面是保持"革新"的政治理念、政治态度和政治心理；另一方面是文化思想、人文学科范式的根本革新，也即整个意识形态的更新。"政治精神"和"政治形

鲁迅与20世纪中国研究丛书

① 高一涵：《共和国家与青年之自觉》，《新青年》第1卷第1号。
② 高一涵：《一九一七年预想之革命》，《新青年》第2卷第5号。
③ 陈独秀：《文学革命论》，《新青年》第2卷第6号。
④ 光昇：《中国国民性及其弱点》，《新青年》第2卷第6号。

式"的分别，是为了批判辛亥革命军事运动成功后出现的保守化倾向，以便促进政治革命的深入。而这种批判是通过"文化运动"的方式开展的，通过推动人文文化转型，重建政治意识形态，以凝聚否定性政治文化心理，强化政治革命中的"激进"的一翼。我们可以看到，在许多文章表述中，"教育""文学"甚至"社会学"的革新被认为与"政治精神"的革新不分彼此，并且共同指向"新政治"。正如有学者指出："'新文化运动'致力于以文化方式激发政治（'根本之觉悟'的政治），但它的社会改造方案包含促成全新的国家政治、全新的政党政治的兴趣，即'文化'及其'运动'不但能够在社会的基础上创造新人（'青年'），而且也能够通过新人及其'根本之觉悟'逆转国家与政党的去政治化趋势。"①《新青年》从政治革命中抽离出"政治精神"，是力图通过有关文化革新的讨论，重新激活"政治"。而"新青年"正是这"新文化""新政治"的一部分。

但我们不能说鲁迅对于"新青年"的关注和塑造只是受到"新文化运动"的影响，而毋宁说是鲁迅超前的文化追求，在"五四"时期得到了呼应。早在晚清时期，鲁迅就曾对辛亥革命高涨期的"政治文化"表示质疑，他将这一时期的文化总结为"十九世纪文明"，从而提出以"二十世纪之新精神"终结"十九世纪之文明"的观点。②在这一思想框架中，鲁迅对辛亥革命意识形态的各个方面进行批判。他指出，"共和立宪"的政体更迭不是革命的本质，"富强""民主"等不能作为政治变革追求的终极目标，而作为革命最初情感动力的"民族主义"复仇情结更有误国误民之嫌。这三者正契合着孙中山在《民报》上发表的"同盟会宣言"的革命主张"三民主义"——"民族""民生""民权"。鲁迅认为，问题并不出在"民族""民生""民权"本身，而是对这三者"偏执化"的追求。鲁迅在1907年前后反复表达，一旦某种具有批判性的"文化"演变成具有意识形态性的"主义"，就会形成新的"专制"和

① 汪晖：《文化与政治的变奏——战争、革命与1910年代的"思想战"》，《中国社会科学》2009年第4期。

② 鲁迅：《文化偏至论》，《鲁迅全集》第一卷，人民文学出版社2005年版，第45—58页。

"欺骗"，由是他提出建设以"立人"①为中心的新文化。

鲁迅对于"文化性质"的敏感，和他对于"政治性质"的警觉联系在一起。以革新为目标的政治一旦转化为实际的军事行动和政体建设，就会出现保守化倾向。新的"专制"和"等级"又将进入新政权。在《四日》中，他以战士"如青鱼入筌"，被迫卷入战争，表达了对"民族主义"军事行为的质疑。②在给许广平的信中，他也曾回忆，辛亥革命过程中"做领导的人""不惜用牺牲"③，并对此充满疑惧。如有研究者所指出的那样，鲁迅所坚守的是政治内涵中的"政治理念"，或者说是"政治精神"——"永远革命"。④在这其中，不断的"否定性"力量冲击新的权力集结。对"政治""革命性"内涵的坚持决定着鲁迅始终保持否定性的政治文化心理。鲁迅放弃实际的革命行动，专门致力"文艺"，正与此相关。一方面，是通过"文艺"之于"政体"的"疏离"，起到批判"官僚化政治"、激活"新政治"的作用；另一方面，是通过"新""文艺"的方式保持以否定、革新为特质的"政治精神"。

鲁迅的主张在"五四"时期得到《新青年》群体的广泛呼应。当鲁迅要求"二十世纪之新精神"终结"十九世纪文明"时，陈独秀在《一九一六年》中也说："创造二十世纪之新文明，不可因袭十九世纪以上之文明为止境。"⑤而《新青年》对"青年""自觉"的呼吁与鲁迅在《破恶声论》中对于"内曜"的强调异曲同工；鲁迅在《文化偏至论》中曾对易卜生戏剧张扬"个性的尊严"加以推崇，而易卜生则被《新青年》予以专号介绍。与此同时，《新青年》在后来被统称为"新文化运动"的一系列文化活动中，通过各种"问题"的提出，将这种"政治精神"落实到具体的知识分化、行为方式之中去，而鲁迅也热情地参与其中，著文《我之节烈观》《我们现在怎样做父亲》等。而对于《新青年》"文化运动"背后强烈的政治旨归，鲁迅认为这正是《新青年》

---

① 鲁迅：《文化偏至论》，《鲁迅全集》第一卷，人民文学出版社2005年版，第58页。

② 鲁迅译：《四日》，《域外小说集》，岳麓书社1985年版，第135页。

③ 鲁迅：《两地书》，《鲁迅全集》第十一卷，人民文学出版社2005年版，第33页。

④ ［日］竹内好：《近代的超克》，生活·读书·新知三联书店2005年版，第114页。

⑤ 陈独秀：《一九一六年》，《新青年》第1卷第5号。

存在的价值和意义所在。"至于发表新宣言说明不谈政治，我却以为不必，这固然小半在'不愿示人以弱'，其实则凡《新青年》同人所作的作品，无论如何宣言，官场总是头痛，不会优容的。"①

可以说，鲁迅的《狂人日记》发表在《新青年》杂志上并不仅是一次意外到访②的结果，"狂人青年"形象是鲁迅的政治文化追求与《新青年》合谋共生的产物。对于鲁迅来说，"新青年"形象的产生是实现其文化思想社会学转换的重要环节。要实现"政治精神"，必须将之转换为社会学意义上的现实载体和力量，而"新青年"正是实现和推动这一"政治精神"的"新主体"。高语罕在《青年与国家之前途》一文中写道："奋发为雄，内以刷新政治，巩固邦基；外以雪耻御侮，振威邻国，则舍我青年谁属。"③陈独秀将"一九一六年"作为"十九世纪文明"的终结，和"二十世纪文明"的开端，并把重任落实到"青年"身上。④而鲁迅也是希望"青年"成为"新的政治文化"的"点火者"。他说："更进一步而希望于点火的青年的，是对于群众，在引起他们的公愤之余，还须设法注入深沉的勇气，当鼓舞他们的感情的时候，还须竭力启发明白的理性；而且还得偏重于勇气和理性，从此继续地训练许多年。"⑤

在这种文化追求的促动下，"青年"的"主体性"被加以强调。顺应着将特定"文化追求"和社会学意义"现实主体"结合的要求，《新青年》初期就把"青年问题"与"人我问题"⑥被统一起来。通过"个体性"的考辨突出"青年"的"主体地位"。这和鲁迅的追求是相一致的。为了对辛亥革命意识形态进行有效的批判和超越，鲁迅提出"人各有己"以强调"个体性"，提出"内曜"以强调"主体精神"，从而确定了新的文化批判的方式和动力。而在

---

① 鲁迅：《210103 致胡适》，《鲁迅全集》第十一卷，人民文学出版社2005年版，第387页。

② 参见《呐喊·自序》（《鲁迅全集》第一卷，人民文学出版社2005年版，第440—441页）相关回忆。

③ 高语罕：《青年与国家之前途》，《新青年》第1卷第5号。

④ 陈独秀：《一九一六年》，《新青年》第1卷第5号。

⑤ 鲁迅：《杂忆》，《鲁迅全集》第一卷，人民文学出版社2005年版，第238页。

⑥ 高语罕：《青年与国家之前途》，《新青年》第1卷第5号。

"五四"时期，这种文化追求通过对于"青年之自觉"的强调，促使文化追求转化为社会学意义上的团体力量。于是我们可以看到在许多文章中，陈独秀这样要求"一九一六年之青年"："第一自居征服 to conquer 地位勿自居被征服；第二尊重个人独立自主之人格；第三从事国民运动。"① 为了推动"青年主体"的产生，《新青年》鼓励青年从家庭中"走出"。一系列反对"早婚"的文章认为"家庭"会使青年的生命力过早萎缩，"阻碍青年前途也"。② 与此相应的是，为了张扬青年的"主体精神"，"学校教育"也被认为是阻碍青年进步的原因，目的是要推动青年告别"程式化""体制化"的身份，而建立自足的本体性。除此之外，"社会""政治"都被认为是"青年之敌"③。有青年专门以《我》为题著文，指出"救国必先有我"④。"我"就是对"青年""主体性"的自觉表达，"我"的出现最终目的仍在于"救国"。正像文化从政治行动中的独立，是为了坚持"政治精神"，"青年""个体"从社会政治中的剥离，是为了更新社会政治。"青年"个体和群体之间二元辩证关系的产生，正是来自"五四"时期文化和政治之间的纠葛。而有关"青年"的争议也在此纠葛间产生。

二、"青年"的政治文化属性

能够成就"新的政治可能"的"青年"不是简单地指年轻的"后生"，而是具有特定文化特质，特定文化功能、社会功能的"新主体"。"什么是青年""什么是好青年"成了"五四"文化界的一个问题。五四运动后，随着新文化立场的分化，有关"青年"的争议也由此形成。

在有关"青年"的界定中，"青年"的"知识结构"，或者说"文化属性"的讨论，起着举足轻重的作用。在1920年代中后期，有关"青年读书

① 陈独秀：《一九一六年》，《新青年》第1卷第5号。

② 如高语罕的《青年与国家之前途》、李平的《新青年之家庭》、罗家伦的《青年学生》等均阐述了家庭或者结婚"阻碍青年前途"。

③ 高语罕：《青年之敌》，《新青年》第1卷第6号。

④ 易白沙：《我》，《新青年》第1卷第5号。

问题"的争议也正来源于政治文化态度的分歧。鲁迅对于"青年"之"文化属性"的界定，最著名的是要求"青年""要少——或者竟不——看中国书"①。众所周知，这是应《京报副刊》的编辑孙伏园的"征求"而发表的言论。而言说的语境，则是针对梁启超和胡适等人为学生开"最低限度国学书目"而来。②这一有关"中国书"的分歧固然与中西文化态度有关。但这不是单纯地对待"传统文化"态度的问题，它还涉及有关"青年""文化属性"和"成长道路"的问题。

与"最低限度国学书目"联系在一起的，是胡适推动青年"整理国故""研究问题"③的主张。"整理国故"和"研究问题"，意味着接受相应的知识方式和学术态度。与此同时，这一文化追求与某种"体制化"的建设相生相伴。在"新文化"建立话语体系和文化机制的同时，新的"知识权力"开始集结。"整理国故"，表面上看只是一种学术主张，而实际上则具有巩固特定话语体系、强化学术体制的作用。推进"整理国故"的力量也来自文化权力。比如，北京大学哲学系就增设"国学门"，参与增设专业计划和担任"国学门"委员的就有"胡适""钱玄同"等。胡适对"青年""国学"修养的强调意味着，他在"青年问题"上与《新青年》初期的态度产生分歧。如上文所述，《新青年》初期，反对青年"早婚""依赖家庭"等等都是为了推动"青年"成为具有批判力量的"团体"。"青年"只有具备了"边缘化"的社会学特质、"批判性"的文化倾向和"怨愤"的社会情感，才能成就一种"新的政治可能"。而"体制化"，正是与这样的诉求逆向而行的。陈独秀将脑海里"皆各有'做官发财'四大字"的青年定义为"旧青年"，这不仅要求青年要跳出个人私利的狭隘思想，而且要求青年不为体制利益所动。汪敬熙《一个勤学的学生》所讽刺的正是向往通过"埋头苦读"步入"体制阶层"的"青年"。冰

---

① 鲁迅：《青年必读书——应〈京报副刊〉的征求》，《鲁迅全集》第三卷，人民文学出版社2005年版，第12页。

② 胡适的《一个最低限度的国学书目》发表在《晨报副刊》上。而《京报副刊》征求梁启超关于青年读书的意见时，梁启超所开的全是国学书目。

③ 胡适：《新思潮的意义》，《新青年》第7卷第1号。

心的《斯人独憔悴》也正反映着"青年一代"对于"父辈体制"的反感。而在胡适看来，《新青年》强调青年"边缘性""反叛性"只不过是"变态社会"中的"非常之举"。①一旦社会渐次稳定，他便对青年们不读书，不安分稳定表示不满。胡适态度的转变代表着新文化运动内部的分化。而"分化"的焦点集中在文化与政治的关系上。当陈独秀等坚持《新青年》的政治批判功能时，胡适开始要求《新青年》"不谈政治"，此举也正是有意淡化"青年"所具有的"政治潜能"。

鲁迅关于"少看中国书"的主张，也与其政治文化态度密切相关。他对于"青年""知识结构"的"限制"，是警惕青年重新沦为社会体制中的"被征服者"，而要保持和推动其"政治潜能"。鲁迅指出："少看中国书，其结果不过不能作文而已。但现在的青年最要紧的是'行'，不是'言'。只要是活人，不能作文算什么大不了的事。"②如果联系青年鲁迅的选择，鲁迅的这番言论有些让人匪夷所思。当年，他不正是抛弃了具体的政治行动，而走上"从文"的道路吗？仔细分析，我们便会理解，导致鲁迅言论方式转变的并非其思想方式，而是言说语境。是重"言"还是重"行"，并非"行"和"言"本身的价值存在差别，只不过是在不同的政治环境下，"行"和"言"的功能具有价值差异。辛亥革命时期，正值政体新变之际，参加具体政治行动是"主流"，参与"新体制"的建设，并且日后成为"体制内"的政要。当时，鲁迅"从文"则是"边缘化"行为，这从《域外小说集》的际遇和辛亥革命过程中鲁迅对于"寂寞"感受的表达都可以见证。"边缘化"是为了表达对于"体制化"的批判，"从文"是激发"新政治"的另一种动力。而1920年代，社会政体渐趋稳定，新的文化体制和权力规则渐次形成，"从文"则是进入高校、政府等"体制内"的重要途径。由此，"言"和"行"的功能便发生反转。"言"必然要受到种种"权力""规则"的"压制"和"规范"，而"行"则

① 姜涛：《"变态"社会中的"常态"构想——论胡适在1920年代有关"青年问题"的言论》，《现代中文学刊》2011年第6期。

② 鲁迅：《青年必读书——应〈京报副刊〉的征求》，《鲁迅全集》第三卷，人民文学出版社2005年版，第12页。

具有了"冲决"的力量。

正是基于对于"知识权力"的警醒，鲁迅始终坚决反对"踱进研究室"和"搬入艺术之宫"。他说："前三四年有一派思潮，毁了事情颇不少。学者多劝人踱进研究室，文人说最好是搬入艺术之宫，直到现在都还不大出在……我新近才看出这圈套，就是从'青年必读书'事件以来……"①鲁迅所关心的不是"研究室""艺术之宫"的社会影响，而是它们所代表的"知识权力"对于青年"个体性"和"主体精神"的破坏。鲁迅就曾论及："古来就这样，所谓读书人，对于后起者却反而专用彰明较著的或改头换面的禁锢。……调查、研究，推敲，修养，……结果是老死在原地方。"②

除了"中国书"背后"知识体制"的因素外，"中国书"的"知识范式"对于青年的思维方式和情感模式的影响，也是鲁迅不愿看到的。他认识到，"知识"并不仅仅依靠体制化的方式产生影响，"知识权力"实际上就依存于相应的"知识范式"本身。鲁迅不是反对青年读书，他对于青年读书方式有自己的看法，他认为"青年"应该接触的是能够促生对现实人生介入态度的书籍，由此在他眼中"中国书"和"外国书"的价值就产生差别："我看中国书时，总觉得就沉静下去，与实际的人生离开；读外国书——但除了印度——时，往往就与人生接触，想做点事。"③或者具有反抗性情感的文章，他认为"有人说G.Byron的诗多为青年所爱读，我觉得这话很有几分真"④。这种看法也与他对于青年责任的期许有关。

鲁迅有关"青年问题"的发言，始终和对于新的"知识权力"和体制权力的反抗紧密联系。而他也自觉地通过反体制化的个人行动，来引导青年的成长，这从他积极筹建《莽原》周刊便可以看出。在谈及《莽原》编纂的动机时，他就说："希望中国的青年站出来，对于中国的社会，文明，都毫无忌

① 鲁迅：《通讯》，《鲁迅全集》第三卷，人民文学出版社2005年版，第26页。
② 鲁迅：《这个与那个》，《鲁迅全集》第三卷，人民文学出版社2005年版，第154页。
③ 鲁迅：《青年必读书——应〈京报副刊〉的征求》，《鲁迅全集》第三卷，人民文学出版社2005年版，第12页。
④ 鲁迅：《杂忆》，《鲁迅全集》第一卷，人民文学出版社2005年版，第233页。

惮地加以批评。"①他期许在新集结的文化体制之外，开辟一条道路，让"青年"从"中国的社会、文明"中"独立"出来，赋予其独立的"主体性"，可以"毫无忌惮"。与此同时，他也在自觉地用自己的影响力，感染和号召学生不放弃"政治责任"，并鼓励青年学生直接参与变革现实政治的行动。他在集美学校的演讲提出"不必想来想去的"，由此推动学生风潮。②他认为"青年"的成长正应在"体制外"发生，其成长历程即是更新体制的过程。批判社会、闹学潮等类似"异路"才是"青年"真正的"出路"，这种有关"青年""社会属性"的认定与他"新政治"的社会发展构想是一脉相通的。

三、作为"新政治的社会学载体"的青年

正由于"青年"联系着以"新政治"为旨归的文化建构，于是在"鲁迅"的"青年成长"方案中，"青年"和"老人"的鸿沟被夸大，"青年"有待年龄增长、阅历增加的代际概念内涵被抽空，其生理学、社会学意义被淡化。当"青年"被当作某种"政治精神"的寄托时，繁复文化建构和审美描述使得"青年"愈加成为一种想象性存在，虽然这一建构也在影响着"青年"的自我期待和身份认同，但它与"青年"本身的代际属性的张力日益凸显，鲁迅"青年观"的危机也由此产生。

从生理学意义上说，"青年"是人类自然生长序列中的一个阶段，从"青年"到"中老年"是自然而然的过程。我们看到，鲁迅始终把"青年"放在与"老人"等"断裂"，甚至"对立"的位置，他拒绝"青年"的自然生长过程，而赋予了"青年"超越时空的本体性意义和价值。鲁迅首先对"青年"和"老人"进行了"先验"的界定："我以为在古老的国度里，老于世故者和许多青年，在思想言行上，似乎有很远的距离。"③这一"认为"也许并不是基于事实的概括，而不过是它基于"青年"自我期待基础上的想象。于是，也便

---

① 鲁迅：《华盖集·题记》，《鲁迅全集》第三卷，人民文学出版社2005年版，第4页。

② 鲁迅：《海上通信》，《鲁迅全集》第三卷，人民文学出版社2005年版，第419页。

③ 鲁迅：《寡妇主义》，《鲁迅全集》第一卷，人民文学出版社2005年版，第281页。

有"二十岁上下的老先生们"①等不符合"青年"要求的"青年"。

"代际",在鲁迅看来,是一种文化专制。这种专制具有政治等级间的"仇恨"意味。他说:"孩子们在瞪眼中长大了,又向别的孩子们瞪眼,并且想:他们一生都过在愤怒中。"②并且,代际间的对立,尤为突出地表现在鲁迅小说中。在《药》里,"花白胡子"将青年"夏衍"指认为"疯子";《长明灯》"白胡须""花白的鲇鱼须"宣判灭长明灯的青年为"疯子";以及《伤逝》中窥视子君和涓生自由恋爱的是"鲇鱼须的老东西的脸又紧帖在脏的窗玻璃上了,连鼻尖都挤成一个小平面"③……这些人物被加以省略细节、突出年龄特征的描写,代际间的对立被"强化"。"年龄"成为某种象征性的符号,年龄的增长成为文化落后的代名词。

关于"青年"的"社会成长",鲁迅明确反对"导师化"的"成长方式"。他反对把青年看作是有待引导的"晚辈""后生",相反他认为青年的这种"年轻""不成熟""涉世未深"恰恰代表着正当的价值。鲁迅说:"青年必胜于老人。"④这句话一直被当作鲁迅接受"进化论"影响的典型论据,但当我们注意到,鲁迅始终拒绝青年的"成长"和"发展"。在这里"青年"甚至摆脱了作为人类生理发育期的"自然属性",而具有带有终极价值意味的文化本体存在。他对"负有指导青年重责的前辈"⑤极其反感。他说:"要前进的青年们大抵想寻求一个导师。……凡自以为识路者,总过了'而立'之年,灰色可掬了,老态可掬了,圆稳而已,自己却误以为识路。假如真识路,自己就早进向他的目标,何至于还在做导师……"⑥"导师""前辈"的出现是为"年龄""资历""阅历""经验"等作为价值的标杆,其权力支撑是一

---

① 鲁迅:《不拜》,《鲁迅全集》第三卷,人民文学出版社2005年版,第112页。

② 鲁迅:《杂感》,《鲁迅全集》第三卷,人民文学出版社2005年版,第52页。

③ 鲁迅:《伤逝》,《鲁迅全集》第二卷,人民文学出版社2005年版,第115页。

④ 鲁迅:《〈三闲集〉序言》,《鲁迅全集》第四卷,人民文学出版社2005年版,第5页。

⑤ 鲁迅:《我还不能"带住"》,《鲁迅全集》第三卷,人民文学出版社2005年版,第258页。

⑥ 鲁迅:《导师》,《鲁迅全集》第三卷,人民文学出版社2005年版,第58页。

个常态化、稳定的体制等级结构。有关"导师"的态度，对应着特定政治文化立场。以"导师"的姿态自居，背后是对现有体制结构的默认和强化；而反对"导师化"的"成长方式"，则是在塑造和维护边缘性、批判性的社会力量，其中蕴含着对现有体制结构的否定心理。

为了让"青年"从成长的自然序列和社会序列中彻底脱离出来，鲁迅赋予了"青年"新的时空属性，把他们与"中国人"相对立。他说："我敢于说，中国人中，仇视那真诚的青年的眼光，有的比英国或日本人还凶险。"[1]这里，我们看到"仇视"一词。"仇"是暴力发生的情感基础。"复仇"的情感态度在晚清的时期最为盛行，它源自"民族主义"情感，用以推进暴力革命的发生。为什么鲁迅认为"青年"会被"仇视"，并且"中国人"要甚于"英国人""日本人"呢？在鲁迅看来，"青年"是一个新的"政治主体"，寄托着他自辛亥革命时期形成的新的政治文化追求。这种政治文化追求以"立人"为中心，旨在通过"主体性"来推进，它的直接目标是"否定""体制化"，推进"革命"。而对于"帝国主义"，鲁迅认为"主体性"的张扬可以超越简单的"民族主义"思维方式，使得"抵御外辱"和"恶兵"并立，所谓"其民多情愫，爱自繇，凡人之有情愫宝自繇者，胥爱其国为二事征象，盖人不乐为皂隶"[2]。因此，作为承载这一思想的现实主体"青年"，对于国内既有体制稳定性的"危害"是"颠覆性"的，具有"暴力"性质，而对于如英国人、日本人那样的"帝国主义"的"危害"却有国界的限度。

虽然拒绝青年"成长"，鲁迅却对青年身上的"成长力量"表示极大的兴趣和热情。鲁迅经常称赞"青年"，"你们所多的是生力，遇见深林，可以辟成平地的，遇见旷野，可以栽种树木的，遇见沙漠，可以开掘井泉的"[3]。"青年"，在鲁迅那里，还有一个别称就是"战士"："我想，现在的办法，首先还得用那几年以前《新青年》上已经说过的'思想革命'。还是这一句话，虽然未免可悲，但我以为除此没有别的法。而且还是准备'思想革命'的

① 鲁迅：《忽然想到》，《鲁迅全集》第三卷，人民文学出版社2005年版，第98页。

② 鲁迅：《破恶声论》，《鲁迅全集》第八卷，人民文学出版社2005年版，第35页。

③ 鲁迅：《导师》，《鲁迅全集》第三卷，人民文学出版社2005年版，第59页。

战士，和目下的社会无关。待到战士养成了，于是再决胜负。"①也就是说，鲁迅不过是反对"青年""完成成长"，他要借助的是"青年"在成长序列中"未完成"状态所具有的政治潜能和力量。

可以看出，"青年"虽是一个代际概念，但对于鲁迅来说，却具有了超出"政党"意义上政治团体的意味。由是，当鲁迅一方面反对"导师"，另一方面也在引导、扶持、塑造"青年"的"成长"。鲁迅以一种超出个人情谊层面的热情去扶植、培养青年作家，特别是初入文坛、边缘化的作家。鲁迅与许钦文、萧红等青年作家的交往，大家耳熟能详。他帮助编纂《莽原》杂志，更是他对于"边缘化"的青年的主动召唤。他在对许广平的信中就这样说："这是你知道的，单在这三四年中，我对于熟识的和初初相识的文学青年是怎么样，只要有可以尽力之处就尽力。"②

然而，"尽力"是一回事，实际效果又是另外一回事。称赞"成长力量"，却反对"完成成长"，反对"导师"，又不自觉地用"导师""权威"的身份引导"青年"，这些想法本身就存在矛盾性。"青年"的"边缘化"虽然能成就"新的政治可能"，但要把这种"可能性"变为现实，仍然要由"边缘化"向"中心"的"成长"来完成。"青年"最终走向"体制"，虽然可能是一种"新体制"，是不可逆的过程。当"新青年"最终催生1930年代新的政治文化模式时，"新政治"的权力集结重新成为"新青年"最大的挑战。如果"青年"继续以"主体性"的姿态存在，他将面临无法"完成成长"的困境。并且，对于"青年"代际属性的克服，仍需要社会性意义上"权力"的支撑，正如文化批判最终要落实到政治运动上去一样。当鲁迅拒绝一切"体制化"时，他遭遇的"失望"和"背叛"便在所难免。

综上，辛亥革命发生后，"青年问题"的出现，与以"文化革新"推动"新政治"的文化追求有关，"青年"被赋予特定"政治精神"的"社会学载体"的特殊功能。鲁迅革新"政治精神"的追求也决定着他对"青年"十分关

① 鲁迅：《通讯》，《鲁迅全集》第三卷，人民文学出版社2005年版，第23页。
② 鲁迅：《两地书》，《鲁迅全集》第十一卷，人民文学出版社2005年版，第280页。

注，并且给予"青年"成就"一种新的政治可能"的希望，由此，他批判对于"青年"体制化的召唤，警醒"青年"受到知识权力的压迫，并且拒绝"青年"参与自然序列、社会序列的成长。他将自身的政治文化追求投射、寄托于"青年"，在"青年"的文化建构和审美建构方面发挥着不可替代的作用，对"青年"的自我认同和想象产生重要影响。而两代人之间的彼此呼应，也在推动新的政治文化的兴起和政治模式的产生。由此出发，关于鲁迅和20世纪中国政治变动之间的关系可以得到更为深入的理解。

第二节　民族政治与鲁迅的儿童观

谈到中国现代儿童观的形成以及儿童文学的创建，鲁迅是不可或缺的一个人物。有关鲁迅的儿童观或者是儿童文学观，已有大量论文和论著产生。这些研究大多注意到鲁迅对"儿童的发现"，从"立人"的角度对儿童的关注，这些结论的产生与研究的启蒙视角或现代性视角有关，它们援引19世纪浪漫思潮以来"以儿童为本位"的观念，以此联系和比较鲁迅有关儿童的讨论和叙述，由此突出鲁迅对儿童"人"的地位和价值的肯定，特别是由鲁迅对孩子兴趣特点的尊重，将鲁迅置于反对功利主义儿童教育观的源头。这些论述的价值是毋庸置疑的，但我们也要注意到它们的局限性。近来有关儿童的研究开始反思19世纪浪漫主义思潮"发现儿童"的历史性，指出对"儿童"的发现回应着特定政治革命、阶级、性别地位的变迁，与工业经济的成长和民主政治的发展以及自然景观的变化有密切关系。也就是说，所谓"纯真""童年"理念中包含着复杂的社会政治的内容，所谓"儿童"也不过是表达特定政治经济关系态度的一个象征性"能指"，一种"想象"。如何想象"儿童"，也许并不在于人类发展存在年龄段的所谓幼小阶段，而是通过区隔一个所谓的"幼小"，来实现人生方式或社会方式的重新理解和改变。由这样的思想观念出发，人们开始重新认识中国20世纪初期"儿童的发现"的问题。美国加州大学的安德鲁·琼斯以"发展的童话"为题指出："鲁迅、周作人兄弟及其同人赵景深、陈伯吹和胡愈之等所致力的现代儿童文学本身即建立在进化论的前提之上：中国作为一个民族的发展，必须倚赖于中国儿童的发展。因此，儿童文学不能简单视为一个美学或理论问题。对于深陷困境、对中国之'落后'满怀忧虑的知识分子而言，儿童文学日益成为承载进化主体的最重要形式之一。"① 香港中文大学的谢晓虹认为"儿童的发现"与民族进化的想象密切相关，"当'儿童'作为一个与'成人'截然不同的观念被区隔出来，并被抽象为某些成人世界所失落的特质，童话也被视为负载了黑暗世界以外的童心力量，为知识分子提供了一个相对于'现实'的想象空间，并与当时流行的启蒙话语、个人与国族的进化想象有着更为复杂纠葛的关系"②。

　　这样的研究思路有助于我们重新审视鲁迅的"儿童观"，发现启蒙视角下鲁迅"儿童观"所遮蔽的历史，即也许并非是鲁迅"发现"了作为"人"的存在的"儿童"，而是鲁迅通过"发明""儿童"来实现他特定的文化目的。虽然鲁迅处处呼吁尊重儿童天性，但他始终不排斥对儿童的功利主义教育问题，无论是科学知识的灌输，还是新的社会身份的认同，鲁迅并不在意所谓儿童和成人的分别。并且他对儿童发表的诸多言论，均与他对20世纪中国现实政治的立场和态度相联系。以儿童为工具还是以儿童为目的，本质上代表着民族政治的建构方式。与启蒙视角下鲁迅尊重儿童的结论恰恰相反的是，当我们看到鲁迅一方面反对"把儿童当作缩小的成人"，借"童心"实现他对传统社会的挑战和否定，以对儿童的叙述表达他对现实政治的不满，另一方面常常以"成人"的观念、思想，甚至形象要求儿童，强调"环境""成人"对儿童的影响以表达对社会改革方向的焦虑时，我们只能说，鲁迅并没有改变将儿童当作缩小的成人的时代。鲁迅只是把"儿童"当作联结民族政治新旧转换、东西沟通的"联结"，"解放儿童"是民族革命的"能指"。他"发现"或者说"发

① 安德鲁·琼斯：《发展的童话：鲁迅、爱罗先珂和现代中国儿童文学》，徐兰君、安德鲁·琼斯主编：《儿童的发现——现代中国文学及文化中的儿童问题》，北京大学出版社2011年版，第109—110页。

② 谢晓虹：《五四的童话观念与读者对象》，徐兰君、安德鲁·琼斯主编：《儿童的发现——现代中国文学及文化中的儿童问题》，北京大学出版社2011年版，第151页。

明"的"儿童"是一个所指的游移和分裂的能指符号，被用来实现他转换新旧政治的目的，他在儿童叙述上的种种矛盾都可借此加以解释。

一、"孩子"的功能

谈起鲁迅对于儿童的关切，《狂人日记》末尾的"救救孩子"最让人印象深刻。鲁迅叙述的逻辑是："孩子"之所以需要被救，是因为"孩子""还没有吃过人"。这里有一个预设的前提，即孩子"天真""无辜"。但问题是，孩子到底是天生"无辜"，还是鲁迅以预设一个免受特定文化和话语影响，成为"异质"的"孩子"，从而能够实现对特定文化系统的否定？也许后者更值得重视，即鲁迅为什么以年龄设置区隔，孩子的"幼稚"对于鲁迅来说具有怎样的功能？

对此周作人有这样的解释。他在著名的《儿童的文学》中说："以前的人对于儿童多不能正当理解，不是将他当作缩小的成人，拿'圣经贤传'尽量的灌下去，便将他看作不完全的小人，说小孩懂得甚么，一笔抹杀，不去理他。近来才知道儿童在生理心理上，虽然和大人有点不同，但他仍是完全的个人。"[1]此后，他把对儿童"完全的个人"的声明作为"救救孩子"的出发点，"以前的人对于儿童多不能正当理解，不是将他当作小形的成人，期望他少年老成，便将他看作不完全的小人，说小孩懂得什么，一笔抹杀，不去理他。现在才知道儿童在生理心理上虽然和大人有点不同，但他仍是完全的个人，有他自己内外两面的生活。这是我们从儿童学所得来的一点常识，假如要说救救孩子，大概都应以此为出发点的"[2]。

既要重视儿童，又不能以成人的标准期待儿童，而是要重视儿童特有的生理心理特点，这是周氏兄弟的儿童观。这种儿童观的对立面非常明确，就是"以前的人对于儿童多不能正当理解"，联系语境，周作人所指的是中国传统文化之中的"儿童观"。在鲁迅的著作中，我们也经常看到儿童受到传统文化

---

[1]　周作人：《儿童的文学》，《新青年》第8卷第4号，1920年12月。

[2]　周作人：《儿童学》，《周作人文类编·上下身》，湖南文艺出版社1998年版，第582页。

压抑、漠视，甚至戕害的叙述。例如《〈二十四孝图〉》中叙述中国传统孝道完全不顾及幼儿的生命；《五猖会》和《从百草园到三味书屋》叙述传统教育方式对孩子天真活泼天性的扼杀，等等。

鲁迅在《我们现在怎样做父亲》中对漠视儿童、压抑儿童权力地位的传统文化进行了具体批判和说明，他援引西方儿童学的研究，强调"往昔的欧人对于孩子的误解，是以为成人的预备；中国人的误解，是以为缩小的成人。直到近来，经过许多学者的研究，才知道孩子的世界，与成人截然不同；倘不先行理解，一味蛮做，便大碍于孩子的发达。所以一切设施，都应该以孩子为本位"①。由是，许多研究者便据于此，从启蒙的角度，肯定鲁迅尊重儿童心理生理规律，提升儿童地位的做法。只是可以更进一步思考的问题是，鲁迅为什么要提升儿童地位，提倡尊重儿童生理心理规律，难道仅仅是为了儿童吗？分析鲁迅《我们现在怎样做父亲》的逻辑，我们可以发现，鲁迅之所以凸显传统文化环境中成人和儿童的区隔性，强调他们之间中心和边缘、主导和被压抑的关系，是为了指向对于传统文化和秩序的反抗。"孩子"被当作特定文化环境边缘处的"幼者"和"弱者"，"西方"的逻辑被援引，所谓"欧美家庭，大抵以幼者弱者为本位，便是最合于这生物学的真理的办法"，由此批判传统文化压抑"幼者"和"弱者"的合法性。同时，在传统文化中处于"幼者"和"弱者"地位的"儿童"便具有一种反抗性和颠覆性。鲁迅指出，儿童有"心思纯白"的"一种天性"，"便在中国，只要心思纯白，未曾经过'圣人之徒'作践的人，也都自然而然的能发现这一种天性"②。当注意到鲁迅谈论儿童的语境和方式，我们就会发现，无论是"孩子"，还是"孩子的天性"，鲁迅对他们的认识和理解都置身于鲁迅对传统文化的解构和批判之中。"孩子"如同《狂人日记》中的"疯子"一样，成为传统文化的"他者"，只不过与"疯子"的先知先觉相比，"孩子"的反抗性体现在他的"心思纯白"的"天

①　鲁迅：《我们现在怎样做父亲》，《鲁迅全集》第一卷，人民文学出版社2005年版，第140页。

②　鲁迅：《我们现在怎样做父亲》，《鲁迅全集》第一卷，人民文学出版社2005年版，第138页。

性"上。

"心思纯白"对于鲁迅来说，并不限于对儿童的论述，早在《破恶声论》中，他就曾以"白心"作为对新的觉悟者的期待，藤井省三揭示说"'白心'即无邪（innocence）之谓，可以认为是看破社会矛盾与虚伪的力量"①。"白心"并不发起于儿童，而是在不满于传统社会的基础上，对某种"特质"的期待和想象。与其说是鲁迅在儿童身上发现了"白心"的价值，不如说是鲁迅把"白心"的期待加诸儿童。在《〈二十四孝图〉》中，鲁迅有一段叙述："我的小学同学因为专读'人之初性本善'读得要枯燥而死了，只好偷偷地翻开第一页，看那题着'文星高照'四个字的恶鬼一般的魁星像，来满足他幼稚的爱美的天性。昨天看这个，今天也看这个，然而他们的眼睛里还闪出苏醒和欢喜的光辉来。"②"恶鬼"和"幼稚的、爱美的天性""苏醒和欢喜的光辉"这些文学修辞手段的运用，都在暗示这样一个"历史真实"。孩子的"天性"虽然"幼稚"，但天然地具有合法性，他们"爱美"，唯其"天性"，成为"人之初性本善"世界中"恶鬼"，照亮"铁屋子"的"苏醒和欢喜的光辉"。

儿童天性就"爱美"吗？恐怕鲁迅对此也并无把握。在鲁迅的叙述中，儿童的这种"天性"并不稳定。在《孤独者》中，"我"和"魏连殳"有这样的一段对话。针对魏连殳"大人的坏脾气，在孩子们是没有的。后来的坏，如你平日所攻击的坏，那是环境教坏的。原来却并不坏，天真……。我以为中国的可以希望，只在这一点"的言论，"我"反驳"不。如果孩子中没有坏根苗，打起来怎么会有坏花果？"。鲁迅的研究者大多认为"我"和"魏"不过是一体两面，表达着鲁迅思想中的矛盾。有关儿童的对话也正反映出，鲁迅一方面以儿童的"天真"来作为开启中国希望的寄托，但另一方面，却对现实中儿童是否"天真"心存疑虑。谈论的结果是魏连殳以一段经历否定了儿童"天真"的想法："想起来真觉得有些奇怪。我到你这里来时，街上看见一个很小的小

---

① 藤井省三：《鲁迅与安徒生：儿童的发现及其思想史意义》，《鲁迅比较研究》，陈福康编译，上海外语教育出版社1997年版，第220—221页。

② 鲁迅：《〈二十四孝图〉》，《鲁迅全集》第二卷，人民文学出版社2005年版，第259页。

孩，拿了一片芦叶指着我道：杀！他还不很能走路……"①而这段小说人物的言论又如何不是鲁迅自己的心里话呢，在《野草》集的《颓败线的颤动》中，我们读到重复的故事："最小的一个正玩着一片干芦叶，这时便向空中一挥，仿佛一柄钢刀，大声说道：'杀！'"②

　　鲁迅对手持芦叶的小孩，大声说杀的故事如此反复提及，说明他对现实儿童的社会超越性始终心存怀疑。纵观鲁迅的创作，观看的孩子和记忆、想象中的孩子往往形成巨大反差。有别于《朝花夕拾》或是《故乡》《社戏》回忆中的孩子形象，《求乞者》《示众》《风波》等创作中被观看的孩子远非天真，而是如成人，并无二致地麻木、卑怯、势利……这在他30年代的杂文中体现得更为清晰。《上海的少女》中描述未成年的少女的早熟："这神气也传染了未成年的少女，我们有时会看见她们在店铺里购买东西，侧着头，佯嗔薄怒，如临大敌。自然，店员们是能像对于成年的女性一样，加以调笑的，而她也早明白着这调笑的意义。总之，她们大抵早熟了。"③《上海的儿童》中儿童的世界的肮脏、混乱，不过是成人世界的翻版："苍蝇成群的在飞，孩子成队的在闹，有剧烈的捣乱，有发达的骂詈，真是一个乱烘烘的小世界。"④我们犹记得鲁迅曾有"把儿童当作缩小的成人"的批评，而他在这些文章中的论述也是认可了"儿童"和"成人"的沟通之处。鲁迅在有关儿童天性的叙述方面的游移，透露出所谓儿童天性，对于鲁迅来说并不是对于儿童生理心理特点的客观认定，而是话语结构中的一个"能指"。这个"能指"随着语境的不同存在或消失，转换"所指"的范围。由此推论，鲁迅叙述中的"儿童"也只是特定话语结构中具有特定功能的"儿童"。

①　鲁迅：《孤独者》，《鲁迅全集》第二卷，人民文学出版社2005年版，第94页。

②　鲁迅：《颓败线的颤动》，《鲁迅全集》第二卷，人民文学出版社2005年版，第210页。

③　鲁迅：《上海的少女》，《鲁迅全集》第四卷，人民文学出版社2005年版，第578页。

④　鲁迅：《上海的儿童》，《鲁迅全集》第四卷，人民文学出版社2005年版，第580页。

二、与成人的沟通

进一步分析，"儿童"是鲁迅"回忆"或"观看"的对象，却从不是发声者甚至被预设的读者，虽然鲁迅也常常模拟儿童身份发声，或翻译童话面向儿童，但在这些语境下的"儿童"经常隐没在与成人的混淆中。比如鲁迅重视童话的引介和翻译是众所周知的。不过分析他重视译介童话的原因，却可以发现，他所限定的读者却是"成人化的儿童"，或是"儿童化的成人"。鲁迅强调童话中的"童心"，而这"童心"并不独限于儿童所有，而指代区别于现实的"梦幻"，由这"赤子之心"激发对现实的感愤。鲁迅翻译爱罗先珂的童话时，并不在意虽名"童话"，其实是给"成人"看的，表达的是只有成年人才能理解的内容。鲁迅介绍说："现在已经出版的是第一种，一共十四篇，是他流寓中做给日本人看的童话体的著作。通观全体，他于政治经济是没有兴趣的，也并不藏着什么危险思想的气味；他只有着一个幼稚的，然而优美的纯洁的心，人间的疆界也不能限制他的梦幻，所以对于日本常常发出身受一般的非常感愤的言辞来。""我掩卷之后，深感谢人类中有这样的不失赤子之心的人与著作。"① 这里的"赤子之心"只能说是一种区别于现实秩序的思想，这种思想处在社会边缘，因而"幼稚"，似乎与年龄无关。

同样，他在30年代所翻译的"童话"也只能被理解为具有"童心"的"话"，因为这些"童话"所表达的和交流的是"成人的"。"这诚如序文所说，是一篇'象征写实底童话诗'。无韵的诗，成人的童话。"② 读者也并不限于儿童，而是呼唤所有具有"赤子之心"的人，感受"人性和她们的悲痛之所在的大都市"，"我预觉也有人爱，只要不失赤子之心，而感到什么地方有着'人性和她们的悲痛之所在的大都市'的人们"③。

---

① 鲁迅：《〈狭的笼〉译者附记》，《鲁迅全集》第十卷，人民文学出版社2005年版，第217—218页。

② 鲁迅：《〈小约翰〉引言》，《鲁迅全集》第十卷，人民文学出版社2005年版，第281—282页。

③ 鲁迅：《〈小约翰〉引言》，《鲁迅全集》第十卷，人民文学出版社2005年版，第282页。

鲁迅与20世纪中国研究丛书

本来，鲁迅翻译《小约翰》也并非为了孩子，他曾这样记述翻译的缘由：
"偶然看见其中所载《小约翰》的译本的标本，即本书的第五章，却使我非常
神往了。几天以后，便跑到南江堂去买，没有这书，又跑到丸善书店，也没
有，只好托他向德国去订购。"①鲁迅初次读到《小约翰》的章节是在1906年
的日本。当时鲁迅也"想译，没有这力"。鲁迅在同时期编译《域外小说集》
的目的是"以为文艺是可以转移性情，改造社会的。因为这一件，便自然而然
的想到介绍外国新文学这一件事"②。由此推断，《小约翰》之所以能够吸引
鲁迅，显然不在于它是一篇写给儿童看的童话，而在于他深受辛亥革命前期政
治文化思潮的影响，致力以"新文艺"来改革国民的精神，实现"新政治"的
目的。

启蒙视角下的鲁迅儿童观常常指出鲁迅儿童翻译过程中对于语言的儿童
性的关注。比如鲁迅在翻译爱罗先珂的童话时曾反复说："可惜中国文是急促
的文，话也是急促的话，最不宜于译童话。"③"然而这一篇是最须用天真烂
熳的口吻的作品，而用中国话又最不易做天真烂熳的口吻的文章。"④"日本
语实在比中国语更优婉。"⑤翻译《小约翰》时，鲁迅也抱憾在语言上不能如
意："务欲直译，文句也反成蹇涩；欧文清晰，我的力量实不足以达之。《小
约翰》虽如波勒兑蒙德说，所用的是'近于儿童的简单的语言'，但翻译起
来，却已够感困难，而仍得不如意的结果。"⑥

---

① 鲁迅：《〈小约翰〉引言》，《鲁迅全集》第十卷，人民文学出版社2005年版，第281页。

② 鲁迅：《域外小说集序》，《鲁迅全集》第十卷，人民文学出版社2005年版，第176页。

③ 鲁迅：《〈池边〉译者附记》，《鲁迅全集》第十卷，人民文学出版社2005年版，第221页。

④ 鲁迅：《〈鱼的悲哀〉译者附记》，《鲁迅全集》第十卷，人民文学出版社2005年版，第224页。

⑤ 鲁迅：《将译〈桃色的云〉以前的几句话》，《鲁迅全集》第十卷，人民文学出版社2005年版，第232页。

⑥ 鲁迅：《〈小约翰〉引言》，《鲁迅全集》第十卷，人民文学出版社2005年版，第284页。

鲁迅与20世纪中国政治文化

129

但我们同时不能忽视的是：仅仅从修辞上规约"童话"文体，实际上也是放松了对思想规约——"童心"的要求，即只要语言上简单易懂，思想的成人化是可以被接受的。鲁迅的翻译在当时就得到这样的评价："良友图书公司翻译的一套'苏联童话'，例如《童子奇遇记》《白纸黑字》《书的故事》和《钟的故事》等以及《译文》上面鲁迅先生译的《表》……"，这些翻译受到欢迎，也是由于它们"用了非常活泼的话，有趣的故事写成功的"[①]。胡风评价鲁迅所译的《表》时特别指出其"文字明快，新鲜，具体"，"不用繁复的描写，不用抽象的词句，然而却能够写出新鲜的真实的内容：这是儿童文学的作者所必要的本领。这个特色，在方块字的译文里面也是非常惹眼的"[②]。当然，这里不排除30年代文化思潮对于这类表达社会或是科学主题的童话翻译的"偏爱"，但值得注意的是，批评家也专门指出在他们看来，"用《表》做例子就可以说明我们对于传统的儿童文学作家的见解是不能同意的。儿童文学的特征并不是绝对地在于题材和主题。不过是选择题材和设定主题的方法比较不同，而且须用一种特殊的结构和表现方法罢了"[③]。

更何况，鲁迅对中国语言难以实现"天真烂漫"，不如"日本语""更优婉"的批评，本来就代表着文化改革者的立场。语言对于鲁迅来说，并不是工具，而是整体文化结构方式和文化思维方式。他之所以要推进白话、大众语，甚至主张废除汉字，都是着眼于中华民族文化的整体转换而下的论断，背后是要推进整个中国社会秩序的更迭和革新。"儿童的简单的语言"不仅意味着能够为儿童喜闻乐见，而且指代一种新的文化结构方式和文化思维方式。如同他所期待的"童心"，或"赤子之心"一样，"儿童的简单的语言"也是他否定和超越既有中国整体文化结构的"武器"。而这种语言在中国本土的语言中难以寻觅，只能是一种新的象征符号秩序。新的象征符号秩序并不从属于儿童，

① 罗苏：《关于儿童读物》，《1913—1949儿童文学论文选集》，少年儿童出版社1962年版，第238页。

② 胡风：《〈表〉与儿童文学》，《胡风全集》第2卷，湖北人民出版社1999年版，第233页。

③ 胡风：《〈表〉与儿童文学》，《胡风全集》第2卷，湖北人民出版社1999年版，第233页。

而是从属于中国语言的整体性转换。

三、"现实"中国秩序与"梦幻"中国秩序之间"发现儿童"

分析至此，可以看出，对于鲁迅来说，"儿童"并不重要，重要的是他赋予儿童的特质"天真"，或者说"童心"。"童心"只是一个现实之外的"真实"，由这"真实"的创造实现对"现实中国"的否定和超越。并且，在哪方面"天真"，何种程度的"天真"都是由鲁迅所针对的"现实"决定着的。甚至在很多时候，鲁迅并不在意"儿童"的年龄生理特点，强调的只是并不与成人隔绝的"童心"。由是，谢晓虹也曾指出："鲁迅所谓'童心'的具体意涵，并且阐明鲁迅所看重的，并非天真无邪的儿童，而是介于成人与儿童之间的'双重视点'。"①但我认为，既然鲁迅口中"儿童"根本就与现实年龄秩序无关，而只是表达一种有关社会文化结构的隐喻，那么作为对立项的"成人"也只能是另一个隐喻。因此，鲁迅阐述儿童的"双重视点"并不存在于成人与儿童之间，而是存在于殖民语境下鲁迅所建构的"现实"中国秩序与"梦幻"中国秩序之间。

虽然"成长"是鲁迅儿童叙述的一个重要逻辑，但鲁迅笔下的儿童的"成长"具有分裂性。在《我们现在怎样做父亲》中，鲁迅在反驳将孩子当作缩小的成人，强调要以儿童为本位后，接下来便有违逻辑性地提出对儿童成长的目标："养成他们有耐劳作的体力，纯洁高尚的道德，广博自由能容纳新潮流的精神，也就是能在世界新潮流中游泳，不被淹没的力量。"而实现这一目标的方式"便是解放"②。

在同时期的《随感录二十五》中，鲁迅从反面举例说明中国的孩子教育上的问题，由是影响孩子的成长："中国的孩子，只要生，不管他好不好，只要多，不管他才不才。""小的时候，不把他当人，大了以后，也做不了人。"

---

① 谢晓虹：《五四的童话观念与读者对象》，徐兰君、安德鲁·琼斯主编：《儿童的发现——现代中国文学及文化中的儿童问题》，北京大学出版社2011年版，第134页。

② 鲁迅：《我们现在怎样做父亲》，《鲁迅全集》第一卷，人民文学出版社2005年版，第141页。

"中国娶妻早是福气，儿子多也是福气。所有小孩，只是他父母福气的材料，并非将来的'人'的萌芽，所以随便辗转，没人管他，因为无论如何，数目和材料的资格，总还存在，即使偶尔送进学堂，然而社会和家庭的习惯，尊长和伴侣的脾气，却多与教育反背，仍然使他与新时代不合。大了以后，幸而生存，也不过'仍旧贯如之何'，照例是制造孩子的家伙，不是'人'的父亲，他生了孩子，便仍然不是'人'的萌芽。"[1]

《我们现在怎样做父亲》对"儿童"的期待是"在世界新潮中游泳"，实现的路径是"解放"，即打破既有的成长序列；而在《随感录四十》中否定的是既有的儿童成长方式——现在中国"做不了人"。通过对儿童的叙述，鲁迅预设了两个中国，一个现实的"非人"的中国，另一个将来的"人"的中国。如何实现"非人"中国到"人"的中国的转换，鲁迅重申"我说，'完全解放了我们的孩子！'"。[2]孩子成为蕴含被解放力量的"阵地"，而"解放"则是阻止孩子既有"成长"的主要方式，即"非成长"。通过将孩子"成长"和"解放"联结在一起，孩子被放置在新旧转换时期之间，成为新旧的一种联结。"成长"和"解放"对于鲁迅来说，根本无关生理年龄生长，而只是一种政治文化秩序转换的象征。

在表达对某种"现实秩序"的失望时，鲁迅常以孩子与成人间的循环来讲述。《看变戏法》中鲁迅说："每当收场，我一面走，一面想：两种生财家伙，一种是要被虐待至死的，再寻幼小的来；一种是大了之后，另寻一个小孩子和一只小熊，仍旧来变照样的戏法。"[3]即孩子无法实现对于"成人"所代表的现实秩序的异质性，他们的"成长"是又一轮成人化而已，鲁迅借此寓指现实秩序的稳固性。

在论说现实环境的恶劣时，常常以儿童"天性"的变异和恶化来作比，比如将儿童为食物争打归咎于成人多家产等行为。鲁迅说："说儿童为了一点食

---

① 鲁迅：《随感录二十五》，《鲁迅全集》第一卷，人民文学出版社2005年版，第311—312页。

② 鲁迅：《随感录四十》，《鲁迅全集》第一卷，人民文学出版社2005年版，第339页。

③ 鲁迅：《看变戏法》，《鲁迅全集》第五卷，人民文学出版社2005年版，第336页。

物就会打起来，是冤枉儿童的，其实是谩骂。儿童的行为，出于天性，也因环境而改变，所以孔融会让梨。打起来的，是家庭的影响，便是成人，不也有挣家私，夺遗产的吗？孩子学了样了。"①

在表达某种超越现实秩序的期待时，鲁迅也会联系"儿童"，以对"儿童""天性"的成全，即"非成人化"，作为改变成人世界样貌的前提。比如在《〈看图识字〉》中，鲁迅批判现有的儿童读物的粗糙，暗讽社会文化。接下来，他说："凡一个人，即使到了中年以至暮年，倘一和孩子接近，便会踏进久经忘却了的孩子世界的边疆去，想到月亮怎么会跟着人走，星星究竟是怎么嵌在天空中。""给儿童看的图书就必须十分慎重，做起来也十分烦难。即如《看图识字》这两本小书，就天文，地理，人事，物情，无所不有。其实是，倘不是对于上至宇宙之大，下至苍蝇之微，都有些切实的知识的画家，决难胜任的。""然而我们是忘却了自己曾为孩子时候的情形了，将他们看作一个蠢才，什么都不放在眼里。即使因为时势所趋，只得施一点所谓教育，也以为只要付给蠢才去教就足够。于是他们长大起来，就真的成了蠢才，和我们一样了。"②

鲁迅笔下"儿童"的"成长"并不是沟通"儿童"和"成人"之间的发展历程，相反，他将"儿童"的"成人化"视为"成长"的失败。鲁迅心目中的"成长"是打破"儿童""成人化"的序列，由是实现"解放儿童"，成全另一种发展的可能性。"儿童"是否存在，完全是由"解放"与否决定着的。儿童是否具有"童心"，取决于"解放"他们的人是否具有"童心"。如是，则得解放，成就"儿童的出现"；如无，则被压抑或消灭，沦为"缩小的成人"。由是，儿童之所以得以"区隔"和"辨别"，乃在于在新旧转换之间，儿童被分裂出迥异与之前文化秩序的特质，"童心"。而这"童心"可以沟通另一个"成人世界"。正在于这两种不同社会秩序之间的差异制造的分裂，才消解了"成长"的必然性，于是便有了发展趋向暧昧不清、区别于"缩小的成

---

① 鲁迅：《谩骂》，《鲁迅全集》第五卷，人民文学出版社2005年版，第451页。

② 鲁迅：《〈看图识字〉》，《鲁迅全集》第六卷，人民文学出版社2005年版，第36—37页。

人"的"儿童"。而在两个社会秩序各自的世界里，"儿童"都不过是"缩小的成人"。

如果说"成长"的叙述表达鲁迅所界定的"儿童"在时间上处在新旧之间的话，那么"比较"叙述则表达鲁迅所界定的"儿童"在空间上处在东西之间。

在鲁迅的作品中，有关中国的儿童和外国儿童的比较被叙述到近乎极端的程度。如在《上海的儿童》中，他说："映进眼帘来的却只是轩昂活泼地玩着走着的外国孩子，中国的儿童几乎看不见了。但也并非没有，只因为衣裤郎当，精神萎靡，被别人压得像影子一样，不能醒目了。"这是"现实"中的儿童，那么符号化的儿童呢，鲁迅说："现在总算中国也有印给儿童看的画本了，其中的主角自然是儿童，然而画中人物，大抵倘不是带着横暴冥顽的气味，甚至于流氓模样的，过度的恶作剧的顽童，就是勾头耸背，低眉顺眼，一副死板板的脸相的所谓'好孩子'。"也就是说，无论在"现实"，还是在想象性的"认同"中，中国孩子虽被说成"所谓'好孩子'"，实则在外国轩昂活泼孩子的映照下，是"坏孩子"。"坏孩子"的后果是："顽劣，钝滞，都足以使人没落，灭亡。童年的情形，便是将来的命运。"[1]即孩子之所以有好坏，乃在于他们对于"国家""没落，灭亡"的责任。

鲁迅甚至认为只要在外国，儿童均有他们各自的优点，而只有中国的儿童要么顽劣，要么迟钝，"我们试一看别国的儿童画罢，英国沉着，德国粗豪，俄国雄厚，法国漂亮，日本聪明，都没有一点中国似的疲惫的气象"[2]。所谓"沉着""粗豪""雄厚""疲惫"等等与其说是对孩子的描述，不如说是鲁迅对国家气质的认定。这种比较只是想象性的，即使有的中国孩子也是健康活泼，但这健康活泼却会当作别国籍的标志。鲁迅曾叙述自己的儿子相较来说健康活泼，"但那健康和活泼，有时却也使他吃亏，九一八事件后，就被同胞误认为日本孩子，骂了好几回，还挨过一次打"[3]。这种差别无关形体样貌本

---

① 鲁迅：《上海的儿童》，《鲁迅全集》第四卷，人民文学出版社2005年版，第580页。

② 鲁迅：《上海的儿童》，《鲁迅全集》第四卷，人民文学出版社2005年版，第581页。

③ 鲁迅：《从孩子的照相说起》，《鲁迅全集》第六卷，人民文学出版社2005年版，第82页。

鲁迅与20世纪中国研究丛书

身，而是一种文化气质和性格的差异，"中国和日本的小孩子，穿的如果都是洋服，普通实在是很难分辨的。但我们这里的有些人，却有一种错误的速断法：温文尔雅，不大言笑，不大动弹的，是中国孩子；健壮活泼，不怕生人，大叫大跳的，是日本孩子"①。甚至于，这种文化气质、性格的差异也并不固定，而是由成人组织的环境所决定的，同一个孩子，无论国籍何如，在日本照相馆"满脸顽皮"，在中国的照相馆里照相"面相很拘谨，驯良，是一个道地的中国孩子了"。也就是说，鲁迅认为孩子并没有固定的样貌和气质，所有的差别只是"国"的差别。

那么，国家何以有差别呢，鲁迅借对孩子的游戏的叙述中就表达了殖民结构："公园里面，外国孩子聚沙成为圆堆，横插上两条短树干，这明明是在创造铁甲炮车了，而中国孩子是青白的，瘦瘦的脸，躲在大人的背后，羞怯的，惊异的看着，身上穿着一件斯文之极的长衫。"②即在殖民语境下，民族政治的殖民和被殖民的身份决定着各自民族的气质，由是影响孩子的气质。

孩子的气质，不仅关系到孩子，而且关系到"中国一般的趋势"，即"发展的方向"，鲁迅认为"孩子"就代表着"发展的可能性"。于是便有了两种方向，一是"但中国一般的趋势，却只在向驯良之类——'静'的一方面发展……"。二是"洋气"。"凡是属于'动'的，那就未免有人摇头了，甚至于称之为'洋气'。又因为多年受着侵略，就和这'洋气'为仇。""其实，由我看来，所谓'洋气'之中，有不少是优点，也是中国人性质中所本有的，但因了历朝的压抑，已经萎缩了下去，现在就连自己也莫名其妙，统统送给洋人了。""满口爱国，满身国粹，也于实际上的做奴才并无妨碍。"③"洋气"，即"西化"，鲁迅认为"洋气"才是"爱国"，"不做奴才"。孩子的"发展"，实际上就是殖民语境下民族政治的博弈。

① 鲁迅：《从孩子的照相说起》，《鲁迅全集》第六卷，人民文学出版社2005年版，第83页。

② 鲁迅：《玩具》，《鲁迅全集》第五卷，人民文学出版社2005年版，第523页。

③ 鲁迅：《从孩子照相说起》，《鲁迅全集》第六卷，人民文学出版社2005年版，第84页。

于是，鲁迅再次呼吁："真的要'救救孩子'。这'于我们民族前途的关系是极大的'！"①

时间本身没有意义，除了生理上衰老，年龄的增长本身也并不具有特定的价值。"五四"时期"儿童"这一特定的生理时间得以清晰可见，仍是文化的原因。在新旧转换和东西矛盾的背景下，鲁迅才能"发现""儿童"联结文化交替和东西沟通的暧昧性。在"成长"和"解放"之间设立一个"纯白天真"的"儿童"，在"顽劣迟钝"和"健康活泼"的国家气质之间设立一个"待界定"的"发展"，这样一个暧昧不清的充满"矛盾性"和"可能性"的"能指符号"——"儿童"由是被"发现"，或者说"发明"出来。"儿童"，这样一个充满"矛盾性"和"可能性"的话语，充当着推动新旧转换，东西沟通的中间地带，以其"所指"的游移，联结所谓新旧和东西，成就民族政治革命。民族革命（文化上或是行动上）的文化诉求由是转化为活生生的血肉实践——"救救孩子"。

因为"等待被救"，"孩子"才会"存在"。无论是"得救"，还是"没有得救"，"孩子"和"成人"之间的界限便会再次模糊。

正是因为从一开始"儿童的发现"的本质通过"区隔""儿童"实现民族革命的功能，而并非以"儿童"为目的。"救救孩子"的重心在"救"，于是，在儿童得救的话语中，"不再将儿童当缩小的成人"②观点影响力开始式微，"以儿童为本位"重新回到"将儿童当作缩小的成人"。在20年代中后期，有关儿童读物就将所期待的读者定位为"缩小的"社会人、阶级人。不仅具有政党色彩的文件规定"儿童读物必须过细编辑，务使其为富有普遍性的共产主义劳动儿童读物"③，就连纯商业出版社出版的杂志也打出了这样的口号："小朋友们，你们都是中华民国将来的主人翁。"到了30年代，儿童被要

---

① 鲁迅：《"立此存照"（七）》，《鲁迅全集》第六卷，人民文学出版社2005年版，第658—659页。

② 周作人在《儿童的文学》中指出："以前的人对于儿童多不能正当理解，不是将他当作缩小的成人，拿'圣经贤传'尽量的灌下去……"（《新青年》第8卷第4号，1920年12月）

③ 《儿童共产主义组织运动决议案》，《先驱》第18号，1923年5月10日。

求接受阶级的或是科学的这些"成人思想"的教育。类似"在这科学时代，出在这科学落后的中国，我们加倍努力使我们的后代科学化"①的观点在30年代是极具代表性的，而认为"给少年们以阶级的认识，帮助并鼓动他们，使他们了解并参加斗争之必要，组织之必要"则是当时对文坛有着重要影响的左翼团体的意见。

---

① 张国勋：《神话有害》，《文化与教育》第132期，1937年7月20日。

第四章　政治权力场：鲁迅看文学机制

第一节　政治文化与鲁迅对于1920年代"新文坛"建设的态度

借助现代传媒，"新文化"建构起特定的话语权，这一权力对当时的政治社会造成了强烈冲击。当时的传媒人、编辑和作者、读者一起构成了一个"新社会"的场域。该场域以共同的文化追求为表征，实际上则指向新的政治道路。在发生之初，这些人的"职业""文化身份"和某种"政治使命"互为表里。但值得注意的是，"做实事"的"职业化"和"求变革"的"历史追求"之间虽然有统一的成分，但专业分工必然导致对社会整体批判的漠视和疏远，手段和目的之间的张力在一开始就存在。当整体的文化变革分化为具体的学科研究和社会实践时，"各司其职"和"政治使命"之间便有了冲突。当"文学"从新文化运动中分化出来，落实为实际的"文坛"整顿和建设时，它在肃清"旧文学""游戏文学"的同时，也在集结新的"文学的"权力。"文坛""文人"，或者说"文学家"，成为新的谋生的手段，并与当权政府的政治经济相联系。认同于"文坛""文人"，就是认同于社会分工，认同于现存的社会体制；而反对"文坛"，坚持社会的流动性，则是在表达再造社会的愿望。在1920年代，鲁迅曾不止一次地显露出对"文坛"和"文人"的反感。在他的文章中，说起"文坛"，都要加上引号，以表达其不屑之意。并且在演讲中表达"我现在对做文章的青年，实在有些失望，我想有希望的青年似乎大抵打仗去了"①。"文坛"以其制度化、资本化的特点，特别能够展现一个时代各种社会群体或权力关系的纠葛。通过展现从"新文化运动"前期到分化后鲁迅对于"新文坛"建设的各种态度和意见，可以揭示鲁迅文化理想的特殊性，以及他对1920年代政治和文化关系的回应方式。

一、政治文化与鲁迅对《新青年》《新潮》的态度

对于民国出版界，张静庐曾有这样的描述："民国以来，出版事业日盛。以时期言，则可分为欧战以前与欧战以后。以性质言，则可分为学术、政论与改革文学思想及批评社会之三大类。欧战以前，民国初造，国人望治，建议纷如，故各杂志之所讨论，皆注意于政治方面，其着眼在治标。欧战以后，国人始渐了然人生之意义，求根本解决之道。而知运命之不足恃。故讨论此种问题之杂志，风起云涌，……诚我国思想界一大变迁也。"②

张静庐所谓讨论"根本解决之道"的杂志首推《新青年》。以对"新文化"问题的讨论，寻求"新政治"的根本道路，是《新青年》办刊的基本思想理路。《新青年》由此影响着一批"青年"的自我期待和身份认同，他们纷纷结成社团和出版杂志，以响应《新青年》。1919年，同仁社团和期刊"风起云涌"。其中，"新潮社"和《新潮杂志》具有代表性。傅斯年称："我们杂志纯是由觉悟而结合的。"③《新潮》和《新青年》之间的关系不仅体现在师生式的思想传承方面，还表现为《新青年》群体对《新潮》具有的经济上的支撑作用。据傅斯年回忆，《新潮》初办时，陈独秀就曾表示："只要你们有办的决心和长久支持的志愿，经济方面可以由学校担负。"④这种经济上的援助，固然有师生情谊的作用，而从另一层面上，也可以看到"新文化运动"不仅在

① 鲁迅：《261202　致许广平》，《鲁迅全集》第十一卷，人民文学出版社2005年版，第640页。

② 《民国丛书》（第二编　文化·教育·体育类），上海书店1989年版（据商务印书馆1928年版影印），第188页。

③ 傅斯年：《新潮之回顾与前瞻》，《新潮》第2卷第1号，1919年10月。

④ 傅斯年：《新潮之回顾与前瞻》，《新潮》第2卷第1号，1919年10月。

思想上扩大它的影响，而且注意从社会学机构层面将自己"固化"为更具有机性和影响力的社会学"场域"。

值得注意的是，"新文化"诞生之初，《新青年》杂志上包含分别隶属于哲学、政治学、社会学、教育学、文学等各个领域的内容。不仅作为老师辈的陈独秀、高一涵、胡适等人所发表的文章涉猎专业广泛，学生辈的傅斯年、罗家伦等也就多个社会领域的问题发言。非专业化的同时，该群体也缺乏社会学意义上的职业归属，《新青年》和《新潮》的成员大多为北大师生，师生间思想上的呼应和经济上的援助，也只能算作一个校园社团活动，而不能作为"安身立命"的职业。非专业化和非职业性，使这个群体具有一种流动性和边缘化的社会学特征，但正是这种特征给予了这个群体与整个社会政治对峙的批判性。

"新文化"群体，在发生之初，以"文化"凝结"新社会"力量的方式而存在。但对于"新文化"如何推进的问题，却存在分歧。五四运动爆发的下半年，就产生了著名的"问题和主义"之争。胡适对"纸上的事业"进行批判，要求去关注"社会的需要"，进行"点滴改造"。所谓"纸上的事业"，就是指思想和理论上的宣传，而"社会的需要"，则是要把"文化运动"落实到具体的"专业分工"和"体制再造"。而李大钊等人则认为"探讨具体问题"，则会再次陷入旧体制的牢笼，应该把重点放在整体的批判上，因此，整体的思想革命和理论倡导是不可或缺的。总体来说，"多研究问题"表达着对"新文化运动"落实到具体的社会层面变革的期待，反之"多谈主义"则对"专业分工""点滴改造"心存疑惧，希望"文化"仍与整体的政治革命保持紧密联系。

"新文化"团体是要一直作为流动性的社会力量而存在并保持其对当权政治的直接批判性，还是应该"固本培元"，细化专业分工，落实社会身份？对于这个问题，"新青年"群体里的认识也不相同。在五四运动一周年之际，新潮社罗家伦撰写了长文《一年来我们学生运动底成功失败和将来应取的方针》，反思一年来的学生运动，认为五四学生运动"失败"的原因，"就是因为我们只知道做'群众运动'"，"在现代最重要不过的根本问题，可以说是文化运动了! 我们这次运动的失败, 也是由于文化运动基础太薄弱的缘故"。
为了对这一问题进行纠正, 他提出的最终方案是: "最要紧的, 就是要找一班
能够造诣的人, 抛弃一切事都不要问, 专门去研究基本的文学哲学科学。世局
愈乱, 愈要求学问!"①并将之称为"固本培元"。 而"少年中国学会"中存
在两派意见。宗白华与罗家伦的观点相同, 认为"我们要新就要彻底的新, 从
实验科学入手, 一切主观直觉的思想根本打破", 他号召"介绍的学术"②。
恽代英则认为"少年中国学会的问题"在于太偏重"学术"而忽视了与民众的
结合, 忽略了现实政治。他表示: "我们要求学, 但我们不是盼望做民众装饰
品的所谓学者。""有些同志把读书太看重了。"③这一分歧在一开始就很明
显。作为会长的王光祈也做了调和的努力, 他解释说: "本会宗旨, 研究真实
学术, 发展社会事业, 凡会员皆应该遵守做去。不过会员性情有偏重学术者,
则尽力发挥他的本能去研究学问, 有偏重事业者, 则尽力发挥他的本能向事业
方面发展。"④正如王光祈所认为的那样, "研究学问"和"社会事业"本来
都是"新文化"的一部分, 但"研究学问"表现的"专业化"和"志业化"的
倾向, 却不免让恽代英担心: "学者"身份的获得是否意味着新的权力的集结
和保守化的倾向。而后来他们人生道路的不同是显而易见的, 宗白华留学德
国, 成为"学者", 恽代英则加入了中国共产党。

鲁迅虽然没有直接对"问题与主义"的问题发言, 但他对期刊发展的态
度, 体现了他对"新文化运动"中有关政治色彩和文化建设的问题进行的回
应。在1919年6月, 出至第6卷第5号的《新青年》因发生"五四事件"而被迫
停刊。面对这种情况, "新青年"群体开始讨论解决之道。胡适提出: 要么
"《新青年》流为一种有特别色彩之杂志, 而另创一个哲学文学杂志"; 要么

---

① 罗家伦: 《一年来我们学生运动底成功失败和将来应取的方针》, 《新潮》第2卷第4
号, 1920年5月, 第860页。

② 宗白华: 《对于〈少年中国〉月刊编辑方针的意见》, 《少年中国》第1卷第3期, 1919
年9月15日。

③ 恽代英: 《少年中国学会的问题》, 《少年中国》第2卷第7期, 1921年1月15日。

④ 《王光祈致子章》, 《少年中国学会会务报告》1919年3月1日。

"若要《新青年》'改变内容',非恢复我们'不谈政治'的戒约……"。①
"不谈政治"其实是胡适一贯的主张,"不谈政治"倒也并不意味着完全对政治漠不关心,而是以远离政治的姿态,表达"学术独立"的决心。

而陈独秀则持反对态度:"《新青年》色彩过于鲜明,弟近亦不以为然。"②李大钊"还是主张从前的第一条办法"。陈、李二人都倾向于推动《新青年》从"新文化"向"新政治"的跨越。

而鲁迅则说:"至于发表新宣言说明不谈政治,我却以为不必,这固然小半在'不愿示人以弱',其实则凡《新青年》同人所作的作品,无论如何宣言,官场总是头痛,不会优容的。此后只要学术思想艺文的气息浓厚起来——我所知道的几个读者,极希望《新青年》如此,——就好了。"③表面上看,鲁迅赞同胡适所说的第二种办法,仍坚持《新青年》的"新文化"使命,但实际上,在"新文化"建设的方式上,鲁迅和胡适还是有很大区别。

鲁迅对《新潮》也寄予厚望,他说"惟近来出杂志一种曰《新潮》,颇强人意,只是二十人左右之小集合所作,间杂教员著作,……其内以傅斯年作为上,罗家伦亦不弱"④。但同样是给予希望,鲁迅与胡适就有很大不同。鲁迅提醒《新潮》避免向"纯学术"方向发展。他说:"《新潮》每本里面有一二篇纯粹科学文,也是好的。但我的意见,以为不要太多;而且最好是无论如何总要对于中国的老病刺他几针。"⑤

也就是说,鲁迅固然认为作为"新政治"手段的"新文化"应该加强文化本身的建设,但也要警惕"专业分工"和"固本培元"带来的政治张力丧失的

① 胡适:《答陈独秀》,《胡适全集》第23卷,安徽教育出版社2003年版,第281—282页。

② 陈独秀:《陈独秀致胡适高一涵》,《陈独秀书信集》,新华出版社1987年版,第293页。

③ 鲁迅:《210103 致胡适》,《鲁迅全集》第十一卷,人民文学出版社2005年版,第387页。

④ 鲁迅:《190116 致许寿裳》,《鲁迅全集》第十一卷,人民文学出版社2005年版,第369页。

⑤ 鲁迅:《对于〈新潮〉一部分的意见》,《鲁迅全集》第七卷,人民文学出版社2005年版,第235页。

后果。鲁迅认为，"总要对于中国的老病刺他几针"，沿袭着他力主"思想革命"的传统，这一传统中包含着政治批判的应有之义。与当权政治保持张力，是"新文化"发展的原则和基础，而"研究室"和"艺术之宫"的建造过程中"新思想中了'老法子'的计"，是鲁迅一直担心的事情。所以相较而言，在艺术成就和思想寄托之间，鲁迅固然希望二者兼得，但仍对后者更为看重。他在评价《新潮》杂志上发表的小说时，首先批评了他们技术上的幼稚：

> 小说作者就有汪敬熙，罗家伦，杨振声，俞平伯，欧阳予倩和叶绍钧。自然，技术是幼稚的，往往留存着旧小说上的写法和语调；而且平铺直叙，一泻无余；或者过于巧合，在一刹时中，在一个人上，会聚集了一切难堪的不幸。

但继而又肯定：

> 然而又有一种共同前进的趋向，是这时的作者们，没有一个以为小说是脱俗的文学，除了为艺术之外，一无所为的。他们每作一篇，都是"有所为"而发，是在用改革社会的器械，——虽然也没有设定终极的目标。①

对于《新潮》作家群来说，"文学"从来都不是一项独立的事业，而是与"新文化整体"紧密联系，而共同指向"新政治"的目标。事实上，无论是罗家伦还是杨振声等，后来所从事的工作都与"文学"无甚关系，所以"艺术"对于他们而言只是次要的事情，但他们的创作却由此具有了一种"开放性"，即对思想革命和社会现实的"敞开"。对这种虽然拙劣但却是"刺"着"中国老病"的"文学"，鲁迅仍是持赞许态度的。

① 鲁迅：《〈中国新文学大系〉小说二集序》，《鲁迅全集》第六卷，人民文学出版社2005年版，第247页。

当然，对于"新文化运动"来说，"文化建设"和"政治批判"之间的矛盾性和统一性并存。在"新文化运动"分化之初，它们之间的分歧并不那么显明。鲁迅认为就如同《新青年》专谈"思想艺文"，同时也可让官场头痛一样，《新潮》"讲科学"和"发议论"也可如此，"从三皇五帝时代的眼光看来，讲科学和发议论都是蛇，无非前者是青梢蛇，后面是蝮蛇罢了"①。胡适"多研究问题"的主张仍然指向对社会政治的改革，而陈独秀等人对于"新文化"向具体的社会工作推进的主张也并不反对，因为这和他的政治诉求并不相违。当郑振铎看到"某处有一个机关，发起的时候，说是'以改造平民思想，以实施平民教育为宗旨'。到后来什么事情也没有做，只办了一个报纸就算了事，又有一个学会，说是以实行工学为目的，其实他们不过每月拿出几十块钱出版一个杂志而已"②。他也对新文化运动流于"纸上的事业"表示忧虑，从而号召"我亲爱的同学们！去！到田间和工厂里去！"③。为此项主张，他还专门拜访了陈独秀，而陈独秀对"新文化运动"向具体的业界推进表示赞成。郑振铎回忆："前一个星期日的早上，我同我的朋友耿匡君到箭毕胡同去访问陈仲甫先生……他很愿意有纯粹给劳动界和商界看的月刊和日报出现。"④

　　甚至可以说，1919年后，"新文化"向各个专业的方向分散，是"新文化"向"新社会"推进的必然选择。在有关《新潮》发展的路向的建议中，鲁迅也希望能够将"新文学"的理论和"尝试"在整个"文学界"中推进。比如他一面称赞《新潮》中的"小说"，"上海的小说家梦里也没有想到过，这样下去，创作很有点希望"。这是在希望《新潮》的文学努力转化为整个"文坛"创作的主流。并且他还指出，"《新潮》里的诗，写景叙事的多，抒情的少，所以有点单调"⑤，要求其以文学"专业化"的眼光从事文学创作。"期

①　鲁迅：《对于〈新潮〉一部分的意见》，《鲁迅全集》第七卷，人民文学出版社2005年版，第235页。

②　郑振铎：《随感录：黑幕与嫌疑》，《新社会》第8期，1920年1月11日。

③　郑振铎：《学术的根本上的运动》，《新社会》第12期，1920年2月21日。

④　郑振铎：《我们今后的社会改造运动》，《新社会》第3期，1919年11月21日。

⑤　鲁迅：《对于〈新潮〉一部分的意见》，《鲁迅全集》第七卷，人民文学出版社2005年版，第235页。

刊"是具体思想理念的外化，鲁迅对于《新青年》和《新潮》的态度，正体现着他对文坛建设最初的态度。

二、政治文化与鲁迅对于"文学研究会"的态度

将"文学革命"落实到"新文坛"的建设上去，也正是在这"思想革命"向"现实"转化和分化的一部分。"新文学"通过社会学转化，演化为一种"文化权力"，是1920年以后的事。《新青年》和《新潮》虽然也发表"新文学"作品，但还限于同仁圈子内的相互交流。"新文学"要成为一种普遍的文学标准，则与出版界的变革相联系。

不满足于同仁团体的彼此呼应，而借助大型商业传媒的力量，扩大影响，是"新文化""点滴改造"社会的必要之举。在这一方面，郑振铎进行了最初的努力。他在《一九一九年的中国出版界》中将当时中国的出版界概括为"一句话，就是浅薄，无科学的研究"，并寄希望于1920年中国出版界，"希望他们能够去了投机牟利的心理，做真正的新文化运动，……希望他们能够把出版'黑幕'、'奇书'的纸张油量来印刷打破迷信，提倡人道的著作"。[1]"清洗"出版界，正和鼓励同学"到田间和工厂去"一样，也是在推动"新文化"落实到具体的社会变革的具体实践。

他"清洗"出版界的抱负和其改革"文坛"的目标是相辅相成的。郑振铎也看到："现在又一班自命为新或旧的文人的人对于文学都有一种根本上的误解，就是：不是把文学当作人家消闲的东西，就是把它当做自己的偶然兴到的游戏文章。"[2]"文人"身份的产生，不仅仅在于本身是否创作文学作品，也不仅仅取决于某种文学趣味，它还取决于文学制度的认可，诸如文学杂志的采纳、文学批评的关注等等。郑振铎对"消闲文学""游戏文学"的批判并非新论，它与《新青年》《新潮》中周作人、傅斯年、罗家伦等人的观点的呼应关系是显而易见的。而郑振铎的贡献在于，他将这一观点"落实"为重塑"文

①　郑振铎：《一九一九年的中国出版界》，《新社会》第7期，1920年1月1日。
②　郑振铎：《中国文人对于文学的根本误解》，《文学旬刊》第10期，1921年8月10日。

坛"的社会实践。

与此同时，"新文化"的推进也使传媒人看到了新的生机。张元济就看到"本馆营业非用新人，知识较优者，断难与学界、政界接洽"①。早在1918年，张元济就多次到北京拜访蔡元培，与北大新文化运动的参与者座谈交流。据记载张元济曾先后拜访了陈独秀、胡适、李石曾、沈尹默等人。②而《时事新报》的编辑张东荪，本身也对文化变革保持关注，对于"新文化"运动的发展，他的观点是："将来果真人人不乏这些直观的见解而埋头去研究一种学问，便是我们修正的效果。"③胡适、宗白华也曾表达类似的见解。

郑振铎曾在《时事新报》上发表这样的言论："就是从前从事杂志事业的人。现在渐渐的有许多人觉得自己学问的不够，重又从根本上的工夫，实心实意地研究起学问来。这实在是一个极好的现象——我有许多朋友都是如此！中国文明的再造，或者可以实现了。"④郑振铎所谓"再造文明"，乃说的是胡适同时期所表达的"再造文明"的期待。郑振铎所说的"从前从事杂志事业的人"则是对通过办期刊促成"新文化运动"的参与者的概括。"现在研究学问"，也是对"五四"之后，《新潮》《星期评论》等成员留学或"志业"动向的描述。郑振铎虽然没有选择留学，但他组建"文学研究会"，联系出版传媒，也正是"实心实意地研究起学问"的一种方式。而之所以将"文学研究会"，以"研究"二字命名，也与此相关。

众所周知，"新文学"翻译和创作实践的扩展与"文学研究会"有分不开的关系。已有研究者指出，"文学研究会"的前身是以郑振铎、瞿秋白、耿济之等为主要成员的"社会共进社"，从"社会共进社"到"文学研究会"，实际上也正是"新文化运动""固本培元""专业分工"的一部分。郑振铎在其中发挥着社会活动家的联络作用，他广泛结交"新文化运动"的参与者，并与

---

① 张树年主编，柳和城、张人凤、陈梦熊编著：《张元济年谱》，商务印书馆1991年版，第129页。

② 柳和城：《张元济传》，商务印书馆1996年版，第132页。

③ 张东荪：《再答一韦君》，《时事新报》1920年4月16日。

④ 郑振铎：《通讯》，《时事新报·学灯》1921年4月22日。

思想较为开明的出版商人联系。"文研会"的组织成员，遍及社会各个领域，诸如具有特别军方背景的蒋百里等。这使得"文研会"不简简单单是个文学团体，而是某种"权力化"的"组织"。组成成员只是一个方面，"文研会"之所以能发挥重要影响，还与郑得到出版机构的支持有密切关系。无论是商务印书馆的《小说月报》，还是附在《时事新报》上刊发的《文学旬刊》，都使文研会的文学主张得到了物质资本上的支持，从而具有"垄断文坛"的力量。曾有人回忆说："当时，中国文艺的刊物，少到几乎没有，……在南方，除了《创造》以外，便是商务印书馆以压倒一切的姿势，发行的三大杂志：《小说月报》、《东方杂志》、《妇女杂志》等。"[①]正因如此，"创造社"时时指责文研会"垄断文坛"。

对于"文学研究会""垄断文坛"，鲁迅的态度是矛盾的：一方面，他对"文学研究会"等在"肃清""旧文学"，扩大"新文学"影响方面的成绩表示满意。比如他曾不遗余力地参与"文研会"的翻译工作，赞叹"文研会"在批判"黑幕""鸳鸯蝴蝶派"等方面的作用。另一方面，他对"新文学"表现出的"专业化"也表示忧虑，特别是"新文学"的"文学性"建设会日益使其脱离最初的"新政治"目标而成为一种"谋生"的"职业"的问题。鲁迅也看到这一变化，鲁迅《幸福的家庭》中有这样的片段："以先他早已想过，须得捞几文稿费维持生活了；投稿的地方，先定为幸福月报社，因为润笔似乎比较的丰。但作品就须有范围，否则，恐怕要不收的。范围就范围，……"[②]"靠稿费维持生活"缩小了"文学"的社会价值，而"投稿的范围"则意味着，"文学"不再是社会边缘群体的批判性行为，而成为进入社会秩序，服从于特定"知识权力"引导的"门槛"。

从一定意义上说，"新文坛"的产生是"新文化"向社会推进的必然结果。它使"新文学"以制度化的形态在社会中落实，并由此影响后来人的文学实践。但"文学"也由此开始丧失它本来所具有的"开放性"和对于社会的

---

① 荆有麟：《鲁迅回忆断片》，《鲁迅回忆录·专著》上册，北京出版社1999年版，第199页。

② 鲁迅：《幸福的家庭》，《鲁迅全集》第二卷，人民文学出版社2005年版，第35页。

"主体能量"。1920年以前，"新文学"还只是一种"纸上的"理论倡导和假设性实验，其后演变为由特定资本参与，以文学社团和期刊作为社会实体，以创作和翻译为具体内容等构成的一种"社会职业"。如果说鲁迅在1905年"从文"之时，"从文"还缺乏具体的社会学内涵的话，那么沈从文到北京的"从文"就有特定的所指——在"文学期刊"上发表文章，获得编辑的认可，进入"文学圈"成为"文人"。

并且不可否认的是，直接参与"新文化运动"的郑振铎等和作为"后来者"的文学青年们，在对待"文坛"的态度和认识上是有很大不同的。对于郑振铎来说，"研究文学"固然要推进文学的专业化建设，标立"文学"发展独特的逻辑和规律，甚至于赋予"文学"以超越时空的"自主性"，就像《文学周报》的宣言说的那样，"我们确信文学的重要与能力。我们以为文学不仅是一个时代，一个地方，或是一个人的反映，并且也是超于时地与人的"[1]。但同时郑振铎也不忘"研究文学"的"终极指向"，"把现在中国青年的革命之火燃着，正是现在的中国文学家最重要最伟大的责任"[2]。

而对于作为"后来者"的青年来说，"研究文学"只是他们进入社会的谋生方式。个体幸福的追寻代替了民族政治诉求，是他们"从文"的理由。鲁迅就曾这样描绘1920年代中期的青年："我常常欣慕现在的青年，虽然生于清末，而大抵长于民国，吐纳共和的空气，该不至于再有什么异族轭下的不平之气，和被压迫民族的合辙之悲罢。"[3]不是探索与"新政治"相联系的"新文学"，而是被动地接受文学的标准，成为他们"从文"的方式。巴金谈到《小说月报》的编辑对自己人生道路的影响时说："倘使叶圣老不曾发现我的作品，我可能不会走上文学的道路，做不了作家；也很可能，我早已在贫困中死亡。"[4]这从一个角度表明了《小说月报》编辑的标准和个体社会地位之间的直接联系。彭家煌的《蹊跷》中记录着当时文学青年创作的方式："行文之

① 《文学周报宣言》，《文学周报》第1号，1921年5月10日。

② 郑振铎：《文学与革命》，《文学旬刊》第9期，1921年7月30日。

③ 鲁迅：《杂忆》，《鲁迅全集》第一卷，人民文学出版社2005年版，第236页。

④ 巴金：《致〈十月〉信》（1981年7月）。

前怕是需要丰富的参考，需要机灵的启示吧，他就拿了桌上一本《小说月报》来翻翻。"许钦文表示："因为我要创作，自然只好注意先进的作家。"**沈从文**也曾承认自己"创作知识的来源，除了生活底子外，不外上海和北京几种杂志和报刊上文章，和商务、中华一些翻译小说"①。对于文学青年只管"文学"，不管其他的状况，鲁迅描述为："总之，新的年青的文学家的第一件事是创作或介绍，蝇飞鸟乱，可以什么都不理。"②

沈雁冰邀鲁迅介绍捷克文学、乌克兰文学，鲁迅颇有为难，说"我实在已无此勇气矣"③。其实，能力上的谦虚是一方面，意义和价值的思量也是鲁迅为难的重要原因。鲁迅一方面知道《小说月报》有关外国文学的介绍的确是有益于"新文学"本身"固本培元"建设的必要之举；但另一方面，也为这种"学术性"的工作与现实政治越来越远而感到不满。甚至对于"文研会"与政府军方的联系，鲁迅也觉得不适意，"《小说月报》也无甚好东西。百里的译文，短如羊尾，何其徒占一名也"④。

当"文学"成为获得社会资本的一个社会通道时，有关"文学的"标榜，也不再单纯地只具有知识层面的意义，同时也具有着社会层面的内涵。具体来说，此时创造社的"反动"，不是对《小说月报》中"为人生"口号的不满，他们对"纯粹的""灵魂的""文学"的强调，有着争夺"文学正统身份"的意味。成仿吾在《文学界的现行》中指责"文研会"："他们是一些政客，他们专事植党营私，以利相诱，他们的目的不在新文学的建设而在象把持政权一样把持文学界的势利。"⑤成仿吾所说的"文学界"的"象把持政权一样把

---

① 沈从文：《我到北京怎么生活怎么学习》，《沈从文全集》第二十七卷，北岳文艺出版社2002年版。

② 鲁迅：《关于〈小说世界〉》，《鲁迅全集》第八卷，人民文学出版社2005年版，第138页。

③ 鲁迅：《210904 致周作人》，《鲁迅全集》第十一卷，人民文学出版社2005年版，第417页。

④ 鲁迅：《210731 致周作人》，《鲁迅全集》第十一卷，人民文学出版社2005年版，第401页。

⑤ 成仿吾：《文学界的现行》，《创造周报》第50号，1924年4月。

持文学界”的现象的确存在。本来，“文研会”的成立，就因其和“新文化运动”的紧密联系而具有盘根错节的政治人脉关系。“文研会”的“权力资本”，是“新文化”和“新政治”合谋共生的结果。“文学”的“研究”中潜藏着重要的政治目的——改进社会，革新政治。这时，后起的文学社团只好以更为纯粹的姿态，来标榜自己的“文学家”身份。由此，以“为文学而文学”的文学社团和批评家得以出现。除了“新文学”“文坛”的生产和再生产机制赋予了这群青年有关“文学”和“自我身份”关联的特定想象和期待外，试图以“纯文学”姿态“反抗”“文坛”权力也是这一现象产生的一个重要原因。对于“无目的无艺术观不讨论不批评而只发表顺灵感所创造的文艺作品的月刊”，鲁迅就指出：“但其实，是无意中有着假想敌的。”①这个“假想敌”就是指有着商业资本支持的“文研会”。一份纯文学期刊的《编辑余谈》中就写道：“近来文学作品，也有商品化的，所谓文学研究者，所谓文人，却不免带有几分贩卖者底色彩！这是我们所深恶而且深以为痛心疾首的一件事！”因此鲁迅说：“这时候，凡是要独树一帜的，总打着憎恶‘庸俗’的幌子。”②

当“新文学”与“新文坛”的建设相联系，建立起独立的运作机制时，“新文学”作为文学本身的本体性得到彰显。然而，“文学”“纯粹化”的同时也造成了文学世界与现实政治世界的隔膜。鲁迅对此不无惋惜：“一切作品，诚然大抵很致力于优美，要舞得‘翩跹回翔’，唱得‘宛转抑扬’，然而所感觉的范围却颇为狭窄，不免咀嚼着身边的小小的悲欢，而且就看这小悲欢为全世界。”③对于“新文学”社会推进的后果，1923年，就有人著文《告研究文学的青年》，指出郑振铎等人推进新文学实践的“失策”：“以文学为助进社会问题解决的工具的，实在很多——这从他们的言论和作品上，可以看得出来”，但对于这些“有意于解决社会问题的人”，然而“我很抱歉地说，实

---

①　鲁迅：《〈中国新文学大系〉小说二集序》，《鲁迅全集》第六卷，人民文学出版社2005年版，第250页。

②　鲁迅：《〈中国新文学大系〉小说二集序》，《鲁迅全集》第六卷，人民文学出版社2005年版，第250页。

③　鲁迅：《〈中国新文学大系〉小说二集序》，《鲁迅全集》第六卷，人民文学出版社2005年版，第250页。

鲁迅与20世纪中国研究丛书

在他们只是'有意'罢了！"①。

三、政治文化与鲁迅对于《晨报副刊》的态度

除了上海的商务印书馆外，"民国十二三年，在北京学界——即今称文化界——最占势力的报纸，——即销路最广，影响最大的报纸，要算研究系所办的《晨报》了"②。1920年，新潮社的孙伏园从北大毕业，接编《晨报副刊》。孙伏园虽然没有像傅斯年、罗家伦那样选择出国留学，但他的接编也具有"固本培元"的意义。

据周作人回忆，"《晨报》则立即决定"接受"新文化"，"而且那里还有一个人，这也是很有关系，他就是蒲伯英，在前清原是一位太史公，叫做蒲殿俊，清末是四川的代表，参加川省的铁路风潮，是大大的有名的人物，可是他却很有新思想，《晨报》的革新有大半是他的助力。他主张扩充第五版，印成独立的一张，报纸半幅对折，成为四版，每版四段，可以容纳万把字，特别定名为副刊"③。蒲伯英本是"研究系"的人，但思想较立宪派开明，特别是张勋复辟之后，他也对民国政治感到失望，于是辞掉官员职务，投身文化界。早在1919年，他就采纳李大钊的意见，对《晨报副刊》进行改版。1920年李大钊受聘北大图书馆馆长一职后，便由孙伏园接编。孙伏园仍延续着"新文化运动"的思想脉络，将"新文化"的标准落实到办刊的原则上去。他希望副刊能够体现"白话的""加标点的""学术性但又比较趣味化"的特点，"因为那是正是'五四'运动时代，很希望学术性、民主性的气味浓一点"④，并且希望这些原则能够推广至整个《晨报》。

很难说，《晨报副刊》在北京文化界取得"最占势力"的地位，与"新文

---

① 秋士：《告研究文学的青年》，《中国青年》第5期，1923年11月17日。

② 荆有麟：《鲁迅回忆断片》，《鲁迅回忆录·专著》上册，北京出版社1999年版，第193页。

③ 周作人：《周作人散文全集》第九卷（1944—1949），未收入自编文集，署名王寿遐，1949年5月作。

④ 孙伏园：《鲁迅与当年北京的几个副刊》，《孙氏兄弟谈鲁迅》，新星出版社2006年版，第63页。

化"文化资本的积累之间到底是孰先孰后。梁实秋曾有这样的描述:"周氏兄弟之所以能为文坛盟主,一大半由于《晨报副刊》,而《晨报副刊》之所以能成为文坛之要塞,则孙伏园先生之力为多。孙伏园卒业于北大国文系,主副刊笔政,俨然以北大牌嫡系自居,同时采取'尊周'主义,周即周氏弟兄也。周氏弟兄是副刊特约的撰述员,经孙伏园先生的鼓吹,遂成文坛上之霸主,而伏园亦因副刊而起家了。"①这样的描述虽不无个人成见,但也从一个侧面反映出《晨报副刊》与"新文化"之间相辅相成的关系。

"文坛"日益重要的影响力也受到了各个政治派别的重视。围绕"文坛"的斗争也便发生。孙伏园离开《晨报》,编辑《京报副刊》以及《语丝》,"孙伏园先生飘然引去,另办《京报副刊》。周氏弟兄也随之脱离晨报关系,晨报社改聘了徐志摩先生为副刊编辑,文艺界的门户之争从此开始"②。

表面上看,孙伏园辞去《晨报副刊》编辑,是源于《晨报》内部的人事纠葛,但仔细分析起来,根本上是在于不同文化思路的斗争。孙伏园辞职的导火索是刘勉己撤掉了鲁迅的《我的失恋》。据相关回忆,鲁迅的《我的失恋》是以戏拟的方式故意讽刺徐志摩。孙席珍就曾说:"这首诗是用游戏的笔法写出来的严肃的讽刺诗,讽刺对象是《现代评论》派的干将徐志摩……整天哭丧着脸,'阿呀,阿吁,我要死了'地嚷嚷不休。先生对之很是厌烦,就写了这首《我的失恋》,跟他开了个玩笑。"③而刘勉己执意要撤掉,定与他惶恐此文用意有很大关系。而实际上,早在孙伏园辞职之前,《晨报》高层就与徐志摩往来密切并臆度换人。鲁迅就曾指出孙伏园被《晨报》挤出"那原是意料中事,不足异的","伏园的椅子颇有不稳之势。因为有一位留学生(不幸我忘掉了他的名姓)新从欧洲回来,和晨报馆有深关系,甚不满意于副刊,绝迹加以改革,并且为战斗计,已经得了'学者'的指示,在开手看Anatole France

① 徐丹甫(梁实秋):《北京文艺界之分门别户》,《时事新报·学灯》1927年6月4日。
② 徐丹甫(梁实秋):《北京文艺界之分门别户》,《时事新报·学灯》1927年6月4日。
③ 孙席珍:《鲁迅诗歌杂谈》,《文史哲》1978年2月。

的小说了"①。

　　鲁迅口中的"留学生"是徐志摩，而"学者"指陈西滢。在鲁迅看来，是徐志摩和陈西滢导致孙伏园副刊编辑位置不保。徐志摩也承认自己在孙伏园离职前就与《晨报》有所接触，并受到编辑副刊的邀请，"我认识陈博生，因此常替《晨报》写些杂格的东西。去年黄子美随便说其要我去办副刊……"②，而作为第三方的李小峰也把孙伏园离职事件说成是徐志摩和陈西滢有意的"占据地盘"。他描述说："等到'诗哲'和'闲话'家们陆续学成回国以后，斗争便逐渐尖锐了。他们向伏园进攻第一步骤是经常在副刊上做文章，逐渐把所占的篇幅扩大，而把伏园所约的稿子挤出去。……进一步，他们想排挤伏园，连根拔去，占据《晨报副镌》的地盘。"③

　　徐志摩、陈西滢都有特别的身份特征，即都是20年代中期英美留学回国的留学生。"新文化运动"对于他们来说，是一个既成结果，而不是要努力的目标。因此，他们承接着"新文化运动"推进后专业化的脉络，而对"新文化运动"发生之初所有的政治寄托十分隔膜。"文化"对于他们来说，从一开始，就不是反对用来挑战现存政治的手段，而是安身立命的"职业"。这层差别，决定着徐志摩、陈西滢、梁实秋等人，在建设"文坛"问题上与鲁迅，甚至和郑振铎、孙伏园等都有很大的差别。并且，与底层青年知识分子"北漂"谋求生路不同，徐志摩等英美留学生往往有着良好的家庭背景，在当权的政治体系中存续着人脉联系。因此，在他们的文化理想中，并没有借"新文化"来推进"新政治"的背景性诉求。相反，他们与政见上相对保守的梁启超以及北洋政府官员在价值观念上更多沟通之处。对此，鲁迅早有觉察。1924年泰戈尔应梁启超邀请访华期间，鲁迅对徐志摩对泰戈尔的追捧就多有讽刺。鲁迅并非不理解泰戈尔思想的合理之处，但他担心泰戈尔为东方文化所作的辩护会对当时中国的思想革命产生消极作用，而徐志摩对泰戈尔的追捧，显示出其对于中国民

　　① 鲁迅：《我和〈语丝〉的始终》，《鲁迅全集》第四卷，人民文学出版社2005年版，第169页。

　　② 徐志摩：《我为什么来办我想怎么办》，《晨报副刊》1925年10月1日。

　　③ 李小峰：《鲁迅先生与〈语丝〉的诞生》，《文汇报》1956年10月11日。

族政治的"隔膜"。

《晨报副刊》"易主"背后是不同文化理想之间的冲突，不同的"文化"具有不同的政治意义和功能。在国内政治矛盾日益分明的情况下，"文化"冲突愈加具有政治意味。孙伏园所代表和维持的"新文化"所具有的政治张力是显而易见的。而相对来说，徐志摩"中正""纯粹"的文化态度，则能够拉开文化发展与社会现实的距离，具有文化保守主义的倾向。这种文化对于现有的政治统治是有"维护"作用的。《晨报》驱离孙伏园，决不仅是单纯的利益算计，而且暗含着政权统治"清理"文化界的意味。当时就有人从政治的角度分析孙伏园离职的原因："因为《晨报》后台老板是研究系人物，虽可在北洋军阀面前大谈科学与文艺，但中山先生的北上，及他所带来的政治主张与思潮，已使《晨报》老板有些恐慌了。于是他们不满于再起的青年运动。更不满于孙伏园所编的副刊。因为当时的副刊上，不只是登些辛辣的文艺作品，有时还登载批评政治，批评社会的杂感与论文。在这种形势下，伏园被逼而离开《晨报》了。"①

所以说，鲁迅后来帮助孙伏园联系《京报副刊》，并表示"一定要出这一口气，非把京报办好"，并不单单是因为愧疚②，还有对特定文化理想的捍卫。尽管《京报副刊》"帮忙的人不多，等于一个人办一个报，也没什么规章、制度，经济也很困难，有时连稿费都没有。但是鲁迅先生却不在意这一些，还是像支持《晨报附刊》一样地支持《京报副刊》"③。

孙伏园之所以能顺利地接编《京报副刊》，也与《京报》编辑邵飘萍的思想有密切关系。据荆有麟回忆，邵飘萍表示不仅愿意让孙伏园编辑副刊，而且想"再出七种附刊，每天一种，周而复始。这样，可以供给一般学术团体，发

---

① 荆有麟：《鲁迅回忆断片》，《鲁迅回忆录·专著》上册，北京出版社1999年版，第183页。

② 鲁迅所说："我很抱歉伏园为了我的稿子而辞职，心上似乎压了一块沉重的石头。"出自《我和〈语丝〉的始终》，《鲁迅全集》第四卷，人民文学出版社2005年版，第170页。

③ 孙伏园：《鲁迅与当年北京的几个副刊》，《孙氏兄弟谈鲁迅》，新星出版社2006年版，第64页。

鲁迅与20世纪中国研究丛书

表他们平素所研究的专门学问"①。对于"研究学问"的看重，表明了邵飘萍与"五四"之前"新文化运动"之间的承继关系。《京报》创刊于1918年的北京，感染着新文化运动的气息，邵飘萍不仅曾与蔡元培一起创办北京大学新闻学研究会，并且曾在李大钊的介绍下加入中国共产党。这都是邵飘萍毫不犹豫答应由孙伏园接编《京报副刊》的思想基础。在1920年代中期，在北洋政府和以孙中山为代表的国共两党的冲突之间，邵飘萍的倾向无疑是后者。孙伏园就曾回忆："那时《京报》是倾向广东革命政府的，有很多关于南方革命情况的报道，其他有些杂文，随感也是针对段祺瑞而发的。"②

四、政治文化与鲁迅办《莽原》

鲁迅创办《莽原》，有与《现代评论》针锋相对的意味。他曾对一位文学青年谈及《莽原》编纂的价值："我们还应该扩大起来。你看，《现代评论》有多猖狂，现在固然有《语丝》，但《语丝》态度还太暗，不能满足青年人要求，稿子是岂明他们看得，我又不太管，徐旭生先生的《猛进》，倒很好，单枪匹马在战斗，我们为他作声援罢。"③

除此之外，《莽原》中也时时可见针对《现代评论》的评论。除了鲁迅在上面刊发论争等文章外。众所周知鲁迅与"现代评论派"的成员不无个人恩怨，但《莽原》与《现代评论》的争锋绝不是个人恩怨所能涵盖。

曾有一个《莽原》的作者认为《现代评论》"是有政府靠山的宣传机关"④，鲁迅也指认《现代评论》是"讨得官僚津贴或银行广告费的'大

①　荆有麟：《鲁迅回忆断片》，《鲁迅回忆录·专著》上册，北京出版社1999年版，第185页。

②　孙伏园：《鲁迅与当年北京的几个副刊》，《孙氏兄弟谈鲁迅》，新星出版社2006年版，第65页。

③　荆有麟：《鲁迅回忆断片》，《鲁迅回忆录·专著》上册，北京出版社1999年版，第200页。

④　荆有麟：《鲁迅回忆断片》，《鲁迅回忆录·专著》上册，北京出版社1999年版，第194页。

报'"①。但实际上，它与段祺瑞政府之间并非单纯的"喉舌"关系，它的经费来源和人际脉络由多方面组成。在经费方面，有关《现代评论》得到北洋政府"赞助"最可靠的证据，是它每期都刊载金城银行的巨幅广告，每月有来自金城银行的广告费收入。而金城银行则是由北洋军阀官僚投资的银行。而对于《莽原》成员所攻击的，《现代评论》在创办和经营过程中收受章士钊的"津贴"，《现代评论》成员则极力否认。陈西滢在《现代评论》第三卷第六十五期的《闲话》中，把这种说法称之为"流言"。目前，对于这一说法还不能证实哪一方才是实情。

但《现代评论》确实并非纯粹的官方期刊，并且它还与国民党方面多有联系。不仅他的编委中许多是国民党党员，并且在筹办时，也确曾通过王世杰的关系取得了国民党胡汉民的支持，从国民党方面取得了资助。同时，从人际脉络上，《现代评论》和没有党派背景的太平洋社和创造社有明显的传承关系。甚至，因郁达夫的关系，连周作人都"与东吉祥派诸君子谬托知己的有些来往"②。《现代评论》本身也宣传不依靠于任何政治势力，而致力于"独立的"文化建设："本刊的精神是独立的，不主附和；本刊的态度是研究的，不尚攻讦；本刊的言论趋重实际问题，不尚空谈。"③这种"研究问题"的态度，很容易让人联想到胡适。而胡适，包括许多"新文化运动"的参与者，比如高一涵、陶孟和，也确实经常在《现代评论》上发表文章。

如果不把眼光聚集在鲁迅与陈西滢在"学潮""三·一八惨案""五卅"等具体问题的分歧上，倒是可以发现，鲁迅对《现代评论》的不满恰恰是在其与胡适等主张一脉相通的文化态度上。"现代评论派"并不反对通过文化手段解决政治问题，但解决的方式却不是通过启发民众、动员青年来实现，而是企图通过"知识精英"的呼吁和参与来决定政治动向。在对当权政府持批评态度和发挥监督作用的同时，"现代评论派"也表现出对下层民众和青年的"傲

---

① 鲁迅：《并非闲话》，《鲁迅全集》第三卷，人民文学出版社2005年版，第161页。

② 周作人：《知堂回想录》（下），北京出版集团公司、北京十月文艺出版社2013年版，第557页。

③ 《本刊启事》，《现代评论》第1卷第1期，1924年12月13日。

156

鲁迅与20世纪中国研究丛书

慢与偏见"。《现代评论》上不仅绝少刊发不知名青年的文章，而且还出现贬斥青年文章的论调。《现代评论》第二卷第三十期就刊登了江绍原的《黄狗与青年作者》一文，认为编辑不知选择，只要稿子，青年作者"就天天生产——生产出许多先天不足，月份不足的小家伙们"。随后，徐志摩主编的《晨报副刊》也发表文章应和。①

"现代评论派"与"青年作者"之间的罅隙，与"新文坛"的建设有很大关系。陈西滢在对有关女师大学潮等问题发表见解时，往往以"学者"的身份，借助"大报"发言。这种"学者"的身份和"大报"的机会，都是由"新文化运动"推进而产生的"知识权力"。如果说，在"新文化运动"发生之初，这种"知识权力"对当权政治有掣肘作用的话，而此时，"学术权力"却被用来遏制青年学生的反抗精神。在"学者"和"学生"之间，一种等级关系俨然发生。"学生"群体所具有的边缘性、批判性力量，在"学者"眼中，不再是"新社会"的积极力量，而被看作破坏"知识权力"的消极性格。所以，鲁迅在多篇文章中讽刺"现代评论派"压抑青年的作为，指出他们自居"导师"地位，但实际上是禁锢青年的发展，让他们"老死在原地方"，而最终后果却是阻碍"改革"。②

"知识权力"，这本来是"新文化运动"推进的"成果"，而现代评论派也并非完全与政治隔膜，但他们以"知识权力"参与政治改革的温和道路，却让鲁迅看出了问题：这种做法，在某种程度上与维持当权者的统治达成了一致。鲁迅也说："他是保守派么？据说：并不然的。他正是革命家，惟独他有公平，正当，稳健，圆满，平和，毫无流弊的改革法。"③这种做法使学界与"做官"重新联系起来。学术霸权得到了政府的首肯，"凡反对章士钊的都得了'土匪'，'学匪'，'学棍'的称号"④。当陈西滢、胡适等人以"学

① 1925年10月5日，奚若《副刊殃》，青年"籍副刊作出风头的场所，更属堕志"。
② 鲁迅：《这个与那个》，《鲁迅全集》第三卷，人民文学出版社2005年版，第154页。
③ 鲁迅：《这个与那个》，《鲁迅全集》第三卷，人民文学出版社2005年版，第153—154页。
④ 鲁迅：《学界的三魂》，《鲁迅全集》第三卷，人民文学出版社2005年版，第220页。

风""公理"等为理由，引导学生进入正常的社会秩序的时候，鲁迅就看到，他们看似"公允"的言论，正契合当权政府的心意。鲁迅认为，正是对"知识权力"的依赖，对"个体利益"的算计，使这群知识分子，放弃了"新文化运动"中本来所有的"政治批判力"，并且丧失了"反思""知识权力"的能力。

鲁迅对知识群体、"新文坛"与政治权力联结的发现，使他对欧美留学生们所谓的"智识阶级""学者"等十分反感。他将这些人比喻成"挂着智识阶级徽章"的"领头羊"，他们领着"羊群"，乖乖地任牧人宰割。鲁迅说：

> 人群中也很有这样的山羊，能领了群众稳妥平静地走去，直到他们应该走到的所在。袁世凯明白一点这种事，可惜用得不大巧，大概因为他是不很读书的，所以也就难于熟悉运用那些的奥妙。后来的武人可更蠢了，只会自己乱打乱割，乱得哀号之声，洋洋盈耳，结果是除了残虐百姓之外，还加上轻视学问，荒废教育的恶名。然而"经一事，长一智"，二十世纪已过了四分之一，脖子上挂着小铃铎的聪明人是总要交到红运的，虽然现在表面上还不免有些小挫折。[①]

《莽原》除了就具体问题与"现代评论派"进行论争外，还讽刺"智识阶级"生存的依据和社会功能。鲁迅说"世上诞生了一种所谓'特殊智识阶级'的留学生"[②]，该群"留学生"的见解与中国传统思想有同工之处，就是维护集权统治。《莽原》上与此呼应的文章也很多。兀君的《留学生与专家》，开篇即说"回了国的留学生还要挂其留学生的招牌招摇真是不害羞"，讽刺"留学生""自称'专家'"，这里的"留学生"当然是特指20年代中期前后回国的留学生。张目寒的《绅士与狐》中则点名"徐诗哲"，批评这些"号称智识阶级的学者文士们"。

---

① 鲁迅：《一点比喻》，《鲁迅全集》第三卷，人民文学出版社2005年版，第232—233页。

② 鲁迅：《春末闲谈》，《鲁迅全集》第一卷，人民文学出版社2005年版，第216页。

当陈西滢以"学者"的姿态，批判出版商的商业动机影响创作的纯粹性，呼唤"纯洁"的创作活动时，鲁迅就说：

> 书贾也像别的商人一样，惟利是图；他的出版或议论的"动机"，谁也知道他"不纯洁"，决不至于和大学教授的来等量齐观的。但他们除惟利是图之外，别的倒未必有什么用意，这就是使我反而放心的地方。①

在鲁迅看来，陈西滢看似公允中正的论点，其实并不"纯洁"。《莽原》上有人直接指出《现代评论》和保守政权之间的关系："称为现代报的，除登载不痛不痒而与现代无关的东西之外，就是要帮助着开倒车的官儿去做复古运动。"②

于是，有人把鲁迅创办《莽原》，描述为与守着"既得利益"的"知识阶级"的斗争：

> 盼望，盼望了好久，有几个带着多少戾气的青年叛徒，揭起竹竿，举起投枪，对于伶俐地领着柔顺的一大群绵羊的聪明人，……起了一个大大的反动。
>
> 你道他们的巢穴是什么？原来就是我们早已读到的"莽原"——伏着青年叛徒的"莽原"！他们的头领是谁，就是被学者骂过的鲁迅先生——不妥协的鲁迅先生！③

其实，鲁迅办《莽原》，其中批判"知识权力"的用意，不只是针对《现代评论》，也包括他曾亲自帮助筹办的《语丝》和《京报副刊》。鲁迅对《语丝》的不满也时有发生：

① 鲁迅：《并非闲话（三）》，《鲁迅全集》第三卷，人民文学出版社2005年版，第163页。
② 有麟：《名不符实》，《莽原》1925年10月2日。
③ 冬芬：《读过〈莽原〉》，《京报副刊》1926年3月2日。

《语丝》是他们新潮社里的几个人编辑的。我曾经介绍过两三回文稿，都至今没有消息，所以我不想寄给他们了。①

语丝派的人，先前确曾和黑暗战斗，但他们自己一有地位，本身便变成黑暗了，一声不响，专用小玩意，来抖抖的把守饭碗。②

北京的印刷品现在虽然比以前多，但好的却少……《语丝》虽总想有反抗精神，而时时有疲劳的颜色，大约因为看得中国内情太清楚，所以不免有些失望之故罢。由此可知见事太明，做事即失其勇，庄子所谓"察见渊鱼者不祥"，盖不独谓将为众所忌。且于自己的前进亦有碍也。我现在还要找寻生力军，加多破坏论者。③

可见，鲁迅对于《语丝》的不满主要在于：不扶持青年作者、顾及饭碗和地位以及丧失反抗精神三个方面。总结起来，就是《语丝》固守着文坛的地位，而失去了其与社会政治对抗性的功能。

除了《语丝》，鲁迅还曾明确表示《莽原》的创刊来自对《京报副刊》的不满。他在《〈中国新文学大系〉小说二集序》中，就曾这样描述："一九二五年十月间，北京突然有莽原社出现，这其实不过是不满于《京报副刊》编辑者的一群，另设《莽原》周刊，却仍附《京报》发行，聊以快意的团体。"④

① 鲁迅：《250217　致李霁野》，《鲁迅全集》第十一卷，人民出版社2005年版，第458页。

② 鲁迅：《300222　致章廷谦》，《鲁迅全集》第十二卷，人民出版社2005年版，第223页。

③ 鲁迅：《250331　致许广平》，《鲁迅全集》第十一卷，人民出版社2005年版，第471—472页。

④ 鲁迅：《〈中国新文学大系〉小说二集序》，《鲁迅全集》第六卷，人民出版社2005年版，第258页。

对于《京报副刊》，鲁迅说"伏园的态度我日益怀疑"①。鲁迅曾忆及孙伏园因《京报》销量超越《晨报》，得意扬扬地说"他们不料踩到炸药上了"②，而表示有被利用之感。然而，鲁迅倒不是完全认为孙伏园"利用"有罪，而是对孙伏园编辑作风的保守化表示反感。孙伏园接管《京报》后，虽然在用稿上仍不排斥最初参与"新文化运动"的几个"老人"，但对于"新人"的稿件也已渐渐不甚接受，并且《京报副刊》将《现代评论》"指为""兄弟周刊"，"与陈西滢大有联络"。鲁迅继而悲愤地说：

> 我明知道几个人做事，真出于"为天下"是很少的。但人于现状，总该有点不平、反抗、改良的意思。只这一点共同目的，便可以合作。即使含些"利用"的私心，也不妨，利用别人，又给别人做点事，说得好看一点，就是"互助"。但是，我总是"罪孽深重，祸延"自己，每每终于发见纯粹的利用，连"互"字也安不上，被用之后，只剩下耗了气力的自己而已。③

从这段话可以看出，鲁迅也许未必就未察觉孙伏园有借助自己牟利之心，但他仍将孙伏园辞职的事件看作是两种不同文学思想之间的斗争。在这一层面上，鲁迅不遗余力地支持孙伏园，至于孙伏园个人谋利他是不在意的，但当孙伏园与《现代评论》派有颇多沟通之处时，鲁迅便认为不能忍受了，因为孙伏园也自居为"权力者"，竟然丧失了根本的思想原则，即"新文化"一开始所有的"不平、反抗、改良的意思"④。

---

① 鲁迅：《两地书　第一集　北京（一九二五年三月至七月）》，《鲁迅全集》第十一卷，人民文学出版社2005年版，第92页。

② 鲁迅：《我和〈语丝〉的始终》，《鲁迅全集》第四卷，人民文学出版社2005年版，第171页。

③ 鲁迅：《250613　致许广平》，《鲁迅全集》第十一卷，人民文学出版社2005年版，第497—498页。

④ 鲁迅：《两地书　第一集　北京（一九二五年三月至七月）》，《鲁迅全集》第十一卷，人民文学出版社2005年版，第92页。

可以说，《莽原》的创办是对整个"文坛"的反抗，它以自筹经费、自己编校的边缘化处境，以对社会流动青年的关注和号召，来开辟一个独立的文化"园地"，以承继"新文化运动"发生之初文化所具有的政治功能。因而，在编辑的标准上，鲁迅格外排斥"文坛"业已塑造出的"专业性"和"趣味化"。他所青睐的是专业边界不清晰的"文明批评"和"社会批评"。

鲁迅在给许广平的信中曾说："中国现今文坛（？）的状况，实在不佳，但究竟做诗及小说者尚有人。最缺少的是'文明批评'和'社会批评'，我之以《莽原》起哄，大半也就为了想由此引些新的这一种批评者来……"[1]但这样的努力所面临的是整个"文学制度"的阻力。"文学制度"已经决定着对于"文学"的最基本的理解，"专业化"已经通过文学制度，成为一种"元命题"。因此，青年的"文学想象"就在这样的制度中被束缚，文学制度在无形中塑造着青年创作的样式。于是鲁迅不无遗憾地发现"可惜所收的至今为止的稿子，也还是小说多"[2]，或是"我所要多登的是议论，而寄来的偏多小说，诗。先前是虚伪的'花呀''爱呀'的诗，现在是虚伪的'死呀''血呀'的诗"[3]。

本来，"新文坛"的建设是为了推进"新文化运动"，通过切实的社会改造实现政治动员的目的，然而始料未及的是"文学"的专业化、体制化建设却使"文学"远离政治。特别是"知识权力"的集结成为打压边缘社会群体的新的手段。鲁迅对"文坛"的"不满"原因正在于此。他说："我早就很希望中国的青年站出来，对于中国的社会，文明，都毫无忌惮地加以批评，因此曾编印《莽原周刊》，作为发言之地，可惜来说话的竟很少。在别的刊物上，倒大抵是对于反抗者的打击，这实在是使我怕敢想下去的。"[4]鲁迅的这一系列言论是对"新文坛"建设带来的文化保守化的反思，而这种反思并不是个例，随

---

① 鲁迅：《两地书》，《鲁迅全集》第十一卷，人民文学出版社2005年版，第64页。

② 鲁迅：《两地书》，《鲁迅全集》第十一卷，人民文学出版社2005年版，第64页。

③ 鲁迅：《250709 致许广平》，《鲁迅全集》第十一卷，人民文学出版社2005年版，第503页。

④ 鲁迅：《华盖集·题记》，《鲁迅全集》第三卷，人民文学出版社2005年版，第4页。

鲁迅与20世纪中国研究丛书

着1925年前后现实政治斗争的日益尖锐，"新文坛"内部的再一次反思和"反动"也开始滋生。不仅出现了如《中国青年》《国民新报》等专以社会批判等为主要内容的具有特别色彩的期刊，而且1925年，文研会的机关刊物《文学周报》也表示："文坛的现状，固未可乐观。""从前的本刊是专致力于文学的，现在却要论及其他诸事。从前的本刊是略偏于研究的文字的，现在却更要与睡梦的，迷路的民众争斗……"①

第二节 政治文化语境下的鲁迅与1930年代文学出版

在1930年代，文坛较之1920年代，发生了不同的变化。如果说在1920年代，文坛与政权、商界的纠葛还依赖于杂志编纂者本身的文化态度的话，那么，1930年代的文坛，无论政府还是商业机构都渐趋成熟稳定，政府对文化的干预出现了政治权力、商业利益和文化追求之间更为直接的冲突或合谋。在1930年代，鲁迅对文坛逐渐"远离政治"的状况深为忧虑。鲁迅在致李霁野的信中写道："倘由我在沪编印，转为攻击态度……因为文坛大须一扫。"②在政治风潮席卷"文坛"的1930年代，文学杂志的出版不再是单纯的文化活动，而是不同党派争夺话语权、塑造意识形态的"文化阵地"。国民党当局通过文艺政策，革除文坛中"改革"的言论，推动文坛向着"远离政治"的方向迈进，促成了具有保守性质的文艺的兴起，而鲁迅对此充满不满和忧虑。

一、1930年代政治文化与整体出版环境

与1920年代文化的发展环境相对独立不同，1930年代文化发展的社会学基础发生了重大变化。1930年代的出版业日趋发达，政党也开始重视文化宣传的重要性，开始采取各种手段来干预、控制文化的政治倾向。在1930年代前期，社会上弥漫着革命文化思潮，在无产阶级政党的推动下，革命文学开始兴起。

① 《今后的本刊》，《文学周报》第172期。
② 鲁迅：《致李霁野》，《鲁迅书信集》，人民文学出版社1976年版，第227页。

出版商因为革命文学销路可观而大量出版有关革命文学的作品。当时国民党政府虽然也有意对该行为进行封杀，但由于刚执政，文化政策和统治手段还不是很成熟，所以出版商在巨大利润的诱惑面前还能够想方设法去出版革命书。但到了1930年代中后期，国民党加大了文化统治的力度。大量书刊被查禁，大批书店被封门，甚至有书店老板被暗杀。书店出版革命书刊就一定会遭到毁灭性的经济打击。于是为保血本、继续生存，他们只好忍痛割爱，转而选择虽然没有多大利润但稳妥安全的纯文学，所以当时出版商经常无奈地说"不亏本的生意就是好生意"。

商业书局在1930年代前期出版了大量的革命书刊，那是因为："查禁书籍的法令，在当时并不十分严厉。文艺作家们正在大谈其普罗文艺。姚蓬子主编的《萌芽》，蒋光慈主编的《拓荒者》，鲁迅主编的《奔流》，郁达夫主编的《大众文艺》等杂志都有广大的读者群。"[1]革命文学有市场，销路好，能给书店带来巨大利润，自然为书店老板看好。虽然国民党在1928、1929年也陆续颁布了《著作权法》《宣传品审查条例》等文化条例，要求对"反动宣传品""谬误宣传品"审查后予以"查禁、查封或究办训斥之"，但书店仍能找到"空子"。现代的《拓荒者》曾被查禁，书店仍冒险将其改名为《海燕》继续出版。有时书被查禁会引发读者的好奇心理，反而更容易销售。

但这种情况只维持了几年。到了1930年，国民党颁布了《出版法》，对审查和处罚方式给予了更加详细的说明。它明确规定书刊在出版之前必须向国民党当局登记以备"改正增删"，并禁止登刊"意图破坏中国国民党或破坏三民主义""意图颠覆国民政府或损害中华民国利益"的书刊出版，否则将"处发行人、编辑人、著作人及印刷人一年以下有期徒刑、拘役或一千元以下之罚金"；1931年又公布了《出版法实施细则》；1932年公布了《宣传品审查条例》；1933年颁布《查禁普罗文艺密令》，更谓左翼文学"为祸之烈，不可言喻"；最严厉的是1934年，查禁了149种文艺书，《图书杂志审查办法》强令实行原稿送审制度则使得这种文化控制更为有效，左翼的书籍在面世前就会

---

① 张静庐：《在出版界二十年》，上海书店1984年版，第139页。

被扼杀，而且审查细致到书或文章中的章节、词句都会被任意篡改、删除。所以说，国民党文化统治的力度和策略性较前期大大加强了。虽然书店老板还有心销售革命文学作品，但外部强硬的文化政策和处罚手段迫使他们打消了这个念头。因为再不及时收手的话，书局面临的将是破产的厄运。现代书局的老板张静庐回忆道："到了民国十九年的秋季，仅仅我们联合书店一家，就收到了有十七种社会科学书遭查禁的训令。"[1]虽然现代书局是"只有一年历史的小书店，总共出版不到三十几种新书，内中还有一部分是新闻学一类的冷门货，一次就查禁十七种，变成为好销的书没有了，剩下来的都是不能销出去的冷门货。日常开支是省不下的，虽然楼上的一角，房租也就要八十元……这样，无论如何不能维持下去的。想来想去总想不出较好的办法，五千元资本已变成做一半是包花生米的有字条，一半是喂老鼠的食粮"[2]。而勉强想办法继续把书销出去的结果是国民党文件中怒斥其"为虎作伥"，而使得"现代书局的发行所铁门上交叉地贴上了法院的封条"。

许多书局遭遇查禁风波后就不敢再染指政治，于是转而选择远离政治的文学。如在良友图书公司要办《文季月刊》时，老板余汉生首先关心的是编辑"是否有政治背景"[3]。现代书局一度可谓是最积极出版革命文学刊物的书局之一，但当来自政府的压力越来越大，威胁到血本和书店的生存时，老板便也不得不忍痛割爱。

在1930年代中后期，书店因为政府的压力，被迫放弃革命文学，转而选择"远离政治"的文学现象是很普遍的。它们有的直接受到禁书、封门的迫害而遭受了经济损失，于是不再问津有关政治化的文学。亚东图书馆在1930年代前期出版了大量革命文学家的作品，然而到了中期，该书店就收到了来自国民党政府的禁书令。禁书令要求将《少年漂泊者》等严予禁毁，以绝流传；《义冢》等四种书籍禁止发售等等。在这种情况下，亚东的老板"汪先生似乎采取

---

① 张静庐：《在出版界二十年》，上海书店1984年版，第139页。
② 张静庐：《在出版界二十年》，上海书店1984年版，第139—140页。
③ 赵家璧：《和靳以在一起的日子》，《新文学史料》1985年第2期。

守势，亚东不甚出新书了"①。

于是左翼作品"往后希望那些书店来出版，是一天天的困难了"②。1930
年国民党的一份书籍审查报告可以很清晰地反映出当时的这一状况：1930年代
前期"在国内一班青年，又多喜新务奇，争相购阅（左翼文学），以为时髦。
而各小书店以其有利可图，乃皆相索从事于此种书籍之发行，故有风靡一时、
汗牛充栋之况"，"但最近数月以来，此种出版，渐次减少"。③而归结的原
因之一即是："本部以前，对于此类书籍的发行，采取放任主义，少加查禁。
所以他们毫无畏忌的尽量出版，故极一时之盛。但是最近数月以来，本部审查
严密，极力取缔，各小书店，已成具戒心，不敢冒险，以亏血本了。"④在刊
物方面，它的"十九年七八九三个月审查文艺刊物报告"说："最近数月以
来，本部对反动刊物加以严厉的取缔，所谓左倾的文艺杂志，差不多都已先后
查禁。虽然还有几种希图化名延长生命的，但不过侥幸的出到一两期，也就同
归于尽了。至于书店方面，除了为虎作伥的现代书局，仍在公开发行赤化刊物
外，其他多因血本关系，不肯再为他们印刷，所以反动文艺作品，近来已少发
现。"⑤

当时共产党方面也意识到没有私人的书店愿意冒"违法""封门"的险
为左翼出作品。在左翼作家联盟所主办的中心机关杂志《文化斗争》里的一篇
由左联执行委员会执笔的《无产阶级文学运动新的情况与我们的任务》的报告
中说道："自《拓荒者》、《大众文艺》、《艺术》……等杂志继续被封禁过
后，经验告诉我们，靠书店的合法营业路线，绝对不能出版代表我们斗争活动
的杂志。"他们打算："为了扩大我们文化斗争的宣传工作，是不应该再幻想
那些以买卖为主的书店来代我们发行，只有坚决的建立我们自己的出版发行

① 萧聪：《汪孟舟——出版界人物印象之一》，转引自散木：《于无声处听惊雷——鲁迅
与文网》，百花洲文艺出版社2002年版，第114页。

② 陈之符：《从国民党的内部报告看其文化专制统治》，《出版史料》1990年第2期。

③ 陈之符：《从国民党的内部报告看其文化专制统治》，《出版史料》1990年第2期。

④ 陈之符：《从国民党的内部报告看其文化专制统治》，《出版史料》1990年第2期。

⑤ 陈之符：《从国民党的内部报告看其文化专制统治》，《出版史料》1990年第2期。

工作。"但自己办书店也面临严重的问题："经济拮据，印刷困难，发行麻烦，……我们要用一百二十分的努力来克服一切困难的客观条件……"①

虽然出版的商业性增强后，商家看中的是能获取暴利的流行文学，在当时就是具有革命色彩的作品，但由于外部政治环境的原因，最终迫使他们放弃这种出版选择，毕竟保本生存是基础，以致于左翼文学的出版发行数量迅速地减少。鲁迅在1931年说："现在，在中国，无产阶级的革命的文艺运动，其实就是唯一的文艺运动。因为这乃是荒野中的萌芽，除此以外，中国已经毫无其他文艺。"②但是到了第二年，他便不无悲愤地说："现在我来说一句真话，是左翼作家还在受封建的资本主义的社会法律的压迫、禁锢、杀戮，所以左翼刊物，全被摧残，现在非常寥寥，即偶有发表，批评作品的也绝少。"③

二、1930年代政治文化语境下的鲁迅与文学杂志

如果说在1920年代鲁迅还只是和具体个体争夺文化场域的话，到了1930年代，随着政府文化体制的逐步完善，鲁迅的文化理想遭遇了体制上的反对和打击。杂志，作为出版和传播文化思想的主要场域之一，到了1930年代，受到当权国民党政府的严密控制。鲁迅曾描述说："至于国内文艺杂志，则实尚无较可观览者。近来颇流行无产文学，出版物不立此为旗帜，世间便以为落伍，而作者殊寥寥。销行颇多者，为《拓荒者》、《现代小说》、《大众文艺》、《萌芽》等，但禁止殆将不远。"④虽然口气中，鲁迅对《拓荒者》《萌芽》等左翼杂志，似乎并不甚满意，认为其中有颇多投机的成分，但鲁迅更为担心的是，纵然是投机，而无多少实绩的革命刊物，也将被禁止。

在1930年代前期，鲁迅就曾参编左翼的机关刊物《萌芽》，该刊物由光华

---

① 陈之符：《从国民党的内部报告看其文化专制统治》，《出版史料》1990年第2期。

② 鲁迅：《黑暗中国的文艺界的现状——为美国〈新群众〉作》，《鲁迅全集》第四卷，人民文学出版社1981年版，第223页。

③ 鲁迅：《论"第三种人"》，《鲁迅全集》第四卷，人民文学出版社1981年版，第335页。

④ 鲁迅：《致李秉中》，《鲁迅书信集》，人民文学出版社1976年版，第254页。

书局发行。与此同时，1930年左联成立，左倾杂志风起云涌。《拓荒者》由现代书局于1930年1月推出，也是左联的机关刊物之一。北新书局发行了作为左翼戏剧团体"艺术"剧社机关刊物的《艺术》和曾被国民党查禁的《沙仑》；神州国光社也为左翼出了理论刊物《文艺讲座》；当时还有《巴尔底山》《世界文化》都是左翼的机关刊物。这些左翼刊物占当年新创刊的杂志总数的一半以上。许多著名的左翼杂志都是在1930年代前期创刊的，如：《太阳月刊》《文化批判》《无轨列车》《熔炉》《朝花》等。当时的景象就如郑伯奇所描述的："各式各样的文学刊物风起云涌，纷纷响应革命文学运动，团结在创造社周围的一批青年作家编印了小型刊物《畸形》，由创造社出版部印行，其他如光华、现代等书店也争先恐后地刊行新刊物，先后出版的有《洪荒》、《战线》、《澎湃》、《戈壁》、《现代小说》等。"①不仅如此，1930年代初期原有的杂志也纷纷刷新面目，涂上"左"的色彩。比如虽然在1920年代就有创造社的成员扬起"革命文学"的旗帜，但创造社的刊物在1928年以前刊载的仍多是小资产阶级的浪漫文学，甚至创造社出版部1927年还在《申报》上发表重要启事："本社纯系新文艺的集合，本出版部亦纯系发行文艺书报的机关，与任何政治团体从未发生任何关系。"②这一点从其封面设计亦可看出，《创造》月刊一至六期封面都是唯美式的葡萄藤，只每期颜色稍有变化。而到了第七期，即1928年，《创造》月刊的封面才公然换成了镰刀斧头，内容也相应带有强烈的革命色彩；无独有偶，1928年4月泰东编辑部刊出《九期刷新征文启事》，说要尽量登载"代表无产阶级苦痛的作品"③；连一向以英国唯美主义杂志《黄面志》为榜样的《金屋》也趋新翻译左倾的《一万二千万》来。所以鲁迅在1928年的《语丝》上这样描述道："旧历和新历的今年似乎于上海的文艺家们有着特别的刺激力，接连的两个新正一过，期刊便纷纷而出了……连产

① 郑伯奇：《创造社后期的革命活动》，载《创造社资料》，福建人民出版社1985年版，第878页。

② 1928年6月15日上海刘世芳律师代表创造社及创造社出版部在上海《新闻报》上刊出启事。

③ 泰东编辑部：《九期刷新征文启事》，《泰东月刊》第1卷第8期，1928年4月。

鲁迅与20世纪中国研究丛书

生了一年的刊物，也显出拼命的挣扎和突变来。"①1930年代初革命文学杂志的勃兴已经为许多研究者所证实。

但杂志左倾的情况并没有维持多久，左翼文学杂志发行年限很短。《萌芽》是左翼的核心期刊之一，但只出了五期就被迫停刊。蒋光慈编的《拓荒者》发行两个月后就被禁停刊。虽然后来改名《海燕》重新出版，但很快又被禁停刊。其他如《太阳月刊》只出了六期，《畸形》只出了两期，《熔炉》只出了一期，《引擎》只出了一期，《文艺讲座》只出了一册……所以到1931年后，左翼的刊物在刊物发行中的比重就大大减少了。如此种种还有许多。鲁迅曾解释说："此地杂志停滞之故，原因复杂，举其要端，则有权者先于邮局中没收（不明禁），一面又恐吓出版者。书局虽往往自云传播文化，其实是表面之词。一遇小危险，又难获利，便推脱迁延起来，或则停刊了。《萌芽》第六期改名《新地》，已出版，此后恐将停刊。"②当时，在上海的书局是纯粹的商业团体，书店老板首先考虑的是经济收益。特别是当时追逐革命文学潮流，发行左倾杂志的大多是新兴的小书局。一旦受到政权压迫，它们便会迅速放弃革命文学。当时有人描述道："小的新书店之发展，有如雨后春笋。据不完全的调查，在1928到1932年间，新书业最发展的时代，全国有二百六十余家出版新书的书店，比较国民革命以前，有十倍以上的增加，其中在上海开设而有明白住址者共九十余家……"③很多小书店都是一开始就以出版革命文学作品为主要业务，有书店老板回忆说："书店，尤其是象我们光华这样的小书店，它一开始就适应着当时革命思想的潮流……。"④反过来，革命文学家的作品和期刊也大多依赖小书局得以面世。所谓"新刊物出现时，常是由小书店印行的"⑤，"二十五元就是光华书局开办时仅有的资本"，后来才又"半捐半募

① 鲁迅：《"醉眼"中的朦胧》，《语丝》第4卷第10期，北新书局1928年3月。
② 鲁迅：《致方善境》，《鲁迅书信集》，人民文学出版社1976年版，第258页。
③ 傅逸生：《中国出版界到何处去》，《现代》第6卷第2期。
④ 沈松泉：《回忆张静庐先生》，《出版史料》1990年第3期。
⑤ 长虹：《走到出版界》，上海泰东图书局1929年版，第17—18页。

地弄到二千多元资本"①。在这种情况下，为了迅速回笼资金，确保资金的正常周转，他们急需一出版就吸引公众的眼球并带来巨大利润的畅销性的作品。当时有名的大作家当然不会甘心把他们的作品拿到这些小书店发表，毕竟在小书店印刷质量和销售范围都得不到保证。于是小书店的出版商们便看中了当时的革命文学家和他们的作品。但1931年后，随着国民党文化政策的日益严厉，革命文学经常被查禁。由于小书店主要靠发行革命文学来周转资金，所以当革命书刊再三被查禁后，书店破产就是早晚的事了。于是"力量薄弱的书店继续倒闭"，还保存着一丝余息的书店也骇于政府压力不敢冒"亏血本"的险了。

沈松泉回忆小书局在1930年代的命运时说："像光华这样一家没有多少资本的小书店，当时为什么能够存在，并且又为什么终于倒闭？我仔细考虑过，认为它当时固然有许多客观因素，但最重要的一点是它不像其他大书店那样对出版的书刊小心翼翼谨慎从事，不敢有一点冒险，籍以保持身价。而像光华这样的小书店，敢于接近大书店不敢接近的作家，敢于出版大书店不敢出版的书刊，因而也就导致了它被迫关门的结果。所以不妨说，它的存在和不能存在，是同一个因素。"②

鲁迅描述说："这里的压迫是透顶了，报上常造我们的谣。书店一出左翼作者的东西，便逮捕店主或经理。上月湖风书店的经理被捉去了，所以《北斗》不能再出，《文学月报》也有人在暗算。"③如光华书局一般，现代书局因为官方认为其发行革命文学刊物、书籍"为虎作伥"而要面临被封门的危险，后来被迫出版民族主义文艺杂志《前锋》使经济遭受很大损失后，再也没出涉及政治的杂志，而致力于推出纯文学杂志《现代》。而左翼刊物在整个文坛刊物发行中的比重也大大减少，由优势地位逐渐衰退下来。如1932年一年内新创刊了七种期刊，左倾的只有两种，其中《文学》只出了一期就夭折了，另一份光华书局的《文学月报》也只出了六期。据《中国左翼文艺定期刊编目》

---

① 张静庐：《在出版界二十年》，上海书店1984年版，第113页。

② 沈松泉：《关于光华书局的回忆》，宋原放主编：《中国出版史料·现代部分》第一卷上册，山东教育出版社2000年版，第335页。

③ 鲁迅：《致曹靖华》，《鲁迅书信集》，人民文学出版社1976年版，第720页。

记载："《文学月报》（月刊），1932年6月出第一期，12月15日出第五、六期合刊，被迫停刊。这是继《北斗》以后的唯一公开的左倾文艺刊物。"①

在1932年以后，左翼刊物寥寥无几，鲁迅发表文章只能挑选相对开明的杂志。即使如此，也十分艰难。鲁迅在1930年代中后期用以发表文章的杂志中，《申报·自由谈》是具有代表性的一个。1932年，《申报》总经理史量才，聘用了法国留学归来的黎烈文做《自由谈》编辑，黎烈文十分重视鲁迅、茅盾等作家，发表了一系列批评时事、关注政治的文章。但不久后就受到国民党当局的威胁。1933年5月25日，黎烈文刊出一条《编辑部启事》，"祸福无门，惟人自召"，"编者谨掬一瓣心香，吁请海内文豪，从兹多谈风月，少发牢骚。尽管少谈大事，不发牢骚"。鲁迅所谓："出版界极沉闷，动弹不得。《自由谈》则被迫得恹恹无生气了。"②但一年半后，黎烈文还是辞去了《申报·自由谈》的编辑职务。

鲁迅于是不再向《自由谈》供稿，但其他的刊物也朝不保夕，鲁迅说："上半年曾在《自由谈》（《申报》）上作文，后来编辑换掉了，便不再投稿；改寄《动向》（《中华日报》），而这副刊明年一月一日起就停刊。大约凡是主张改革的文章，现在几乎不能发表，甚至于还带累刊物。所以在日报上，我已经没有发表的地方。至于期刊，我给写稿的是《文学》，《太白》，《读书生活》，《漫画生活》等，有时用真名，有时用公汗，但这些刊物，就是常受压迫的刊物，能出到几期，很说不定的。"③

在1930年代中后期，影响力较大的刊物当属《现代》和《文学》。鲁迅也曾在上面发表过文章，比如《为了忘却的纪念》就是在《现代》上发表的。鲁迅对这两份刊物也有过评价："《现代》和《文学》都是各派都收的刊物，其中的森堡，端先，沙汀，金丁，天翼，起应，伯奇，何谷天，白薇，东方未

---

① 鲁迅、茅盾：《中国左翼文艺定期刊编目》，宋原放主编：《中国出版史料·现代部分》第一卷上册，山东教育出版社2000年版，第346页。

② 鲁迅：《致姚克》，《鲁迅书信集》，人民文学出版社1976年版，第445页。

③ 鲁迅：《341231　致刘炜明》，《鲁迅全集》第十三卷，人民文学出版社2005年版，第324页。

明：茅盾，彭家煌（已病故），是我们这边的。但因为压迫，这刊物此后还要白化，也许我们不能投稿了。"①

《现代》是1930年代中后期发表文学作品的重镇之一，质量好，销量高，"《现代》——纯文艺月刊出版后，销数竟达一万四五千份，现代书局的声誉也联带提高了"②。以致司马长风在文学史中叙述说："经一·二八的烽火之后，在瓦砾废墟中争先出现的大型文学刊物，是现代书局发行，由施蛰存主编的《现代》月刊。该刊于一九三二年五月创刊，吸收了大部分名作家撰稿；内容丰满，销路畅旺，一度执全国文坛的牛耳。"③《现代》杂志的产生本来就是书局应对国民党查禁政策的产物。由于现代书局之前印发左翼刊物和书籍，使得"现代书局的发行所铁门上交叉地贴上了法院的封条"。"卢芳（现代的经理）登报声明脱离现代书局一切关系"，后来经过多方疏通奔走才"得到某方面的谅解"④，条件是书局必须印行民族主义杂志《现代文艺评论》和《前锋》。而这两份刊物的销路很不好，现代"经过这度风波，经济状况真临到山穷水尽的境地，时时有倒塌的可能"⑤。施蛰存回忆《现代》的创刊时说："从《拓荒者》到《前锋月刊》，两个刊物的兴衰，使现代书局在名誉和经济上都受到损害。淞沪战争结束以后，张静庐急于要办一个文艺刊物，籍以复兴书局的地位和营业。他理想中有三个原则：（一）不再出左翼刊物，（二）不再出国民党御用刊物，（三）争取时间，在上海一切文艺刊物都因战事而停刊的真空期间，出版第一个刊物。"而现代的老板张静庐选施蛰存做该刊物的编辑一条重要理由即为施蛰存"没有加入左联，左联成立大会上没有我的签名。我和国民党没有关系"。⑥它一开始就表明远离政治的态度。在《现代》的《创刊宣言》中，编者说："因为不是同人杂志，故本志并不预备造成任何一

① 鲁迅：《致萧三》，《鲁迅书信集》，人民文学出版社1976年版，第449页。
② 张静庐：《在出版界二十年》，上海书店1984年版，第150页。
③ 司马长风：《中国新文学史》中卷，香港昭明出版社1978年版，第8页。
④ 张静庐：《在出版界二十年》，上海书店1984年版，第144页。
⑤ 张静庐：《在出版界二十年》，上海书店1984年版，第145页。
⑥ 施蛰存：《我和现代书局》，《出版史料》1984年第4期。

鲁迅与20世纪中国研究丛书

种文学上的思潮主义或党派。""因为不是同人杂志，故本志所刊载的文章，只依照着编者个人的主观为标准，至于这个标准，当然属于文学作品的本身价值方面。"①属于"文学作品的本身价值方面"实际上也隐含着对于文学社会政治意义的排斥。所以鲁迅虽然也在《现代》上发表文章，但也深谙："《现代》虽自称中心，各派兼收，其实是有利于他们的刊物。"②

而同在上海的生活书店出刊的《文学》在当时被认为是和《现代》同类的竞争者，该刊物的风格和针对的读者群都和《现代》类似，它的销售成绩也很可观。"《文学》创刊号印1万册，没几天即告售罄，一印再印，共印了5次之多，这种盛况，在中国期刊出版史上实属罕见。"③《文学》虽有茅盾编辑，但面临的压力也是巨大的。茅盾回忆说："（1933年，引者注）十二月上旬的一天，傅东华来找我，神色紧张。他说，据确息，生活书店出版的两个主要刊物《生活》周刊和《文学》月刊都在被禁之列。禁令就要下来了……不过听那人的口气，《生活》是肯定要禁了，《文学》似乎尚有圆转的余地。"④

这就是鲁迅所说的："《生活周刊》已停刊，这就是自缢以免被杀；《文学》遂更加战战兢兢，什么也不敢登，如人之抽去了骨干，怎么站得住。"⑤

三、1930年代政治文化语境下鲁迅书籍出版情况

除了文学杂志以外，书籍的出版也受到文艺审查制度的影响。鲁迅的创作，凡对当局有所批判的，出版已面临不小的困难。

北新书局曾一度出版包括鲁迅作品在内的大量的进步书籍。但书局于1931年、1932年被查封过两次。书店"启封后不敢再发售进步书籍，改变方向，出

---

① 《创刊宣言》，《现代》第1卷第1期，现代书局1932年5月。

② 鲁迅：《致萧三》，《鲁迅书信集》，人民文学出版社1976年版，第480页。

③ 史稿编辑委员会：《生活书店史稿》，生活·读书·新知三联书店1995年版，第50页。

④ 茅盾：《我走过的道路》（中），人民文学出版社1984年版，第219页。

⑤ 鲁迅：《致姚克》，《鲁迅书信集》，人民文学出版社1976年版，第461页。

版英汉对照文学读物、各种复习指导、儿童文学、活页文选、工具书等"。①
鲁迅说："近来出版界很消沉，许多书店都争做教科书生意，文艺遂没有什么好东西了，而出版也难，一不小心，便不得了。"②北新书局出版了鲁迅的《三闲集》，但被查封后，便不敢再出鲁迅的《二心集》。

有的书店看到了其他书店的命运，害怕厄运也会降临到自己头上，因而宁愿违约，放弃左倾书籍的出版。神州国光社由邓宾于1908年创办于上海，主要出版碑帖、古籍及美术书刊。因为1930年代初左翼文学作品尚未遭禁售，"许多书店为了表面上表示自己进步起见，大概都愿意出版几本这一类的书，即使未必实在收稿罢，但也极力要发一个将要出版的书名广告。这种风气，竟也打动了一向专出碑帖片文书画的神州国光社，肯出一种收罗新俄文艺作品的丛书了"③。当时鲁迅应神州国光社之邀，为书局编辑一套介绍新俄作品的丛书，即《现代文艺丛书》，后经冯雪峰联系，与神州国光社签订了"编译《现代文艺丛书》合同一纸"，这套丛书共十一种，其中一种就是《毁灭》。然而从1930年下半年起，国民党反动派"对于左翼作家的压迫，是一天一天的吃紧起来，终于紧到使书店都害怕了，神州国光社也来声明，愿意将旧约作废……"④。神州国光社的毁约使鲁迅颇为恼火，以至表示不想再和该书店打交道。他在《致徐懋庸的信》中说："因为我根据着前五年的经验，对于有几个书店的出版物，是决不投稿的。"⑤但鲁迅也深谙"这并不是中国的书店的胆子特别小，实在是中国官府的压迫特别凶"⑥。后来神州国光社在1931年推

---

① 蔡漱六：《北新书局简史》，转引自散木：《于无声处听惊雷——鲁迅与文网》，百花洲文艺出版社2002年版，第195页。

② 鲁迅：《致孙用》，《鲁迅书信集》，人民文学出版社1976年版，第283页。

③ 鲁迅：《〈铁流〉编校后记》，《鲁迅全集》第七卷，人民文学出版社1981年版，第599页。

④ 鲁迅：《〈铁流〉编校后记》，《鲁迅全集》第七卷，人民文学出版社1981年版，第600页。

⑤ 鲁迅：《340526 致徐懋庸信》，《鲁迅全集》第十二卷，人民文学出版社1981年版，第433页。

⑥ 鲁迅：《〈铁流〉编校后记》，《鲁迅全集》第七卷，人民文学出版社1981年版，第599页。

出远离政治的刊物《当代文艺》，创刊号《编后》就声称"我们这个刊物，并没有固定的组织，也没有一定的主义，我们只是各尽其力地创作一点，翻译一点"，"忠实于文艺"。

相对于花费大量的人力物力去选择、物色、设计一本新书，出版商更喜欢再版，因为"从经济上看，出版一本已付版税的、不需再花任何推销开支的重版书，其成本比新书要低得多"①。风险也相对小一些，所以书籍再版也是出版机构的一项重要业务。从1930年代书籍再版的情况也可以看出鲁迅文化理想的困境。鲁迅的作品中，早期写的小说《呐喊》没有什么政治色彩，在1930年代也获得持久的畅销。北京的北新书局1928年3月出了9版，上海的北新书局1928年9月出了10版，1930年出14版，1935年出22版，1936年出23版，1937年出24版；而他的杂文集在当时就没有这样的销售成就，如《三闲集》，北新书局1932年9月出版后，1930年代就没再版。他翻译的书籍也面临相同的情况，比如《艺术论》，被查禁后，书店"纵使还有余剩，他们也不敢发卖"。鲁迅曾感叹说："这里的书店，总想印我的作品，却又怕印。他们总想我写平平稳稳，既能卖钱，又不担心的东西。天下哪里有这样的文章呢？"②

四、1930年代政治文学语境下的鲁迅与出版走向

在这种发行、出版的态势下，鲁迅对"文坛走向"的担忧就是理所当然的了。就个人利益来说，"文稿很难发表……经济上自然受影响"③。而更令鲁迅担心的是，由此下去，文坛将充斥"官办东西"和"帮闲凑趣"的"文学"。"凡是较进步的期刊，较有骨气的编辑，都非常困苦。今年恐怕要更坏，一切刊物，除胡说八道的官办东西和帮闲凑趣的'文学'杂志而外，较好都要压迫得奄奄无生气的。"④

---

① ［美］J.P.德索尔：《出版学概说》，姜乐英、杨杰译，中国书籍出版社1988年版，第50—51页。

② 鲁迅：《致曹靖华》，《鲁迅书信集》，人民文学出版社1976年版，第720页。

③ 鲁迅：《致曹靖华》，《鲁迅书信集》，人民文学出版社1976年版，第720页。

④ 鲁迅：《致曹靖华》，《鲁迅书信集》，人民文学出版社1976年版，第720页。

鲁迅的担心并非杞人忧天。1930年代中后期，许多原来有过左的倾向，也创作过"左倾"作品的作家，后来转而从事纯文学建设，很多时候也是因为国民党政府文化压迫的严酷，使得左翼刊物或书店无法办下去，自身的安全也受到威胁，不得已而放弃原来创作激进政治文学的追求，转向处于"中间状态"的纯文学。典型的例子是被现代书局老板因其没什么政治背景看中，后来被当成第三种人的《现代》的主编施蛰存。1930年代前期，施蛰存模仿过苏联小说描写关于无产阶级革命的故事《追》，还被列入禁书书目。他还曾和戴望舒、刘呐鸥经营过有"宣传赤化嫌疑"而被查封的"第一线书店"。后来他们又经营"水沫书店"并创办刊载左倾作品的《新文艺》。但时局变化后，1930年4月"受到了政治的压力"，"刊物和书局都有被查封的危险"，"大家研究了一下还是自动停办刊物，以保全书店"；而到1931年，政治压力更大，"有许多小道新闻，说国民党上海市党部正在策划查禁进步书刊，封闭某些书店。我们虽然停止了《新文艺》，但《科学的艺术论丛书》也是被视为'宣传赤化'的出版物，于是不等查封，自己先宣告停业"。本来他们也打算另办一个东华书店，改变出版的方向，虽然因战火这一计划流产了，但施等人也开始知道"革命不是浪漫主义的行动。我们三人都是独子，多少还有些封建主义的家庭顾虑"①。于是他们纷纷在纯文学上发展了。30年代初国民党开始严厉的文化围剿后，退出革命、不问政治的人很多。当时鲁迅就讽刺他们："由左而右，甚至于化为民族主义文学的小卒，书坊的老板，敌党的探子的。"②

由于出版空间狭小，单纯从事革命文学、左翼文学创作的作家在1930年代中后期的生活是很窘迫的。吴似鸿回忆1931年后她与蒋光慈的生活时说，当时他们的生活很困难，经常出现"实在没有钱了，我跑到亚东书局去借钱"③。这样的情况，因为那时蒋光慈的革命文学作品发表或出版的机会已经很少了。他即使有更好的创作，也难找到地方出版。如《田野的风》当时就受到几个书

① 施蛰存：《沙上的脚迹》，辽宁教育出版社1995年版，第129页。

② 鲁迅：《论"第三种人"》，《鲁迅全集》第四卷，人民文学出版社1981年版，第335页。

③ 方铭编：《蒋光慈研究资料》，宁夏人民出版社1983年版，第160页。

局的冷待。蒋光慈最后贫病交加地死去。叶紫的《丰收》当时也得不到公开出版的机会，只好自费秘密出版；萧红的《生死场》即使有鲁迅的推荐，转来转去有半年之久，也未得到公开出版的机会……左翼文学的数量在1930年代中后期大大减少了，所以才有一些国外学者认为到了1932年，"'无产阶级文学'终于失败了"①。这句话虽然因带有政治偏见而比较偏激、有失客观，但它也从一个侧面说明了左翼文学在1930年代中后期的创作较前期大为惨淡的情况。

而当出版商们把大量的资金投向纯文学期刊和作品的出版发行时，广阔的出版空间和丰厚的稿酬吸引作家纷纷创作纯文学作品，这使得纯文学的发展形成蓬勃壮观的局面。在1930年代中后期文学的各个领域，纯文学的创作都蔚然形成了一股潮流。它们围绕一份或几份期刊，以相应的大量作品的发表和出版为支撑，对文坛的文学创作产生了极大的影响。而鲁迅对此颇有不满："我们试看撰稿人名单，中国在事实上确有这许多作者存在，现在都网罗在《人间世》中，借此看看他们的文章，思想，也未竟无用。只三期便已证明，所谓名家，大抵徒有其名，实则空洞，其作品且不及无名小卒。"②

到了1930年代中后期左翼小说的政治色彩由显明变得含蓄了。比如楼适夷的《死》发表在《现代》三卷五期上时就有读者来信抱怨文章主题不明确。而编者的答复是："你说，'文章虽然贵乎含蓄'，但我们不得不告诉你，在目前这情势下，有些文章是不得不含蓄，倒不是故意卖弄机关以图欺骗读者。写文章而不会含蓄，在今日之下所可能遭到的运命，想来你也不至于完全不知道吧。"③再如当时左翼小说的重头戏——茅盾、吴组缃等人的社会剖析小说，用冷静客观的笔法展现社会现实，揭示社会矛盾，也曾经使得一些激进的读者产生不满，如《春蚕》发表时，就有人责备茅盾采取"超阶级的纯客观主义的

---

① ［法］奥·布里埃：《中国现代文学主潮》，贾植芳主编：《中国现代文学的主潮》，复旦大学出版社1990年版，第272页。

② 鲁迅：《致杨霁云》，《鲁迅书信集》，人民文学出版社1976年版，第537页。

③ 《关于适夷的创作"死"》，《现代》第3卷第5期。

态度"①。虽然这种批评实际上在一定程度上曲解了茅盾的创作，但也从一个侧面反映出社会剖析小说以更隐秘的方式传达政治思想的特点。左翼文学对文学价值的重视、对政治情绪的隐晦表达，也促成了1930年代中后期文坛风气向保守的纯文学的转变。对此种变化，鲁迅深为忧虑，却也知道出版界是因为政治压迫而不得不消沉，他说："近来出版界很消沉，许多书店都争做教科书生意，文艺遂没有什么好东西了，而出版也难，一不小心，便不得了。"②这也便是鲁迅希望"大扫"文坛的原因。

---

① 严家炎：《走出百慕大三角区——谈20世纪文艺批评的一点教训》，《五四的误读——严家炎学术随笔自选集》，福建教育出版社2000年版，第153页。

② 鲁迅：《致孙用》，《鲁迅书信集》，人民文学出版社1976年版，第283页。

第五章　政治文化与鲁迅的文学选择

第一节　政治文化与鲁迅文学观中"思想的标准"

"什么是文学"？这个问题在20世纪初期中国的发生，其线索有两条：一条是"救亡"语境中文化的整体转换，另一条是来自文学内部"审美的焦虑"。在最初转换发生的时候，"审美的焦虑"和"民族救亡"能够达成暂时的统一，但内部的分化和张力也随之产生。"思想革命"和"语言革命"这两个内容，分别代表着"新文学"发生的两股动力。虽然在发生之初，这二者不分彼此，相辅相成，但随着"新文学"的进一步建设，"文学的标准"和"文学的边界"问题浮现。是坚持"文学"的思想使命，还是"纯化""文学"的"本体性"，成为重要的文学问题。贯穿1920年代和1930年代，鲁迅始终反对"纯文学"的标准，反对"文学"进入"艺术之宫"，而倡导"文学""为人生"的思想功能，维系文学的"思想标准"，实际上均与坚持"新文学"发生之初所具有的"政治功能"有关。

一、新文学的问题在1920年代的发生

从"政治变革"的不足，引申到"精神界"的变革，再具体到"文学变革"，这是1920年代"新文学"的重要逻辑。陈独秀在《文学革命论》中说：

今欲革新政治，势不得不革新盘踞于运用此政治者精神界之文学。①

　　我们可以清晰地看到，“文学革命”承接着由政治革新到“精神”革新的历史脉络。“文学革命”的诉求是整个“精神界”革新诉求的一部分。鲁迅在谈到他的“从文”之路时，也表达了改变国民精神的愿望：“我们的第一要著，是在改变他们的精神，而善于改变精神的是，我那时以为当然要推文艺，于是想提倡文艺运动了。”众所周知，“精神界”的重新建构以“新文化”为中心，涵盖知识、信仰、生活方式等多个方面。1920年代的“新文化”是指以“西方文明”代替“传统文化”。而在既有的信仰和生活方式等无法自发改变的时候，首先转变的是概念、思维方式等理性的内容，建立起新的知识方式和体系。所以，我们看到，《新青年》杂志首先是以知识介绍和论述的方式，推动新的学术体系的建设，包括教育学、政治学、社会学、心理学以及文学的研究。

　　“文学革命”的发生只是整个思想体系变革中的一翼。陈独秀把“文学变革”放在与政治科学变革等相同的位置上，认为它们共同推进“精神界”的革新，其背后隐藏“革新政治”的最终目的。在傅斯年的一篇文章里，“文学变革”被要求以“文学研究”的方式来开拓。傅斯年指出中国文学革新包括两个方面：“其一对于过去文学之信仰心加以破坏。其二对于未来文学之建设，加以精密之研究。”②“破坏信仰心”，是指改变思维体系和感性习惯。破坏的方式是通过“研究”，即理性的知识引进。“文学”的创作依赖于感性经验层面，然而感性经验的积淀是一个长期的过程，具有滞后性和稳定性。情感和经验的直接革新往往十分困难，傅斯年寄希望以理性知识的倡导来实现对既有经验和情感方式的破除。在建立在新思想基础上的情感经验尚未形成之前，“新文学”只能依靠理性的“文学研究”才能够实现。

　　“文学研究”在1920年代的提出，正是1920年代知识范式转型的一部分，

①　陈独秀：《文学革命论》，《新青年》第2卷第6号。
②　傅斯年：《文学革新申议》，《新青年》第4卷第1号，1918年1月15日。

表达着"政治革命"与"文学"最初的勾连方式。傅斯年把"新""旧"文学分野的依据，归结到"学术"的转换："中国今日理古的学术已成过去，开后的学术将次发展。则于重记忆的古典文字，理宜洗濯，尚思想的益智文学，理宜孳衍。"①傅认为思想文化的整体转型才是文学分野的依据，由于"文学革命"发生的历史动力正在于来自"非文学的"政治需要，如果遵从于既有经验情感的召唤，则仍不容易脱离"旧文学"的"窠臼"，于是理性的"学术转换"成为"文学转换"的前提。

傅斯年指出"民国政治上已成'山穷水尽'的地步"，正因为"思想不变，政体变了，以旧思想运用新政体，自然弄得不成一件事"，于是要有"根本的觉悟"，在"形式的革新"的基础上进行"精神上的革新"。只有"以新思想夹在新文学里"，才能刺激、感动民众，故"未来的真正中华民国，还须借着文学革命的力量造成"。②

同样是将"文学变革"作为政界革命的实现手段，与梁启超认为文学只是"工具"不同，1920年代的文学革新是以"疏离""政治"的方式实现。而"疏离"是通过整个人文学科范式的转型来实现。"学术"着眼于人类范畴，以"普遍性"和"永恒性"作为特征的"真理"为追求目标，它与中国封建时代以"经世致用"为直接目标的"学说"有很大不同。由此，"学术"能获得超越政治经济之上的能力和价值。虽然1920年代的"学术"并没有与"救亡"绝缘，但对"学术独立""学术自足性"的维护仍是其知识建设的一个重要特征。

于是，"文学本体"的问题就被提出。在中国传统文化体系中，文学、史学、经学在很大程度上不分彼此，而西方的学术的理性化，以知识表述和推论的"逻辑性"和"精确性"为特征，推动知识"分类化"。"文学本体"的提出正顺应着这一趋势。罗家伦在《什么是文学》一文中就批评"旧文学""永没有明明白白从文学本体上着想"，"刘彦和的《文心雕龙》、章实斋的《文

①　傅斯年：《人生问题发端》，《傅斯年全集》第一卷，湖南教育出版社2003年版，第86页。

②　傅斯年：《白话文学与心理的改革》，《新潮》第1卷第5号，1919年5月。

史通义》所论的大都是修词的方法，文体的变迁"。罗的文章指出"文学的本体"是"文学是人生的表现同批评"①。

另一篇文章也以对"旧文学之本体"的质疑作为主题，言称："近来新派学者发起文学革命，以学理上活泼的健全的理由，攻破旧派所造之壁垒"，"吾独怪旧派一部分之腐儒老朽，既不明现世思潮之趋势，又不明自身所抱残守缺之学术思想于国民之智识上文化上生若何之影响"。该文认为"文学"是否合理的标准首先在于"以何种为主体而能成一有规则有条理之系统"，其次在于"能否应政治上学术上之实用"。②

值得注意的是，在"新文化运动"之初，虽然"文学本体"受到注意，但由于"文学"是整个文化转型的一部分，"文学"的功能被要求与整个文化转型的方向一致，由此产生的"文学的标准"虽然有别于"政治标准"，但与1920年代人文知识转型的方向和标准并无二致，"文学"中仍然潜隐着政治的标准。文学的"无用之用"不能仅在"文学"一域中去理解，而是整个人文知识范式的追求。"用"并不泛指一切"功利性"，而是特指"救亡图存"。但另一方面，对"文学本体"建设的推动也在加速"文学"和其他人文知识领域之间的分化，其自身的审美特质日益彰显。朱希祖的《文学论》中提出"文学"的"离一切学科而独立"的问题："自欧学东渐，群惊其分析之繁赜……政治，法律，哲学，文学，皆有专著；……故建设学校，分立专科，不得不取材于欧美或取其治学之术以整理吾国之学……在吾国，则以一切学术皆为文学；在欧美则以文学离一切学科而独立；……吾国之论文学者，往往以文字为准，骈散有争，文辞有争，皆不离乎此域；而文学之所以与其他学科并立，具有独立之资格，极深之基础，与其巨大之作用，美妙之精神，则置而不论。故文学之观念，往往浑而不析，偏而不全 。"③"文学独立"，意味着文学所具有的"审美自足性"要受到重视，美学冲动的"超功利性"消解"政治革新"的功能和诉求也便在所难免。

---

① 罗家伦：《什么是文学？——文学界说》，《新潮》第1卷第1号，1919年1月。

② 遗生：《时势潮流中之新文学》，《每周评论》1919年4月27日。

③ 朱希祖：《文学论》，《北京大学月刊》第1卷第1期，1919年。

鲁迅与20世纪中国研究丛书

实际上，文学革命在发生之初，就暗藏着美学冲动的诉求，如文学革命的关键性问题——"语言变革"，就暗藏着审美的冲动。在发表《文学改良刍议》之前，与陈独秀的通信中，胡适再次陈述了这一愿望，"尝谓今日文学之腐败极矣：其下焉者，能押韵而已矣。稍进，如南社诸人，夸而无实，滥而不精，浮夸淫琐，几无足称者……更进，如樊樊山，陈伯严，郑苏盦之流，视南社为高矣，然其诗皆规摹古人，以能神似某人某人为至高目的，极其所至，亦不过为文学界添几件赝鼎耳，文学云乎哉"，解决途径"须从八事入手"。①胡适之所以尝试文学语言变革，正是基于中国文学发展面临"审美的焦虑"的考虑。当他据此写信给陈独秀时，陈独秀则担心语言变革会导致"文学之文"审美规范的丧失。"仆拟作《国文教授私议》一文，登之下期《新青年》，然所论者应用文字，非言文学之文也。鄙意文学之文与应用之文必区而为二，应用之文但求朴实说理记事，其道甚简。而文学之文，尚须有斟酌处。"②

文学革命最终是以思想冲动抹平审美争议的方式展开的，陈独秀决定："其何故哉？盖以吾国文化，倘已至文言一致地步，则以国语为文，达意状物，岂非天经地义，尚有何种疑义必待讨论乎？"③陈独秀的立论依据即为"文化转型"，在这一过程中，文学的审美传统暂被搁置，文化整体转型的外部动力和文学内部审美创新的需要达成一致，文学革命由此发生。

关于"新文学"的标准，在最初的统一中就暗藏着分歧，即思想标准和语言标准的分歧。具有精确性、口语化的白话文固然是承载文学思想变革的必然选择，但"语言"具有本体性、工具性等多重功能。以语言变革作为"新文学"的标准难免就会产生歧义，比如文学革命到底着意于思想的转换，还是重在审美修辞上的变革？在这种情况下，周作人的《思想革命》对文学革命进行了进一步的说明。他认为传统文学"思想荒谬，于人有害"，"单变文字不变思想的改革，也怎能算是文学革命的完全胜利呢？""中国人如不真是'洗

---

① 胡适：《致陈独秀》，《新青年》第2卷第2号，1916年10月1日。

② 陈独秀：《1916年10月5日》，《陈独秀书信集》，新华出版社1987年版，第46页。

③ 陈独秀：《1917年5月1日》，《陈独秀书信集》，新华出版社1987年版，第133—134页。

鲁迅与20世纪中国政治文化

心革面'的改悔，将荒谬思想弃去，无论用古文或白话文，都说不出好东西来"。①周作人对于思想标准和语言标准的考辨，当然不是有意低估语言变革的重要性，而只是想澄清文学革命的重心是在于思想的转换，还是在于修辞或审美的创新。说到底，就是新文学的标准，是思想标准第一，还是艺术标准第一的问题。

傅斯年读了《思想革命》后，专门著文予以响应，指出"现在大家所谈的文学革命，当然不专就艺术一方面而论"，"最要注意的是思想的转变"。②在很多时候，对于"思想标准"的推崇和对于"艺术标准"的贬抑，存在着为"白话文学"艺术性薄弱辩解的成分。但傅斯年此处并无此意。他特地指出"中国人用白话做文已经好几百年了，然而所出产的都是二三等以下的事物，这都是没有真主义的缘故"③。

胡适关于"什么是文学"的回答中，同样为"新文学"张目，角度则大有不同。胡适认为"文学""第一要明白清楚，第二要有力动人，第三要美"④。无论是"明白清楚"还是"有力动人"都是从修辞的角度确立文学的规范性。第三条"美"的要求，胡适认为是建立在前二者的基础之上的。虽然胡适以对文学特定修辞规约的改变来为白话文学辩护，但作为"文学革命"的建设之作，《人的文学》和《建设的文学革命论》这两篇的立意就存在许多差异。"人的文学"仍是坚持文学的思想标准，这一标准，让新文学仍保持新文化转型的历史动力。而《建设的文学革命论》则更强调"文学的"，即新文学内部的审美建设。"人生的"和"文学的"有相辅相成的一面，同时也具有矛盾性。

傅斯年在《白话文学与心理的改革》中就把"艺术派"和"人生派"置于对立的位置，认为"美术派的主张，早已经失败了，现代文学上的正宗是为人

---

① 仲密：《思想革命》，《每周评论》1919年3月2日。

② 傅斯年：《白话文学与心理的改革》，《新潮》第1卷第5号，1919年5月。

③ 傅斯年：《白话文学与心理的改革》，《新潮》第1卷第5号，1919年5月。

④ 胡适：《什么是文学？（答钱玄同）》，《胡适文集》第2册，北京大学出版社1998年版，第149页。

生的缘故的文学"①。这二者的矛盾体现着"新文学"发生的历史状态所决定的内部张力，"人生的"联结着"新文学"发生最初的"政治诉求"，"文学的"则体现出知识分化后文学建设的"审美动力"。

在同时期有关"文学"的界说中，"最好的思想"②或是"思想学说"③的思想要求与"想象"等审美的要求往往并置。思想的标准和审美的标准有合流之处，但也会产生许多分歧和冲突。

二、鲁迅在文体选择方面采用"思想的标准"

在1920年代，鲁迅始终坚持"思想的标准"，并且反对"新文学"从"新文化运动"中分化出来后所具有的"独立""高蹈"的倾向。这首先表现为鲁迅始终坚持文学"为人生"的标准。他在十年后"说到'为什么'做小说罢，我仍抱着十多年前的'启蒙主义'，以为必须是'为人生'，而且要改良这人生"④。当然"为人生"的主张产生影响与"文学研究会"的倡导有很大关系。

"为人生"，就其本质上说，具有思想标准第一、艺术标准第二的特征。鲁迅"做小说"，并非因为"文学的"目的。他说："在中国，小说不算文学，做小说的也决不能称为文学家，所以并没有人想在这一条道路上出世。我也并没有要将小说抬进'文苑'里的意思，不过想利用他的力量，来改良社会。"⑤

鲁迅深知有关小说创作的文体要求是什么，他在指导作家小说创作时，就明白"小说"和"速写"的区别，即"sketch""是未达到结构较大的小

---

① 傅斯年：《白话文学与心理的改革》，《新潮》第1卷第5号，1919年5月。

② 罗家伦：《什么是文学？——文学界说》，《新潮》第1卷第1号，1919年1月。

③ 遗生：《时势潮流中之新文学》，《每周评论》1919年4月27日。

④ 鲁迅：《我怎么做起小说来》，《鲁迅全集》第四卷，人民文学出版社2005年版，第526页。

⑤ 鲁迅：《我怎么做起小说来》，《鲁迅全集》第四卷，人民文学出版社2005年版，第525页。

说"①。但他创作《呐喊》还是"速写居多，不足称为'文学概论'之所谓小说"②。鲁迅也十分清楚愤激的议论之于小说这种文体形式的不相宜，但为了思想上的目的，鲁迅仍然不顾小说文体的完善，在小说中夹杂许多议论。鲁迅这样表示过："我所写的小说极为幼稚，只是对像隆冬一样没有歌唱，没有花朵的本国情景感到悲哀，才写些东西来打破寂寞而已"，"处此境遇，也许会更陷于讽刺和诅咒罢"③。鲁迅在回顾《呐喊》中的作品时，也曾从被过多论及的有关非小说文体化倾向的角度指出其不足，认为"倘再发些四平八稳'救救孩子'似的议论"，连他"自己听去，也觉得空空洞洞了"。④但鲁迅又十分明白，虽然《呐喊》中语言愤激、议论颇多，但是"因为其中的讽刺在表面上似乎大抵针对旧社会的缘故"，"所以略略流行于新人物间"⑤。同样，他也注意到《新青年》《新潮》杂志刊载的小说在艺术上的诸多问题，但他仍不无肯定地说："这时的作者们，没有一个以为小说是脱俗的文学，除了艺术之外，一无所为。"⑥

鲁迅明知"白话"不利于"诗"文体的发展，还是要为新诗"敲边鼓"，也是出于这个道理。在当时，"为人生"标准所联结的思想动力成为新文学倡导者为新诗美学缺失的弊病辩护的理由。当胡先骕指出："诗之体裁，与诗之优劣高下，大有关系……考之吾国则五言古诗实为吾国高格诗最佳之体裁。"⑦罗家伦则以"文学是人生的表现和批评"作为前提得出结论："则白

① 鲁迅：《210826 致宫竹心》，《鲁迅全集》第十一卷，人民文学出版社2005年版，第411页。

② 鲁迅：《故事新编·序言》，《鲁迅全集》第二卷，人民文学出版社2005年版，第354页。

③ 鲁迅：《201214 致青木正儿》，《鲁迅全集》第十四卷，人民文学出版社2005年版，第175页。

④ 鲁迅：《答有恒先生》，《鲁迅全集》第三卷，人民文学出版社2005年版，第476—477页。

⑤ 鲁迅：《咬嚼之余》，《鲁迅全集》第七卷，人民文学出版社2005年版，第62页。

⑥ 鲁迅：《小说二言 导言》，刘运峰编：《1917—1927中国新文学大系导言集》，天津人民出版社2009年版，第80页。

⑦ 胡先骕：《评〈尝试集〉》，《学衡》第1期。

话可以为诗，自无疑义，白话可以把人生表现批评得真切，而且声韵亦近自然；白话诗可以比文言诗好，亦无疑义。"①从文体学的角度看，罗家伦的观点似乎显得空泛牵强，但也许正是这种非文学的动力和论述逻辑才能使文学具有历史的担当。"为人生"的标准以其携带的思想动力推动了先锋主义美学观的产生，概括来说就是"表现论"。这里的"表现论"不是"表现主义"，而是把文学语言和修辞当作思想呈现的工具，沿着先思想后艺术的次序去审度文学的好坏，而不去追求语言或修辞本身就具有的美感。

在技巧和思想的考量之间，鲁迅显然认为思想的标准要比修辞的规约重要得多。于是我们也看到，在有关诸种文体的问题上，鲁迅始终把思想的诉求放在第一位。鲁迅因为"语言""平民"的因素推动歌谣运动的发生，在任北洋政府教育部官员期间，他曾发布《儗播布美术意见书》，号召"搜集歌谣"，"发挥而光大之"②。后来，他转变了对于歌谣的态度，认为高估了歌谣的价值，其理由是看到"平民"思想的局限性。"平民所唱的山歌野曲，现在也有人写下来，以为是平民之音了，因为是老百姓所唱。但他们间接受古书的影响很大，他们对于乡下的绅士有田三千亩，佩服得不得了，每每拿绅士的思想，做自己的思想，绅士们惯吟五言诗，七言诗；因此他们所唱的山歌野曲，大半也是五言或七言。这是就格律而言，还有构思取意，也是很陈腐的，不能称是真正的平民文学。"③而关于创作者，鲁迅认为技巧上的锻炼是次要的，首先是思想的进步和人格的高尚。他说："美术家固然须有精熟的技工，但尤须有进步的思想与高尚的人格。"④"人格的高尚"的标准实际上也和思想的方式有关。"新文化运动"的核心内容就是"打倒旧道德，提倡新道德"，因此"高尚"的内涵也在发生变化。鲁迅口中所谓"人格的高尚"是指具备"新道

---

① 罗家伦：《驳胡先骕君的中国文学改良论》，《新潮》第1卷第5号，1919年5月。

② 鲁迅：《儗播布美术意见书》，《鲁迅全集》第八卷，人民文学出版社2005年版，第54页。

③ 鲁迅：《革命时代的文学》，《鲁迅全集》第三卷，人民文学出版社2005年版，第441页。

④ 鲁迅：《随感录四十三》，《鲁迅全集》第一卷，人民文学出版社2005年版，第346页。

德"的"人格"。

三、鲁迅在批评文学内容方面思想的标准

在文学内容的选择和表现方式上，鲁迅也坚持"为人生"的思想标准。

在翻译文学的选择方面，他曾指出翻译俄国文学的必要性。他说："俄国的文学，从尼古拉斯二世时候以来，就是'为人生'的，无论它的主意是在探究，或在解决，或者堕入神秘，沦于颓唐，而其主流还是一个：为人生。""这一种思想，在大约二十年前即与中国一部分的文艺绍介者合流，陀思妥夫斯基，都介涅夫，契诃夫，托尔斯泰之名，渐渐出现于文字上，并且陆续翻译了他们的一些作品，那时组织的介绍'被压迫民族文学'的是上海的文学研究会，也将他们算作为被压迫者而呼号的作家的。"[①]

鲁迅对"被压迫民族文学"的青睐要追溯到晚清时期。他在编《域外小说集》时，就有意于"被压迫民族的文学"。这与当时他的民族救亡的诉求有密切关系。到了辛亥革命之后，他仍然认为与民族救亡有关的思想是选择翻译作品的衡量依据。1915年至1917年间，鲁迅任教育部通俗教育研究会小说股主任，对编译小说进行分类奖惩。其中，对《黑奴吁天录》推荐的理由为："译者之意在唤醒国民之自觉心，使知白人虽号文明，然其待异族，实无人道可言，保存种族，维在自强，寓意最为深远。"[②]"保存种族，维在自强"是一种政治目的。

同样的标准也体现在《桃色的云》的翻译目的上："我当时的意思，不过要传播被虐待者的苦痛的呼声和激发国人对于强权者的憎恶和愤怒而已，并不是从什么'艺术之宫'里伸出手来，拔了海外的奇花瑶草，来移植在华国的艺苑。"[③]

---

① 鲁迅：《〈竖琴〉前记》，《鲁迅全集》第四卷，人民文学出版社2005年版，第443页。

② 沈鹏年：《鲁迅在"五四"以前对文坛逆流的斗争——关于他和通俗教育研究会关系的一段史实》，《学术月刊》1963年第6期。

③ 鲁迅：《杂忆》，《鲁迅全集》第一卷，人民文学出版社2005年版，第237页。

鲁迅与20世纪中国研究丛书

在翻译文学方面，鲁迅对文研会颇多赞赏，认为"组织的介绍'被压迫民族文学'的是上海的文学研究会"①。鲁迅与文研会的文学主张有颇多契合之处。其中，"为人生"的主张能产生影响也得益于文研会的宣传和努力。"文学研究会"之所以命名为"文学研究"，固然和郑振铎个人喜欢"研究"一词有关，但也表明"文学研究会"的文学实践沿袭着从学术转型到文学转型的发展脉络。"文学研究会"的"宣言"中也明确地将"增进智识"作为"文学研究会"的主要任务之一。也就是说，文学承担着引进"西学"、启发民智以改革政治的目的。从《新青年》到文学研究会，不仅有着人员接续的线索，其在思想承继上也是一脉相承的。有学者指出，"'新青年'开创了用翻译和理论来指导创作的风气，文学研究会则把这种风气发扬光大"②。而用翻译和理论来指导创作，体现了文研会对新文化运动以思想革命带动文学革命的传统的继承，但文学研究会翻译俄国小说也有其"思想革命"的目的。耿济之曾说："文学就是要像俄国屠格涅夫的《前夜》一样，可以唤起青年男女去'做各种民间的运动'，从而促成社会的改革。"③他和鲁迅一样，都认为俄国文学能够引发中国青年思想情感的变动，由此形成一股革新社会的力量。

反对"黑幕"和"鸳鸯蝴蝶派"最为激烈的当属文学研究会。"文研会"的主张虽然是周作人起草的，但与鲁迅的倡导也有莫大关系。在周作人起草文研会宣言之前，他就在《每周评论》和《新青年》上发表了两篇评论"黑幕小说"的文章：《论黑幕》《再论黑幕》。其中表达了对"黑幕小说"贻误"社会"的忧虑④，进而阐发了"黑幕不是小说"⑤的文学观。这两篇文章是针对杨亦曾的《对于教育部通俗研究会劝告勿再编黑幕小说的意见》而发的，而《教育部通俗研究会劝告勿再编黑幕小说》则是鲁迅在教育部社会教育司担任

① 鲁迅：《〈竖琴〉前记》，《鲁迅全集》第四卷，人民文学出版社2005年版，第443页。

② 王晓明：《一份"杂志"和一个"社团"——重评五四文学传统》，《上海文学》1993年第4期。

③ 耿济之：《〈前夜〉序》，《前夜》，商务印书馆1921年版。

④ 仲密（周作人）：《论"黑幕"》，《每周评论》1919年1月12日。

⑤ 仲密（周作人）：《再论"黑幕"》，《新青年》第6卷第2号，1919年2月15日。

科长时发布的。其中，"诱导国民之恶性"是鲁迅否定黑幕派的主要依据。

四、鲁迅反对"纯文学"的文学观

鲁迅坚持的思想标准决定着鲁迅始终反对"纯文学"的文学观。

对于"创造社"就"文学性"批判"文研会"，鲁迅十分反感。他曾将其描述为："但已经使又一部分人很不高兴了，就招来了两标军马的围剿。创造社竖起了'为艺术的艺术'的大旗，喊着'自我表现'的口号，要用波斯诗人的酒杯，'黄书'文士的手杖，将这些'庸俗'打平。"①

"创造社"并非对文学革命"思想的标准"存在隔膜。对"礼拜六"派的兴盛，成仿吾也感到痛心，认为"这是何等的时代错误！"，并且把该种文学现象与某种政治动向联系起来，质问"复辟真的成功了么"。"创造社"强调文学"全"和"美"，本意在于补充文学革命发生过程中审美的缺失。在《歧路》中，成仿吾就曾认为"第一，文学是批评人生的""第二，文学的真价在有特创（originality）"。②对于第一条的"批评人生"，我们并不陌生，这是"文研会"的主张。而第二条对于文学独创性的强调，则是为了开启新文学审美自觉的道路。在《新文学之使命》中，成仿吾进一步提出："艺术的艺术"，"文学自有它内在的意义，不能长把它打在功利主义的算盘里"。③成仿吾提出此类观点，并不是特别突兀的事。如上文所述，早在文学革命发生伊始，胡适在有关文学语言变革的主张中就存在追求文学原创性的审美冲动，而有关"为文学而文学"，陈独秀在一则随感录中也曾表达过类似的观点。可以说，创造社"为艺术的艺术"主张的提出，有其新文学"文学本体"发展的必然的线索。

鲁迅也并非不明白"文学""内在的意义"。早在日本留学期间，鲁迅就阐发过有关"纯文学"的审美观点，他说："由纯文学上言之，则以一切美

---

① 鲁迅：《〈竖琴〉前记》，《鲁迅全集》第四卷，人民文学出版社2005年版，第443页。

② 成仿吾：《歧路》，《成仿吾文集》，山东大学出版社1985年版，第22—23页。

③ 成仿吾：《新文学之使命》，《创造周报》第2号，1923年5月。

术之本质，皆在使观听之人，为之兴感怡悦。文章为美术之一，质当亦然，与个人暨邦国之存，无所系属，实利离尽，究理弗存。"①"兴感怡悦"就是指文学的审美感染力。鲁迅强调这种文学的本质，"个人暨邦国之存，无所系属"，他看到文学的审美追求在一定程度上可以超越个人利害和国家诉求而存在，"实利离尽，究理弗存"，具有无功利主义的特点。

当创造社的郭沫若宣传"文艺是苦闷的象征"时，鲁迅也翻译了厨川白村的《苦闷的象征》，并在序言里称赞作者的观点"很有独创力"。鲁迅对于从广义的象征的角度解释文学有着深刻的理解，他说：

> 作者据伯格森一流的哲学，以进行不息的生命力为人类生活的根本，又从弗罗特一流的科学，寻出生命力的根柢来，即用以解释文艺，——尤其是文学。然与旧说又小有不同，伯格森以未来为不可测，作者则以诗人为先知，弗罗特归生命力的根柢于性欲，作者则云即其力的突进和跳跃。这在目下同类的群书中，殆可以说，既异于科学家似的专断和哲学家似的玄虚，而且也并无一般文学论者的繁碎。作者自己就很有独创力的，于是此书也就成为一种创作，而对于文艺，即多有独到的见地和深切的会心。②

鲁迅非常看重《苦闷的象征》中对于文学本质和起源的解释，乃至于在创作《不周山》时"首先，是很认真的，虽然也不过取了茀罗特说，来解释创造——人和文学——的缘起"③。"很认真的"，表达着鲁迅解释文学时的心情和态度。已有许多学者揭示出，文学，对于鲁迅来说，既是政治诉求的实现通道，也是个人生命的释放和寄托。两者在某些时候可以得到统一，但后者对

---

① 鲁迅：《摩罗诗力说》，《鲁迅全集》第一卷，人民文学出版社2005年版，第73页。

② 鲁迅：《苦闷的象征·引言》，《鲁迅全集》第十卷，人民文学出版社2005年版，第257页。

③ 鲁迅：《故事新编·序言》，《鲁迅全集》第二卷，人民文学出版社2005年版，第353页。

于现实政治也具有超越性。当鲁迅意识到文学的超越性使他有可能置身社会现实之外时，他就宁愿以"非文学性"来保持其创作与现实之间的紧密联系。于是，成仿吾一方面看出《不周山》是"要进而入纯文艺的宫廷的杰作"①，但另一方面又为它的不完整而感到惋惜。

鲁迅说："我深恶先前的称小说为'闲书'，而且将'为艺术的艺术'，看作不过是'消闲'的新式的别号。"②反对"闲书"，是认为"文学"承载着社会变革的使命，认为"文学"在社会政治的进程之中有其重要的地位，而"为艺术的艺术"会消解这一使命，使文学沦为个体消遣的工具。实际上，对文学审美功能的强调的确存在挤压思想的问题。创造社的郑伯奇就曾明确表达出从艺术的角度否定"为人生的艺术"的观点，他说："'为人生的艺术'一派所主张的，就社会或文化上着眼，固然不无是处，若立在艺术的宫殿上说话，那当然是错的。"③鲁迅就指出1920年代"为艺术而艺术"，"是无意中有着假想敌的"。

当鲁迅说"我近来大看不起沫若田汉之流"④时，他并非考虑个人的恩怨，而是认为他们在提出艺术主张时较少民族政治利害的考虑，并且不无个人得失的计较。因此，当创造社成员指责鲁迅的《呐喊》"庸俗"时，鲁迅的反应异常激烈。

除了对创造社"为艺术而艺术"的主张进行批评外，鲁迅对其他强调"艺术""优雅""美"的派别和个人都表达了否定的观点。原因在于，他深怕"艺术"或"审美"成为文学逃避社会责任、维护腐朽政治的借口和幌子。他曾从文艺与政治之间的关系出发将"文艺"分为两类：一类是与政治能够"不断冲突"的"文艺"，一类是"离开人生"的"文艺"。对于两者的价值，鲁

---

① 成仿吾：《〈呐喊〉的评论》，《创造季刊》1924年2月28日。

② 鲁迅：《我怎么做起小说来》，《鲁迅全集》第四卷，人民文学出版社2005年版，第526页。

③ 郑伯奇：《国民文学论》，《创造周报》第33期，1923年12月。

④ 鲁迅：《210829 致周作人》，《鲁迅全集》第十一卷，人民文学出版社2005年版，第413页。

迅认为是对立的并且坚持后一种立场。他说：

> 文艺也起来了，和政治不断地冲突；政治想维系现状使它统一，文艺催促社会进化使它渐渐分离；文艺虽使社会分裂，但是社会这样才进步起来。文艺既然是政治家的眼中钉，那就不免被挤出去。外国许多文学家，在本国站不住脚，相率亡命到别个国度去；这个方法，就是"逃"。要是逃不掉，那就被杀掉，割掉他的头；割掉头那是最好的方法，既不会开口，又不会想了。俄国许多文学家，受到这个结果，还有许多充军到冰雪的西伯利亚去。
>
> 有一派讲文艺的，主张离开人生，讲些月呀花呀鸟呀的话（在中国又不同，有国粹的道德，连花呀月呀都不许讲，当作别论），或者专讲"梦"，专讲些将来的社会，不要讲得太近。这种文学家，他们都躲在象牙之塔里面……①

显然，在文体上，鲁迅也坚持这一政治思想的标准。他对创作杂文的态度在这一方面是具有代表性的。他说："也有人劝我不要做这样的短评。那好意，我是很感激的，而且也并非不知道创作之可贵。然而要做这样的东西的时候，恐怕也还要做这样的东西，我以为如果艺术之宫里有这么麻烦的禁令，倒不如不进去；还是站在沙漠上，看看飞沙走石，乐则大笑，悲则大叫，愤则大骂，即使被沙砾打得遍身粗糙，头破血流，而时时抚摩自己的凝血，觉得若有花纹，也未必不及跟着中国的文士们去陪莎士比亚吃黄油面包之有趣。"②

同样的逻辑也体现在文学理论方面，鲁迅曾说："还有一标是那些受过了英国的小说在供绅士淑女的欣赏，美国的小说家在迎合读者的心思这些'文艺理论'的洗礼而回来的，一听到下层社会的叫唤和呻吟，就使他们眉头百结，扬起了带着白手套的纤手，挥斥道：这些下流都从'艺术之宫'里滚出

---

① 鲁迅：《文艺与政治的歧途》，《鲁迅全集》第七卷，人民文学出版社2005年版，第116页。

② 鲁迅：《华盖集题记》，《鲁迅全集》第三卷，人民文学出版社2005年版，第4页。

去！"①而在创作的态度和对读者的期待方面，鲁迅曾认为："而且中国原来还有着一标布满全国的旧式的军马，这就是以小说为'闲书'的人们。小说，是供'看官'们茶余酒后的消遣之用的，所以要优雅，超逸，万不可使读者不欢，打断他消闲的雅兴。此说虽古，但却与英美时行的小说论合流，于是这三标新旧的大军，就不约而同的来痛剿了'为人生的文学'……"②

五、理性的文学创作和批评观

鲁迅对于"思想"的倚重，还表现在对"理性"的重视。"理性"干预体现出的"非文学性"与"文学革新"背后的政治动机有很大关系。也就是说，20世纪初社会变革的历史冲动在以"文化"为中介，"排挤"既有的"审美习惯"，"克服"习得的"审美情感"。在有关"文学"的各个方面，鲁迅都坚守这种文学的思想标准。鲁迅一方面是希望多有新文学的创作出现，但另一方面又担心创作对"感性"的依从会走向"传统思想"。他对于传统文化情感积淀的警醒使他反对"崇拜创作"，理由便是看到此论点的文化功能具有复古性，他指出"那精神中，很含有排斥外来思想，异域情调的分子"③。于是，他认为与其"创作"，不如"翻译"，指出"创作家出来了，从实说，好的也离不了刺取点外国作品的技术和神情，文笔或者漂亮，思想往往赶不上翻译品，甚者还要加上些传统思想，使他适合于中国人的老脾气……读者却已为他所牢笼了，于是眼界便渐渐的狭小，几乎要缩进旧圈套里去"④。可以看出，鲁迅对"创作"和"翻译"价值高低的判定所依据的正是"思想的标准"。他认为在情感经验尚未根本转变的情况下，"崇拜创作"只会创作出有些许外国

---

① 鲁迅：《〈竖琴〉前记》，《鲁迅全集》第四卷，人民文学出版社2005年版，第443页。

② 鲁迅：《〈竖琴〉前记》，《鲁迅全集》第四卷，人民文学出版社2005年版，第444页。

③ 鲁迅：《未有天才之前》，《鲁迅全集》第一卷，人民文学出版社2005年版，第175页。

④ 鲁迅：《未有天才之前》，《鲁迅全集》第一卷，人民文学出版社2005年版，第175—176页。

技术和神情、文笔漂亮但情感趣味上仍从属于"传统"的创作，这样的创作对于民众思想的影响是不利于中国文化转型和民族革命的。因而，鲁迅认为与其如此，还不如杜绝了中国传统因素的"翻译"在"思想上"更为可靠。

也是出于同样的理由，鲁迅反对从情感体验的角度去评价、批评创作，他对成仿吾以"灵魂的冒险"来形容文艺批评十分反感，指出"批评文艺，万不能以眼泪的多少来定是非。文艺界可以收到创作家的眼泪，而沾了批评家的眼泪却是污点"[①]。文学创作过程中，情感的介入不可避免，甚至可以说是不可或缺。要规约、引导介入文学的情感方式，不沾染传统的因子，就需要理性的力量。鲁迅认为批评家应该杜绝情感的泛滥，坚持理性的态度，这是针对文化变革的语境而发的言论。强调批评家的理性，实际上就是强调西方文化的思想标尺。

鲁迅这种理性的创作和批评观在1930年代表现得更为突出。相较于"抒情"，鲁迅认为1930年代作家对于政治斗争并没有切身体验，描写时会陷入主观化的空想，而紧扣现实的批判式描写则更能写得生动有力，所以更倾向于推动"写实"，这种"写实"是指写身边体验着的熟悉的生活，而非想象中的"现实"。鲁迅在《上海文艺的一瞥》中曾判断说："在现在中国这样的社会中，最容易希望出现的，是反叛的小资产阶级的反抗的，或暴露的作品。因为他生长在这正在灭亡着的阶级中，所以他有甚深的了解，甚大的憎恶，而向这刺下去的刀也最为致命与有力。"[②]同时由于1930年代充满政治化的激情，作者和读者更容易陷入"共同试图解决抱着满腔的热忱无处宣泄"[③]的问题而不是文学的问题。鲁迅对此也持批评态度，他将萧军的《八月的乡村》和法捷耶夫的《毁灭》做比较，认为《八月的乡村》："虽然有些近乎短篇的连续，结构和描写人物的手段，也不能比法捷耶夫的《毁灭》，然而严肃，紧张，作者

---

① 鲁迅：《反对"含泪"的批评家》，《鲁迅全集》第一卷，人民文学出版社2005年版，第426—427页。

② 鲁迅：《上海文艺之一瞥》，《鲁迅全集》第四卷，人民文学出版社2005年版，第307页。

③ 朱晓进：《政治文化与中国二十世纪三十年代文学》，人民出版社2006年版，第287页。

鲁迅与20世纪中国政治文化

的心血和失去的天空，土地，受难的人民，以至失去的茂草，高粱，蝈蝈，蚊子，搅成一团，鲜红的在读者眼前展开，显示着中国的一份和全部，现在和未来，死路与活路。"①鲁迅的这段批评虽说以褒扬为主，但也含蓄地指出了萧军作品在艺术上的不足和原因，"搅成一团，鲜红地在读者眼前展开"，正表现出该作品把情绪性的体验和盘托出，缺乏理性的加工和提炼。

总之，鲁迅始终反对"纯文学"的标准，反对"文学"进入"艺术之宫"，而倡导"文学""为人生"的思想功能，维系文学的"思想标准"。实际上这一切均与坚持"新文学"发生之初所具有的"政治功能"有关。

第二节　政治文化与1930年代鲁迅杂文风格的转变

1935年，鲁迅说杂文"恐怕要侵入高尚的文学楼台去的"②。这句话说明杂文在此之前并没有被认可为文学文类。事实也是如此，在1920年代，当时的文论家曾明确地将所谓"教训文""讽刺文"等归为杂类③，排除在文学文类的行列之外。从政治文化的角度，我们可以清晰地看到鲁迅为什么在1930年代着重于杂文的审美创新，使得杂文在1930年代获得审美上的巨大发展，从而"侵入高尚的文学楼台去的"。

　　①　鲁迅：《田军作〈八月的乡村〉序》，《鲁迅全集》第六卷，人民文学出版社1958年版，第227页。

　　②　鲁迅：《徐懋庸作〈打杂集〉序》，《鲁迅全集》第六卷，人民文学出版社1958年版，第291页。

　　③　郑振铎：《文学的分类》，《郑振铎文集》第四卷，人民文学出版社1985年版，第355—362页。

一、政治文化与鲁迅对杂文的重视

虽然中国古代也有"杂文"一体①，但20世纪初的文学革命使"杂文"的内涵发生了巨大的变化。文学语言的精确化、明确化虽然促成了说理文的畅达与精密，同时也使该文体"泛滥横决，绝无制裁"②。"为了对于旧文学的示威，在表示旧文学之自以为特长者，白话文学也并非做不到"，"写法漂亮和缜密的"③以抒情为特征的"美文"就出现了。"美文"满足了人们普遍的审美期待，成为散文、小品的基本内涵，与此同时，侧重说理的杂文和杂感因为缺少迎合审美期待的"资本"，被排除在文学之外，由此而被归为"杂类"。④在这种情形下，杂文的说理也愈加偏向于渗透了情感的"感"，而非纯粹的"评"或"论"。可以说，在1920年代，"杂文"缺乏一种文体的自觉性。

鲁迅从1920年代就开始创作杂文，但他开始重视并大量创作杂文却是在1930年代。茅盾就曾指出："自然，鲁迅从二十年代起就能纯熟地运用这种文体进行战斗，然而一九三三——三四年他在《自由谈》上写的杂文，却是数量最多最集中，影响最广的。而且，在鲁迅的带动下，当时写杂文蔚然成风，许多从来不写杂文的作家，也在《自由谈》上或者其它报刊上写起了杂文，

---

① 在中国古代文学史上，也有"杂文"一体。"杂文"被归纳总结为一种文体类型起于《文心雕龙》，该书将典、诰、誓、问、览、略、篇、章等"多品"都囊括在"杂文"文类中。这些文章虽然各有差别，但或"托古慰志，疏而有辩"、或"杂以谐谑，回环自释"，"乃发愤以表志"，"凭乎道胜""寄于情泰"，"莫不渊岳其心，麟凤其采"，皆具"杂文""文体之大要也"。当然，《文心雕龙》中所举诸例辞采盛乎理质，表志多于喻道，对骈俪语言和文风的追求使得这些文章不能足够清晰、深入地探讨问题，或阐发主张。倒是先秦诸子的许多"语录"片段，有论、有说，又注重形象、修辞，更接近现代意义上的杂文、杂感。至唐代古文运动兴起后，许多称为"说"的文章更以篇章、意义和结构的完整延续，发展着杂文的流脉，如韩愈的《师说》《杂说》、柳宗元的《捕蛇者说》等往往或写一时感触，或记一得之见，题目不拘大小，行文也较为自由，皆为情理兼备的杂文。只是文言文的语言特性注定了用其说理时总是气势、繁复有余，而缺乏精确性、明确性，因此杂文在中国古代文学史上始终是"文章之枝派，暇豫之末造"，无法得到更为蓬勃的发展。

② 胡先骕：《评胡适〈五十年来之中国文学〉》，《学衡》第18期。

③ 鲁迅：《小品文的危机》，《现代》第3卷第6期，1933年10月1日。

④ 郑振铎：《文学的分类》，《郑振铎文集》第四卷，人民文学出版社1985年版，第355—362页。

一些左翼青年作者更竞相学习或模仿鲁迅杂文的笔调。"①与1920年代相比，鲁迅在1930年代杂文创作数量的激增是一个显著的特点。诚如他在1935年底的《且介亭杂文二集·后记》中所说："我从在《新青年》上写《随感录》起，到写这个集子里的最末一篇止，共历十八年，单是杂感，约有八十万字。后九年中的所写，比前九年多两倍；而这后九年中，近三年所写的字数，等于前六年。"②

从文体特征上看，鲁迅在1920年代所写的大多是一些思想感悟性的随笔，多"感悟"，少"论说"，如《夏三虫》《战士与苍蝇》《杂感》《忽然想到》《这个和那个》等等，其中虽不乏针砭时弊的评论，但更多的是思想随笔。在这些杂感中，他就善于用比喻、对比、类比、诸多讽刺的技巧或典故来传达观点、说服读者。但值得注意的是：鲁迅一开始使用这些方法的主要目的还是通过最容易的途径把思想引向想要达到的概念。但到了1927年以后，他在报刊所发表的作品的政治气息和议论性显著加强。鲁迅杂文议论性的增强与1930年代特殊的政治环境有很大关系，"急遽的剧烈的社会斗争，使作家不能从容地把他的思想和感情熔铸到创作里去，表现在具体的形象和典型里；同时，残酷的强暴的压力，又不容许作家言论采用通常的形式。作家的幽默才能就帮助他用艺术的形式表现他的政治立场，他的深刻的对于社会的观察，他的强烈的对于民众斗争的同情"，所以杂文在"新文学里面形成了一个重要的存在"。③由于要针对当时的言论、观点或现象做出及时的评论，作家在写文章时往往来不及做细致的剖析和深入的思考，因此大多只将现象做简单的陈列并加以按语或是只做片段式的议论。议论简疏还在其次，这些文章的语言技巧也大多比较简单、单一，多数手法的运用是力求将意思直截了当地传达给读者。

1930年代初的鲁迅杂文，除了增加了时评性外，观点的表达方式也更为直

① 茅盾：《我走过的道路》（中），人民文学出版社1984年版，第189页。

② 鲁迅：《且介亭杂文二集·后记》，《鲁迅全集》第六卷，人民文学出版社1981年版，第451页。

③ 瞿秋白：《〈鲁迅杂感选集〉序言》，《瞿秋白文集·文学编》第三卷，人民文学出版社1989年版，第96页。

接。虽然他也经常使用讽刺及比喻、类比等手法，但目的是为了缩短理解的时间，加快认知。如《语丝》四卷十六期《文艺与革命》一篇，说理逻辑清晰，观点鲜明，类比、引用等都是为了服从论点的需要；再如四卷十八期的《太平歌诀》，也包含许多直陈的文字或直接的讽刺："近来的革命文学家往往特别畏惧黑暗"等等。李长之谈到鲁迅的《二心集》时说："似乎所有鲁迅这时的杂感，已不是用匕首，而是大炮了，文字已脱却尖刻，变为倾注光景……"[①]

总而言之，1930年代前期的鲁迅杂文为了使文章的观点明确以表达鲜明的政治立场，于是力求"辞达"，文章的风格更精确、明晰，不再掺杂任何与论题无关或影响逻辑说明的东西。于是，文章就更像论文，而少"文艺性"。正如评论家评价鲁迅杂文时所说："有时他的杂感文也失败，其原故之一，就是因为他执笔于情感太盛之际，遂一无含蓄……太生气了，便破坏了文字的美。"[②]

二、政治文化语境下的文体矫正和鲁迅杂文文体的发展

虽然如此，1930年代的文化语境带来的杂文的兴起和议论性的增强是杂文文体的独立和自觉的必要先导。1930年代对"有力"的追求促进了杂文表达技巧的审美化，同时外部文艺环境的逐渐严峻也迫使鲁迅的杂文迅速向着更隐晦的方向转变，推动着他的杂文改变"直接""明了"的表达方式，而要在"暗示""影射"等方面下功夫。这两方面的因素共同作用于杂文文体的发展，使许多更"隐晦""委婉""曲折"的修辞手段和语言技巧得到了发展。鲁迅曾说杂文不仅要"猛烈的攻击"，"造语还须曲折，否，即容易引起反感"[③]，杂文技巧的含蓄化、隐晦化不仅能增加杂文的美感，而且也能增强杂文的表达力和说服力。

---

① 李长之：《鲁迅之杂感文》，《李长之书评》第1卷，河北教育出版社2006年版，第207—208页。

② 李长之：《鲁迅之杂感文》，《李长之书评》第1卷，河北教育出版社2006年版，第216页。

③ 鲁迅：《1925年6月28日给许广平信》，《鲁迅全集》第九卷，人民文学出版社1958年版，第79页。

虽然鲁迅在1930年代前期的杂文中也运用了大量的比喻手法，但他1930年代后期杂文创作中比喻手法的运用则更为奇崛。不管是明喻、暗喻，还是类比、对比，本体和喻体之间的相差程度加大了，相似处减少了，但就是因为相似处更微妙、隐蔽，拉长了读者思考的时间，更能让读者强烈地感受到相似点，从而认识到本体的某种性质。有人说鲁迅的杂文"在不漏之外，又加上含蓄了，这是他在杂感上的新技巧"[①]。将鲁迅于《申报·自由谈》发表的作品中有关比喻的部分与《语丝》中的比喻进行比较，就可以发现他在1930年代所做的比喻更加奇崛。在1930年代前期及以前，鲁迅的比喻往往是抓住论敌的某一特点将其放大并找出这一特征的代表物进行比喻或类比。比如他经常用"狗"来比喻统治阶级的帮凶，所谓"叭儿狗""丧家的资本主义的乏走狗""失去了野性的狗""痛打落水狗"等。在中国的语言文化环境中，"狗"与品质不好的人之间的距离并不是很远，"狗"的比喻效果是让读者直截了当地看到对象的本质，尖刻而不含蓄。而到了1930年代中后期，他更注意发现我们头脑中认为风马牛不相及的事物、人物之间内在精神、事理的一致性。比如他将斗鸡、斗蟋蟀中人们与动物之间的斗与观斗，同军阀斗、人民看，兵士斗、军阀看等排列起来互比，"斗鸡"等语汇就不仅仅指代实在的动作，而是具有一种复杂的抽象性的、精神性的指向，它影射着某种将自己的快乐建立在别人的痛苦之上的冷漠、残酷和自私等人性，其本体和喻体的距离便较以前有了延展。读者在寻找本、喻体相似性的过程中获得"理趣"的享受。（《观斗》1月24日）电车上卖票人的"揩油"与借口，同上海的巡捕、西崽们"揩油"的并列使"揩油"的所指也不局限于日常的"沾便宜"，而具有了更为复杂的抽象性的意义。（《揩油》8月14日）"变戏法"的生财之道：利用要被虐待至死的黑熊，和长大后可利用别的黑熊和小孩子来变戏法的小孩子，与现实中生财之道的互比，也使文章中的本体和喻体的联系更加隐蔽、深邃，既指损他利己的残酷，又暗指中国历史和社会的某种本质。（《变戏法》10月1日）虽然

① 李长之：《鲁迅之杂感文》，《李长之书评》第1卷，河北教育出版社2006年版，第208页。

这些词语和语句中涉及的都是日常的事物，但就是通过将这些看似"不相干"的词语、事物放到一起，就会让读者对它们产生重新的思考和联想，拉长读者寻找所指的认知时间，增加感受的历程。这样不仅使词语具有远远大于其本身的丰富的内涵，言微旨远，增强了言语的"凝练性"和"隐喻性"，同时也促使读者对常见事物的重新发现和思考，达到了对其弱点和缺陷的认识，隐晦、巧妙地实现了讽刺的目的。隐晦性是文学领域"诗"的审美特征之一，杂文的"隐晦化"意味着杂文的"诗化"。在当时，不仅朱自清因为"理趣"的获得将鲁迅的杂文称为"诗"①，冯雪峰也认为鲁迅的杂文"诗与政论凝结于一起"②。诗歌是文学性最为"纯粹"的门类，杂文的"诗化"说明杂文的文学性得到了提高，具有了"纯文学化"的倾向。

借助"互文性"进行说理也增加了行文的"含蓄"和"隐晦"。用类比或对比对其他文章进行驳难是杂文家常用的手法，与1930年代前不同，1930年代后期的文章往往并不直接指出所针对的文章，而是将论敌的观点或所举的事例穿插于排列着的类比中，让读者自己发现它们逻辑上的荒谬处。驳难的"互文性"关系使这些文章的所指更为深邃。

李长之曾就鲁迅杂文在艺术上逐渐成熟的发展走势给予了生动描述："先是平铺直叙……此后便转入曲折、细微和刻画，仿佛骨骼是有了，但不丰盈，再后则进而为通畅，有了活力。最后则这两种优长，兼而有之，就是含蓄了，凝结了，换言之，便是，不光有骨头，不光有血肉，而且有了精神。"③其实，鲁迅的杂文在前后期的进步也代表了整个1930年代杂文创作的发展历程。杂文在1930年代前期片段化的政论或文艺论文分不出区别，比喻、讽刺等手法的运用也过于直接、直白，无法让读者从创作中获得审美上享受，这时的杂文只有杂文的框架或"骨骼"。但1930年代的杂文创作通过使用特定的技巧手

① 朱自清：《鲁迅先生的杂感》，《朱自清全集》第三卷，江苏教育出版社1990年版，第314页。

② 冯雪峰：《鲁迅与中国民族及文学上的鲁迅主义》，《文艺阵地》第5卷第2期，1940年8月。

③ 李长之：《鲁迅之杂感文》，《李长之书评》第1卷，河北教育出版社2006年版，第214—215页。

段，使语言表达更为含蓄、凝练。语言的含蓄和凝练使杂文具有了"诗"的特性，也就是说有了文学性和美感，"有了血肉"。杂文特有的说理性就具有了一种"理趣"，这给杂文赋予了其他文体所不能企及的独特的审美魅力，也就是"有了精神"。从杂文在1930年代前后期的审美发展，我们也可以看到受外部政治文化影响的文体，可以通过自身技巧和手法的调整进行审美上的矫正。

四、鲁迅对杂文发展的贡献

本来杂文只被看作是一种"战斗的阜利通"，许多创作杂文的作家也并不期待他们的杂文创作能挤入审美的殿堂。鲁迅就认为杂文不合"文学概念"的规约，"既非诗歌小说，又非戏剧"，但为了需要，"非这样写不可，他就这样写"，因为它能"使不是东西之流缩头"，"使所谓'为艺术而艺术'的作品，在相形之下，立刻显出不死不活相"。[①]这里的"需"显然不是"为艺术的"需要，而是文学以外的现实需要；徐懋庸一开始作杂文也是做了在文化界受人"轻蔑"的准备的，"我之所以不管人们轻蔑，自顾做我的'杂文'，就是因为相信在这个时代中，'杂文'对于社会实在很有点用处"。[②]当有很多人奚落杂文只"有宣传作用"而缺少留传后世的"文艺价值"，另一位杂文作家周木斋也只好说："倘使杂文因充满时代气息而缺少文艺价值，那还是老老实实不要这样的文艺价值。"[③]

但鲁迅在1930年代对杂文的审美创新矫正了杂文的审美缺陷，使杂文具有了独特的语言特色和审美魅力，杂文慢慢成为中国现代文学文体范式中不可忽视的一个类群。1935年3月，鲁迅在为徐懋庸《打杂集》写作的《序言》中理直气壮地说道："杂文是中国现代独创的文体，在美国的文学概论或中国的大学讲义中，并不能查到一种叫'Tsa-wen'（"杂文"的英译）的东西，但杂文

---

① 鲁迅：《徐懋庸作〈打杂集〉序》，《鲁迅全集》第六卷，人民文学出版社1958年版，第291页。

② 徐懋庸：《〈打杂集〉·作者自记》，《徐懋庸杂文集》，生活·读书·新知三联书店1983年版，第128页。

③ 周木斋：《杂文的艺术价值》，《太白》第2卷第4期。

必然会日渐斑斓，最终'恐怕要侵入高尚的文学楼台去的'。"①在鲁迅的带动下，"当时写杂文蔚然成风，许多从来不写杂文的作家，也在《自由谈》上或者其它报刊上写起了杂文，一些左翼青年作者更竞相学习或模仿鲁迅杂文的笔调。这样说也许不算过分：《申报·自由谈》的革新，引来了杂文的全盛时期"②。

杂文文体的自觉和发展，使新文学散文的内涵发生了变化。文学革命发生后，白话代替了文言成为文学的语言载体。直白、浅近的白话给散文文体的独立和边界带来了问题。由于小说、诗歌和戏剧自身具有相对独特稳定的形式规范，所以白话只能给它们的创作质量造成影响，而不会不认可它们是文学。散文却没有固定的结构特征和固定的形式要素。在中国古典文学里，散文类别庞杂、用途不一，但由于古典文学采用区别于口语的文言作为形式载体，文言文具有的模糊、骈化等特点使古文至少文辞优美，具有一定的文学性。而用白话创作的议论文或应用文却缺乏这样的性质，章法不固定，用途也非为审美欣赏，因此很难被认为是"文学"。1920年代初，相对比较保守的学衡派也经常用白话散文的文学性的缺失来责难新文学倡导者。对此，新文学倡导者们采取了不同的应对方式。胡适等力图通过修正"文学性"的内涵来捍卫用白话做散文的正当性，他说文学有三个要件："第一要明白清楚，第二要有力能动人，第三要美。"而"美"就是"'懂得性'（明白）与'逼人性'（有力）二者加起来自然发生的结果"③；陈独秀也说"'白描'是真美，是人人心中普遍的美"④。改变了"美"的标准，以"明白清楚"为美，《随感录》中的一路创作就有了被划归文学的依据。只是以白话代文言是由于依靠文化革新的迫切需要而获得正当性并付诸实施，但改变中国人心目中对"美"的评判标准却很

---

① 鲁迅：《徐懋庸作〈打杂集〉序》，《鲁迅全集》第六卷，人民文学出版社，1958年版，第291页。

② 茅盾：《我走过的道路》（中），人民文学出版社1984年版，第189页。

③ 胡适：《什么是文学？（答钱玄同）》，《胡适文集》第2卷，北京大学出版社1998年版，第149—150页。

④ 陈独秀：《我们为甚么要做白话文》，《晨报》1920年2月12日。

难靠理性倡导来实现。

　　而周作人考虑的更多的是依据现有的审美理念来探讨白话"美文"的创造问题。他在外国的散文理论中找到了与中国古典小品文创作相通的地方，即倡导一种以"抒情言志"为主的"小品文"。他在《美文》中首先把散文的边界廓清："现代散文应该是诗、小说、戏剧之外某种具有纯文学意义的东西。""外国文学里有一种所谓论文，其中大约可以分作两类。一批评的，是学术性的。二记述的，是艺术性的，又称作美文。"①周作人强调散文的纯文学性而把《随感录》之类平铺直叙的议论文排除在外。抒情不仅能够有效地缓解白话散文的干涩生硬，而且因为它能找到"传统"，能从古代小品文的文辞中汲取资源，创作起来也得心应手。周作人的倡导因此产生了巨大影响，白话"美文"也因之取得了"几乎在小说戏剧和诗歌之上"②的成就。以抒情言志为主的小品文成了现代散文的主要创作样式，而《随感录》《语丝》中的杂感文在文辞和美感上却令人不甚满意，被排除在散文文体之外。郑振铎在1923年给文学分类时就将所谓"教训文""讽刺文"等归在文学以外③。但值得注意的是：抒情散文的成功不仅"在表示旧文学之自以为特长者，白话文学也并非做不到"④，也在某种意义和程度上意味着白话散文获得文学认可是借助了传统文学的力量。散文成为唯一不排斥文言词汇并且倡导文言词运用的文体。周作人就认为美文"必须有涩味与简单味，这才耐读"⑤，所以文辞必须加上古文等分子。朱自清说："虽然这种小品文以抒情为主，是外来的影响，但是跟传统的骈散文的一部分却有接近处。"⑥周作人也承认："现代的散文在新文学中受外国的影响最少，这与其说是文学革命的，还不如说是文艺复兴的产

　　① 周作人：《美文》，《周作人散文》第二集，中国广播电视出版社1992年版，第151页。

　　② 鲁迅：《小品文的危机》，《现代》第3卷第6期，1933年10月1日。

　　③ 郑振铎：《文学的分类》，《郑振铎文集》第四卷，人民文学出版社1985年版，第355—362页。

　　④ 鲁迅：《小品文的危机》，《现代》第3卷第6期，1933年10月1日。

　　⑤ 周作人：《〈燕知草〉跋》，《周作人散文》第二集，中国广播电视出版社1992年版，第285页。

　　⑥ 朱自清：《什么是文学》，《朱自清全集》第三卷，江苏教育出版社1990年版，第161页。

物"，是复兴了"明清有些名士派的文章"。①

因此说，鲁迅促使了杂文文体的自觉，修正了现代散文的内涵。鲁迅曾说："杂文发展起来，倘不赶紧削，大约也未必没有扰乱文苑的危险。"②杂文的兴起使小品文的概念发生了改变，小品文不再专事抒情、记述，也无妨去论辩、教训。鲁迅在《小品文的危机》中提出了小品文向杂文发展的要求，认为"生存的小品文，必须是匕首，是投枪，能和读者一同杀出一条生存的血路的东西"③。唐弢更是直接地说："我的所谓小品文，其实就是现在一般人所浑称的杂文。"④胡风也说："这杂文，差不多成了所谓'小品文'底重要内容。"⑤夏丏尊加工自己抒情随笔之类的创作成为"杂文"；最为清晰、客观的表述是朱自清的概括："小品文之后有杂文。杂文可以说是继承'随感录'的，但从它的短小篇幅看，也可以说是小品文的演变。小品散文因应时代的需要，从抒情转到批评和说明上。"⑥从朱自清的话中我们可以看出"五四"时期由周作人等评论家和相关作家的倡导和实践而建立起来的散文、小品文以抒情言志为主的文体规定性，在1930年代由于鲁迅等对杂文审美性的矫正而被打破。批评、议论性的文章不再被排除在散文殿堂之外，而是成为现代散文中一种重要的创作样式。朱自清说："特别是杂文的发展，使我们的文学意念，近于宋以来的古文家而远于南朝。"⑦也就是说，"散文"的内涵由以抒情为主的文学转到以说理为主的文学。

---

① 周作人：《〈陶庵梦忆〉序》，《周作人散文》第二集，中国广播电视出版社1992年版，267页。

② 鲁迅：《徐懋庸作〈打杂集〉序》，《鲁迅全集》第六卷，人民文学出版社1958年版，第291页。

③ 鲁迅：《小品文的危机》，《现代》第3卷第6期，1933年10月1日。

④ 唐弢：《小品文拉杂谈》，《唐弢文集》第一卷，社会科学文献出版社1995年版，第154页。

⑤ 胡风：《略谈"小品文"与"漫画"》，《胡风评论集》，人民文学出版社1984年版，第93页。

⑥ 朱自清：《什么是文学》，《朱自清全集》第三卷，江苏教育出版社1990年版，第161页。

⑦ 朱自清：《什么是文学》，《朱自清全集》第三卷，江苏教育出版社1990年版，第162页。

第六章　政治文化与鲁迅逝世前后对鲁迅的阐释

第一节　论1936年周作人对"鲁迅"的叙述

1936年鲁迅逝世，纪念文章层出不穷，这其中也包括周作人的《关于鲁迅》与《关于鲁迅之二》。周作人的文章在当时就备受批评，甚至有人专门写信给周作人让他不要再写有关鲁迅的文章。然而，到了1990年代，周作人对鲁迅的叙述方式却得到了许多呼应，他对鲁迅的"言说"和"评价"被学者反复引用。在这种情况下，弄清周作人是怎样"言说"鲁迅就十分重要。周作人想借"鲁迅"说什么？而"鲁迅"又帮助他说了什么？"说"与"被说"之间的张力是什么？这些问题都尚待分析。

在1936年几乎众口一词地把鲁迅塑造成"民族魂"的纪念文章中，周作人有意"疏离"的姿态是很明显的。在鲁迅逝世的纪念活动中，他被定位为"不单是我们文学上思想上的一个先觉者和指导者，在中国民族的反封建和反侵略的民族阵营里，也是一个最坚强最勇敢的战士……"[1]。许多青年更是将他当作一个超越个体肉身的象征，表示"我是真实地信仰他"[2]。而这时周作人强调要把鲁迅当作"人"，不要当作"神"。他的纪念文章有意彰显鲁迅作为"人"的琐碎，甚至在1936年10月22日就鲁迅逝世接受记者采访时还指出了鲁

---

[1]　洪深：《后死者的责任》，《鲁迅先生纪念集》第三辑，上海书店1979年版，第72页。

[2]　李野：《信》，《鲁迅先生纪念集》第三辑，上海书店1979年版，第177页。

迅的"虚无"。①

任何血肉之躯都是"人",而周作人这里所谓的"人",倒并不是强调其生理意义或其在世的有限性。"人化"与"神化"相对,都是特定的"话语体系",都是特定意义的表达。所以本文探讨1936年作为"纪念"文章的《关于鲁迅》《关于鲁迅之二》以及周作人有关纪念鲁迅的发言,揭示它们通过"记住"和"忘记",通过另一种历史时间的编织,塑造的"另一个鲁迅",从而展现"鲁迅"的矛盾性,表达对中国民族建构的"另一种"理解,对"新文学"的"另一种"理解,对"人"的"另一种"理解。

一、对"早期鲁迅"的叙述与民族建构

当有关鲁迅的纪念文章以鲁迅在1930年代文学和文化活动为中心时,周作人的《关于鲁迅》《关于鲁迅之二》"偏"提鲁迅的早年,即从童年时期到青年时期,最晚到1920年代鲁迅创作小说、编小说史。对关于鲁迅"虚无"的结论持商榷态度的学者便会指出周作人论据的局限性,如唐弢就曾指出:"近十年来,他是一点也没有虚无主义的倾向的。"②然而,周作人却认为他的立论力量是充足的。他说:"这些事情都很琐屑,可是影响却颇不小,它就'奠定'了半生学问事业的倾向,在趣味上到了晚年也还留下好些明了的痕迹。"③即"趣味"的获得,是可以超越时代的限制在"个体"身上延续的。所以,虽然"琐屑"发生在早年,但影响却可以贯穿一生。

先把"趣味说"按下不谈,周作人在文章中体现的"历史时间"的观念就很值得揣摩。自中国知识分子受"进化论"的影响,"时间"便有了意义。"新"必战胜"旧"的思想,成为许多历史立论的基本逻辑。最有代表性的是胡适《白话文学史》,该著作以"进化论"为中心线索,构建出中国文学由

---

① 周作人:《谈鲁迅》,《周作人散文全集》第七卷,第365页。在《与曹聚仁谈鲁迅》中重申"云其意见根本是虚无,正是十分正确。因为尊著不当他是'神'看待,所以能够如此"(《周作人文类编·八十心情》,第240页)。

② 唐弢:《纪念鲁迅先生》,《鲁迅先生纪念集》第三辑,上海书店1979年版,81页。

③ 知堂(周作人):《关于鲁迅》,《宇宙风》1936年第29期。

"旧文学"到"新文学"逐步演进的历史的必然历程。这种"进化"的时间线索也影响着有关鲁迅的叙述。最具代表性的便是瞿秋白将鲁迅的思想描绘为"从进化论进到阶级论,从绅士阶级的逆子贰臣进到无产阶级和劳动群众的真正的友人"①的"进化"。

将视野扩大,"进化论"之所以在中国盛行,与19世纪世界殖民化进程中中国的空间性结构是分不开的。伴随着资本全球扩张,民族主义的概念也日益生成。因为该"民族主义"的概念并非自发产生,而是在"被殖民"的挤压下产生,该"民族主义"对"民族"的认定也伴随着对自我"民族"的批判和否定。"传统"和"现代"、"旧"和"新"、"野蛮"和"文明"的分野就此发生。民族自有的文化被认为是影响民族生存和发展的"障碍"。

"进化"的观念在中国的发生,是殖民地文化反应的一种表现,它和"民族主义"情绪相伴。这也使我们易于理解:为什么在近乎狂热地汲取西方资产阶级文化之后,知识分子会在十月革命的炮声中纷纷转向?为什么"进化论"逻辑十分突出的马克思主义有关社会发展的构想会很快在中国生根?瞿秋白对于鲁迅的论述,根植于对中国文化发展"进化"的认定。鲁迅的"转变"与"推翻帝国主义"相联系。瞿秋白说:"他'一向是相信进化论的,总以为将来必胜于过去,青年必胜于老人',然而……反封建残余的斗争也不再是纯粹的'父与子'斗争的形式。同时,新兴阶级的领导展开了真正推翻帝国主义和僵尸,推翻流氓资本和地主官僚的新结合的远景。……只有同着新兴的社会主义的先进阶级前进,才能够实现,才能够在伟大的斗争的集体中达到真正的'个性解放'。"②

在瞿秋白的论述中,民族发展的进化思维成为鲁迅人生转变的必然性的依据,鲁迅因此而成为"民族精神"的代表。这也是为什么"鲁迅"葬礼上"民族主义"思潮高涨的同时,瞿秋白有关鲁迅的论述的方式会被同时反复转引。

① 瞿秋白:《〈鲁迅杂感选集〉序言》,《瞿秋白文集·文学篇》第三卷,人民文学出版社1989年版,第115页。

② 瞿秋白:《〈鲁迅杂感选集〉序言》,《瞿秋白文集·文学篇》第三卷,人民文学出版社1989年版,第111页。

周作人虽未明确反对"进化论",但他对"进化的"历史观的疏离是显而易见的。在胡适的《白话文学史》盛行之时,周作人写了《中国新文学的源流》,以"载道"和"言志"的交替构建了一条"循环"的文学史线索。而他在回忆鲁迅的文章中,也着意沟通鲁迅的"过去"和鲁迅的"现在"之间的一致性。他似乎要以"过去"的存在反驳"进化"的"鲁迅"。他在称赞鲁迅包括文学创作和学术研究的"工作的成就"时,说明"其起因亦往往很是久远,其治学与创作的态度与别人颇多不同,我以为这是最可注意的事"[①],并以"鲁迅从小就喜欢书画"来证明。

当然,我们不能随意揣度周作人作鲁迅纪念文章的真实用意。但首先我们可以注意到"传者"和"传主"之间的"镜像"关系。在纪念鲁迅的文章中,周作人的语气一直显得漫不经心,并强调这些都是"事实"。但他选择什么,放弃什么,都和周作人的"自我想象"密切相关。[②]谈及"鲁迅从小就喜欢书画",周作人列举鲁迅幼时所读书目,包括《聊斋志异》《夜谈随录》《酉阳杂俎》《容斋随笔》《徐霞客游记》等。周作人专门叙述:"新年出城拜年,来回总要一整天,船中枯坐无聊,只好看书消遣,那时放在'帽盒'中带去的大抵是《游记》或《金石存》……"[③]这段回忆在周作人日记中找不到对应的记录,不过购买《徐霞客游记》的过程在周作人的日记中则有记录:

> 1902年2月初八,"大哥自浙江来,喜极",带来"《汉魏丛书》二函十六本,《徐霞客游记》四本,《古文苑》四本,《板桥诗集》四本,《科学丛书》四本,《人民学》一本,《谭先生状飞仁学》一本,《剡录》一函二本,《前汉书》十六本,《中西纪事》八本,《日本新政》二本……"[④]

---

① 知堂(周作人):《关于鲁迅》,《宇宙风》1936年第29期。

② 周作人《诗与真实》,"里边并没有什么诗,乃是完全只凭真实所写的","但也有一种选择,并不是凡事实即一律写的"。

③ 知堂(周作人):《关于鲁迅》,《宇宙风》1936年第29期。

④ 《周作人日记》(影印本),大象出版社1996年版,第319—320页。

这里我们看到，鲁迅去日本求学前，确曾与周作人一起购买书籍，对《徐霞客游记》的喜爱也是实事，不过周作人偏偏记住了类似《徐霞客游记》之类的旧书，而"忘却"了类似《科学丛书》《人民学》等"新式书籍"。与此相似的是，周作人日记中固然记录了他对《容斋随笔》《西游记》的阅读，但在同一时期他也记下了其对于《天演论》的频繁阅读。而在《周作人自述》中，周作人叙述"周作人""并非文人，也不是学者"，"无专门"，"不求学"，"但喜欢读杂书"。①所谓"杂书"，从他的诸多文章中都可看出亦主要包括《阅微草堂笔记》《酉阳杂俎》《夜谈随录》《容斋随笔》《聊斋志异》《徐霞客游记》等。我们可以看到，这个"周作人"和《关于鲁迅》中的"鲁迅"十分相似，他"自我"的形象和他笔下的"鲁迅"有颇多交叠。

周作人说鲁迅读"杂书"的经历"都很琐屑"。看起来，周作人是在引用"无意义的""鲁迅"来与"有意义的""鲁迅"抗辩。而实际上，这"琐屑"本身并非"无意义"，在周作人关于"自我"的描述中，我们看到"杂学"实际上是与"举业""八股文"相对的一种知识范式。在《我的杂学》中，"文章"是指"八股文"，"杂学"是指"普通诗文"，"是不中的举业"②。

与"功名""应试""载道"无关的文章是"杂学"。周作人认为，正是这些"杂学"才能影响人的"趣味"。不仅在《有关鲁迅》一文中，周作人有如此表述，他谈及"读书的经验"时说自己"后来看书是从闲书学来，《西游记》与《水浒传》，《聊斋志异》与《阅微草堂笔记》……"③，而且在他的《知堂回想录》中，他也称《酉阳杂俎》是一本吸引他、并给予他的"趣味"以很大影响的书："举凡我所觉得有兴味的什么神话传说，民俗童话，传奇故

① 周作人：《周作人自述》，《周作人文类编·八十心情》，湖南文艺出版社1998年版，第1—2页。

② 周作人：《我的杂学小引》，《周作人文类编·夜读的境界》，湖南文艺出版社1998年版，第574页。

③ 周作人：《读书的经验》，《周作人文类编·夜读的境界》，湖南文艺出版社1998年版，第178页。

鲁迅与20世纪中国研究丛书

210

事，以及草木虫鱼，无不具备，可作各种趣味知识的入门。"①

　　研究周作人的学者大抵知道，"趣味"是周作人思想的一个代表性范畴。周作人曾明确表示："我很看重趣味，以为这是美也是善，而没趣味乃是一件大坏事。"②"趣味"即指日常生活美学。苏文瑜曾指出，"趣味"并非是通常所说的"品味"，该"品味"与特定阶层所具有的家庭传统、教育背景、交友网络以及物质保障有很大关系。这是一种根植于"风土"并融汇在日常生活感觉中的"国民性"，它与抽象的民族国家相对立，而与非理性的审美情感相联系。正如周作人所说：

　　　　我相信，所谓国粹可以分作两部分，活的一部分混在我们的血脉里，这是趣味的遗传，自己无力定他的去留的，当然发表在我们一切的言行上，不必等人去保存他；死的一部分便是过去的道德习俗，不适宜于现在，没有保存之必要，也再不能保存得住。③

　　"趣味"联结"过去"和"现在"，以"地方性"为依托，构建起一种新的"共同体"。该"共同体"不同于由殖民语境的资本侵略带来的"民族国家"概念，而是建立在"个体"与"共同体"相连的审美积淀的基础上。正如苏文瑜所说，在抽象的、政治化的民族国家之外，"趣味"使"民族"更具"可塑性"和"包容性"。在周作人眼中，"思想感情上"的"联络"，"中国文化的陶冶"，才是真正的"民族性"，这种"民族性"可以超越政治的边界：

　　　　用时髦的一句话说，现在有强化中国民族意识之必要，如简单的说，

---

　　① 周作人：《我的新书（一）》，《知堂回想录》上册，河北教育出版社2002年版，第160页。

　　② 周作人：《笠翁与随园》，《周作人文类编·千百年眼》，湖南文艺出版社1998年版，第681页。

　　③ 周作人：《地方与文艺》，《周作人文类编·本色》，湖南文艺出版社1998年版，第81—82页。

也就只是希望中国民族在思想感情上保持一种联络。我不说汉民族，因为包括用中国言语的回满蒙人在内，不说中国人，因为包括东四省台湾香港澳门的人在内。虽然有些在血统上并不是一族，有些在政治上已不是一国，但都受过中国文化的陶冶，在这点上有一种重要的连结，我就总合起来纳在中国民族这名称里面。……在政治上分离的，文化以至思想感情上却未必分离，除非用人工去分离他。①

因此，周作人在他自己的传记和对"鲁迅"的"回忆"中所列的这些"书目"当然不是"古籍"本身，而是对民族国家的另一种态度。它们以时间的错位成为各种"载道"的异质性存在。它们在"回忆"中的"在场"是对"政治民族话语"中作为"民族解放战士"的"鲁迅"的抗辩。它们"琐碎""无系统"，但正是这种特质表达着有别于"进化史论"的另一种历史线索。在谈及《阅微草堂笔记》时，周作人说："小时候喜看闲书，记得是读《阅微堂笔记》。"是"小时候喜看闲书"，周作人总是要通过时间和人事的错位，来表达对"现在"的"疏离"。这里所谓的"闲书"，是对"史论"的"讽刺"："说好说歹，本是做史论的秘诀……即真正老牌的遵命文学是也。"②

周作人认为"史论"不过是"遵命文学"。"遵命文学"既是指受"权力"威压写出的文学，也指思想上受"道统"影响写出的"载道"的文学。"史论"，无论是"说好说歹"，都是围绕一个中心立论，其"目的论"的"教训"色彩十分强烈。周作人当然不是借此再次批判早已不存在的"史论"，而是针对三十年的诸种"宣传""标语"和"论文"。"科举停了三十多年了，看近年许多宣传，自标语以至论文，几乎无一不是好制艺，真令人怀疑难道习得性真能隔世遗传的么？"③

---

① 周作人：《国语与汉字》，《周作人文类编·夜读的境界》，湖南文艺出版社1998年版，第788页。

② 周作人：《遵命文学》，《周作人文类编·本色》，湖南文艺出版社1998年版，第140页。

③ 周作人：《遵命文学》，《周作人文类编·本色》，湖南文艺出版社1998年版，第140页。

于是，我们看到了"琐屑"的"鲁迅"，该"鲁迅"没有随时间演进的"逻辑线索"行进，却以"琐屑"贯彻始终。在铺天盖地"鲁迅精神不死"的口号中，周作人的这种姿态，具有抗辩的意味。他塑造"另一个鲁迅"，是为了表述有关"民族""文化"的"另一条历史线索"。

二、对鲁迅文学趣味的强调与对1930年代新文学发展线索的反驳

周作人写关于鲁迅的纪念文章，虽说有作为至亲不得已的成分在内，但他用"另一个鲁迅"对"鲁迅"的辩驳却早就有意为之。

1935年，鲁迅和郑振铎一起组织重印《十竹斋笺谱》。为此，周作人特意做了一篇文章，命名为《十竹斋的小摆设》，文中指出：

> 崇祯甲申，岂非明之国难乎，情形严重殆不下九一八，至乙酉而清兵下江南矣。于斯时也而刻《笺谱》，清流其谓之何？夫刻木板已"玩物丧志"矣，木板而又画图，岂不更玩而益丧欤。抑画图而至于诗笺，则非真正"小摆设"而何？使明末而有批评家，十竹斋主人之罪当过于今之小品作家矣。①

"小摆设"的批评实际就来自鲁迅本人。1930年代，周作人所倡导的"抒情散文"，经由林语堂等人的推动十分盛行，被林称作"小品文"。虽说周作人至林语堂等推崇的"小品文"，谓"宇宙之大，苍蝇之微"无不可涉及，不过多数"小品文"立意却还是以"苍蝇之微"为主。周作人论及他在1930年代专注写"草木虫鱼"时，这样说："不必说到政治大事上去，即使偶然谈谈儿童或妇女身上的事，也难保不被看出反动的痕迹。"于是只好谈"草木虫鱼"，有意"不革命"。②鲁迅对此曾有不满，曾就评论"语丝派"暗讽

---

① 周作人：《十竹斋的小摆设》，《周作人文类编·八十心情》，湖南文艺出版社1998年版，第159页。

② 周作人：《草木虫鱼小引》，《周作人文类编·人与虫》，湖南文艺出版社1998年版，第7页。

周作人：“本身又便变为黑暗了，一声不响，专用小玩意，来抖抖的把守饭碗。”①他认为周作人不过是由于现实利害的考虑，吟风弄月，远离政治。对于“小品文”，鲁迅认为是不合时宜的“小摆设”：“……文学上的‘小摆设’——‘小品文’的要求，却正在越加旺盛起来，要求者以为可以靠着低诉或微吟，将粗犷的人心，磨得渐渐的平滑。这就是想别人一心看着《六朝文絜》，而忘记了自己是抱在黄河决口之后，淹得仅仅露出水面的树梢头。”②鲁迅认为就一时一地的现实环境来看，创作“小品文”会使性情平和，缺乏斗志，这不利于挽救民族于水火之间的革命诉求。

对此，周作人并未直接辩驳。但就鲁迅重印《十竹斋笺谱》一事，周作人以“小摆设”暗讽鲁迅。正如陈丹青所说，从幼年的《山海经》到中年编印《北平笺谱》，更兼对于欧陆前卫版画的迷恋，鲁迅终生偏爱版画，有一种令人疑惑的“旧文人趣味”③。于是，在《关于鲁迅》中，周作人又不厌其烦地列举鲁迅幼年喜爱影描绣像的“琐事”，并说明这“在趣味上直到晚年也还留下了好些明了的痕迹”④。

如上所述，周作人的“趣味”联结着“另一条”民族振兴的道路。而重视“艺术趣味”，本就存在于鲁迅“从文”的脉络中，也不与民族诉求绝缘。相对于鲁迅的“变”（从“进化论”到“阶级论”），周作人有意提醒鲁迅的“常”，并以其一以贯之对“版画”的“趣味”来讽刺他的“政治性”，或者说，以他的“审美诉求”来反驳他的“革命诉求”。也是从这一逻辑出发，周作人对鲁迅的“回忆”，屡屡“从头谈起”并贯彻一条恒定的线索。

除了古籍趣味外，周作人在《关于鲁迅之二》中重点“回忆”在日本时的鲁迅。这是鲁迅“从文道路”的开始。周作人第一次论述了鲁迅与梁启超的

① 鲁迅：《300222　致章廷谦》，《鲁迅全集》第十二卷，人民文学出版社2005年版，第223页。

② 鲁迅：《小品文的危机》，《鲁迅全集》第四卷，人民文学出版社2005年版，第591页。

③ 陈丹青：《鲁迅与美术》，《笑谈大先生》，广西师范大学出版社2011年版，第150页。

④ 知堂（周作人）：《关于鲁迅》，《宇宙风》1936年第29期。

区别。他说："梁任公的《论小说与群治之关系》当初读了的确很有影响，虽然对于小说的性质与种类，后来意见稍稍改变，大抵由科学或政治的小说渐转到更纯粹的文艺作品上去了。不过这只是不看重文学之直接的教训作用，本意还没有什么变更，即仍主张以文学来感化社会，振兴民族精神……"[①]并不拘囿于从宣传的角度去理解文学，而是注重文学对于"个体"思想气质的熏陶和感化作用，并由此来改革社会，这是周氏兄弟和梁启超的区别之处。在政治功能之外，他们对"文学"的审美自足性亦十分看重，认为这是"文学""疏离"政治，从而能够超越和批判政治的根本所在。在日本期间，鲁迅"弃医从文"，拒绝政治刺杀活动，并写作了《破恶声论》《文化偏至论》《摩罗诗力说》等文章，批评辛亥革命过程中"志士的宣传"，呼唤重视"人"的"精神"，以无功利、超越道德的"文学"来感化心灵。当然，这种"文学"并非完全排斥政治，而是通过自足性，通过异质性，来"影响""政治"。于是，周氏兄弟开始以"新文学"为"志业"。

《域外小说集》即是这种努力的结果。其序言，周作人特意指出是以他的名义发表，但其实却是鲁迅所写。其中有"使有士卓特，不为常俗所囿，必将犁然有当于心，按邦国时期，读其心声，以相度神思之所在……"等语句。"心声"和"神思"均是《破恶声论》《摩罗诗力说》中的"关键词"。在这两篇文章里，鲁迅反驳了当时流行的"民族主义话语"而主张通过"文艺"来启发个体精神。"心声"[②]"神思"[③]都是中国古典文论的词汇，意在通过文学的审美性释放人性，摆脱束缚。"心声者，离伪诈者也。"这与周作人对"趣味""本色"等的强调有同工之处。

那么，鲁迅"审美感知"的特点是什么呢？周作人认为正是鲁迅后来想竭力摆脱的"黑暗""悲观""虚无"。这是由"趣味"影响得来的，"豫才从小喜欢'杂览'，读野史最多，受影响亦最大"。鲁迅在辛亥革命后所作的小说，"大约现代文人对于中国民族抱着那样一片黑暗的悲观的难得有第二个人

---

① 周作人：《关于鲁迅之二》，《宇宙风》1936年第30期。

② 扬雄：《法言·问神》，《法言》，中华书局1985年版，第14页。

③ 刘勰：《文心雕龙》，商务印书馆1933年版。

吧"。而"有些牧歌式的小说都非佳作。《药》里稍露出一点的情热,这是对于死者,而死者又正是做了'药'了,此外就再也没有东西可以寄托希望与感情"①。

周作人对鲁迅创作的"理解"当然不是没有根据。今天的研究者对鲁迅文学创作中表现的"黑暗""悲观"等完全不陌生。鲁迅文学思想对周作人"回忆"的"反射"时时可见,这是因为在对"新文学"的理解上,周氏兄弟从一开始就有很大的一致性。这也使得在许多文学观念上,鲁迅和周作人多有呼应。比如,鲁迅在一面为女师大学潮呐喊助威时,一面在翻译厨川白村的《苦闷的象征》。周作人也通过申说"就我个人的意见,文学是表现思想与情感的,或者说是一种苦闷的象征"②,来反抗"文学"的"大众化"。在《革命时代的文学》中写道,"文学是余裕的产物",周作人也认为"纯文学""没有什么大的力量"③。这些文学思想,表现着审美自足性的诉求,强调文学超功利、个人化的一面。如上所述,周氏兄弟并非"为文学而文学",而是通过文学的"审美自足性"来疏离"现实政治",充盈个体精神,进而实现"群之大觉"。

与鲁迅一直强调"思想革命"相似,周作人并不排斥"新文学""思想革命"的使命。周作人认为"新文学"决不是语言或文体的改革,最主要的是"思想"的改革。"反礼教""张个性"是其思想的特质,否则,"新文学"和古文并无两样。

明季的新文学发动于李卓吾,其思想的分子很是重要……民初的新文学运动正是一样,它与礼教问题是密切相关的,形势上是文字文体的改革,但假如将其中的思想部分搁下不提,那么这运动便成了出了气的烧

---

① 知堂(周作人):《关于鲁迅》,《宇宙风》1936年第29期。

② 周作人:《文学的贵族性》,《周作人文类编·本色》,湖南文艺出版社1998年版,第110页。

③ 周作人:《关于通俗文学》,《现代》第2卷第6期,1933年4月。

酒，只剩下新文艺腔。[①]

周作人认为在反抗"礼教""张扬个性"方面，明末等创作也可看作是"新文学"的一部分，而不必拘泥于文字形式。于是，他汲取明末文学资源，提倡"抒情散文"。

然而，不可否认的是，周氏兄弟在日本建立的"文学"和"政治"的关系是一个二元主体的结构，"文学"和"政治"各自有自己的价值标准，在很多时候具有矛盾性。当二者发生冲突时，周氏兄弟往往各有倚重。鲁迅亦认同"新文学""思想革命"的一路，并不反对反抗"礼教"、"张扬个性"，但他亦时时不忘"文学"最终的现实诉求，因此批判任何与现实"苟且"和"妥协"的可能。这二者在思想理路上并不矛盾，但在日益政治化的环境中，"文学"的"超功利"就具有矛盾性，它能够启发"性灵"，但它也与精致的教养、余裕的生活相联系，具有政治上的保守性。因此在两种"审美风格"之间，鲁迅就有了选择：

> 以后的路，本来明明是更分明的挣扎和战斗，因为这原是萌芽于"文学革命"以至"思想革命"的。但现在的趋势，却在特别提倡那和旧文章相合之点，雍容，漂亮，缜密，就是要它成为"小摆设"，供雅人的摩挲，并且想青年摩挲了这"小摆设"，由粗暴而变为风雅了。[②]

周作人认为鲁迅漠视了"小摆设"原有的价值，其原因就在于过于强调"文学"的政治效用，而忽视了"文学"自足性的重要性。他认为这是"新文学"发展的"流弊"。而"流弊"的源头就是"五四运动"，周作人说："从五四运动的往事中看出幻妄的教训，以为（1）有公理无强权，（2）群众运动

---

① 周作人：《关于近代散文》，《周作人文类编·本色》，湖南文艺出版社1998年版，第693页。

② 鲁迅：《小品文的危机》，《鲁迅全集》第四卷，人民文学出版社2005年版，第592页。

可以成事……凭了檄，代电，宣言，游行之神力想去解决一切的不自由不平等，把思想改造实力养成等事放在脑后。"①

甚至当胡适将"国民革命"和"文学革命"之间建立因果联系时，周作人认为胡适也违背了"文学革命"的精神，即"文学革命"应该以反抗"时代的精神"为主轴，张扬个体精神，实现"思想改造实力"。而热衷于以"文学革命"推动"国民革命"，热衷于"文学"参与现实政治，是1930年代"革命文学"兴盛的原因。周作人说："时下这一般倡说革命文学的人，认为文学如其有它自身存在的价值，那末，便应当根据这一时代的精神来做心轴，在思想上是要先进，在政治上要能够来帮助活动与改革的成功。如这次胡适先生在东京演讲，便说到中国之有国民革命，便是根据于文学革命而来的，换而言之，是先有了文学革命之产生，而后才有今日国民革命之运动。"②

由是，周作人所塑的"另一个鲁迅"，是中国"新文学"的"另一条线索"。在"新文学"发生的过程中的确存在矛盾性，而"另一个鲁迅"就是对这一矛盾性的彰显。周作人对"另一个鲁迅"的塑造，也在为"新文学"的"另一条历史线索"立论。

三、"人"的鲁迅对"民族魂"的消解

最后，周作人要还原一个作为"人"的"鲁迅"。周作人认为他关于"鲁迅"的"回忆"，"差不多全是平淡无奇的事，假如可取，可取当在于此，但或者无可取也就在于此乎"③。"平淡无奇"，就是拒绝戏剧化和典型化。这样的"个体"亦是周作人对"鲁迅"的"投射"和"反射"。他在《自己的园地》的"序言"中说："我们太要求不朽，想于社会有益，就太抹杀了自

---

① 益嚛（周作人）：《五四运动之功过》，《京报副刊》1925年6月29日。
② 周作人：《文学的贵族性》，《周作人文类编·本色》，湖南文艺出版社1998年版，第110页。
③ 周作人：《关于鲁迅之二》，《宇宙风》1936年第30期。

己。"①而这"自己"的存在，可以称为反抗各种外在权力的"新主体"。鲁迅在《破恶声论》《文化偏至论》等文章中也表达过这样的观点，即"己""自性"的取得是"自由"的保障，"自由之得以力，而力即在乎个人，亦即资财，亦即权利。故苟有外力来被，则无间出于寡人，或出于众庶，皆专制也。国家谓吾当与国民合其意志，亦一专制也"②。将"国民"与"吾"合而为一，是一种"专制"。

但鲁迅也并不以"个人"作为对"国民""国家"的否定，只是认为鲁迅的"个人""己"首先应该具有"主体性"，它与"民族国家"之间相互独立。并且，"人"的"发扬"是"邦国"的"兴起"的必要条件。"个人"应该怎样实现民族诉求呢？鲁迅认为"伪士当去，迷信可存"③。所谓"伪士"，在鲁迅的文章中是指为辛亥革命进行文化宣传的"志士"，鲁迅认为他们对"国民意识"的强调有诸多弊端，而关键就在于在"国民话语"中"人"的被忽视。所以"志士的宣传"是应该被纠正的。相反，应该提倡"迷信"，即"个人的信仰"。"个人"应该具有"主体性"，主动接受和"信仰""民族主义"。

在对"自我""有限性"的理解上，周作人的"镜像"与"鲁迅"又不分彼此。周作人本人也并不完全否认"民族主义"，只是他拒绝从"国家利益"的角度去建构"民族"，而是认为一切"主义"都没有强迫他人信从的权力，也不应该成为世皆推崇的"绝对真理"，更没有"宣传"的必要。思想不过也只能是"个人的倾向"。他以历史来论述被"民族革命思想"迷误的个体生命的教训：

> 我不相信因为是国家所以当爱，如那些宗教的爱国家所提倡，但为个
> 人的生存起见主张民族主义却是正当，而且与更"高尚"的别的主义也不

① 周作人：《自己的园地旧序》，《周作人文类编·本色》，湖南文艺出版社1998年版，第330页。

② 鲁迅：《文化偏至论》，《鲁迅全集》第一卷，人民文学出版社2005年版，第52页。

③ 鲁迅：《破恶声论》，《鲁迅全集》第八卷，人民文学出版社2005年版，第30页。

相冲突。不过这只是个人的倾向，并不想到青年中去宣传，没有受过民族革命思想的浸润并经过光复和复辟时恐怖之压迫者，对于我们这种心情大抵不能理解。①

因此，要摆脱"迷误"，"个人"应该具有"主体性"。这个"主体性"不能通过外力强迫来获得。"对于人们的信仰，我们只能启发他的知识，使他自主地转移，不能用外面的势力去加以压迫。""抵抗对于个人思想自由的威胁。"②在《关于鲁迅》中，周作人常说鲁迅做事并非在意"名誉"而只是"爱好"也是强化这一特征。他强调鲁迅的"不求闻达"："上期重在辑录研究，下期重在创作，可是精神还是一贯，用旧话来说可云不求闻达。"并举例鲁迅辑录的《会稽故事》，"这就证明他做事全不为名誉，只是由于自己的爱好。这是求学问求艺术的最高态度……"③。

对外在一切"名誉""政策"的漠视，将某种"追求"仅仅作为"个体爱好"，这是周作人对"个体"的理解。鲁迅亦有许多类似的回应。他给许广平写信，将自己的文化活动表达为"与黑暗捣乱"的个体性情的体现。而研究界也对鲁迅个体性情与其文化活动之间的关系有诸多论述。

然而同时不容忽视的是，周作人和鲁迅所倡导的"个体"本身就存在着巨大的矛盾性。正如有学者论及的那样："由这真正存在的孤独个体出发，一切道德、法律、宗教、国家、观念体系、现行秩序、习惯、义务、众意……都被作为'我'、'己'、'自性'、'主观'的对立物而遭到否定。"④"否定一切"容易带来"虚无"的倾向，但在晚清，"虚无"却有着实际的政治功能。周作人就曾专门著文介绍俄国的"虚无主义"，认为它是对沙皇以及贵族

---

① 周作人：《元旦试笔》，《周作人文类编·夜读的境界》，湖南文艺出版社1998年版，第41页。

② 周作人：《周作人集外文》（上、下册），海南国际新闻出版中心1995年版，第409页。

③ 知堂（周作人）：《关于鲁迅》，《宇宙风》1936年第29期。

④ 汪晖：《反抗绝望——鲁迅及其文学世界》，河北教育出版社2001年版，第18页。

文化的反抗，具有革命意义。但同时不可否认的是，"虚无"和"革命"之间具有矛盾性。以"个体""否定一切"固然具有"革命"的力量，但"革命"本身对于"个体"来说也是一种外在的权力，也可能对"个体"的精神主体性带来压迫甚至戕害。问题在于，鲁迅的"个体"是否也能对鲁迅的"革命诉求"进行"否定"？

周作人认为，通过强调"平淡无奇"，便可以把"鲁迅"当一个"人"。周作人所说的"人"，是具有"主体性"的人，这个"主体性"以"虚无"的面貌出现，具有"否定权威"的力量。这一形象与"鲁迅还活着""鲁迅精神不死"的口号形成反差，更使作为"民族解放的战士"的"鲁迅"变得可疑。这是周作人对"神化"鲁迅的"反驳"。"神"和"人"的分别在于："鲁迅"，是一种具有普遍号召意义的"精神"，还是一个具有"疏离"和"异质"意义的"个人"。

早在1937年，就有人对周作人纪念鲁迅的文章作过这样的评价："固然，他所叙述的点点是真实，谁敢否认，然而是片面的鲁迅，是渣滓的鲁迅……而鲁迅的整个，和真实的灵魂却不是那两篇文字所能捕捉得住，倒是越说得多，越令人糊涂起来。"[①]当1936年鲁迅被作为"民族解放的战士"来纪念时，周作人纪念鲁迅的文章的确让当时的人"糊涂起来"。而如今看来，"令人糊涂"正是周作人作文的目的所在。周作人所塑造的"鲁迅"，是具有"另一个灵魂"的"鲁迅"，这当然也不能等同于"真实肉身"的"鲁迅"，而是周作人"镜像"中的"鲁迅"。但哪一个"鲁迅"是"真实"的鲁迅呢？1936年周作人所叙述的"鲁迅"，它的"真实性"就在于该"鲁迅"作为联结着周作人乃至鲁迅等人参与民族现代进程的又一种方式，表达着对中国民族建构的"另一种"理解，对"新文学"的"另一种"理解，对"人"的"另一种"理解。而这"另一个鲁迅"与"神化""鲁迅"的矛盾，本来就存在于"鲁迅"之中，存在于中国民族现代进程的矛盾性中。

---

① 尧民：《周作人论鲁迅》，《民国日报》1937年1月1日。

第二节　论1936年—1942年毛泽东对"鲁迅"的"引用"

众所周知，毛泽东在鲁迅身后经典化过程中起到极为重要的作用。从80年代以前认为毛泽东"与鲁迅心灵相通"，到80年代后强调毛泽东对鲁迅的"曲解"和"省略"等，围绕这个话题已有诸多的论述。本节注意到这样一个问题，鲁迅逝世前夕，正是中共为建立抗日统一战线奔走呼喊之时，毛泽东给各位军界、文化界人士写信痛陈利弊，争取支持，对象囊括周作人、胡适之、沈雁冰等人，但单单遗漏了鲁迅。也许是为毛泽东之后高抬鲁迅所惑，他对鲁迅的这份"漠然"，很少为人提及。从"漠然"到"关注"，如果单把这一变化视作个体兴趣的转移，那么实在失之简单。考虑到毛泽东"关注"鲁迅，对中国文学和文化进程的巨大影响，我们可以把毛泽东对鲁迅从"漠然"到"关注"视作一个历史事件。该事件发生的时间、空间，以及它所联系的历史的来去，都有丰富的意义空间可供挖掘。

本节通过厘清从1936年到1942年，毛泽东从"漠然"到频频"引用"鲁迅的具体过程，从注意"鲁迅"的"民族精神"，到强调"鲁迅"的"革命精神"，到以"鲁迅"建构"新文化的方向"等，探讨毛泽东怎样通过"引用""鲁迅"逐步完成对有关新民主主义革命话语体系的建构，进而完成对文化符号"毛泽东"的"建构"。毛泽东、鲁迅本是散落在历史长河中的血肉之躯，他们之所以会对其身后中国思想意识发生意义，与其"历史化"为特定的"文化符号"有很大关系。1936年—1942年，正是毛泽东走上中共领导巅峰的重要时期，也是具有意识形态性的文化符号"毛泽东"诞生的时期。毛泽东所关注的也不是作为"真实的历史存在"的鲁迅，而是一个融合了"毛泽东"个人"影像"的"鲁迅"。这个"鲁迅"不能说就是"虚假的"，只不过我们要注意到这不是血肉之躯的鲁迅，而是符号化的"鲁迅"，是"毛泽东"在鲁迅身上"投射""历史之光"，进而"反射"出来"鲁迅"。

因此，本节论述这一过程时，不把重点放在毛泽东的政治策略，也不只是为了"还原鲁迅"，而是提出并回答这样几个问题：毛泽东所"关注"和

鲁迅与20世纪中国研究丛书

"建构"的"鲁迅",到底是怎样和1936年—1942年的政治语境相联系,和毛泽东当时的革命话语构建相联系,这个"文化符号"本身的话语构造和历史性在哪里?毛泽东所构建的"鲁迅"和逝世后意义不清的"鲁迅"符号之间的关系是怎样的?在毛泽东的论述中,"鲁迅"历史意义的获得怎样成就了"毛泽东"——具有象征性的"历史符号"的"诞生"?……由此本文认为,1936年—1942年,毛泽东建构的"鲁迅"具有"毛泽东"和"鲁迅"的"历史互文性"。这种"历史互文性"有着"合谋"的必然性,也暗藏"分裂"和"消解"其历史必然性的张力。而"裂隙"与"合谋"其实是一枚硬币的正反面,20世纪中国现代化进程就是他们的"一致性"。解释该"历史事件",是为了接近整个20世纪中国现代化的边界和裂缝,想以此引发对20世纪中国文化和文学发展的进一步思考。

一、1936年毛泽东对"鲁迅"的"漠视"

1936年5月5日,毛泽东以中华苏维埃人民共和国中央政府主席的名义,发出《停战议和一致抗日通电》。接下来,毛泽东以个人名义致信各方人士,陈述建立抗日统一战线主张,争取他们的支持。毛泽东相继给阎锡山、杨虎城、傅作义、宋子文、宋庆龄、章乃器、陶行知、沈钧儒、邹韬奋、蔡元培等写信,他致信的层次十分明确,从军界、政界到文化界,几乎囊括所有"要人"。1936年9月22日,毛泽东致信蔡元培,此信不单是发给蔡元培,而是对当时文化界诸人的一种联络和争取。在致蔡元培的信的末尾,毛泽东列举一系列名字,称其为"党国故人,学术师友,社会朋旧",以表示"统此致迅"。[①]既有汪精卫、戴季陶,也有顾孟余、张静江,也包括当时和国民党关系不甚亲密的胡适之、章行严,甚至包括新文化运动时期学生辈傅斯年、罗家伦,以及具有共产党背景的郭沫若和沈雁冰,甚至包括周作人。就文化倾向来说,这份名单非常多元化。就和毛泽东熟识程度来说,个人和毛泽东的交往也

---

① 毛泽东:《给蔡元培的信》,《毛泽东文集》第一卷,人民出版社1993年版,第444—445页。

亲疏不一。毛泽东将他们统一起来致讯，在很大程度上意味着这份名单是他所认为文化界中具有重要地位和影响力的人。

令人困惑的是，这份名单中并不包括鲁迅。据冯雪峰回忆，早在1933年，毛泽东就通过他了解鲁迅，并对鲁迅很感兴趣。[①]虽然现在无从考证，这份回忆的可靠性，但可以肯定的是，在1936年致信蔡元培之前，毛泽东的书信和文件中并没谈及鲁迅。也许不需要讨论毛泽东为何在1920年代遍访新文化名家时，访到了周作人，却偏偏遗漏了鲁迅，也无须揣测北伐和红军时期，他更多地关注军事而无暇顾及文化发展，仅就他致蔡信后一个月，鲁迅逝世前后他的态度，其实也可看出，直到1936年，他并未能够对鲁迅表现出很大的兴趣。

1936年10月19日，鲁迅逝世。10月22日，中共中央和苏维埃中央政府发表哀悼鲁迅的三个文件：《为追悼鲁迅先生告全国同胞和全世界人士书》《为追悼与纪念鲁迅先生致中国国民党中央委员会与南京国民党政府电》《致许广平女士的唁电》。只是这三个文件皆为张闻天起草。10月23日，为追悼鲁迅，张闻天致电北方局的刘少奇："鲁迅的死对于中国民族是巨大的损失，必须立即进行公开追悼鲁迅的动员。"[②]10月24日，为广播中央悼念鲁迅文件再次致电刘少奇。而毛泽东作为中共苏维埃中央政府主席没有特别的表示。

此时，毛泽东在做什么呢？在部署军事工作之外，在张闻天起草悼念鲁迅文件的同时，毛泽东也写信给刘少奇，但无关鲁迅，而是指出："北方统一战线非常要紧，特别着重于军队方面……"[③]与此相似的对比是，1936年冯雪峰离开陕北去上海，临行前，张闻天曾几次嘱咐他说："到上海后，务必先找鲁迅、茅盾等……派你先去上海，就因为同鲁迅等熟识。"[④]同年7月6日，

① 陈琼芝：《在两位未谋一面的历史伟人之间——记冯雪峰关于鲁迅与毛泽东关系的一次谈话》，《中国现代文学研究丛刊》1980年第3期。

② 中共中央党史研究室张闻天选集传记组编，张培森主编：《张闻天年谱》，中共党史出版社2000年版，第384页。

③ 中共中央文献研究室编：《毛泽东年谱》上卷，人民出版社1993年版，第600页、第31页、第71页。

④ 吴长华：《冯雪峰评传》，上海书店出版社1995年版，第83页。

张闻天、周恩来给冯雪峰写信，让他向鲁迅"转致我们的敬意"。①而毛泽东也曾在1936年8月14日，写信给冯雪峰，要他注意军界"宋孔欧美派、冯玉祥派、覃振派，特别是黄埔系中之陈诚，胡宗南，须多方设法找人接洽，一有端绪，即行告我"②。

对军事的偏重与毛泽东此时任西北革命军事委员会主席有关，但不能忘记，毛泽东还兼任苏维埃政府主席，在很多时候，毛泽东并不忽略对文化建设做出指示。比如1936年8月，起草《中国共产党致国民党书》，同年11月22日，毛泽东出席中国文艺协会成立大会并讲话。包括上文所提，毛泽东致信文化界人士。可以看出，在毛觉得重要的文化问题上，毛泽东并未拘泥于自己的职位。

也曾有回忆，在鲁迅治丧委员会的名单中，有毛泽东的名字。而证据是在上海的一家日本报纸《日日新闻》在1936年10月20日的中文版和日文版上刊登的包括毛泽东在内的鲁迅治丧委员会8人名单，但这份名单与1936年10月19日上海《大晚报》发表的《鲁迅先生讣告》中的13人名单有很大差异，后者毛泽东并未列名。对此，周晔认为后者较为可靠，因为与19日晚上海诸家报纸的报道均能吻合，并且转述周建人的看法："毛泽东是中国共产党的领袖，尽管那时，党还没有取得政权，但如要参加治丧委员会，取得他的同意，比较好些，但那时，一切很仓促，时间上也不允许。"③由于缺少表明毛泽东意愿参加治丧委员会的证据，有学者论证，毛泽东列名治丧委员会，不过是冯雪峰的意愿。④

所以，只能肯定，在1936年，以及之前，毛泽东并未"关注"鲁迅。1936年10月，毛泽东连续几个晚上同斯诺谈个人历史和关于红军长征的经过⑤，斯诺将谈话记载于1938年出版的《红星照耀中国》，毛泽东在叙述个人历史的过

①　程中原：《体现党同鲁迅亲密关系的重要文献——读1936年7月6日张闻天、周恩来给冯雪峰的信》，《鲁迅研究月刊》1992年第7期。

②　吴长华：《冯雪峰评传》，上海书店出版社1995年版，第84页。

③　周晔：《最后一面》，《鲁迅研究文丛》第3辑，湖南人民出版社1981年版，第61页。

④　周楠本：《关于毛泽东列名鲁迅先生治丧委员会的一些情况》，《鲁迅研究月刊》2005年第1期。

⑤　［美］埃德加·斯诺：《西行漫记》，生活·读书·新知三联书店1979年版，第105页。

程中，曾提到"我非常钦佩胡适和陈独秀的文章，他们代替了已经被我抛弃的梁启超、康有为，一时成了我的楷模""我认出了一些有名的新文化运动头面人物的名字，如傅斯年、罗家伦等""邵飘萍，对我帮助很大"等等，亦没有提及鲁迅。[①]

二、"民族精神"联结的1936年政治文化

鲁迅的死的确引起了毛泽东的注意。1937年3月1日，毛泽东和史沫特莱在有关"双方让步，互相团结，一致抗日"的谈话中，首提鲁迅，称"大家知道，死去不久的鲁迅……"[②]。而他第一次系统地谈论鲁迅，是1937年10月19日，在陕北公学鲁迅逝世一周年纪念会，评价"鲁迅在中国的价值，据我看要算中国的第一等圣人"，并将鲁迅的诸种特质总结为"鲁迅精神"！[③]那么，为什么此时鲁迅会引起毛泽东的兴趣呢？

无论是毛泽东引用鲁迅的方式，"大家知道，死去不久的……"，还是毛泽东对"鲁迅精神"的"重申"，实际上都可以指涉毛泽东对鲁迅最初的关注与鲁迅逝世纪念活动之间的关系。在张闻天起草的中共中央的电文到达之前，从10月19日鲁迅逝世至10月20日鲁迅出殡，"鲁迅精神"就通过运动的方式得以塑造。据周文回忆，在鲁迅送殡的队伍中，最显眼的，除了盖在鲁迅棺上的"民族魂"外，就是"鲁迅先生精神不死"的口号。[④]宋庆龄和蔡元培到万国公墓致辞，首先强调以民族解放为核心的"鲁迅精神"。在纪念文章中，也到处可见对"鲁迅精神"的传播。章乃器在《我们应当怎样纪念鲁迅先生》中说

---

① ［美］埃德加·斯诺：《西行漫记》，生活·读书·新知三联书店1979年版，第125—127页。

② 毛泽东：《中日问题与西安事变——和史沫特莱的谈话》，《毛泽东文集》第一卷，人民出版社1993年版，第490页。

③ 毛泽东：《论鲁迅》，《毛泽东文集》第二卷，人民出版社1993年版，第43—44页。

④ 周文：《鲁迅先生是并没有死的》，鲁迅先生纪念委员会编：《鲁迅先生纪念集·悼文》第四辑，上海书店1979年版，第88页。

"鲁迅先生精神不死"①；叶圣陶将"鲁迅先生的精神"归结为"中华民族解放终于能够成功的凭证"。②戴平万也说"他的精神活着"，认为应该"继续他的遗志，完成中国民族的自由和解放"。③当然，中共悼词中，也以"鲁迅先生精神不死"为主题。这些话语中的"鲁迅精神"，语义指向是相同的，即"民族解放"或者说"民族救亡"。

对"鲁迅精神"的提炼和传播，和20世纪30年代民族救亡语境密切相关。这其中有中共的推动，胡愈之回忆，冯雪峰代表中共中央决定，鲁迅的丧事由"救国会"出面，"通过鲁迅先生的葬礼，发动一次民众的政治性示威，把抗日救国运动推向新的高潮"④。上文已述，冯雪峰从陕北来到上海，担负着促成抗日统一战线的使命。并且救国会的成员中有许多本来就是左翼的成员。中共党史资料曾记载1935年"11月上旬，'左联'收到萧三从莫斯科寄来的信。为适应救亡运动的发展，12月'文委'及其领导下的'左联'、'社联'等左翼文化团体解散。此后，这些组织的大部分成员，到各个救国会中去工作"。⑤

其中，鲁迅治丧委员会成员胡愈之，亦代表着共产国际的态度。1936年"7月驻共产国际中共代表团派潘汉年与胡愈之从莫斯科回到上海，胡愈之在救国会开展工作"。⑥胡愈之是共产国际和上海之间重要的联络员。当时共产国际中共代表团的团长是王明。他曾于1935年10月发表著名的《为抗日救国告同胞书》，即"八一宣言"。王明的抗日统一战线思想的产生根植于二战发生

①　章乃器：《我们应当怎样纪念鲁迅先生》，鲁迅先生纪念委员会编：《鲁迅先生纪念集·悼文》第一辑，上海书店1979年版，第38页。

②　叶圣陶：《鲁迅先生的精神》，鲁迅先生纪念委员会编：《鲁迅先生纪念集·悼文》第一辑，上海书店1979年版，第88页。

③　戴平万：《他的精神活着》，鲁迅先生纪念委员会编：《鲁迅先生纪念集·悼文》第三辑，上海书店1979年版，第68页。

④　胡愈之：《我的回忆》，江苏人民出版社1990年版，第38页。

⑤　[日]田中仁著，张晓峰译：《从"一二九"到"八一三"时期的上海地下党》，《中共党史资料》第45辑，中共党史出版社1993年版，第207页。

⑥　[日]田中仁著，张晓峰译：《从"一二九"到"八一三"时期的上海地下党》，《中共党史资料》第45辑，中共党史出版社1993年版，第209页。

之初的国际形势。当时的苏联方面，也希望中国抗战，以缓解苏联所面临的战争压力，于是我们看到，鲁迅的逝世也得到了苏联方面的关注。[①]

不能否认的是，借纪念鲁迅表达抗日主张也不仅是共产党和共产国际单方的意愿。救国会也代表着国民党中相当一部分人的意见，作为筹办鲁迅葬礼的首要人物，宋庆龄于"九一八事变"后也一直致力于推动国民党政府抗日。她作为孙中山革命遗志的最主要承继者之一，孙中山革命思想中的"民族主义"是她不遗余力地推动民族反帝的理由。在此情结的促动下，宋庆龄接受了王明等提出的"统一战线"的主张。1933年10月27日，王明、康生致信党中央，起草《中国人民对日作战的具体纲领》，号召"立即停止一切内战"，这时宋庆龄就在上面签名。1936年2月27日，宋庆龄和宋子文委托董健吾抵达瓦窑堡，联络统一战线事宜；1936年9月1日，潘汉年到上海、南京，联系宋庆龄，正如毛泽东在给宋庆龄的信中写的那样："兹派潘汉年同志前来面申具体组织统一战线之意见。"[②]除宋庆龄外，沈钧儒、章乃器等救国会成员也是"南京内部"的人，是"左派坚决主张抗战"。[③]

除了政界人物外，蔡元培作为文化界人士的代表，参与主持鲁迅葬礼，虽不排除同籍旧谊的因素，但在一定程度上也与"民族主义"情绪有关。宋庆龄在1930年代组织各项反帝非战活动时，均不忘蔡元培，她在给蔡元培的信中曾这样陈诉理由："夙念先生对于反帝非战素具同情……"[④]蔡在1936年的《国防的教育》一文中也表示："最近数年，外患频仍，为维护主权，保全领土，不得不举国上下一致动员，共谋国防的建设，以绵续民族的生命。"[⑤]正如宋

---

① 《苏联大使致周夫人慰问函》，鲁迅先生纪念委员会编：《鲁迅先生纪念集·函电》，上海书店1979年版，第1页。

② 毛泽东：《给宋庆龄的信》，《毛泽东文集》第一卷，人民出版社1993年版，第230页。

③ 张闻天："这一派属于资产阶级的左翼（沈、章也可包括进去）。"《在洛川会议上的报告》，张闻天选集编辑组：《张闻天文集》第二卷，中共党史出版社1993年版，第344页。

④ 宋庆龄：《致蔡元培》，中国福利会编：《宋庆龄书信集》上册，人民出版社1999年版，第77页。

⑤ 蔡元培：《国防的教育》，《蔡元培全集》第八卷，浙江教育出版社1997年版，第347页。

庆龄对孙中山革命精神的继承，蔡元培的这种民族态度，亦应追溯20世纪初新旧中国转换时期。蔡本是"同盟会"会员，从一开始走上中国变革道路时就接受着"驱除鞑虏，恢复中华"的影响。他游学欧洲，学习教育思想，是在19世纪殖民语境下完成的。对西方教育思想的推崇，以及在北大践行改革，均有着以"新文化"实现民族振兴的诉求。可以说，这种"民族主义"情结是中国现代化进程中的原动力，它是20世纪政治、文化发展的重要线索，也成为20世纪知识分子和革命青年的"信念"。就政治变革来说，从辛亥革命到北伐，"反帝救国"，一直是号召民众运动，甚至参与战争的"意识形态"。国民党的执政，也并没有淡化这一情结，反而在1930年代初，为了压制"阶级斗争"的观念，刻意地打造"民族主义文学"，强化民族意识。

　　日本的入侵，就全球范围内来看，是"民族主义"负面效应的产物。就中国本土来说，是自晚清就不断重演的民族危机的延续。而鲁迅从来都没有把自己置身于民族救亡之外。"九一八"之后，他对民族反帝文化和文学的推动是有目共睹的。他和救国会也渊源颇深。早在宋庆龄1932年组建具有反帝抗战主张的中国民权保障同盟时，鲁迅就是其中重要成员。1935年，鲁迅病重时期，宋庆龄给鲁迅写信称："你的生命并不是你个人的，而是属于中国和中国革命的。"①可以说，早在生前，鲁迅就参与1930年代日益高涨的反帝救亡活动。其身后由一个民族救亡组织"救国会"主办葬礼也理所当然。治丧委员会于是归纳"鲁迅先生生前救亡主张"，诸如"对学生救亡运动的意见"，"对于联合战线的意见"，"拥护抗日统一战线的政策"等，将鲁迅逝世解释为一个"民族解放战士"的牺牲。②

　　陈述鲁迅逝世及其纪念活动，所联结的国际国内政治文化倾向，是为了说明：鲁迅，在为毛泽东所关注时，携带着丰富的历史内容。鲁迅本身是多层次的，但他，在那一历史节点上，就是以一个民族解放的战士形象被加以解释、

　　① 宋庆龄：《致鲁迅》，中国福利会编：《宋庆龄书信集》上册，人民出版社1999年版，第88页。

　　② 鲁迅先生纪念委员会：《鲁迅先生生前救亡主张》，《鲁迅先生纪念集·悼文》第四辑，上海书店1979年版，第1—2页。

传播。"鲁迅精神"，以鲁迅为"能指"，表述自20世纪初中国现代化开启之时就酝酿着的，在20世纪30年代中期又被全球语境强化着的"民族主义"诉求。

三、抗日统一战线诉求与毛泽东对"鲁迅精神"的看重

首先是因"鲁迅精神"的历史价值，毛泽东开始"关注"鲁迅。1937年1月，毛泽东发现陕西第四中学图书室有鲁迅的书，先后三次借阅，读了所有的鲁迅选本和单行本。[①]后来，毛泽东回忆起这一时期的阅读体验时，曾这样讲过："我就是爱读鲁迅的书，鲁迅的心和我们是息息相通的。我在延安，夜晚读鲁迅的书，常常忘记了睡觉。"[②]并且，据冯雪峰回忆，1937年2月当他回延安汇报工作时，曾与毛泽东长谈，谈及鲁迅的追悼会，毛泽东一再关切地询问鲁迅逝世前后的情况，表示了对鲁迅的怀念之情。

毛泽东对"鲁迅精神"的看重，与他当时的现实政治诉求有很大关系。1937年，正是毛泽东致力推动抗日统一战线的时期。抗日统一战线有助于为参与抗日和中共的发展赢得时间和空间。1937年10月，毛泽东在《目前抗战形势与党的任务报告提纲》中说："我们认定，我们目前是处在危机的关头，我们当前紧急任务，是在团结抗日派内部，首先是国共两党进一步的合作，以一切力量打破亲日派的阴谋，克服当前的一切困难，继续抗战。"[③]

但如果仅仅从现实政治诉求方面理解毛泽东对"鲁迅"的关注，则失之简单，实际上，他对"鲁迅"的关注从一开始就渗透着建构革命话语的文化诉求，在1936年—1937年，以毛泽东、张闻天为主的陕北中共中央把工作重点放在统战动员上，而文化运动是不可缺少的一环。1936年，毛泽东在中国文艺协

---

① 易严：《毛泽东与鲁迅》，河北人民出版社1998年版，第221页。

② 龚育之等：《毛泽东的读书生活》，中央文献出版社2003年版，第184页。

③ 毛泽东：《目前抗战形势与党的任务报告提纲》，《毛泽东文集》第二卷，人民出版社1993年版，第50页。

会成立时要求中共要"文武双全"。①1937年，陕北"中央即欲讨论如何发展全国文化运动问题"②。是年，毛泽东在陕北公学系统地谈论"鲁迅精神"，便是其中一个重要章节。陕北公学是陕北中共为了吸纳进步青年而设的学校。而毛泽东把陕北公学视作培养具有特定文化倾向和精神信仰的干部的阵地。在对陕北公学毕业同学的临别赠言中，他把"陕公"和当年北伐时"黄埔"类比。1937年11月1日，他在陕北公学的开学典礼上说："我们要造就大批的民族革命干部。"③因此，毛泽东在陕北公学纪念"鲁迅"，是把"鲁迅"作为"民族主义精神"的教材来讲的：

> 我们纪念他，不仅因为他的文章写得好，是一个伟大的文学家，而且因为他是一个民族解放的急先锋，给革命以很大的助力。
>
> 我们纪念鲁迅，就要学习鲁迅的精神，把它带到全国各地的抗战队伍中去，为中华民族的解放而奋斗！④

就文化层面上看，毛泽东"关注"鲁迅，首先是因为"民族主义"对中国革命思想构建的价值。当然，大家都知道，鲁迅也并非完全一个民族主义者。在1930年代中后期，鲁迅就"国防文学""民族革命斗争的大众文学"的口号问题与周扬等人论争，正表明他对"统一战线"有所质疑。并且鲁迅的思想和文学写作在很多时候超越了"民族主义"的范畴，他的存在主义哲学思想、他的"改造国民性"的启蒙愿望等，都不是"民族主义"所能包括的。但不可否认的是，鲁迅在诸多文化问题上，都表现出强烈的民族情结。从一开始，鲁迅的"从文"就与国民、国族的责任感水乳交融。鲁迅始终坚定不移地要求文化

---

① 毛泽东：《在中国文艺协会成立大会上的讲话》，《毛泽东文集》第一卷，人民出版社1993年版，第461页。

② 中共中央党史研究室张闻天选集传记组编，张培森主编：《张闻天年谱》，中共党史出版社2000年版，第517页。

③ 毛泽东：《目前的时局和方针》，《毛泽东文集》第二卷，人民出版社1993年版，第63页。

④ 毛泽东：《论鲁迅》，《毛泽东文集》第二卷，人民出版社1993年版，第42、44页。

"西化"，将西方文化视作"文明"，将本国传统认定为"野蛮"，是"民族主义"的衍生物。正是在这样的逻辑下，鲁迅反对传统文化，主张语言口语化甚至拉丁化，批判国民性，批判民间风俗，等等。并且，如上所述，鲁迅的这一诉求，是具有普遍性的，它植根于中国现代化进程之中，是对中国所处殖民语境的回应。于是，1936年特殊的历史情势，使得他的逝世纪念活动成为社会各界塑造、传播"民族精神"的运动。

1937年"鲁迅精神"对毛泽东的吸引，当然不仅仅在于，鲁迅葬礼和纪念活动本身如何能推动统一战线的建立，也不仅仅在于"鲁迅"这个所谓"民族解放战士"本人对他有怎样的感染力，而且在于毛泽东，从鲁迅那里看到了他所代表的中国新旧转换文化推进的线索和力量。而这一点，有现实中推动统战的价值，更重要的是能够满足毛泽东建构革命文化诉求的需要。

特别是从毛泽东年谱上看，当1937年红军的生存危机得到暂时缓解时，他此时的工作活动开始"文武双全"，对革命理论和文艺主张的阐发大大多于从前。毛泽东从事革命活动，本来就不缺乏文化上的动力，与"新文化运动"的影响密切相关。这决定着，毛泽东的革命诉求，从一开始，就植根于中华民族现代化的语境之中。所以，毛泽东不管是办《湘江评论》，还是加入中国共产党，除了生存进退的意义之外，还有某种"志业"——以革命为事业的考虑。而这在20世纪二三十年代中国并不是特例。[①]毛泽东接受"三民主义"，但他并不满足于"三民主义"。他热衷于"马列主义"，但亦觉得"马列主义"过于高蹈。从此后，毛泽东的一系列行为来看，他有自己独特的有关"新文化"的理解和建构。

当然可以把毛泽东的"新文化"建构理解为作为一种政治策略的"意识形态"，但所谓"意识形态"和"文化自足性"之间其实很难一刀两断。毛泽东对"鲁迅"的"关注"，取决于他建构"新文化"的意愿。这也决定了，毛泽东对鲁迅的"兴趣"决不会让他止步于对"鲁迅精神"仅作"民族主义"的理解。

① 参见罗志田：《近代中国社会权势的转移——知识分子的边缘化与边缘知识分子的兴起》，《开放时代》1999年第4期。

四、"革命精神"与批判"一切经过统一战线"

于是，我们不难发现，在毛泽东"引用""鲁迅"为"统一战线"正名的同时，他也在"引用""鲁迅"来实现他对"一切经过统一战线"的疑虑和挑战。

1938年4月28日，毛泽东在鲁迅艺术学院发表讲话，再次系统论述鲁迅。而这次论述的方式和角度，较之第一次有了很大不同。在讲话中，他说："今天第一条是一切爱国者的抗日民族统一战线，第二条才是我们自己艺术上的政治立场。"并进而说："在统一战线中，我们不能丧失自己的立场，这就是鲁迅先生的方向。"①可以看出，毛在鲁艺讲话时，对于鲁迅的看法已然偏离了"统一战线"语境所加给鲁迅的"民族解放战士"的形象。这里，"鲁迅"是统一战线之外的"另一种""立场"和"方向"。虽然，在他的论述中，另一种所谓"自己的""立场"，还是作为"统一战线"的互补性存在，但它潜在的"针对性"已可见端倪。

毛泽东之"鲁迅叙事"发生的变化，与他所处现实政治处境有很大关系。1937年11月，王明从苏联回国，来到陕北。作为共产国际的代表，又作为统一战线理论的开创者，王明的到来对陕北中共格局的冲击自不待言。而这只是一个方面。王明给带来的另一方面的冲击是思想和政策方面。王明回陕北后，中共中央于12月举行政治局会议，在会上，王明作《如何继续全国抗战与争取抗战胜利呢？》的报告，重申8月共产国际执委会书记处书记季米特洛夫提出的观点，要求"一切经过抗日民族统一战线"②。对此，毛泽东持不同态度。他在1937年11月，分析"上海太原失陷以后抗日战争的形势和任务"，强调除了反对民族的"投降主义"外，还要反对"阶级对阶级的投降主义"。同月电告周恩来等"'独立自主'之实行，须比较过去'进一步'"③。到1938

---

① 毛泽东：《在鲁迅艺术学院的讲话》，《毛泽东文集》第二卷，人民出版社1993年版，第122页。

② 周德全、郭德宏编：《王明年谱》，安徽人民出版社1991年版，第92—93页。

③ 毛泽东：《在统一战线中进一步执行独立自主原则》，《毛泽东文集》第二卷，人民出版社1993年版，第70页。

年11月，他在党的六届六中全会上明确指出"'一切经过统一战线'是不对的"①。而在军事领域，1938年5月，他写成《抗日游击战争的战略问题》，并于同月在延安作《论持久战》的演讲，要求八路军重视"游击战"，避免"运动战"。②1938年3月24日，毛泽东、张闻天和刘少奇致电中共北方局，要求"以最快的速度""创造冀晋豫边区"。③

毛泽东不仅在谈及文艺建设"自己的方向"时"引用""鲁迅"，他重提"阶级革命"也与"引用""鲁迅"相关。在明确"独立自主原则"的《上海太原失陷以后抗日战争的形势和任务》一文中，毛泽东点名批评"章乃器"，认为他"少号召，多建议"的论点是"阶级对阶级的投降主义"的典型之一。④后来，在党的七大上，毛泽东重提此事时，再次"引用"了"鲁迅"。他说："有一个章乃器，我给他戴上一顶帽子，叫'章乃器主义'……'少号召，多建议'，这是自由资产阶级软弱性的表现……要革命就会有麻烦……"，不革命"但是还有风波，鲁迅不是写过一篇'风波'吗？"⑤鲁迅的《风波》叙述张勋复辟给江南农村带来的心理上的冲击。文章描写农民思想的封闭和落后，主旨在于反思辛亥革命如何剪去了发辫，却没能剪去"思想上的发辫"。毛泽东的类比有牵强之处，却也契合鲁迅一直追求的"革命精神"。在鲁迅看来，保持"革命精神"，"对于社会永不会满意"，是知识分子应有的特质。⑥鲁迅的文学活动也一直保持着批判性和否定性的特质。自新文化运动到北洋政府执政，从北伐到国民党执政，鲁迅始终以批判者的姿态写作，着意推动社会革命。在1930年代中后期的历史语境中，鲁迅一方面参与反

① 毛泽东：《统一战线中的独立自主问题》，《毛泽东选集》第二卷，人民出版社1952年版，第504页。

② 毛泽东：《论持久战》，《毛泽东选集》第二卷，人民出版社1991年版，第445页。

③ 中央档案馆编：《关于目前晋冀豫党与八路军的任务的指示》，《中共中央文件选集》第11册，中共中央党校出版社1991年版，第479页。

④ 毛泽东：《上海太原失陷以后抗日战争的形势和任务》，《毛泽东选集》第二卷，人民出版社1992年版，第392页。

⑤ 毛泽东：《在中国共产党第七次全国代表大会上的口头报告》，中共中央党史研究室编：《中共党史资料》第48辑，中共党史出版社1993年版，第16页。

⑥ 鲁迅：《关于知识阶级》，《鲁迅全集》第八卷，人民出版社2005年版，第227页。

帝爱国行动，另一方面也警醒"民族主义"的问题。悬置其他问题不说，"民族主义"很容易被执政政权所用，促成保守化的思想和社会形态。这也是为什么鲁迅在"两个口号论争"中，排斥"国防文学"的口号，而支持"民族革命战争的大众文学"的原因。"民族革命战争"，除了具有"民族主义"外，仍坚持"革命精神"。

如果说在世界殖民进程中传播的"民族主义"，是与空间结构相关的话语，那么，"革命精神"则是在"殖民化"衍生出的时间性结构。在军事和经济的强势压迫下，殖民主体国家和被殖民的国家之间的差异，被转化为"进步"和"落后"的时间性话语。由此，"传统"和"现代"，或是"旧""新"的时间划分被赋予不同的价值等级。在20世纪中国，"革命"一词的创造和传播和社会达尔文主义有很大关系。"落后挨打"的紧张心情中，人们接受了"除旧革新"的主张。鲁迅接受"进化论"的影响，认为"一切都是中间物"，因而致力于批判现状，除旧布新。鲁迅的这种"革命精神"，不能说是鲁迅独有的，也是中国现代化的基本动力。"除旧布新"的"革命"亦是"新文化运动"的基本信念，在《新青年》杂志上，诸多有关文化问题的论述也直接指向政治革新。毛泽东在1917年也受其感染，曾说"革命非兵戎相见，乃除旧布新之谓"。①

"时间进化"的结构，对于现实政治具有很大的破坏力。我们不能忘记孙中山对"新文化运动"价值的评价，"吾党欲收革命之成功，必有赖于思想之变化"②。从"新文化"到"新政治"，这一逻辑，是在20世纪中国革新进程中创造并延续的"传统"之一。只是，辛亥革命后历届执政出于政权的考虑都会压制或消解这种"革命性"。在"新文化运动"分化的过程中，不同的知识分子分别走上"保守""改良"和"革命"的道路，以不同的文化追求承担特定的社会政治功能。特别是，虽然"革命精神"被"民族主义"所激发，但当"民族主义"演化为特定政权保守的"意识形态"时，"革命精神"能够起到

---

① 中共中央文献研究室编：《毛泽东年谱》上卷，人民出版社1993年版，第31页。

② 孙中山：《致海外国民党同志函》，《孙中山全集》第1卷，中华书局1985年版，第140页。

"批判"甚至"解构"的作用。在这一过程中，鲁迅对"革命精神"有着笃定的信念，于是屡屡站在执政政权的对立面，也能够对"国防文学"的提倡进行"纠偏"，坚持"国防"同时不忘"革命"。

章乃器是救国会的成员，是鲁迅逝世纪念活动重要的组织者之一。毛泽东对章乃器的批判具有象征性，即毛泽东已经不满足于鲁迅逝世时救国会对"鲁迅"的阐释，将他仅仅作为"民族解放的战士"，毛泽东意图延续"鲁迅"所代表着的20世纪中国现代化进程中从"民族主义"到"革命精神"的历史脉络，以作为"独立自主原则"的依据。从"鲁迅先生的精神"到"鲁迅先生的方向"，从"民族主义"到"革命精神"，毛泽东对"鲁迅"的"引用"有着一脉相承的线索，即寻找"鲁迅"所代表的20世纪中国进程的某种"历史性"。

五、重构中国革命史与鲁迅作为"新文化的方向"

对"统一战线"理论的补充和调整并非毛泽东全部的目标。在"统一战线"背后，是共产国际的"话语权"，以及苏联马列主义对中国革命的影响。对于毛泽东来说，推动统一战线也好，批判"一切经过统一战线"也好，都还是零星的文化方针，还非具有思想体系性质的"意识形态"。1938年9月，党的六届六中全会召开，王稼祥带来共产国际季米特洛夫的意见，中共"领导机关""毛泽东为首"，"领导机关中要有亲密团结的空气"。[1]这对于毛泽东来说，是一个重要的历史契机。10月12日，他做了《论新阶段》的报告，在报告的前半部分，他重申了"统一战线"策略，但在结尾，他提出"马克思主义中国化"的问题。而在这一主张出场的过程中，"鲁迅"被"引用"，并得到"评价"。

毛泽东的"马克思主义中国化"是这样立论的："对于中国共产党说来，就是要学会把马克思列宁主义的理论应用于中国的具体的环境。"他说："如果有人拒绝对于这些作认真的过细的研究，那他就不过是一个西班牙的唐

① 周德全、郭德宏编：《王明年谱》，安徽人民出版社1991年版，第119页。

鲁迅与20世纪中国研究丛书

吉诃德，再加一个中国的阿Q，而不是一个马克思主义者。"①

对于毛泽东来说，"马克思主义中国化"，实际上就等于表明对王明的马克思主义理论的否定，也在宣告自己新的看法。并且，这一看法表达着对中国革命道路的认识。它不仅意味着在思想领域创立自己的"话语权"，与科班出身的马克思理论者分离抗衡，而且也是他重组历史、架构思想体系的开始。作为一个"政治家"，如果不是官僚政客，必然要能构建出表达社会理想的"思想"。"马克思主义中国化"，看起来说的是要重视"中国的具体的环境"。但什么是"中国的具体的环境"呢？这也是需要话语建构的。也就是说，通过提出"马克思主义中国化"，毛泽东开启了他创造中共革命历史话语的道路。

区别于"引经据典"的论证方式，"马克思主义中国化"以重述"历史"的方式进行立论。"历史"叙述的特点在于：1. 预设一个封闭的环境；2. 选择构成要素；3. 构建其中因果关系；4. 通过时间性因果关系的编织完成对预设目的的论证。1939年，毛泽东开始撰写《论新民主主义的政治和文化》②。在其中，毛泽东首先界定一个封闭的环境——"中国"。他运用了马克思理论中的词汇。将周秦以来的中国社会称为"封建社会"，同时认为"外国资本主义侵略中国，中国社会又逐渐地生长了资本主义因素"。这里要注意的是，在他的描述中，"中国"并不关系到"文化传统"，亦不涉及"边界疆域"，更别提"多民族"等等，而是一个较为"整体的""抽象的""政治经济文化复合体"。特别是，他否认"资本主义"在"中国"自发生长的可能性，而把它界定为是"外国资本主义侵略"的产物。也就是说，"中国"一为"封建社会"，二为"殖民地"。

毛泽东赋予了中国由"旧"到"新"的使命以构筑"因果关系"，由此呈现历史目的的合法性："一句话，我们要建立一个新中国。建立中华民族的新文化，这就是我们在文化领域中的目的。"而"新"，自然以消除"封建"

① 毛泽东：《论新阶段》，《解放》第五十七期，1938年11月25日。

② 1939年就写成，待发表。后来发表于1940年2月15日延安出版的《中国文化》创刊号。同年2月20日在延安出版的《解放》第九十八、九十九期合刊登载时，题目改为《新民主主义论》。

和"殖民"为目标。既然中国资产阶级是"殖民""附生物",他可以打击"封建",却"无力"解决"殖民"问题。于是毛泽东认为,中国革命要分两步走,最后只有无产阶级革命才能最终解决"新中国"的问题。接下来,毛泽东借助马克思社会经济基础决定论的思路,论证中国的文化发展也分为两个阶段:

> 在"五四"以前,中国文化战线上的斗争,是资产阶级的新文化和封建阶级的旧文化的斗争。……在"五四"以后,中国产生了完全崭新的文化生力军,这就是中国共产党人所领导的共产主义的文化思想,即共产主义的宇宙观和社会革命论。

并认为:

> 二十年来,这个文化新军的锋芒所向,从思想到形式(文字等),无不起了极大的革命。其声势之浩大,威力之猛烈,简直是所向无敌的。其动员之广大,超过中国任何历史时代。而鲁迅,就是这个文化新军的最伟大和最英勇的旗手。鲁迅是中国文化革命的主将,他不但是伟大的文学家,而且是伟大的思想家和伟大的革命家。鲁迅的骨头是最硬的,他没有丝毫的奴颜和媚骨,这是殖民地半殖民地人民最可宝贵的性格。鲁迅是在文化战线上,代表全民族的大多数,向着敌人冲锋陷阵的最正确、最勇敢、最坚决、最忠实、最热忱的空前的民族英雄。鲁迅的方向,就是中华民族新文化的方向。[①]

通过"破旧立新"的因果关系,毛泽东论证"共产主义新文化"发生的必然性,并引用"鲁迅"作为历史例证。他描述鲁迅的人格特征"坚决""忠

① 毛泽东:《新民主主义论》,《毛泽东选集》第二卷,人民出版社1991年版,第696—698页。

实""热忱"等，只是通过修辞手段，让人认同"鲁迅"，继而认同"鲁迅"代表的历史性。他既是把"鲁迅"定位于他所设定的"共产主义文化"发展史中，也是以"鲁迅"为该"共产主义文化"发展史"作证"，因此"鲁迅"是"新文化的方向"。

虽然今天我们也容易指出毛泽东文中的"鲁迅"是话语"构建"出来的，用作"历史的证明"，也是有问题的。但我们同时应该注意到，毛泽东的"立论"并非没有"历史的呼应"。五四运动之后，新文化确有分化的趋向。围绕"问题与主义""运动救国"还是"学术救国""固本培元"还是"到民间去"，新文化的参与者们多有争论。在"问题和主义"的论争中，就涉及马克思主义在中国的传播问题。在《新民主主义论》中毛泽东认为中国现代化进程受到一战和十月革命的影响，要以"反资本主义"的方式解决"帝国主义"问题。毛泽东的这一观点在"五四"后期多有呼应。李大钊彼时也认为："中国国民革命是世界革命的一部分。"[①]陈独秀也曾期待，通过对"资本"的"革命"，"禁止对内对外一切掠夺的政治、法律，为现代社会第一需要"。[②]于是，在1920年代初期的"问题与主义"之争中，李大钊等竭力为整体解决的"主义"辩护。虽然"问题与主义"争论最初只是涉及"新中国"的"方式"，但后来与政治上是否反对北洋政府有了很大关系。在新文化运动分化的过程中，一部分学生响应胡适"点滴改造"的号召，通过学术的进益和知识的积累，实现缓慢的再造文明之梦。另一部分，则热衷于社会运动，加入国共两党，筹谋更新政权。而鲁迅认为，胡适"进研究室"的主张会推动社会保守化倾向，他鼓励青年继续参加社会运动。在创作和交往过程中，鲁迅在反抗保守学风、激发革命文化方面，与国共两党多有交集。因而在1925年以后的北伐进程中，鲁迅亦明确地站在北洋政府的对立面。"清党"发生后，国民党政权统治下，文化分化进一步加大。此时，鲁迅坚守"革命精神"，致力于对保守文化的批判。他吸收辩证唯物主义文艺观，加入左联，与共产党人员来往密切。

① 李大钊：《马克思的中国民族革命观》，《李大钊文集》第5集，人民出版社1999年版，第105页。

② 陈独秀：《谈政治》，《新青年》第8卷第1号，1920年9月1日。

可以说，"鲁迅"以及他所代表的"新文化"群体的确在以某种方式"呼应"毛泽东的"新文化史"，毛泽东所引为"证人"的"鲁迅"的"真实性"也由此产生。

由此可见，"民族主义"也好、"革命精神"也好、"共产主义文化"也好，它们确实一直在中国新文化的推进进程当中。而"鲁迅"，他的个体生命和写作生涯，都时时紧扣20世纪中国政治和文化的演进。"鲁迅"始终面向"民族问题"，并以"革命精神"作为文化活动的核心价值，并触及"共产主义文化"的内容。寻求政权变革的毛泽东在"鲁迅"身上找到"中国化""革命性""共产化"的"历史"。他所"引用"的"鲁迅"，以其携带的中国政治文化发展进程的必然性和复杂性，一起进入毛泽东勾画的"历史"中去，这一方面增添毛泽东立论的力量，另一方面在毛泽东"新民主主义革命"和"新文化"的逻辑中，"鲁迅"显现出新的历史意义——不仅"文学家"，而且是参与新民主主义文化革命的"思想家""革命家"。

并且值得注意的是，毛泽东对于"文化""革命"的理解，和他自己参与新文化运动以及"革命"的方式分不开关系。他所勾勒的"新民主主义革命史"也为毛泽东个体的道路勾连起一条"合理"的线索。从1917年到1918年，到北京大学之后成立新民学会，办《湘江评论》，到"问题与主义"的争论期间，表达"不赞成没有主义头痛医头脚痛医脚的解决"[①]，然后选择共产主义，加入共产党。从参加北伐到反抗国民政府，从"抗日"到批判"一切经过统一战线"，这一切在"新民主主义革命"的立论中获得了顺理成章的"价值"和"意义"。通过引用"鲁迅"，毛泽东不仅"证明"了他建构的"新民主主义革命"的"历史"，也成就该革命话语中的文化符号——"毛泽东"的"诞生"。这个"毛泽东"，固然有作为血肉之躯的毛泽东的个人生活做基础，但更重要的是，它是一套革命话语体系的产物，在这套话语体系建构的世界观和历史观框架中，"毛泽东"的革命道路被赋予了"历史合法性"，"毛泽东"由此成为具有"象征性"的文化符号。

① 中共中央文献研究室编：《毛泽东年谱》上卷，人民出版社1993年版，第71页。

1942年5月28日，毛泽东在中央学习组上作报告，后来《毛泽东文集》把讲话内容收为《文艺工作者要同工农兵相结合》，讲到十年内战时期，国民党有两种"围剿"："军事的""文化的"。"军事的'围剿'就是反对红军；文化的'围剿'就是反对'新文化'，反对包含着革命思想的文学艺术，也就是反对以鲁迅为首的在白区的革命的文化艺术。"认为"鲁迅"就是"文化战线上的总司令"。① "反围剿"和"总司令"固然与"鲁迅"生前的"作家"身份相差甚远，但毛泽东并不拘泥于此，是因为在他眼中，"鲁迅"本就不是一个个体性存在，而是20世纪中国现代化进程中的某条"历史线索"。这条"历史线索"，在"引用"中，渐渐浮现，转变为影响历史发展的"话语体系"。军事领域的词汇和"鲁迅"的结合，其效果是将"新文化"和"中共暴力革命"之间建立话语一致性的联系，构建起"新文化"到"新政治"一脉相承的线索。这条"历史线索"的建立，完成了对毛"革命道路"的解释和说明，充满"历史必然性"的"毛泽东"由此产生。毛泽东通过"引用""鲁迅"也完成了对"毛泽东"的"建构"。

六、"鲁迅"与"毛泽东"的历史互文

不把"鲁迅"作为独立于社会政治之上的"批判性""文化符号"，也不把"鲁迅"作为有着情感纠葛、形上哲思的"文学性象征"，而是把"鲁迅"作为中国"新文化"演进过程中"革命历史"一脉的代表，作为一种"历史必然性"，这是毛泽东对"鲁迅"阐释的独特之处。该阐释固然很难说就是"本然的"鲁迅，但哪一种阐释是"本然的"鲁迅呢？所以，重要的不在于毛泽东是否"忠实"于"鲁迅"，而在于毛泽东为何要"言说""引用"鲁迅，在"引用"的文本中引用者"毛泽东"和被引用者"鲁迅"之间如何产生"历史互文性"。

"历史互文性"是指不同"历史话语"之间的碰撞和对话。在1936—1942

---

① 毛泽东：《文艺工作者要同工农兵相结合》，《毛泽东文集》第二卷，人民出版社1993年版，第424—425页、第431页。

年期间，毛泽东通过"选择"和"引用""鲁迅"，完成了对特定革命话语体系的建构，由是产生了为这一话语体系阐释和包围的"毛泽东"。毛泽东和鲁迅，作为个体的血肉性格而言，只是历史中杂乱的一团。而"毛泽东"和"鲁迅"，作为一种"话语体系"或是"社会实践"，对社会结构和历史进程产生了推动作用，因而具有了"意义"和"价值"。

从对"鲁迅"的"漠视"，到对"鲁迅精神"、对"鲁迅""民族主义"力量的汲取，到"鲁迅的立场"对"鲁迅""革命性"的强调，再到"新文化的方向"对"鲁迅"参与"新民主主义革命文化"历史脉络的编织，再到"文化战线总司令"，将"鲁迅"置于政治军事的话语空间中，这一系列变化与毛泽东在1936年到1942年掌握中共领导权，构建中共革命意识形态的过程密切相关。在这一过程中，"鲁迅"，以其联结着的中国现代化进程的线索，给予了毛所构建的"话语"以历史力量。虽说"革命话语"和"历史力量"的结合，是在1936年的偶然瞬间产生的，但同时也具有必然性。这种"必然性"是"毛泽东话语"，也是毛泽东所塑造出的"鲁迅"所具有"历史力量"的原因。而这种力量也暗藏"分裂"和"消解"其历史必然性的张力。实际也没有被忽视的是，"鲁迅"在被毛引用的同时，就携带着他（或作为一个文本的"它"）的"歧义性"。"鲁迅"对毛泽东文本所具有的反抗的张力也由此产生。这也是我们在1980年代以后看到的情形。

但"裂隙"与"合谋"其实是一枚硬币的正反面，20世纪中国现代化进程就是他们的"一致性"。毛泽东对"鲁迅"的"引用"看上去是"毛泽东""利用鲁迅""曲解鲁迅"。在今天的语境下，所谓"心灵是相通的"的说法，其牵强处当然也很明显。任何两个个体都是独立的世界，鲁迅和毛泽东分属"文化"和"政治"两个领域，他们之间的"歧路"是理所当然的。然而，也许我们可以换一种思路，把关注点放到：鲁和毛是同时根植于中国现代化进程中的两个重要人物，中国现代化进程中激荡出的"交叠"和"矛盾"，通过一方对另一方的"引用"实现"意义"的产生。而"毛泽东"对"鲁迅"的"选择"和"引用"，能够直接体现20世纪中国政治文化进程中不同"话语"之间的关系。

鲁迅与20世纪中国研究丛书

今天，我们应该避免"政治"和"文化"非此即彼的二元化论述，在以"政治"征用"文化"，或用"文化"批判"政治"之前，首先要弄清楚，历史的"断续"是怎么发生的。它提醒我们注意，问题不在于"毛泽东"如何"理解"或是"曲解"鲁迅，而是在于"毛泽东""选择"并"引用""鲁迅"，这一"历史事件"，它发生的历史土壤和逻辑，以及其所决定的之后"分裂"的线索。解释该"历史事件"，是为了接近整个20世纪中国现代化的边界和"裂缝"，是想以此引发对20世纪中国政治文化发展进程中的"不合理性"的思考。

第七章　政治文化与1980年代"鲁迅"的"重建"

1980年代的鲁迅研究具有重要的价值。它不仅改变了鲁迅研究的方法，重造了鲁迅形象，而且影响着1980年代之后人文知识界的精神诉求。对中国现代文学学科有些许了解的人，都不会对1980年代鲁迅研究的某些话语方式感到陌生。"启蒙""知识分子""精神世界"等词语，标志着1980年代的鲁迅研究有其独特的姿态，这些"话语方式"，已然成为讨论现代文学难以回避的"历史"。 不过，我们也不能把这样的影响简单地理解为1980年代的鲁迅研究是"回到鲁迅自身"——简单地相信1980年代研究者所做的表白。自鲁迅逝世，"鲁迅"就不再是现实的肉身，而是可以修改的"符号"。这"符号"随着不同的历史诉求，被增添或修改着它的所指。同时，它携带着它的历史性所指和不同的历史诉求构成"互文"。1980年代研究者所塑造的"鲁迅"，当然不过是众多"鲁迅"中的一个，而它所产生的这种历史影响也不仅来自"鲁迅"本身。

正如毛泽东所言，"我和鲁迅的心是相通的"。1980年代的研究者也一再强调自我心灵和鲁迅的契合之处。而1980年代的研究者正是通过又一个"鲁迅"的塑造，驳斥了毛泽东的言论，彰显了"毛泽东"和"鲁迅"之间的区别，从而构建了"鲁迅"和"新主体"之间的"相通性"。问题不在于哪一种"相通"才是"真实"的，而在于1980年代研究者是怎样构建了新的"真实性"的。具体来说，就是他们是怎样从毛泽东话语的"裂缝"入手，更新了"概念"，转换了"结构"，建构了"主体"，从而完成了"虚假"与"真实"的历史转换的。

这种转换是通过"鲁迅"完成的。"鲁迅"自身和他的文学实践，不仅携带着他从晚清到1930年代参与中国社会发展进程的历史线索，而且包含着40年代初毛泽东构建中国革命合法性的历史线索。对"鲁迅"的"重建"，实际上是"重建"一段"历史"。"鲁迅"研究中所用的"概念""结构"和"主体"，正是该"历史"的核心要素。"新"的"历史"，对"新主体""新社会"的呼唤，构成了1980年代改革话语的意识形态，而政治文化功能暗含其中，是不能被忽视的一面。

第一节 《中国反封建思想革命的一面镜子 ——〈呐喊〉〈彷徨〉综论》中的政治文化

1980年代的鲁迅研究中，王富仁的《中国反封建思想革命的一面镜子——〈呐喊〉〈彷徨〉综论》是标志性的论著。其中的"回到鲁迅那里去"[1]的研究诉求成为1980年代以来鲁迅研究的重要"命题"。《镜子》将毛泽东的话语看作一个"鲁迅"的"研究系统"，他将这个"研究系统"作为研究的起点。他说："当这个研究系统帮助我们从中国社会政治革命的角度观察和分析了《呐喊》和《彷徨》的政治意义之后，也逐渐暴露出了它的不足。近年来，人们越来越多地发现，它与鲁迅的小说原作者存在着一个偏离角。""由于这个偏离角的存在，它所描摹出来的《呐喊》和《彷徨》的思想结构图式与我们在原作中实际看到的在构架上发生了变形，在比重上有了变化。"[2]

很难说对"偏离角"的认知是对本来面貌的"发现"。当鲁迅的小说在历史的尘埃中暧昧不清时，"选择性"呈现不能说就是偏离了鲁迅或其小说本身。之所以能"发现""偏离"，是因为"它"（毛泽东话语中的"鲁迅"）

---

① 王富仁：《中国反封建思想革命的一面镜子——〈呐喊〉〈彷徨〉综论》，中国人民大学出版社2010年版，第7页。

② 王富仁：《中国反封建思想革命的一面镜子——〈呐喊〉〈彷徨〉综论》，中国人民大学出版社2010年版，第1页。

和"我们"视角下的"鲁迅"出现了差异。"我们在原作中实际看到的",是"我们"的视角,该视角中,"它"对于"鲁迅"及其小说的"变形"显影,于是,"它"的"边界"和"裂缝"得到展现。

这个"边界"和"裂缝"在哪里呢?如果不了解与"毛泽东"相区别的"我们"的出现的方式,是很难把握的。"我们"在文中,是"研究者"。《镜子》一文是王富仁的博士论文,他这样描述他写作时的身份和自己与研究对象之间的关系:作为鲁迅研究的"研究生","鲁迅已经完全没有了发言权,我完全可以不受他的控制"。但在这之前,"鲁迅"并非没有发言权。40年代,"鲁迅"经由《新民主主义论》的论证,成为"新文化的方向"。至此之后,这个代表"方向"的"鲁迅"本身就是话语权威,具有不容置疑的话语权力。可以说,从1940年代到1980年代中国,"鲁迅"是一个能够"发言"和"实践"的"主体"。

"鲁迅"由涉及意识形态解释权的"鲁迅",转变为一个未知的研究对象"鲁迅",这背后已经经历了一个"拆解"的过程。从1977年冬恢复高考到1980年建立研究生学位制度,这些教育制度的转型带来了政治和文化关系的转变。文化机构获得了相对自主性。"学术标准"开始与"政治标准"剥离开来。"研究生"作为新机制中的文化实践主体,能够完成研究对象"客体化"的还原。"鲁迅"作为研究对象的"客观化",由此才能发生。王富仁说:"我认为,只要两眼紧盯在鲁迅身上,仅仅为了阐释鲁迅,我们就会知道,知识分子的工作与社会其他工作的界限是非常清楚的。知识分子的工具是语言,语言既不能靠政治权力,也不能靠金钱收买。"[①]这段话,每一句都需要时代的转换为其作注解。

"我们"的存在却表明"研究者"并不是作为"个体"来标立,而是有着群体性意义。正如王富仁所说:"在当时,重视鲁迅的绝不是我一个人,而是

---

① 王富仁、姜广平:《每一个人都是这个世界的过客——王富仁教授访谈》,《西湖》2009年第4期。

鲁迅与20世纪中国研究丛书

整个中国的知识分子。"①不过值得注意的是，似乎不仅是知识分子，"学术独立"也有政治之手的推动。"我们"虽是由知识分子实践，却体现着1980年代整体政治变动的声音。1981年，时逢鲁迅诞辰100周年纪念会，刘再复协助周扬起草在鲁迅诞辰一百周年纪念大会上的报告。张梦阳回忆周扬在采纳刘再复稿件时，审慎再三，所在意的是是否和"中央精神"相符。周扬的犹疑，体现了过渡时代人物的心理特征。最后，通过政界人物的审批，"连王震将军都有批示，说写的非常好，凡精彩处都用红铅笔划出来了……最后请邓颖超裁决……她觉得写得非常好"②，该报告得以被言说。

周扬在报告中将鲁迅的"革命精神"和"科学精神"并举。我们知道，"革命精神"是对毛泽东话语的延续，而"科学精神"则是"新"的提法。"报告"这样陈述"鲁迅"的"科学精神"："鲁迅青少年受过自然科学的熏陶和训练。鲁迅一生那样严肃、认真、透辟地解剖社会，那样重实际，尊重真理，那样坚定地摈弃任何迷信和偶像崇拜，都是与他的科学素养分不开的。"③"科学精神"重提"客观性"问题与当时"实践是检验真理的唯一标准"④具有相同的话语功能。重提"客观性"，本身就意味着对毛泽东话语"终极真理"性质的质疑，打开了毛泽东话语"真实性"的架构。

刘再复等起草、周扬宣读的鲁迅100周年诞辰纪念报告的方式和内容，可以具体而微地显现出1980年代初政治变动以及意识形态转型如何促进了"还原""鲁迅"诉求的发生。在体制层面，高校独立招生体制的确立，为这一文化变动提供了场域的保障。王富仁作为"研究生"，在这样的历史位置上，启

---

① 王富仁、姜广平：《每一个人都是这个世界的过客——王富仁教授访谈》，《西湖》2009年第4期。

② 刘再复：《那是一个有活力的年代》，《经济观察报》2009年8月21日。

③ 周扬：《坚持鲁迅的文化方向，发扬鲁迅的战斗传统》，《人民日报》1981年9月28日。

④ 1978年《光明日报》刊登特约评论员文章《实践是检验真理的唯一标准》。文章指出任何理论都要接受实践的考验，因此马克思主义的理论要在实践的检验中不断重新解读，丰富内容。这篇文章引发了关于真理标准的讨论。这一讨论受到邓小平、叶剑英、李先念、陈云、胡耀邦等的积极支持，讨论在全国逐步开展。这一讨论为中国共产党的十一届三中全会的召开准备了思想条件。

用"我们"，号召"回到鲁迅自身"。这里的"我们"是新时代参与和推动（有意识或无意识）政治文化转型的"历史群体"，而对毛泽东时代意识形态的质疑，因而启用的"科学"的"客观化"标准，是"回到鲁迅自身"的历史动力。

那么，怎样才是"回到鲁迅自身"呢？王富仁说："我们将论证《呐喊》、《彷徨》不是从中国社会政治革命的角度，而是从中国反封建思想革命的角度来反映现实和描写生活的，它们首先是中国反封建革命思想的一面镜子，中国社会政治革命的一系列问题是在这个反封建思想革命的镜子中被折射出来的。"[①]初看起来，"反封建思想"并不新颖，它本来就曾存在于毛泽东的话语系统当中，但此处凸显"反封建思想"当然不是对毛泽东话语的重复。在毛泽东话语中，"反封建思想"具有它独特的位置。毛泽东的《新民主主义论》也曾指出："在中国，又有半封建文化，这是反映半封建政治和半封建经济的东西，凡属主张尊孔读经、提倡旧礼教旧思想、反对新文化新思想的人们，都是这类文化的代表。"但毛泽东认为，首先，这种封建文化，是同帝国主义文化结合在一起的，是"反动文化同盟"。反对封建文化要和反对帝国主义文化结合在一起。其次，"没有这些阶级的政治力量，所谓新的观念形态，所谓新文化，是无从发生的"[②]。要推翻"反动文化同盟"，必然要建立无产阶级政权、经济体系，才能产生无产阶级新文化。用王富仁的话来说，那是"一个系统"。

而王富仁提出"鲁迅""反封建思想"，却丝毫不谈"反帝国主义文化"。王富仁认为："《呐喊》和《彷徨》的整个布局，体现着中国'五四'思想革命的特定对象和任务——没有反帝题材的作品，对不觉悟群众的重点描绘，重视社会舆论的描写。"[③]对于这一说法，论文的评议者认为"这样的看

① 王富仁：《中国反封建思想革命的一面镜子——〈呐喊〉〈彷徨〉综论》，中国人民大学出版社2010年版，第5—6页。

② 毛泽东：《新民主主义论》，《毛泽东选集》第二卷，人民出版社1952年版，第657—658页。

③ 王富仁：《中国反封建思想革命的一面镜子——〈呐喊〉〈彷徨〉综论·序言》，中国人民大学出版社2010年版，第2页。

法是对的"①。但这和毛泽东的看法是有分歧的。毛泽东认为，在"五四"之前主要是"反封建"，而"在'五四'以后，中国产生了完全崭新的文化生力军，这就是中国共产党人所领导的共产主义的文化思想，即共产主义的宇宙观和社会革命论"。"而鲁迅，就是这个文化新军的最伟大和最英勇的旗手。"②究竟孰是孰非呢？

《呐喊》《彷徨》的写作时间从1918年跨越到1925年，固然这期间鲁迅并没有直接接受马克思主义，但他和共产党人也并非没有接触，也不能说对这期间一直存在的"民族主义"和"反帝"思想绝缘。但王富仁这样论述也并非是知识性错误。他"无视""反帝文化"的历史线索，或者更准确地说是"轻视""反帝文化"，是为了突出封建／现代的"思想革命"。并且，王认为在"思想革命"和"政治革命"之间，固然二者是相辅相成的，但重点仍在"思想革命"对"政治革命"的推动或制约作用上。他认为"鲁迅"的艺术追求，不是直接把它作为"政治革命"的手段，而是把它作为"思想革命"的手段。而"鲁迅""反封建"的"思想革命"则是推动历史的动力本身，它具有反思和批判"政治革命"的功能，而并非是对"政治革命"的"反映"。王富仁因此得出结论："鲁迅《呐喊》和《彷徨》中的有关描写，正是从政治革命和思想革命的关系中，从思想革命对政治革命的制约作用上，独特地，创造性地总结了辛亥革命的失败教训。"③

由此，王富仁建立了另一条历史发展的线索。当毛泽东认为"五四运动是反帝国主义的运动，又是反封建的运动"时，王富仁却认为它只是"反封建的民主主义革命运动"而已。虽然他并不否认在这之后无产阶级文化的兴起和革命的发生，也不否认从"反封建"到"反帝"的发展线索，但他对"五四"内容的转换，已经在改写"新文化"发展的道路。他在以他所塑造的"鲁迅"说

① 这里的评议者指的是作者王富仁博士"论文答辩会"上的几位专家、教授，这句话出自他们做的"评语"。

② 毛泽东：《新民主主义论》，《毛泽东选集》第二卷，人民出版社1952年版，第657—658页。

③ 王富仁：《中国反封建思想革命的一面镜子——〈呐喊〉〈彷徨〉综论》，中国人民大学出版社2010年版，第18页。

明，在无产阶级文化出现之前就存在一个独立其外的"新文化"，这个"新文化"是以"反封建"为主要内容的，它因肩负传统的重荷而具有艰巨性，但对于民族的发展和转换却具有至关重要的意义。并且当"反封建"与"反帝"剥离后，它们由毛泽东建立的"统一性"被打破，它们之间的"矛盾性"也得以彰显。因此，能够引发的疑问是，"反封建"的进程是否进行下去，"反帝"是否阻碍了"反封建"的进程等等。

对此，袁良骏有非常犀利的认识，他指出，《镜子》"割裂了反封建的思想革命与政治革命、社会革命的必然联系，并使它们人为地对立了起来"，"甚至不惜曲解'五四'运动的政治性质，把'五四'时期仅仅说成是什么思想革命的高潮期，政治革命的'低潮期'和'间歇期'，这就连常识也违背了"①。只是，袁良骏忽视了"常识"不过是特定思想系统中产生的"命题"，因普遍传播和衍生而成为习以为常的认识，"常识"也是可以被改变的。王富仁所要做的，正是通过"鲁迅"的重新叙述，冲击"常识"。

当然，王富仁并不是"孤身战斗"。评议专家代表着新时代的知识权力，他们认可王富仁的结论，表明王对于"新文化"历史的重新叙述，契合知识权力赋予者的态度。1980年代初，政治权力的声音概括来说大体来自一个地方——1978年党的十一届三中全会的"对内改革，对外开放"，即为人所熟知的"改革开放"的政治方针。避免"反帝"，分离"思想革命"与"政治革命"并强调前者对后者的制约和促进作用，这在诸多方面都适应着"改革开放"政策的需要。在思想领域，"政治革命"的声音式微，"思想革命"的话语盛行，"五四"则被作为"思想革命"的标志。

对"鲁迅"的重新论述正是其中的一部分，他的小说《呐喊》和《彷徨》中表现的"思想启蒙"意识得到发现。特别是通过对其小说的解读，"农民""知识分子"的内涵和角色得到转换。在"思想革命"的背景下，"农民"丧失了在"无产阶级革命"话语中的"先进地位"，成了"思想""落后"的群体。"知识分子"不再"软弱"，而成为"百折不挠"——"鲁迅"的精

鲁迅与20世纪中国研究丛书

---

① 袁良骏：《当代鲁迅研究史》，陕西人民教育出版社1992年版，第470页。

神——的"领导者"。王富仁说:"这个(思想,引者加)革命是谁发动和领导的呢?是向西方寻找救国救民真理的先进知识分子。"也就是说,"思想革命"话语,破坏了毛泽东话语的历史结构,也带来了权力结构的转换。"毛泽东"曾用"鲁迅"来为他的革命话语体系的构建贡献历史力量,而此时的"鲁迅"则被用来"撕裂"那个系统。

对"鲁迅""思想革命"的强调,"偏离""毛泽东的鲁迅"中的结构性关系,对"新文化""新文学"进行了重新阐释。王富仁说:"五四时期文学艺术与中国思想革命运动更是丝丝入扣,血肉相连的。""鲁迅"只是"五四""文学艺术"的一个体现者,通过对"鲁迅"的重塑,可以重新解释"新文学"。1983年,许志英发表《五四文学革命指导思想的再探讨》,开始提出"文学革命"是"资产阶级(民族资产阶级或小资产阶级)领导的"①。其前提也是把"五四文学革命"仅仅作为"思想革命"的一部分来看待的。

"概念"和"关系"的转换,使《镜子》中的"鲁迅"与毛泽东话语中的"鲁迅"有明显的"交锋",但也使它与毛泽东话语有许多"纠缠"。有批判者就认为:"新旧两个'研究系统'并没有什么本质的不同,它们只存在互相补充的关系,并不存在什么势不两立的关系。"②

第二节 《心灵的探寻》论述框架体现的政治文化立场

钱理群是既与王富仁相联系,又和他相区别的研究者。他的鲁迅研究的重要性广为人知。在1980年代,就有人指出,"'回到鲁迅那里去',这是王富仁同志首先提出来的。王富仁以思想革命的角度构架了有别于社会政治革命研究系统的新的研究系统,其意义并不限于鲁迅小说研究,而是开辟了整个鲁迅研究中的本体研究道路",但是他认为是钱理群而非王富仁"真正做到了'回

① 许志英:《五四文学革命指导思想的再探讨》,《中国现代文学研究丛刊》1983年第1期。

② 袁良骏:《当代鲁迅研究史》,陕西人民教育出版社1992年版,第470页。

到鲁迅那里去'"。①因为钱理群是将鲁迅放置在"历史中间物"的位置上，并以此为基础来论述鲁迅，从而"对一系列论题的理解达到了全面的深入和飞跃"。

"历史中间物"是钱理群在《心灵的探寻》中的核心思路。在该著作中，钱理群的确是以"历史中间物"来定位"鲁迅"的历史角色的。围绕这一定位，他使用了一系列与毛话语截然不同的"概念"，不再是与"政治革命""对立"或"对应"的"思想革命"，而是"改革者""对手"，"先觉者""群众"。如果说在王富仁的论述中，"政治革命"仍以一个强大的姿态"在场"的话，那么在钱理群的论述中，"政治革命"已成为被另一种结构包裹的"对象"。

在毛泽东话语中，无产阶级革命是中国发展的一个必然的历史线索，而在钱理群的叙述中，无产阶级革命成为中国/世界现代化的道路之一。他这样描述无产阶级思想在中国的发生："20世纪30年代，当世界资本主义陷入经济大危机时，许多优秀知识分子……都把目光转向社会主义苏联与共产主义运动……"②在这样的叙述中，无产阶级革命只是一个历史事件，它不但不具有强大的统一性，也不具有解释功能，也就是说，不再是不言自明的意识形态。"鲁迅"，也不再是无产阶级革命历史道路的体现者，而是独立于这条道路存在的"知识分子"。"知识分子"可以"选择"，亦可"批判""马克思主义，共产主义运动"。与王富仁叙述中的"知识分子"要引领"思想革命"，进而引领"政治革命"不同，钱理群叙述中的"知识分子"所致力的是另一种"历史目的"——"中国改革"。在《心灵的探寻》开篇，钱理群就指出："让我们的思绪转向20世纪初。鲁迅1908年间写的《文化偏至论》等一系列论文，可谓20世纪中国改革的宣言书。"③

"改革"和"革命"词义相仿，却涉及完全不同的世界观和历史观。钱

① 王吉鹏：《回到鲁迅那里去——评钱理群〈心灵的探寻〉》，《中国现代文学研究丛刊》1989年第3期。
② 钱理群：《心灵的探寻》，河北教育出版社2000年版，第21页。
③ 钱理群：《心灵的探寻》，河北教育出版社2000年版，第3页。

理群提出的"历史中间物"，不是存在于没有目的的"历史"中，而是存在于有着明确目的性的历史中。他说："有必要引入'20世纪中国与世界'这一概念。这是鲁迅活动的历史舞台……"①于是，我们可以看到，在钱理群接下来所论述的种种思维模式和文化心理结构中，对立性概念的产生来自一个所谓"20世纪中国与世界"的"一致性"框架。

所谓"20世纪中国"，钱理群解释道："'20世纪中国'是一个历史的过渡，它所要实现的是封建旧中国（以经济落后与政治专制为主要特征），向现代化的社会主义新中国……"②这个"20世纪中国"与毛泽东在《新民主主义论》中所论述的"自一八四零年鸦片战争以来"开始的不断走向"社会主义"的"中国"，有很多相似之处。甚至与毛泽东引用斯大林关于"被压迫的落后民族"相仿，钱理群在《心灵的探寻》中征引列宁以说明中华民族面临的"殖民"语境。但在"20世纪世界"方面，钱理群的认识显出了与毛泽东的差别。毛泽东认为世界是资本主义和社会主义阵营的对立，解决"殖民"和"民族"问题，需要通过对"资本"的批判来解决，需要创造"无产阶级新文化"。而钱理群则认为世界的结构是"东""西"之分，解决"民族"问题，是要"实现民族传统文化的根本改造，创造现代民族新文化"③。

与"无产阶级革命""无产阶级新文化"不同，钱理群认为"中国改革"的具体方式和目标是"现代化"和"现代民族新文化"。他将"鲁迅"思维模式和心理结构与"20世纪中华民族现代化"联系起来，并认为："历史已经证明，正是由于正确地选择并且实现了这样的思维模式与文化心理结构的突破与重建，才取得了'五四'文化革命的伟大胜利，实现了20世纪第一次全民族的思想大解放，为20世纪中华民族思维方式，文化心理结构的现代化开辟了道路。"④贺桂梅在论述钱理群参与建构的"20世纪中国文学"时，就曾指出："这里的'20世纪'这一历史时间，有着特定的主体形态。它既不是西方

① 钱理群：《心灵的探寻·引言》，河北教育出版社2000年版，第5页。
② 钱理群：《心灵的探寻·引言》，河北教育出版社2000年版，第5页。
③ 钱理群：《心灵的探寻·引言》，河北教育出版社2000年版，第6页。
④ 钱理群：《心灵的探寻》，河北教育出版社2000年版，第9—10页。

主体的反资本主义现代性的美学现代性的20世纪，也不是东方国家主体的反抗西方资本主义现代性的世界革命的20世纪，而毋宁说，乃是东方国家现代化的20世纪。"①

在贺桂梅看来，钱理群"20世纪中国"的叙事框架，忽略了民族主义话语的传播和现代化进程中所具有的"西方中心主义"倾向，"它并不强调'世界'格局中民族–国家之间的冲突关系，而认为获取现代的民族–国家品性，成为了所有国家现代化的必经之路，只是有时间上的先后顺序而已"②。此种话语对于民族话语背后的"殖民"背景以及"现代化"与全球资本流动之间的关系不予批判和反抗。相反，它"顺从"地接受"殖民"语境赋予的"落后民族"的角色，将"传统"贴上"野蛮"的标签，渴望接受"西方"的资本和相应文化，从而实现"现代化"。而毛泽东的"新民主主义论"则体现出东方国家对西方殖民话语的反抗。毛泽东不是"反现代"，而是用一种现代化道路反抗另一条。用"阶级"来突破"民族国家"话语，实现对"资本"的批判和对"殖民"的反抗。

不过值得注意的是，无论是"顺从"还是"批判"，实际上都是"民族主义"的衍生物。毛泽东从没有摒弃"民族的"这一维度，只不过他采取了另外一种应对"殖民"的方式。无论是在"现代化"方面，还是在"民族性"方面，钱理群和毛泽东的论述都有相同的"一致性"来源。不同的是，在"现代化"的界定上，他们同受19世纪以来"殖民"语境的影响。钱理群汲取19世纪"民族国家"的概念，并在冷战后全球化资本流动和话语重建的语境下接受"现代化"。而毛泽东的话语，则来自20世纪对"殖民"的批判性话语，来自马克思主义对资本的批判。正是因为具有"一致性"，两种话语之间才会存在"交锋"，"颠覆"才能发生。钱理群论述"鲁迅"所构建的"现代"发展逻辑，"颠覆"了毛泽东话语的历史必然性逻辑。由此，"传统／现代"的自足

① 贺桂梅：《"20世纪中国文学"论与现代文学学科体制》，《现代中文学刊》2010年第3期。

② 贺桂梅：《"20世纪中国文学"论与现代文学学科体制》，《现代中文学刊》2010年第3期。

鲁迅与20世纪中国研究丛书

性结构，代替了"反封建""反帝"等革命话语。

"20世纪中国／世界"这一话语框架并非钱理群个人的建构，而是1980年代政治文化变动的历史产物。钱理群在谈到"20世纪中国现代文学"时，叙述了从学科独立到"文学现代化"的提出之间的线索。他说："从1983年《丛刊》第3期开辟'如何开创中国现代文学研究新局面'的专栏，就意味着现代文学研究进入了学科自身建设的新阶段。""也就是在这一次的讨论中，提出了'文学现代化'的概念和标准。"[①]这个"现代化"的标准，在制度层面得益于1980年代开始的"学科自身建设"。而在政治层面，这也与邓小平有关国家发展"现代化"目标的政策导向相互呼应。"改革开放"，就国内环境来说，是对社会政治的"纠正"；就世界范围来说，1980年代全球格局发生巨大变化，资本市场的建立获得成功，而社会主义国家在经济上则相对"落后"，这带来了新一轮的资本流动和文化转向。"冷战"结束，"全球化"话语兴盛，而"改革开放"正是对这新动向的参与。"20世纪中国"，实际上并非是要"再现"19世纪末因"落后挨打"而开始的中国改革，而是为了诉说1980年代国际新环境下中国的改革诉求以及这一诉求对历史合法性的构建。

钱理群的鲁迅研究，正是构建这一历史合法性的一部分。他的研究的根本历史逻辑是："20世纪中国／世界"的框架与作为"中间物""鲁迅"，相互证明。"鲁迅""于一切眼中看无所有"，"批判"了"民族自大性"；"于天上看深渊"，是警惕对改革盲目乐观的态度，"于无所希望中得救"，则是对改革复杂性的洞察和对改革志向的坚守等等。他面对着一系列民族改革的命题，"改革者"和"敌人"、"先觉者"和"群众"、"爱我者"和"叛逆的勇士"……"鲁迅因此而作为20世纪现代中国民族文化的'集合体'而独立于世界文化之林。"[②]这一切不能说是钱理群的"想象"，我们看到，大量的鲁迅史料和创作在以当时历史的声音发言，为钱理群叙述的"鲁迅""证明"。

作为"20世纪现代中国民族文化'集合体'"的"鲁迅"，实际上是在

---

① 钱理群、杨庆祥：《"二十世纪中国文学"与80年代的现代文学研究》，《上海文化》2009年第1期。

② 钱理群：《心灵的探寻》，河北教育出版社2000年版，第13页。

诉说另一条历史线索，即"20世纪中国现代化"的历史叙述。这个历史有意凸显"政治"和"文化"的"歧路"。"鲁迅"被置于"文化"这面，同时"文化"的线索将毛泽东的"政治革命"完全排除在外。当然我们应该看到，"文化"虽然以"非政治"的面貌出现，却包蕴着另一种政治性。"二十世纪中国现代化"这一框架对于毛泽东话语的冲击，不在于"政治"和"文化"的"歧路"，而在于转换、创造另一种"政治文化"。钱理群所塑造的"鲁迅"，其"真实性"既来自钱理群所选择的"史实"，也来自1980年代的政治文化。

钱理群所述的"鲁迅"，是一个致力于民族"现代化"事业的悲剧性形象，具有巨大的感染力。"鲁迅"肩负因袭的重担，面对麻木的庸众，怀着对民族国家最深沉的爱，坚持敏感、多疑同时也极具深刻洞察的批判性的眼光。他以个体生命践行在"20世纪中国／世界"这个舞台上，推动这个古老的民族向现代迈进，明知自身将与黑暗同葬，仍继续前行，将自己置于"中间物"的位置。钱理群认为这是"20世纪以来中国知识分子精神历程中最悲凉的记录"①。然而问题是，"悲剧"的前提是"现代化"的框架是"真理"，否则便会转而具有喜剧性。一如毛泽东叙述中的"鲁迅"，当"新民主主义论"的合法性消失时，被称为"新文化方向""文化战线总司令"的"鲁迅"在后人眼中就具有了滑稽感。当钱理群用一种拥有全新概念的话语结构代替毛泽东的话语结构时，就不留痕迹地转变了意识形态。然而，他对"现代化"的"倚重"，对"20世纪中国"存在位置和发展方式的先验认定，仍在很多地方和毛泽东的革命话语有着相同的"一致性"来源。

贺桂梅对于"20世纪中国"叙事框架的质疑，就是因此而生。甚至在今天，对"全球化"的再次分析，使东西贯通的合法性被打破。贺桂梅征引德里克的观点，指出了"现代化"叙事的"民族主义""边界"。当这种"民族主义""边界"浮现时，毛泽东的"革命"话语和"现代化"话语之间，后者替代前者的"必然性"就会被"破解"。

① 钱理群：《心灵的探寻》，河北教育出版社2000年版，第263页。

第三节 《反抗绝望——鲁迅及其文学世界》的政治文化分析

汪晖的鲁迅研究更为复杂。汪晖高度评价王富仁，认为其鲁迅研究的"革命意义就在于他力图否定鲁迅研究的先定的政治意识形态前提"①。然而，他认为这种批判是有限的，这就在于"不承认自己的主观性和局限性"。"回到鲁迅自身""基于这样一个假定，即研究者在认识过程中可以完全离开自身的历史性或自己的历史'视界'而直接进入鲁迅的'视界'"。②

看起来，汪晖是在廓清王富仁鲁迅研究的边界，但他的用意却是在"解构"毛泽东话语的"本体"——即以"科学""客观""真实""终极真理"面貌出现的"历史叙事"。他认为王的批判不彻底，于是推出新的"批判"，以"个体"代替"终极真理"。他认为"鲁迅"是"不像论证任何东西的永恒性，却不懈地揭示现实存在的短暂性的人"，用"本质""必然""规律"去解释"鲁迅"是有问题的，忽略了"鲁迅""偶然""非本质的"方面。③因此他说，《反抗绝望——鲁迅及其文学世界》要写出"我所理解的鲁迅"。④

唐弢为《反抗绝望》作序时，标题为"一个应该大写的文学主体——鲁迅"。《反抗绝望》系汪晖在博士论文基础上修改而成。作为汪晖的导师，唐弢对其学生论文的理解是非常准确的。他对论文叙述的"主体"本身就十分赞赏，认为论文中反复出现的"我以为""我想""在我看来"，正能"形象清晰地显现或者反射出一个令人尊敬，应该大写的主体——人！"⑤。因为在唐弢看来，"鲁迅"本身就是"充满主体意识"的"人"。

"鲁迅是'人'"。分析这个结论的关键在于："什么是人？""鲁迅是'人'"结论中的"人"，首先是能够"反抗"一切外在权力的"个体"。汪晖认为毛泽东将"鲁迅"化身"民族英雄""阶级斗士"等，使"鲁迅"屈从

---

① 汪晖：《反抗绝望——鲁迅及其文学世界》，河北教育出版社2000年版，第288页。

② 汪晖：《反抗绝望——鲁迅及其文学世界》，河北教育出版社2000年版，第288页。

③ 汪晖：《鲁迅研究的历史批判》，《文学评论》1988年第6期。

④ 汪晖：《反抗绝望——鲁迅及其文学世界》，河北教育出版社2000年版，第299页。

⑤ 唐弢：《一个应该大写的文学主体——鲁迅——汪晖著〈反抗绝望——鲁迅的精神结构与《呐喊》《彷徨》研究〉※代序》，《社会科学辑刊》1989年第2、3期。

于政治权力之中，泯灭和抹杀了"鲁迅"的"个体"意义，"于是，鲁迅作为一个活生生的独特个体消失在历史的天际，呈现在人们面前的仅仅是'民族英雄'的鲁迅、'阶级斗士'的鲁迅、'党的'或'党派的'鲁迅；除了阶级的民族的和党派的情感和思想而外，鲁迅不再有其他情感与思想"①。

这段话的问题在于，毛泽东从未否认过"人"的存在，也未否认"人"对"权力"的反抗作用，不过他是以"人"反抗"阶级压迫"，于是他以阶级的、民族的观点去界定"人"，认为"人"的情感和思想都与阶级性民族性切切相关。而汪晖所说的"活生生的独特个体"首先是指具有"其他情感与思想"，并且这种"其他情感和思想"显示出排斥、否定"民族""党派"的力量。汪晖着重分析了"鲁迅"在辛亥革命前期的思想和尼采、施蒂纳之间的关系，认为"鲁迅"有着作为"个体"的自觉性，并将其作为反抗外在权力的基础。他在文中说："由这真正存在的孤独个体出发，一切道德、法律、宗教、国家、观念体系、现行秩序、习惯、义务、众意……都被作为'我'、'己'、'自性'、'主观'的对立物而遭到否定……"②当然，从这个"个体"出发，加之于"鲁迅"身上的"党派性""阶级性"亦能够"遭到否定"。

但问题是，如果否认一切"权力"，"人"就容易成为一种"虚无"。汪晖所谓的"人"，是否就是完全与国家民族没有关系呢？汪晖并不认为"鲁迅"的"个体"与社会政治无关。他一再强调："鲁迅"的"个体体验"，是和中国民族社会进程合而为一的。也就是说，汪晖接下来的论述，离开"我"对一切价值的否定价值，避免了"虚无主义"的倾向。"鲁迅"把"我""剥离"出来之后，似乎是为了投入一个新的价值体系。"这个自由个体是选择、自由、唯一者、生命意志、主观真理，最后它借助于从有限状态对无限状态的追求而获得超越，并归于客体和他者。"③

汪晖进而明确地表示，这个"对无限状态的追求"，即是"反现代的个人如何被置入现代历史"的问题。汪晖认为，虽然在思维层面上"鲁迅"对"现

① 汪晖：《反抗绝望——鲁迅及其文学世界》，河北教育出版社2000年版，第279页。
② 汪晖：《反抗绝望——鲁迅及其文学世界》，河北教育出版社2000年版，第18页。
③ 汪晖：《反抗绝望——鲁迅及其文学世界》，河北教育出版社2000年版，第27页。

代"诸种观念不无否定，但他在现实层面上却正是以这种精神参与到"现代化"的实践中去的。具体来说，他在思维上否定现代民主政治，但在实践上是否定"立宪""国会"等；在思维上否定一切抽象的"国家""民族"，但现实层面是否定"清朝专制政府"；在思维层面以"个体原则"否定"资本"，但现实层面"起到了确立资本主义新关系的作用"等等。①1989年汪晖发表《论鲁迅的文化心理结构——对五四以来知识者心理模式的分析》一文。该文甚至转变了"思维"和"现实"的二元模式，指出"鲁迅"的心理结构本身就与"不仅表现为他的哲学观念、政治态度，而且表现为全部人格及其与时代、民族的深深联系"，是"现代化"的"人"。②

其实，相似的观点也出现在钱理群的《心灵的探寻》一书中。该书把"鲁迅"作为"民族文化集合体"之外，他要求把视野缩小到"个人"的"鲁迅"。不过他仍是在"民族"层面认识"个人"或"自我"的价值："在中华民族再次觉醒、崛起的70、80年代，我们的民族不仅需要再度发扬民族精神，而且需要补历史的一课：重新认识、评价、发扬自我的价值。"③因而，在钱理群的论述里并不存在一个否定和批判"国家""民族"的"个人"，而是与"民族""人类"同一的"个人"。他说，怎样才能把"个人的鲁迅"与"民族""人类"统一呢？这就必须要引进"20世纪中国与世界"这一概念。钱理群所探寻的"心灵"，既是"个人"的"思维""情感""心境"，也是"民族现代化"的"困境""挣扎"和"悲喜剧"。也就是说，钱理群的"个人"，是1980年代"民族现代化"话语的"主体化"。

"人"，有着新的历史意义，它体现着新时代对"新主体"的召唤。1981年，周扬在《关于马克思主义的几个理论问题的讨论》中就提出"人的尊严、人的价值，理应得到重视"④。这个"人"传达着新的时代、新的政治文化的

---

① 汪晖：《反抗绝望——鲁迅及其文学世界》，河北教育出版社2000年版，第35—36页。

② 汪晖：《论鲁迅的文化心理结构——对五四以来知识者心理模式的分析》，《学术月刊》1989年第5期。

③ 钱理群：《心灵的探寻》，河北教育出版社2000年版，第3页。

④ 《人民日报》1983年3月16日。

讯息。最有代表性的论述是刘再复的《性格组合论》和《论文学的主体性》。前者是重新建构"人"的性格，后者则是论述"人"的"内宇宙"的丰富性以及主观能动性。刘再复认为，"环境决定论""阶级论""外在冲突论"等导致了"人的失落"，被"失落"的"人"应该具有"自主性""个性"，充满"内在灵魂的搏斗"。[①]刘再复通过对一个具有"对立性"的"人"的重新界定，得出毛泽东话语系统的"人学""阉割了人的灵魂"的结论。

"个人"的观念在"五四"的时期就存在，但它从发生的一开始就充满矛盾，这表现为个人/社会、个体/群体之间相互排斥又相互吸引的状态。甚至从"鲁迅"身上我们也可以看到，一方面他反对"以众虐独"，要求"己"的独立和张扬，而另一方面却也在重申个人与民族、国家之间的联系。他的"个人"观念始终存在着"个体"和"社会"之间的矛盾张力。毛泽东所创造的革命话语承接着1930年代的阶级斗争思潮，将个人纳入社会阶级的范畴中，个人由此被限制在群体的规约之中。刘再复等人重新强调"个人"，首先是为了反抗毛泽东"消灭""个体"的做法，但他们并不是说"个人"和"国家"没有关系。我们看到，在拆解了毛泽东话语之后，刘再复进而直接将"性格组合论"和"文学主体论""推向'国魂反省论'，从而将'主体论'结合进关于'人的现代化'的论述中"[②]。在此，"主体论"不仅与"五四"话语建立了直接的关联，而且其"主体"被作为"国民性"的理想形态（即新型的现代化的国民）而出现。所以说，在统一"个人"和"民族"，赋予"个人"以"国民"内涵方面来说，1980年代对"人"的定义并非完全摒弃了毛泽东的思路。1980年代所论述的"人"的"鲁迅"和毛泽东所论的"英雄"的"鲁迅"，在以"有限状态对无限状态的追求而获得超越"方面并无二致。当王得后论述鲁迅的"立人"思想时，他指出"鲁迅"通过"立人"来"立国"的思想，并评价说："'立人'而'立国'的思想无疑也是一个伟大而深刻的思想"，"鲁迅'立人'的思想是毛泽东同志这一命题的天才萌芽"。[③]

① 刘再复：《论文学的主体性》，《文学评论》1985年第6期。

② 贺桂梅：《挪用与重构——80年代文学与五四传统》，《上海文学》2004年第5期。

③ 王得后：《鲁迅与中国文化精神》，花城出版社1993年版，第107页。

难道"人"的提出仅仅是"现代化"话语的又一"工具"吗？相较之下，汪晖在《反抗绝望》中所论述的"鲁迅"的"个人思想"有着复杂之处。汪晖首先触及"鲁迅""立人"与反抗现代之间的联系。施蒂纳"以个人为中心建立了他们的非理性主义的思想体系"，而"鲁迅"接受了他的影响，进而对"己""自我""个人"的认识也具有"非理性"的倾向。这种"非理性"，拒绝了启蒙主义对于人主观能动和实践参与能力的认定，也拒绝了线性历史的想象。汪晖进而指出："鲁迅对世事确有一种阴郁却又无比深刻的把握方式，这种方式来自他那铭心刻骨的童年经验和对实际生活的感受……从中鲁迅深味着'黑暗与虚无'。"[1]汪晖的这一观点，呼应着1936年周作人对"鲁迅"的阐释。当时，周作人即提出"鲁迅是人"，而非"神"。他罗列"鲁迅"种种琐屑往事，构建一个"虚无"的"无意义"的"鲁迅"。这个"鲁迅"可以消解"神化鲁迅"，但也使"鲁迅"的历史意义变得虚无。当然，周作人所叙述的"鲁迅"，不过是自我的文化理想在"鲁迅"身上的投射，塑造作为"虚无个体"的"鲁迅"，是为了表达其离开民族国家想象、离开"历史"的文化观。

虽然汪晖论述"鲁迅"时在多处散点触及了"虚无"的"人"，把它上升到"鲁迅""人生哲学"的高度，但许多时候他还是着力于恢复"鲁迅"这些"虚无"心绪的历史内容以及其与民族国家之间的关系。他论述接受进化论的前提，决定着"鲁迅"对于"历史""无时间性"的认定。对自我和传统不可避免的联系的再次发现，才导致他否定自我，而这正是为了除旧布新的历史目的。虽然他在对《野草》的论述中描绘着"鲁迅"多种"虚无"的感受，并认为和"存在哲学的名字出现的现代非理性主义确实有着共同的文化背景和思维渊源"[2]。但他又迅速说明："鲁迅那深刻的'绝望'来自他对中国传统文化的深刻认识……"[3]也是说，仍要放到"中国"以及"传统／现代"的结构中，才是"有效"。

之所以会出现这样的现象，与汪晖以"个人"解构"历史"却又不愿放

---

① 汪晖：《反抗绝望——鲁迅及其文学世界》，河北教育出版社2000年版，第83页。

② 汪晖：《反抗绝望——鲁迅及其文学世界》，河北教育出版社2000年版，第187页。

③ 汪晖：《反抗绝望——鲁迅及其文学世界》，河北教育出版社2000年版，第187页。

弃"历史"有关。王富仁的系统的确存在着"终极真理"的问题，甚至钱理群也有这种重塑"意识形态"的"嫌疑"，但正是能够解释历史流动、规约社会结构的"意识形态"，才有干预历史的能力。以"主体性阐释"来代替"终极真理"，要么是塑造一个具有社会政治诉求和功能的"新主体"以更隐蔽的方式传播"意识形态"，要么则是因为"个人"的"多样"和"虚无"，从而使"阐释"远离历史。在这两种可能性中，汪晖从后者走向前者。

他曾引用伽达默尔的话："真正的历史对象根本不是一个客体，而是自身和他者的统一……"汪晖引用伽达默尔，以破除关于"真实历史""终极真理"的"想象"，他说："不能用传统的观念作为'客观性'的依据来判断后来的研究者，同样也不能要求研究者和鲁迅理解自身一样地去理解他的时代和他的世界……"进而指出"回到鲁迅自身"是"反历史的"。只是矛盾的是，汪晖坚持"仍然寻找活着的鲁迅，寻找对当代有着深刻启示意义的鲁迅"。①

所以，一方面要排除加诸"鲁迅"身上的"终极真理"，另一方面又要寻求"鲁迅""意义"，这是汪晖"'鲁迅'是人"的阐释"复杂"的真正原因。

从"思想革命"到"20世纪中国现代化"，再到"人"，1980年代的鲁迅研究通过"概念""结构""主体"等一系列的转换和建构，使毛泽东话语中的"鲁迅""虚假化"，重新建立了一个所谓"活生生"的"鲁迅"。文中以王富仁、钱理群、汪晖的论述为代表性线索，实际上，我们也可以发现，他们的观点和其他众多研究者有许多沟通和呼应，并且和其他学科的话语方式也多有交叉。在很多时候，"思想革命""20世纪中国现代化"和"人"这几个话语难分彼此，它们的"一致性"就在于都顺应了1980年代政治文化转型。

对"鲁迅"的"再造"，实际上是对新的"主体意义"和"历史意义"的再造。就最直接的影响来说，1980年代的"鲁迅"助成了1980年代鲁迅研究者的"历史意义"。1980年代鲁迅研究者在诸多时候都表达自己和"鲁迅"精神

① 汪晖：《原版导论》，《反抗绝望——鲁迅及其文学世界》，河北教育出版社2000年版，第35—36页。

或心灵是相通的。王富仁写了《我和鲁迅研究》一文，文中写道"在我最困难的时候，是鲁迅及其作品给了我生命的力量"[①]；钱理群在《心灵的探寻》的"后记"里也详细讲述着"我和鲁迅"的"故事"，指出"中间物意识""使我找到了自我心灵与鲁迅心灵的'通道'"[②]；汪晖也觉得自己研究鲁迅的10年间，是"在鲁迅世界覆盖下的生活"，"我的内心就像明暗之间的黄昏，彷徨于无地的过客"[③]；刘再复说："鲁迅对于我，不是一般的研究对象，他已成为我的精神血脉的一部分。"[④]

这些表述也不禁让人想起，毛泽东也曾说过"我的心是与鲁迅相通的"。"心灵"相通，是因为自我的镜像投射到"鲁迅"身上，"鲁迅"的反射之光同时照亮了自我。毛泽东建构"鲁迅"，是为了借助"鲁迅"身上的历史性为"无产阶级革命"证明，也是为了成就一个具有历史合法性的"毛泽东"的塑造。而1980年代鲁迅研究者建构的"鲁迅"，亦有相同的功能。甚至此时"鲁迅"身上，不仅携带着20世纪初到1930年代鲁迅参与中国发展的历史线索，也携带着他从20世纪40年代起到70年代被毛泽东"引用"，参与无产阶级革命和政权建设的历史线索。1980年代的"鲁迅"，体现着这两条历史线索和1980年代政治文化语境的"对话"。新的"真实性"产生的同时，也成就了"鲁迅式的"鲁迅研究者的历史意义。

通过分析1980年代"鲁迅"产生的语境、话语方式、历史性等，可以展现1980年代的"鲁迅"仍有很强的"政治性"。所谓"政治"和"文化"的"歧路"，只不过是暗含政治性的话语框架。并且，毛泽东所塑造的"鲁迅"也一直在场，承担着"过去"和"虚假"的功能，以成就1980年代"鲁迅"的"当下"和"真实"。

[①] 王富仁：《我和鲁迅研究》，《鲁迅研究月刊》2000年第7期。

[②] 钱理群：《心灵的探寻》，河北教育出版社2000年版，第263页。

[③] 汪晖：《题辞》，《反抗绝望——鲁迅及其文学世界》，河北教育出版社2000年版，第1页。

[④] 刘再复：《那是一个有活力的年代》，《经济观察报》2009年8月21日。

参考文献

　　［美］加布里埃尔·A.阿尔蒙德、西德尼·维巴：《公民文化——五个国家的政治态度和民主制度》，张明澍译，商务印书馆、人民出版社2014年版。

　　［法］米歇尔·福柯：《词与物——人文科学考古学》，莫伟民译，上海三联书店2001年版。

　　［美］汉娜·阿伦特：《康德政治哲学讲稿》，曹明、苏婉儿译，上海人民出版社2013年版。

　　［德］卡尔·曼海姆：《意识形态和乌托邦——知识社会学引论》，霍桂桓译，中国人民大学出版社2013年版。

　　［德］尤尔根·哈贝马斯：《交往行为理论　第一卷　行为合理性与社会合理化》，曹卫东译，上海人民出版社2004年版。

　　［英］齐格蒙·鲍曼：《立法者与阐释者：论现代性、后现代性与知识分子》，洪涛译，上海人民出版社2000年版。

　　鲁迅：《鲁迅全集》，人民文学出版社2005年版。

　　［美］约翰·罗尔斯：《正义论》，何怀宏、何包钢、廖申白译，中国社会科学出版社1988年版。

　　［匈］卢卡奇：《关于社会存在的本体论》，白锡堃、张西平、李秋零等译，重庆出版社1993年版。

　　［美］约瑟夫·阿·勒文森：《梁启超与中国近代思想》，刘伟、刘丽、

鲁迅与20世纪中国研究丛书

姜铁军译，四川人民出版社1986年版。

［美］周策纵：《五四运动史》，陈永明等译，岳麓出版社1999年版。

王德威：《想像中国的方法》，生活·读书·新知三联书店1998年版。

［美］刘禾：《跨语际实践：文学，民族文化与被译介的现代性（中国，1900—1937）》，宋伟杰等译，生活·读书·新知三联书店2002年版。

许宝强、袁伟选编：《语言与翻译的政治》，中央编译出版社2001年版。

朱晓进：《鲁迅文学观综论》，陕西人民教育出版社1996年版。

朱晓进：《历史转换期文化启示录——文化视角与鲁迅研究》，辽宁教育出版社1992年版。

罗志田：《国家与学术：清季民初关于"国学"的思想论争》，生活·读书·新知三联书店2003年版。

罗志田：《激变时代的文化与政治——从新文化运动到北伐》，北京大学出版社2006年版。

罗志田：《再造文明之梦——胡适传》，四川人民出版社1995年版。

［日］木山英雄：《文学复古与文学革命》，赵京华编译，北京大学出版社2004年版。

倪墨炎：《鲁迅的社会活动》，上海人民出版社2006年版。

钱理群：《返观与重构：文学史的研究与写作》，上海教育出版社2000年版。

钱理群：《心灵的探寻》，北京大学出版社1999年版。

徐兰君、［美］安德鲁·琼斯主编：《儿童的发现——现代中国文学及文化中的儿童问题》，北京大学出版社2011年版。

桑兵：《晚清民国的国学研究》，上海古籍出版社2001年版。

桑兵：《晚清民国的学人与学术》，中华书局2008年版。

孙歌：《主体弥散的空间——亚洲论述之两难》，江西教育出版社2002年版。

孙玉石：《〈野草〉研究》，北京大学出版社2010年版。

唐沅等编：《中国现代文学期刊目录汇编》，知识产权出版社2010年版。

陶菊隐：《北洋军阀统治时期史话》，生活·读书·新知三联书店1983年版。

王宏志：《鲁迅与"左联"》，新星出版社2006年版。

汪晖：《反抗绝望：鲁迅及其文学世界》，生活·读书·新知三联书店2008年版。

汪晖：《去政治化的政治：短20世纪的终结与90年代》，生活·读书·新知三联书店2008年版。

［日］竹内好：《近代的超克》，李冬木、赵京华、孙敏译，生活·读书·新知三联书店2005年版。

贾植芳等编：《中国现代文学总书目》，福建教育出版社1993年版。

陆耀东、孙党伯、唐达晖编：《中国现代文学大辞典》，高等教育出版社1998年版。

北京图书馆书目编辑组：《中国现代作家著译书目》，书目文献出版社1986年版。

北京图书馆书目编辑组：《中国现代作家著译书目》（续编），书目文献出版社1986年版。

朱晓进等：《非文学的世纪》，南京师范大学出版社2004年版。

［美］哈罗德·布鲁姆：《影响的焦虑》，徐文博译，江苏教育出版社2006年版。

［美］费正清、费维恺编：《剑桥中华民国史》，章建刚等译，上海人民出版社1991年版。

［美］安敏成：《现实主义的限制》,姜涛译，江苏人民出版社2001年版。

张梦阳：《中国鲁迅学通史》，广东教育出版社2001年版。

张一兵、胡大平：《西方马克思主义哲学的历史逻辑》，南京大学出版社2003年版。

袁良骏：《当代鲁迅研究史》，陕西人民教育出版社1992年版。

王得后：《鲁迅与中国文化精神》，花城出版社1993年版。

［日］柄谷行人：《日本现代文学的起源》，赵京华译，生活·读书·新知三联书店2003年版。

［日］伊藤虎丸：《鲁迅、创造社与日本文学——中日近现代比较文学初探》，孙猛、徐江、李冬木译，北京大学出版社1995年版。

金观涛：《探索现代社会的起源》，社会科学文献出版社2010年版。

［英］本尼迪克特·安德森：《想象的共同体：民族主义的起源与散布》，吴叡人译，上海人民出版社2011年版。

［英］埃里克·霍布斯鲍姆：《如何改变世界：马克思和马克思主义的传奇》，吕增奎译，中央编译出版社2014年版。

贺桂梅：《"新启蒙"知识档案：80年代中国文化研究》，北京大学出版社2010年版。

［美］阿里夫·德里克：《后革命时代的中国》，李冠南、董一格译，上海人民出版社2015年版。

程凯：《革命的张力："大革命"前后新文学知识分子的历史处境与思想探求（1924—1930）》，北京大学出版社2014年版。

［英］特雷·伊格尔顿：《二十世纪西方文学理论》，伍晓明译，北京大学出版社2007年版。

朱晓进：《政治文化与中国二十世纪三十年代文学》，人民出版社2006年版。

王富仁：《中国反封建思想革命的一面镜子——〈呐喊〉〈彷徨〉综论》，中国人民大学出版社2010年版。

王汎森：《傅斯年：中国近代历史与政治中的个体生命》，生活·读书·新知三联书店2012年版。

陈以爱：《中国现代学术研究机构的兴起——以北大研究所国学门为中心的探讨》，江西教育出版社2002年版。

王彬彬：《鲁迅晚年情怀》，上海人民出版社2015年版。

［斯洛文尼亚］斯拉沃热·齐泽克：《暴力：六个侧面的反思》，唐健、张嘉荣译，蓝江校，中国法制出版社2012年版。

〔英〕弗里德里希·A.哈耶克：《科学的反革命：理性滥用之研究》，冯克利译，译林出版社2012年版。

〔日〕丸山升：《鲁迅·革命·历史——丸山升现代中国文学论集》，王俊文译，北京大学出版社2005年版。

乐黛云编：《国外鲁迅研究论集（1960—1981）》，北京大学出版社1981年版。

谭桂林：《文化泰斗：鲁迅》，中国青年出版社1994年版。

孙郁：《鲁迅与周作人》，河北人民出版社1997年版。

夏晓红：《梁启超：在政治与学术之间》，东方出版社2014年版。

陈平原：《中国现代学术之建立》，北京大学出版社2010年版。

李泽厚：《中国现代思想史论》，东方出版社1987年版。

陈建华：《中国革命话语考论》，上海古籍出版社2000年版。

张福贵：《远离鲁迅让我们变得平庸》，安徽大学出版社2013年版。

徐妍：《新时期以来鲁迅形象的重构》，安徽教育出版社2008年版。

孙郁：《鲁迅与现代中国》，安徽大学出版社2013年版。

郜元宝：《反抗"被描写"》，漓江出版社2014年版。

高远东：《现代如何"拿来"——鲁迅的思想与文学论集》，复旦大学出版社2009年版。

国家玮：《启蒙与自赎——鲁迅〈呐喊〉〈彷徨〉的思想与艺术》，人民出版社2017年版。

赵京华：《周氏兄弟与日本》，人民文学出版社2011年版。

（参考论文、作品集从略）

后　记

　　此书为谭桂林老师国家社科重大项目"鲁迅与20世纪中国研究"的研究成果之一。得益于参与课题的机会，我能够经历艰苦又欢欣的鲁迅研究过程。在鲁迅的创作和鲁迅研究论著中，我感受到中国现当代文学的精神指向，它始终在思想和文学层面，面向中华民族的发展历程，思考社会政治的合理性，探讨人的自由和尊严等问题。通过参与谭老师的课题，在和鲁迅研究同人交流的过程中，我再次深切地感受到，即使在"去政治化"的时代背景下，鲁迅研究依然延续着这一精神指向，鲁迅依然是重启文化、引领社会更新活力的重要资源。

　　此书重现鲁迅的文化文学活动与政治之间的关系，其实也是延续朱晓进老师开启的从政治文化的视角研究中国现当代文学的整体思路。在"纯文学"思路盛行的1990年代中期，朱晓进老师就开始反思政治和文学的关系问题，注意到非此即彼二元对立的思路的局限性，援引相关理论资源，提出并阐释"政治文化"这一概念，从这一视角重新解释了中国现当代文学的政治性特征，特别是重建了1930年代文学发展的历史面貌和历史价值。随着学界对"纯文学"的政治性分析愈加深入，探讨文化构成背后的历史结构，思考文学修辞中的政治表达，日益成为新的学术范式。该学术范式关注政治和文学的辩证关系，不回避文学的社会政治功能，面向当下中国现实，重新建构历史。重启鲁迅研究的政治性，从政治文化的角度研究鲁迅，其价值和意义，正是在这学术变迁的整体背景下生成的。

一直以来，受到师友和家人的关心和爱护，我才得以延续学术道路并幸福地生活，每每饮水思源，充满感恩。此书部分内容曾在《文学评论》《鲁迅研究月刊》《江苏社会科学》等学术刊物上发表，在此要感谢范智红老师、黄乔生老师、李静老师等提供的宝贵建议和无私帮助。对于百花洲文艺出版社编辑付出的诸多辛劳，也表示由衷的谢意。